INSTINTO

TARA MOSS

EDITORA
FUNDAMENTO

Editor e edição de texto: Editora Fundamento
Editoração eletrônica: TRC Comunic Design Ltda. (Marcio Luis Coraiola)
CTP e impressão: Benvenho & Cia. Ltda. Midiograf II
Tradução: Claudia Oliveira Dornelles

Design da capa: Darian Causby/ Highway51.com, adaptada por Darren Holt, HarperCollins Design Studio
Fotografia da capa: Alley 103136601 © Getty Images
Autor da foto da capa interna: Gavin O'Neill

Publicado originalmente em língua inglesa em Sydney, Austrália, por HarperCollins Publishers Australia Pty Ltd., em 2006. Esta edição brasileira é publicada sob licença da HarperCollins Publishers Australia Pty Ltd.

Dados Internacionais de Catalogação na Publicação (CIP)
(Câmara Brasileira do Livro, SP, Brasil)

Moss, Tara
Instinto / Tara Moss ; [versão brasileira da editora] – 1. ed. – São Paulo, SP : Editora Fundamento Educacional, 2013.

Título original : Hit

1. Ficção australiana – Escritores canadenses
I. Título.

11-02145 CDD-823

Índice para catálogo sistemático:
1. Ficção: Literatura australiana 823

Fundação Biblioteca Nacional

Depósito legal na Biblioteca Nacional, conforme Decreto n.º 1.825, de dezembro de 1907.

Impresso no Brasil

Telefone: (41) 3015 9700
E-mail: info@editorafundamento.com.br
Site: www.editorafundamento.com.br

Este livro foi impresso em papel pólen soft 80g/m² e a capa em papel-cartão 250 g/m².

INSTINTO

TARA MOSS

EDITORA
FUNDAMENTO

Para minha mãe

Prólogo

Meaghan Wallace afastou um cacho úmido de cabelos loiros claros do rosto e estreitou os olhos na meia-luz da sala enfumaçada.

Onde estão os meus sapatos?

Passava das quatro da manhã de quinta-feira, ao fim de uma festa particular em uma mansão num subúrbio, na zona leste de Sydney. Meaghan não chegara a conhecer o dono da casa, um figurão que trabalhava com seu chefe.

Ela precisava de mais uma dose.

No momento, encontrava-se misteriosamente descalça e desconfortavelmente sóbria e sabia que seu chefe, Robert Groobelaar, não a ajudaria a resolver nenhum desses problemas. Ele estava atirado sobre um sofá no canto do vasto salão, suando e roncando, com a cabeça caída para trás num ângulo pouco atraente. Uma faixa repulsiva de sua barriga pálida coberta de pelos grisalhos estava visível sob a camisa social desabotoada. Groobelaar estava totalmente alheio aos outros convidados, alguns dos quais dançavam a menos de meio metro de distância. Na outra ponta do mesmo sofá, um casal se acariciava, suas bocas estavam unidas num êxtase inebriado, as roupas repuxadas revelavam partes do corpo geralmente expostas em momentos de intimidade. Eles não pareciam se importar com a falta de privacidade nem com os roncos de urso de Groobelaar, perfeitamente audíveis acima da música bate-estaca.

Feliz por se ver livre do chefe, Meaghan o deixou roncando e passou pelo sofá na ponta dos pés, cruzando a sala com seu andar mais sedutor em direção às portas abertas da sacada, acentuando ao máximo o balançar dos quadris no vestidinho preto sensual e chamando a atenção do atraente executivo encostado no batente de uma porta. Ela sorriu para ele, flertando descaradamente, mas logo se arrependeu, pois o movimento a fez se lembrar dos excessos que já havia cometido naquela noite. Sentiu a cabeça girar e estacou, cerrando os olhos até a sensação incômoda passar. Correu a língua pelos lábios ressecados, sentindo ao mesmo tempo a doçura enjoativa do champanhe e o amargor da cocaína que já havia perdido o efeito.

Que sede.

Para aumentar seu desconforto, era uma noite úmida em Sydney, e ela havia suado bastante entre a pista de dança e os braços pegajosos de seu chefe. O vestido de alcinhas estava ligeiramente molhado.

Meus sapatos! Onde estão? Não se lembrava onde nem quando os descalçara.

Sentindo um princípio de pânico, Meaghan correu as mãos pelo corpo. Com grande alívio, seus dedos encontraram a pequena bolsa de festa, pendendo a tiracolo da delicada alça de couro. Sua vida inteira estava naquela bolsinha: as chaves do apartamento, o fiel celular, do qual tinha enviado pelo menos uma dúzia de torpedos durante a festa para informar a suas amigas quais celebridades e empresários tinha visto juntos e o que estavam fazendo, o *gloss* e o valioso pacotinho de pó que ela estava guardando para uma ocasião especial. Que não era essa festa. Na visão de mundo de Meaghan, uma loira solteira, atraente e de poucos meios não devia desperdiçar as próprias reservas duramente conquistadas quando havia tantos endinheirados a sua volta.

Ela não era rica, poderosa nem famosa. Fora convidada para aquela festa exclusiva porque seu chefe queria comê-la. Com 23 anos, já conhecia bem o desejo masculino e não tinha ilusões quanto às intenções de Groobelaar – pelo menos não agora que ele estava desmaiado no sofá, e as várias substâncias que ela havia consumido começavam a perder o efeito.

Será que aquele homem simpático encostado na porta tem alguma coisa para mim?

Mas, quando ela voltou a olhar na direção dele, o homem tinha sumido.

Meaghan se postou no fim da fila do banheiro. Enquanto esperava, retocou a maquiagem num espelho pequeno pendurado na parede. Desde pequena, sua mãe sempre lhe dissera que ela tinha um rosto bonito. Os traços de Meaghan eram delicados e simétricos: nariz fino e arrebitado, olhos graúdos e boca pequena. Tirou o pó compacto da bolsa e cobriu os borrões do delineador negro nas pálpebras, examinando o próprio reflexo com satisfação. Era uma loira compacta e curvilínea, com um bronzeado que contrastava com os cabelos dourados muito claros. Embora fosse extraordinariamente tarde para uma festa no meio da semana, e seus olhos estivessem vermelhos, ela ainda achava que estava bonita. Mas havia muitas mulheres bonitas na casa, pensou, e poucos homens interessantes.

Uma camada de *gloss*, e ela se sentiu como nova. Ajeitou o cabelo, os fios ainda um pouco úmidos entre seus dedos.

Vamos lá, ande logo...

Meaghan escutou risos vindos do banheiro. Quem quer que fosse, não estava sozinho lá dentro. Desconfiada de que a espera levaria mais tempo do que ela estava disposta a perder, saiu da fila. Não estava assim tão apertada e também queria escapar da música bate-estaca, para não falar da visão de seu chefe com a barriga pálida estufada ainda visível do outro lado da sala. Se ela desse uma volta pela casa, quem sabe se não esbarraria num príncipe milionário que a levaria para seu reino num cavalo branco? Groobelaar havia dito que a festa era só para supervips. Meaghan sonhara a vida toda em conhecer pessoas assim e não ia desperdiçar o que poderia ser uma oportunidade social ou romântica valiosa. Por isso concordara em acompanhar o chefe, e não para ganhar a afeição dele.

Meaghan voltou à sacada, esperando ver o homem misterioso. Em vez dele, encontrou um grupo encostado na balaustrada, de copo na mão e figurino eclético: camisas abertas e gravatas desfeitas, e até mesmo um homem de camisa social e sem as calças, apesar dos sapatos sociais com meias pretas cobrindo as canelas. Como espectadores de uma luta erótica na lama, eles assistiam cobiçosos a um pequeno grupo de convidadas que pulavam e brincavam na piscina espetacular logo abaixo.

O retângulo de água azul iluminado brilhava gloriosamente contra a escuridão, destacando os corpos esguios de três mulheres atraentes vestindo apenas calcinhas fio-dental e sutiãs e de pelo menos duas outras nadando nuas. Uma pilha de roupas amassadas esperava ao lado da piscina entre copos de bebida abandonados.

Passando a piscina, um caminho de mosaicos coloridos levava a uma praia particular, de onde vinham risos e mais música. Incentivado por gritos e assobios, um convidado subiu os degraus, saltando-os de dois em dois, e ficou só de cueca ao lado da piscina, perdendo o equilíbrio e quase caindo ao despir as calças. Esquecendo-se de tirar as meias, ele mergulhou e se juntou às mulheres sob o coro dos *voyeurs* da sacada.

– É isso aí!

– Pega ela por mim!

Meaghan permaneceu em silêncio, mas ficou aliviada ao ver seus sapatos de salto alto perto da piscina, onde ela os largara, descuidada, algumas horas antes. Lembrava-se vagamente do pôr do sol a que assistira com os pés dentro da água, o azul do mar tornando-se quase violeta e o céu pegando fogo, enquanto ela cheirava pó e flertava com Groobelaar e seus colegas.

Seu melhor par de sapatos não estava perdido.

Aquele é o...? É ele sim!

Meaghan fixou a atenção em um casal no canto da sacada à sua direita. Um famoso jogador de futebol australiano, que recentemente fora eleito pela revista *Cleo* o Solteiro do Ano, e uma igualmente notória apresentadora morena estavam se beijando escandalosamente sobre uma cadeira de jardim, ela sentada no colo dele. Tentando não dar na vista, Meaghan tirou o celular da bolsa e começou a filmar os dois, fingindo ler seus torpedos e admirar a vista do mar. *Uau!* Não havia muita luz, mas pela tela minúscula ainda era possível distinguir os rostos. O melhor de tudo é que os dois não apenas eram famosos, mas a apresentadora era casada, e não era com o jovem jogador.

Alguém esbarrou nela ao passar e Meaghan se assustou.

Ops.

Guardou o telefone e se debruçou na sacada como se nada tivesse acontecido. *Tomara que ninguém tenha me visto!* O homem feioso que tinha esbarrado nela e sua namorada bonita demais ficaram por perto, e Meaghan voltou para a festa. Cruzou a sala com passos cambaleantes, sorrindo para si mesma ao pensar no que acabara de filmar, passando por desconhecidos que dançavam, pelo casal ainda se agarrando no sofá e por Groobelaar roncando naquela pose quase obscena.

Procurando não sabia bem o quê, ela abriu uma porta e entrou num corredor iluminado por dois lustres imensos. Parou para admirar os quadros com molduras douradas e as belas esculturas, do tipo que normalmente só via em galerias. No fim do corredor havia uma escadaria com degraus de madeira cobertos por uma faixa de tapete oriental no centro. Meaghan parou no patamar, pensando se aquele seria o caminho para recuperar seus sapatos. Simplesmente não se lembrava de como tinha ido do jardim para a sala.

Ela deu de ombros e começou a descer.

Seus pés tocaram degrau após degrau, afastando-a da música, seus dedos afundavam no tapete fofo. *Um passo, dois passos, três passos...* Logo os degraus acabaram, e ela se agarrou ao corrimão com um sorriso travesso: a escada a conduzira a um corredor escuro no andar de baixo. Insegura, olhou por cima do ombro para ver se estava sendo seguida. Aquela parte da casa obviamente não estava aberta aos convidados.

Com uma pontada de culpa, Meaghan encostou a orelha na primeira porta do corredor. Escutou risos e uma conversa abafada. Então, alguns convivas preferiam a privacidade? Talvez o marido da apresentadora morena estivesse lá dentro, desfrutando do seu próprio adultério escandaloso. Uma justa ironia, não?

Graças a Deus eu não acabei num desses quartos com Groobelaar, ela pensou com repulsa. Ele vinha insistindo em ter um caso com ela fazia tempo, mas Meaghan não queria nem saber. Para ela, era apenas um emprego. Por que alguns homens têm tanta dificuldade para entender uma coisa tão simples?

Avançando pelo corredor, estendeu os braços a sua frente para evitar obstáculos invisíveis. Distinguiu uma porta ao fundo, parcialmente aberta, que desenhava uma faixa de luz tênue no piso.

Talvez fosse a saída.

Escutou vozes vindas de dentro do quarto. Podiam ser convidados importantes... Quem sabe, o homem atraente do andar de cima? Meaghan jogou os cabelos para trás e ajeitou as alças do vestido, preparando-se para encontrar os desconhecidos atrás da porta. Confiante na própria aparência, umedeceu os lábios e ergueu o braço para empurrar a porta, fixando a boca num sorriso falso. Mas, um segundo antes de adentrar o quarto, seus olhos captaram algo pela fresta, uma cena que a fez congelar.

Oh!

Meaghan estava olhando para um homem jovem, cujo rosto reconheceu imediatamente, não porque o conhecesse pessoalmente, mas, sim, dos jornais. Era alguém importante. Muito importante e com muito dinheiro. Ela sabia que o vira antes, mas não conseguia juntar um nome à pessoa. Ficou parada espiando pela fresta da porta, talvez por dez segundos, talvez dez minutos, não saberia dizer, e sua mão se moveu mecanicamente até a bolsa e pegou o celular. Como um autômato, deu um passo para trás e focou a lente da câmera pela abertura estreita.

Minhas amigas não vão acreditar quando eu disser quem estava nesta festa.

Ela percebeu que o homem estava discutindo com alguém. Era estranho, porque seu corpo magro estava despido da cintura para cima, com exceção de um relógio dourado e alguns anéis, enquanto o homem de traços orientais com quem ele falava usava um traje social completo. Meaghan estreitou os olhos e inclinou a cabeça para o lado: havia algo de errado na cena que ela testemunhava. Seu coração disparou no peito antes mesmo de sua mente registrar a origem da estranheza.

A cena vista do corredor entrou em foco devagar, tornando-se horrivelmente clara. Meaghan prendeu a respiração, mantendo o braço suspenso e imóvel enquanto ela filmava tudo em vídeo digital.

Olhos... vidrados...

Uma jovem nua jazia sobre a cama desfeita a um passo da porta. O rosto liso, tão próximo que Meaghan podia tocá-lo, estava virado num ângulo aparentemente desconfortável na direção dela; o queixo, enterrado no travesseiro; os olhos escuros, arregalados e mortiços; a boca aberta num grito silencioso. Uma das mãos, miúda e de unhas pintadas, descansava a centímetros da passagem para o corredor escuro, os dedos estendidos como se a jovem estivesse tentando alcançar a maçaneta em seu último suspiro, uma tira de couro negro amarrada no pulso. Havia uma seringa no chão junto aos travesseiros caídos e uma garrafa de água virada. O quarto exalava o cheiro almiscarado de sexo misturado a um repugnante odor adocicado que Meaghan nunca sentira antes.

O cheiro da morte.

Ela sentiu o estômago revirar. Baixou a mão e interrompeu a filmagem. Não podia acreditar no que estava vendo.

Meu Deus...

A menina sobre a cama também parecia ser oriental e jovem demais. Teria 12 anos? Quatorze? Os cabelos escuros e lustrosos formavam uma auréola em torno de sua cabeça. Ela estava deitada de barriga para baixo, com as costas e nádegas expostas, o corpo diminuto vestido apenas com uma cinta-liga de renda cor-de-rosa que contrastava com a cena lúgubre e a palidez acinzentada de sua pele. Uma tatuagem grande e intrincada coloria a base das costas, um padrão de linhas ou palavras que Meaghan não conseguiu decifrar.

Ela tentou convencer a si mesma de que a jovem podia simplesmente estar inconsciente, mas os olhos vidrados não demonstravam qualquer reação. E, além do mais, a morte era instantaneamente reconhecível: o sono não daria aquela expressão desolada a um rosto tão belo. Tamanho vazio não habitaria uma pessoa viva.

O homem famoso que ela havia filmado continuava parado ao pé da cama e ainda discutia acaloradamente com o oriental, nenhum deles estava interessado em tentar reviver a jovem ou cobrir sua nudez. A morte tornava o corpo muito pequeno e vulnerável... Os braços e as pernas permaneciam estendidos em X. E aqueles olhos cegos... Eles pareciam olhar para Meaghan. Acima da jovem morta, as vozes eram nervosas, porém sussurradas. Era óbvio que não queriam ser escutados. As implicações do que ela estava vendo eram enormes e difíceis de mensurar, especialmente no estado em que ela se encontrava.

O que eles estão fazendo aqui com uma menina tão jovem e tão... morta?

– Ei!

Uma voz masculina e zangada ressoou no corredor atrás dela. Meaghan se assustou e deu um gritinho agudo. Instintivamente, escondeu o celular às costas e se virou para encarar o dono da voz. Era um homem forte e de rosto atraente, a pouco mais de dois metros de distância, que se aproximava rapidamente. Atrás dela, a porta do quarto se fechou com estrondo, e a discussão se intensificou quando os homens perceberam que tinham sido flagrados. Meaghan abriu um sorriso para o desconhecido no corredor, enquanto seus dedos pressionavam o teclado do telefone, tentando enviar o vídeo da jovem morta para a primeira pessoa da sua lista de contatos.

Será que devia contar a ele o que tinha visto?

– O que você pensa que está fazendo? – ele perguntou em tom acusatório, avançando sobre ela de um modo agressivo.

Ela continuou apertando botões, sem tempo para escolher quem deveria receber o vídeo.

– Ei! Estou falando com você!

Ao dizer isso, ele se aproximou e agarrou os pulsos de Meaghan, atrás de suas costas. O celular escorregou das mãos dela e caiu no piso de tabuão com um ruído alto, a bateria se soltou e deslizou por alguns metros.

Não!

– Ai! Solte-me! – ela protestou.

O homem tinha uma pegada forte e dolorosa e não parecia disposto a soltá-la. O rosto dele estava a apenas alguns centímetros, e ela podia ver que ele não estava feliz. Com cabelos alourados pelo sol, dentes branquíssimos e pele bronzeada, ele parecia mais um modelo ou ator de cinema do que um segurança. Mas seus olhos estavam irados, e Meaghan não entendia por quê. O que tinha feito a ele?

– Eu perguntei o que você pensa que está fazendo? – ele repetiu com raiva.

Ela se encolheu e fechou os olhos.

– Hã... Eu... Você não entende... – ela começou a dizer, confusa. Aos poucos, ele afrouxou a pegada em seus pulsos, mas ainda a manteve imprensada no canto, encarando-a sem um traço de simpatia. Ela sorriu timidamente, esperando desarmá-lo com doçura. – Deve ser um mal-entendido – continuou, decidindo que seria arriscado demais admitir o que tinha visto. – Eu estava tentando chegar à piscina. É por aqui? Eu não roubei nada, se é isso que está pensando. Fui convidada pelo senhor Groobelaar, da Corretora Trident.

E, então, para espanto dela, o homem esmagou deliberadamente o celular com o pé. Ela escutou as peças do telefone se quebrarem e se espalharem pelo corredor.

Oh!

A adrenalina se espalhou por suas veias quando ela entendeu a situação

Ele está com eles. Ele sabe que há uma menina morta no quarto.

Pela expressão nos olhos do homem, Meaghan percebeu que não adiantava protestar. Ele sabia perfeitamente o que estava fazendo e o que estava acontecendo por trás daquela porta fechada e também sabia que ela sabia. Ela começou a entrar em pânico. Compreendeu a seriedade do que havia gravado. Embora ainda não conseguisse recordar o nome do homem sem camisa, sabia que ele era importante e que estava dentro de um quarto com uma menor de idade morta. E Meaghan era testemunha. Ela havia assistido a filmes o suficiente para saber que pessoas eram assassinadas por muito menos do que isso.

As mãos do homem loiro agarraram seus ombros.

– Você não sabe que é falta de educação espionar os outros?

Ela foi arrastada para longe da porta. As peças do celular estilhaçado, a única prova do que tinha visto, ficaram espalhadas pelo chão. Chocada com a agressividade do desconhecido e procurando uma chance de escapar, Meaghan estava sendo praticamente carregada pelo corredor, até ser empurrada para dentro de uma sala escura e fria.

Era uma garagem. As luzes piscaram e depois se acenderam com um zumbido. Meaghan arregalou os olhos. A garagem abrigava vários carros de luxo: um Jaguar, uma caminhonete BMW 4x4 e o que ela desconfiou ser uma Ferrari ou um Lamborghini ou coisa parecida. Não conhecia carros muito bem, mas sabia reconhecer um veículo caro quando o via. Aquelas pessoas eram muito, muito ricas.

– Vai se acalmar agora? – perguntou o homem.

Ela enrijeceu, sem saber o que ia acontecer a seguir.

Eu vi uma menina morta. Uma menina morta...

– Ninguém vai machucá-la – ele disse, mostrando as palmas das mãos como se oferecesse uma trégua. Nas atuais circunstâncias, porém, ela não sabia se devia acreditar. – Entre, por favor... – ele abriu a porta do passageiro da caminhonete e fez um gesto para que ela subisse.

Ela permaneceu imóvel.

– Está tudo bem, querida, só vou levá-la para casa – ele disse sorrindo, mostrando os dentes muito brancos.

– Mas meus sapatos ficaram na piscina – ela protestou, olhando para os próprios pés. – Só preciso de um minutinho para encontrá-los.

Ele não quis saber.

– Entre no carro.

Groobelaar estava dormindo no andar de cima, longe demais para que ela corresse até ele. E ninguém escutaria os gritos dela com a música bate-estaca ecoando pela casa. O homem estava bloqueando a porta da garagem. Ele era muito maior do que ela e certamente bem mais forte. Ela não conseguiria passar por ele de jeito nenhum.

Com relutância, Meaghan obedeceu e entrou na BMW, tentando ignorar a sensação de pavor que crescia em seu peito. *Eu nunca deveria ter entrado neste carro. Foi um erro, um erro terrível.* Ele prendeu o cinto de segurança em torno dela e fechou a porta. Possíveis rotas de fuga se sucediam na cabeça de Meaghan: *E se eu pular do carro quando chegarmos à rua e me esconder em um dos jardins? Será que ele vai vir atrás de mim?*

O homem ajustou o assento do motorista e se inclinou por sobre as pernas de Meaghan para pegar as chaves no porta-luvas.

– Muito bem, qual é o endereço?

A voz dele parecia tão desprovida de maldade que ela não soube o que dizer.

– Hã... Perto de Kings Cross – ela disse, por fim, querendo acreditar que, se agisse como se estivesse tudo bem, isso se tornaria realidade.

Ele a deixaria a algumas quadras de casa, e ela andaria o resto do caminho. Queria se afastar o máximo possível da festa e da menina morta. Contaria tudo a Groobelaar no dia seguinte, e ele tomaria providências. Meaghan tinha certeza de que o chefe estava tão louco por ela, que faria qualquer coisa que ela pedisse.

O homem apertou o controle remoto do portão que estava no console entre os bancos, e a enorme porta da garagem se ergueu, expondo a escuridão lá fora e uma chuva fina que devia ter começado havia pouco tempo. Era quase de manhã, logo o sol ia despontar sobre o horizonte, e aquela noite horrível teria fim. Meaghan desejou nunca ter aceitado o convite para acompanhar Groobelaar.

Em silêncio, eles saíram da garagem e alcançaram a rua. Meaghan se perguntava para onde o homem a levaria, e o que seria feito da pobre menina morta. Estavam andando havia uns dez minutos quando ele falou:

– Está com sede?

Meaghan concordou surpresa com a atenção inesperada. Seus lábios estavam muito secos. Tinha tomado champanhe demais, e a bebida sempre a fazia se sentir assim. Estava desesperada por um copo de água.

– Tome um gole, parece que você está precisando – ele disse, passando a ela uma garrafa de água que ele havia retirado do bolso lateral da porta. O lacre já estava rompido. – Pode beber – ele disse, pressionando-a. – Está vendo? Não vou machucá-la. Beba, você vai se sentir muito melhor.

Ela girou a tampa, que se abriu com facilidade, e tomou um golinho. A água estava sem gás e tinha um sabor ligeiramente salgado.

– Tome mais – ele insistiu.

Ela deu mais um gole.

– Não é melhor assim?

Meaghan se sentiu mesmo um pouco melhor por um instante. Seus lábios ressecados estavam gratos pelo líquido, e, pelo menos, o homem não estava mais pulando na sua garganta como fizera no corredor. Ela não queria contrariá-lo. Talvez ele realmente a levasse para casa. Talvez.

E, então, ela sentiu algo estranho.

Ah, não... Ai, meu Deus... Ah, não...

Uma sensação de pura euforia dominou os sentidos de Meaghan. Ela respirou fundo e recostou a cabeça no assento, com o queixo apontando para cima. Gemeu surpresa, ao sentir o prazer que a tomava de assalto

– Isso mesmo. Então, para onde vamos?

Ela endireitou a cabeça e olhou para ele. *Tinha alguma coisa na água... alguma coisa na água.* O que quer que fosse, funcionava rápido. Ela estava se soltando do próprio corpo, subindo, subindo, flutuando no espaço. Era como se estivesse bêbada ou sob efeito de *ecstasy*, mas, ao mesmo tempo, nenhuma dessas coisas: era diferente. As sensações eram maravilhosas: os pés descalços no carpete do carro, o assento sob suas mãos... Caiu num estado de relaxamento profundo. O medo e a ansiedade que sentira antes, naquele momento estavam tão distantes que não mais importavam. Estava tudo bem. Eles eram amigos, e ela podia confiar nele. Não havia nada a temer.

– Diga, minha linda, para onde vamos? Onde você mora? – seu novo amigo perguntou, com uma voz que agora soava muito mais simpática.

– Potts Point – ela explicou, dando o endereço completo. Ele respondeu com um sorriso caloroso e ela riu devagar, totalmente segura e satisfeita. – Eu estou muito feliz.

– Que coisa boa – ele disse. – E como você se chama?

– Meaghan Wallace. Minha mãe me chama de Meg.

– Ótimo. E com quem você foi à festa hoje, Meaghan?

– Hã... com o meu chefe, Robert Groobelaar. Ele está dormindo na sala.

Ele pousou a mão no joelho dela. O toque de seus dedos era gostoso.

– E o que você faz para o senhor Groobelaar?

– Sou secretária dele – ela respondeu, eufórica por estar ali conversando com um homem tão bonito e tão agradável.

– Robert é um homem de sorte. Meaghan, nós somos amigos. Podemos ser sinceros um com o outro. Conte-me o que você viu.

Ela ficou em silêncio. Algo ruim havia acontecido, do qual ela não queria falar, mas as ruas passavam por eles em tons suaves e tão lindos... O carro estava quente e confortável, e ela se sentia bem. Meaghan sabia que tinha sido dopada, mas por algum motivo isso não a incomodava. Nada a incomodava.

– Então...? – ele insistiu. – O que você acha que viu? – ele acariciou o joelho dela outra vez e seguiu dirigindo.

Quando ela o encarou, ele abriu o mais lindo dos sorrisos. Um sorriso amigo.

– Tinha uma... menina morta naquele quarto – ela disse, sorrindo, porque tudo agora lhe parecia perfeito. – Devia ter uns 12 anos e estava usando maquiagem e tudo mais, e eu acho que ela estava morta – Meaghan não sentia medo nem inibição. Podia falar o que quisesse.

Ele balançou a cabeça.

– Não, não. Não sei de onde tirou essa ideia. Você não viu uma menina morta. Não diga bobagens. Foi apenas um pequeno acidente, mas ninguém se machucou.

Ela concordou com a cabeça.

– O.k.

– Isso mesmo. Você bebeu um pouco mais do que devia, por isso estou lhe dando uma carona para casa.

Ela olhou pela janela do carro e reconheceu as ruas. Ele estava indo na direção da casa dela. Eles estavam virando na rua em que ela morava.

– É ali – ela apontou para uma fileira de casas.

– Qual delas?

– A da porta cor-de-rosa.

– Certo! – ele parou em frente a casa. – Vou acompanhá-la, só para ter certeza de que vai ficar bem.

Meaghan abriu a porta antes que ele desse a volta no carro e caiu desajeitadamente na calçada, arranhando o joelho. Estranhou não sentir dor apesar de ver o sangue brotar na pele. Ficou de quatro, rindo da própria incapacidade de andar. Tudo parecia muito divertido...

– Epa! Por favor, me dê a sua mão – disse o homem, ajudando-a a se levantar.

Meaghan percebeu que não conseguia controlar o corpo, seus membros não a sustentavam, mas não se incomodou. Muito gentilmente, o homem a pegou no colo, e ela relaxou em seus braços. O coração dela batia cada vez mais devagar, e as cenas se misturavam num único borrão a sua volta. Ela sentiu o sono se aproximar como um leve cobertor de penumbra, cobrindo seu corpo a partir dos pés. Subindo lentamente, o frio aquietou seus órgãos. Cobriu sua face até ela não enxergar mais nada, e todos os sons se fundirem num zumbido baixo.

– Está na hora de dormir – disse uma voz distante, e Meaghan Wallace apagou.

Capítulo 1

Às 19 horas de quinta-feira, Makedde Vanderwall estava em pé na cozinha do sobrado geminado que dividia com seu namorado australiano, segurando um livro de receitas recém-lançado por uma celebridade televisiva e tentando não se sentir muito incompetente.

Droga, eu não sirvo para isso.

A vida de dona de casa era estranha para a canadense. Makedde, ou Mak, como os amigos a chamavam, se sentia tão à vontade na cozinha quanto o Papa numa parada gay. Sua total falta de habilidades culinárias já tinha virado piada entre as amigas, que a provocavam lhe dando livros de receitas. O que estava em suas mãos era um presente da detetive Karen Mahoney, e Mak tinha decidido preparar o *penne* da página 135 como uma surpresa para o namorado. Era um prato de massa, não podia ser tão difícil assim, afinal de contas.

Insegura, Mak fitou a panela de molho pronto que borbulhava no fogão. O pote vazio de onde o molho tinha vindo estava aberto sobre o balcão da pia, um risco vermelho descia lentamente pelo vidro. A massa já devia estar pronta, ela pensou. Enrolou um pano de prato na mão e segurou o cabo da panela de água fervente.

– Ai! Porcaria!

Recuou o braço num reflexo e lambeu a ponta do dedo indicador queimado. Passou o pano para a outra mão e virou a panela com extrema cautela no escorredor, resmungando por entre os dentes:

– Eu preciso vestir uma armadura para entrar na cozinha...

Mak podia ser um desastre nas tarefas domésticas, mas compensava com outras habilidades. Terminara o doutorado em Psicologia Forense na sua terra natal havia apenas um ano e meio, com nota final excelente na tese sobre a influência de diversas variáveis nos relatos de testemunhas oculares. Era um tópico no qual ela acabara tendo experiência direta ao presenciar os atos sádicos do maníaco que assassinara sua amiga

Catherine. Mak havia cogitado abandonar o curso, contudo se recusara a deixar que os dramas pessoais a impedissem de realizar seu sonho. A maioria de seus colegas era quase 10 anos mais jovem, mas ela, por fim, conseguira.

Logo depois, mudou-se para Sydney, para morar com o namorado, Andy. Aos 29 anos, parecia que uma vida mais ou menos normal enfim estava ao seu alcance. Um recomeço em um novo país.

Não dizem que é preciso estar com a vida em ordem ao se chegar aos 30?

Mak ainda tinha uma chance, se não perdesse tempo. Talvez assim o pai não olhasse mais para ela com descrença, e sua irmã bem casada (e grávida pela segunda vez), Teresa, parasse de contar vantagens.

Hummm.

Ela examinou a massa no escorredor. Algo não estava bem. Mak olhou para a foto no livro e torceu o nariz para o resultado dos próprios esforços. Sua massa era pálida e molenga, os *pennes* desmaiados uns sobre os outros, uma água esbranquiçada escorrendo na pia. Teriam passado do ponto? Ela não sabia. Era muito mais complicado do que macarrão instantâneo.

Eu não sirvo para isso.

Mak podia não ser uma candidata a mestre-cuca, mas sua chefe estava satisfeita com o potencial que vinha demonstrando ter no emprego em meio período. Mak tinha sido contratada por Marian Wendell, uma famosa detetive particular de Sydney, para desgosto do namorado e do pai, os dois policiais por vocação. Mas ela precisava trabalhar. Tinha abandonado uma carreira medíocre de 15 anos como modelo e não podia ficar sentada esperando que o dinheiro caísse do céu. Respondera a um anúncio para uma vaga de pesquisadora para trabalhar por meio período e tinha se dado muito bem com Marian. Ficara fascinada com o trabalho de investigação, e a dona da agência a incentivara a obter o Certificado em Técnicas Investigativas, a licença básica para detetives profissionais.

Graças ao emprego, ela estava economizando o dinheiro necessário para abrir seu próprio consultório de Psicologia e, acima de tudo, estava adorando o que fazia. Era muito mais interessante do que a atividade anterior de modelo, uma carreira que a levara a conhecer o mundo posando para ensaios fotográficos, mas que nunca a satisfizera realmente. Marian lhe dava todo tipo de tarefas: obter antecedentes criminais, examinar registros públicos, fotografar e vigiar pessoas, e muito mais. Uma de suas missões mais fáceis fora cumprida na noite anterior, quando recebera um belo cheque de 500 dólares por noventa minutos de moleza: dar em cima do marido cafajeste de uma das clientes de Marian para ver se ele aceitaria uma proposta de sexo. Ele tinha se dirigido ao quarto do hotel conforme o esperado, só que não encontrara Mak lá dentro, mas, sim, a esposa. A pobre mulher descobriu a verdade, e Mak foi muito bem paga para simplesmente flertar com um desconhecido num bar por uma hora e meia, com drinques pagos pela agência, e a senhorita Wendell mais uma vez ficara impressionada com o desempenho da atraente arma secreta que agora podia colocar a serviço de seus clientes.

Quinhentos dólares para bater papo com um idiota qualquer. Era mais do que ela costumava receber por muitos trabalhos como modelo. Por que ela iria querer passar o dia trancada num estúdio, recebendo ordens para saber o que deveria vestir e como posar, quando podia ganhar bem fazendo algo genuinamente interessante, usando o cérebro e a intuição com total liberdade? Além do mais, passara a vida levando cantadas de homens canalhas, pelo menos, agora estava recebendo por isso.

Com a carteira recheada e o moral alto, Mak voltou correndo para casa na sua moto, com uma pequena parada para fazer compras no supermercado. Tomou um banho e optou por um vestidinho leve de verão para jantar com o namorado. A jaqueta e as luvas de couro ficaram jogadas no hall de entrada, e as sacolas de compras tomavam metade do balcão da cozinha. Com dinheiro no bolso, ela havia se dado ao luxo de comprar uma boa garrafa de *merlot*.

Mak olhou para o relógio. Eram quase 19h30. Andy estava atrasado. Como manter quente a massa molenga? Podia aquecê-la no forno de micro-ondas?

* * *

Às 8h15, Mak ouviu um carro parar em frente a casa.

Passos.

A chave na porta da frente.

Andy. Até que enfim.

Ela pôs a tigela de *penne* no forno de micro-ondas e apertou o botão, deixou a saladeira na mesa e foi encontrá-lo. Encostou-se na parede do corredor e esperou.

O detetive Andy Flynn entrou, atrapalhado demais com a chave na porta para notar Mak fazendo pose de indiferente. Ela aproveitou para observá-lo com desejo.

Andy vestia o terno e a gravata habituais de policial à paisana. Ele era alguns anos mais velho do que Mak, e seus cabelos curtos ainda eram escuros e cheios. Tinha um charme masculino bruto que a atraíra desde o primeiro dia do caso de amor tempestuoso: o corpo forte, o maxilar quadrado, a boca generosa e os traços imperfeitos, a cicatriz no queixo e, é claro, o sotaque australiano irresistível. O fato de ele andar sempre armado e com um par de algemas no bolso, um fetiche de Makedde, provavelmente ajudava.

Mas, por mais que lhe agradasse ver Andy acordado e em pé, Mak tinha que admitir que ele parecia cansado. Seus olhos verdes profundos estavam cercados de olheiras escuras, o rosto, obscurecido pela barba por fazer. Talvez os anos de trabalho policial, com suas inescapáveis horas extras, estivessem cobrando seu preço. Ele era dedicado ao trabalho, por isso não a surpreendia que aquele jantar a dois em casa fosse o primeiro em muito tempo. Apesar de ter se mudado para a Austrália havia pouco mais de um ano para viver o que o Departamento de Imigração e Assuntos Multiculturais e Indígenas classificava, sem um pingo de romantismo, de "união estável", ela e Andy não andavam se encontrando muito ultimamente. E, para piorar as coisas, ele estava prestes a viajar para fora do país.

A mesa estava posta, e as velas, acesas; o *merlot* já tinha respirado e podia ser servido. Aquele não era um mero prato de massa: era uma bandeira branca, ainda que um pouco passada do ponto.

Ele não vai acreditar.

– Andy!

Ela o abraçou, o corpo sentindo-se grato pelo toque. Com 1,90 m, Andy era uma das poucas pessoas que a obrigavam a erguer os olhos, uma qualidade que Mak valorizava muito do alto de seu mais de 1,80 m.

– Como foi seu dia? – ela perguntou. Mal podia esperar para lhe mostrar a mesa, as velas, a comida.

– Bom, obrigado – ele murmurou. – Você sabe o quanto eu estava ansioso para começar.

Ele havia enfrentado muitos obstáculos, a falta de fundos, mudanças políticas, mudança de foco na Polícia Federal, mas agora Andy estava finalmente vendo seu antigo projeto decolar: uma unidade nacional de alto nível dedicada a crimes violentos em série, sua especialidade. A base seria na capital, Camberra, com parcerias com um programa semelhante ao da academia do FBI americano em Quantico, na Virginia. Dali a alguns dias, Andy ia começar um treinamento de três meses nos Estados Unidos. Depois disso, assumiria os principais casos de crimes violentos em série do país, ajudando a treinar outros policiais e supervisionando o trabalho deles. Era um cargo bem mais importante e desafiador, e era exatamente o que ele sempre sonhara.

– Sei. Agora, relaxe, tire o casaco e... – Mak começou a falar.

Mas Andy franziu a testa.

– Houve um tiroteio em Pyrmont, na antiga sede da Guarda Costeira – ele disse, contrariado. – Sinto muito, mas tenho que ir correndo para lá. Só vim trocar de camisa.

O sorriso de Mak murchou junto com os planos do jantar romântico. Um nó se formou em sua garganta.

Com uma das mãos, Andy afrouxou a gravata.

– Estou todo sujo – disse, tirando o paletó e revelando manchas vermelhas e marrons na frente da camisa azul bebê. – Um garoto morreu degolado numa cerca de arame farpado tentando escapar do Deller. Foi uma confusão.

Ela deu um passo para trás ao perceber que as manchas provavelmente eram de sangue seco.

Os olhos de Andy saltavam de lá para cá, recordando a cena, a boca apertada de frustração mal contida.

– Nós só queríamos fazer umas perguntas.

Agora vai ser difícil, pensou Mak, com pena.

Recuando pelo corredor, Mak conseguiu fechar discretamente a porta da sala de jantar com o pé, para que Andy não visse a mesa posta à luz de velas. Não queria que ele se chateasse ainda mais. Distraído com os botões da camisa, ele nem percebeu.

Plim.

– O que foi isso? – ele perguntou.

Era o micro-ondas, avisando que a comida estava quente. Talvez, em vez de um minuto, ela tivesse programado dez. A essa altura, a massa deveria estar reduzida a uma gosma borrachenta.

– Do que você está falando? Não ouvi nada – ela mentiu.

Ele sacudiu a cabeça e continuou.

– O moleque fugiu e tentou pular uma cerca, e acabou ficando com o pescoço preso nos fios. Eu tenho que voltar para ajudar o pessoal. Sinto muito, Mak, não vou demorar. Só mais umas duas horas.

Lá se vai o jantar.

Mak concordou.

– Puxa, que azar – lamentou, fingindo arrumar a jaqueta e o capacete na mesa do *hall*. – Você ainda precisa se envolver com esses casos? Mesmo com a viagem no sábado?

– O Jimmy pediu que ajudasse. Eu conheço todo mundo, sabe como é.

Ela sabia bem demais.

– Tem tempo para comer alguma coisa? – ela perguntou, sabendo que a resposta seria não.

– Desculpe, Mak. O Jimmy está esperando lá fora. Temos que ir.

Ela concordou outra vez. Os pensamentos, como uma nuvem escura, pairavam sobre sua cabeça.

– Puxa vida! – de repente, ele se lembrou. – Oh, Mak, o nosso jantar. Desculpe, eu devia ter ligado para avisar.

Sim, devia.

– Não faz mal.

– Eu volto em no máximo duas horas, prometo.

– Está tudo bem, não se preocupe. Eu sei que é importante.

Andy passou por ela e subiu a escada até o quarto. Mak permaneceu no corredor, o sangue fervendo nas veias.

Ela tinha ligado à tarde para confirmar o jantar, que seria às 19 horas. Era um dia de semana normal, não era sábado, nem feriado, nem uma daquelas noites de Lua cheia em que as pessoas enlouqueciam e saíam por aí matando os vizinhos. Era uma noite comum de quinta-feira, então por que ele não tinha telefonado assim que ficara sabendo que teria que trabalhar até tarde? Por que não podia ter avisado antes que ela se esfalfasse tentando dar uma de deusa do lar? Ele simplesmente esquecera o jantar e a conversa sobre como era importante eles terem tempo um para o outro no momento. Tinham apenas dois dias antes da viagem, e a passagem era muito cara. Se ela não conseguisse o dinheiro para ir visitá-lo, não iam se ver por três meses inteiros.

– Você vai me obrigar a ter um caso com alguém, Andy – ela havia dito de brincadeira. E um pouco a sério também.

Não ia lembrá-lo da conversa naquele momento, não no estado em que se encontravam: ela, zangada; ele, estressado. De qualquer maneira, não ia adiantar. Ele precisava atender a uma ocorrência de homicídio. Que importância tinha o fato de a sua namorada ter cozinhado um pacote de massa pela primeira vez na vida? Nenhuma.

Pensando com a lucidez que sempre a consumia quando ficava irritada, Mak andou até a porta da frente ainda aberta. A brisa de verão levantou a barra do vestido. Lá em cima, as nuvens passavam de douradas a roxas com o pôr do sol.

Uma viatura esperava no meio-fio, o banco do passageiro estava ocupado pelo detetive Jimmy Cassimatis, parceiro de longa data de Andy. Tudo o que Andy tinha de alto, esguio e forte, Jimmy tinha de atarracado e arredondado, como um urso de pelúcia gigante. Comia constantemente e sempre tinha uma desculpa para examinar ou comentar a anatomia feminina. No momento, parecia estar fazendo as duas coisas simultaneamente.

Com os olhos apertados pela tensão reprimida, Mak percorreu o caminho até o carro, o vestido dançando em torno dela, as mãos nos quadris.

– Oi, Jimmy – ela o cumprimentou ao se aproximar da janela da viatura.

Ele se assustou, deixando cair uma revista no colo e virando o saquinho de batatas fritas. Sem jeito, escondeu a publicação entre o assento e a porta, mas Mak ainda pôde ver claramente a imagem amadora da página central, a chamada para o Prêmio Tarado do Mês acima de uma genitália feminina anônima. ENVIE SUA FOTO E GANHE $ 50,00.

Pode deixar.

– *Skata*! Você não devia me espionar desse jeito – ele protestou constrangido.

– Lendo as notícias, Jimmy?

Ele concordou, o rosto vermelho como um pimentão.

Mak se debruçou na janela do carro, deixando a cabeleira loira cair para frente de propósito, aproximando o rosto do homem indefeso, preso pelo cinto de segurança que afundava cada vez mais no banco.

– Então, como anda a situação no Oriente Médio? – ela perguntou, num tom carregado de sarcasmo. – Já firmaram um acordo de paz definitivo?

Jimmy tossiu.

– Ainda não? Que pena... – ela disse com uma expressão debochada, pousando as mãos no teto do carro. – Pelo jeito, vocês tiveram um dia difícil.

– Foi – ele concordou, obviamente sentindo-se desconfortável.

Mak sabia bem que deixava Jimmy Cassimatis nervoso, e fazia anos que decidira que essa era a melhor maneira de tratá-lo. A relação dos dois havia sido difícil desde o início. Quatro anos e meio antes, quando Mak tinha acabado de conhecer Andy, e ele era apenas o detetive encarregado de investigar o assassinato da amiga dela, Jimmy tinha encontrado uma foto de Makedde de biquíni, com 22 anos de idade, bronzeada e sorridente, em uma edição antiga da *Sports Illustrated*, e a afixara no mural que reunia as provas coletadas no caso. Tinha até se dado ao trabalho de circular suas partes pudendas com um pincel atômico, como se costuma fazer com imagens de locais de crimes. O Esquadrão de Homicídios inteiro tinha visto a foto, e agora, anos depois, as coisas entre os dois ainda não tinham melhorado muito.

Uma olhada rápida pelo interior do carro revelou papéis de chocolates e caixas vazias de *fast food*, além do saquinho de batatas fritas derramado.

– Foi o seu jantar? – ela perguntou.

– Hã... meu almoço.

Jimmy não se esforçava para melhorar seus hábitos de saúde, apesar das advertências do médico e de um derrame quase fatal que deixara um dos lados de seu rosto com uma leve rigidez que só aumentava sua cara de perdigueiro. Talvez ele acreditasse que os remédios que tomava para afinar o sangue fossem um antídoto perfeito para suas preferências gastronômicas. Não havia muito que a sofrida esposa de Jimmy, Angie, pudesse fazer para influenciar o marido teimoso.

– O que você achou do novo cargo de Andy? – Mak perguntou.

Jimmy franziu o cenho. Era óbvio que ele não estava gostando da ideia de perder o velho parceiro.

– Ele tem uma sorte do cacete.

– É, vai ser bom para a carreira dele.

Não seria a primeira visita de Andy a Quantico. Ele já havia participado de um treinamento para elaboração de perfis psicológicos, oferecido pelo FBI a policiais de outros países.

Mak mudou de assunto.

– Estão botando pressão no Deller?

– Por causa do moleque da cerca? Não sei. Acho que não. Ele não mandou o garoto sair correndo e pular o arame farpado. Só tentou pará-lo – Jimmy se mexeu no banco. – E você? Ainda está brincando de detetive particular? – ele falou num tom de deboche, obviamente procurando uma forma de se sentir superior.

"Brincando" de detetive.

Mak sorriu com malícia, disfarçando sua irritação com a pergunta.

– Por quê? Precisa de ajuda em algum caso?

Ele abriu um sorriso desdenhoso.

– Ei, o Andy lhe contou sobre Ferris Hetherington, o ex-policial?

Sim, muitas vezes. Mak se dava conta de que seu trabalho com Marian causava pequenos atritos com Andy, mas valorizava demais sua liberdade para se preocupar com as opiniões negativas dele e de seus colegas sobre detetives particulares. A profissão era regulamentada e tinha sua clientela. As pessoas precisavam dos serviços que a agência de Marian prestava, e os clientes que a procuravam por motivos escusos, como assediar a ex-mulher ou espionar concorrentes, eram recusados de cara. Marian conhecia bem a alma humana e, desde que seus clientes não mentissem para ela, pelo menos a respeito de coisas importantes, e se enquadrassem nos seus princípios morais bastante flexíveis, ela não se dava o direito de julgá-los.

– O Ferris – disse Jimmy – largou um *emprego de verdade* para abrir uma agência de detetives. Ele tentou entrar num quarto de hotel...

– Sim, eu sei – interrompeu Mak. – Ele tentou abrir a porta de um quarto do Westin com o cartão de crédito, que ficou preso na fechadura. Impossível achar uma desculpa para isso.

– Então, você ficou sabendo?

Mak recitou a história palavra por palavra, exatamente como a escutara de Andy mais de dez vezes desde que tinha começado a trabalhar para Marian.

– Ele foi preso por invasão de domicílio, perdeu a licença de detetive e foi à falência seis meses depois. Uma história fascinante, Jimmy, mas que eu sei de cor. E, antes que eu me esqueça, o Pete lhe mandou um abraço – ela contra-atacou.

– Ah, sim – ele disse, baixando os olhos. – Diga que eu mandei outro para ele – Jimmy se remexeu no assento. – O Pete é um cara legal.

Pete Don era um ex-policial do Esquadrão Antidrogas que tinha se desligado da polícia para abrir uma agência de investigação depois que uma mancada de alguém dos serviços de inteligência expôs sua identidade.

Como resultado, a quadrilha em que ele estava infiltrado quase conseguiu matá-lo antes de ser desmantelada. Era extremamente respeitado na força policial, e Mak sabia que, de vez em quando, ele ainda fazia alguns serviços para os ex-colegas, embora jamais falassem a respeito. Pete era um dos concorrentes amigos de Marian e tinha sido um dos instrutores de Mak no curso de detetive.

Mak escutou passos e se virou. Andy tinha vestido uma camisa limpa e vinha caminhando na direção dela.

– Eu sinto muito pelo jantar – disse, beijando-a na boca. – Espero que você não tenha preparado um banquete especial.

Ela passou a língua pelos lábios quando ele se afastou.

– Eu? Está brincando? – ela deu uma risada exagerada, enquanto ele entrava no carro.

Jimmy também riu, com mais sinceridade do que ela.

– Até parece! – ele sabia que Mak não fazia o tipo dona de casa. Muito diferente da esposa dele, que o esperava com comidinha caseira farta todas as noites.

– Prometo que amanhã vamos sair para jantar – disse Andy. Ele parecia estar sendo sincero. – Vou levá-la a algum lugar chique.

Para passarmos nossa última noite juntos.

Ela sorriu.

– Promessa é dívida.

– Volto daqui a duas horas.

– Até mais, meninos – respondeu Mak, se afastando do carro.

Eles se foram.

– Merda – ela desabafou na rua deserta.

Ficou parada de braços cruzados, sentindo a brisa acariciar o corpo. Estava muito longe de casa e começava a questionar as escolhas que a levaram até ali. Olhando para trás, podia ver como as coisas tinham se desenrolado, num passo a passo inevitável. Os últimos anos da sua vida tinham sido uma montanha-russa de emoções e decisões difíceis, e agora ela estava em Sydney, na Austrália, muito distante da sua terra natal. Nos seus devaneios, as coisas eram muito mais fáceis. Andy e ela levavam uma vida simples e caseira, na qual ele tomava conta da cozinha, e ela não tinha abandonado o pai viúvo no Canadá.

– As coisas vão se ajeitar – ela murmurou para si mesma. – Sempre se ajeitam.

Mak entrou em casa e trancou a porta. Pegou a mochila que estava no banco do *hall* e a jogou sobre a mesa de jantar em frente aos pratos vazios. A bolsa deslizou pela madeira lustrada e derrubou uma vela, derramando cera branca no tampo escuro.

Espere aí.

Ela havia fechado a porta da sala quando Andy chegou em casa, mas agora a porta estava aberta. O que significava que ele tinha visto a mesa posta.

Ótimo. Maravilha.

Desanimada, Mak encheu uma taça de *merlot* e bebeu de um só gole, como se fosse suco de uva. Resmungando, serviu-se da massa que estava no micro-ondas. Como esperava, o prato não havia se tornado mais apetitoso naquele meio-tempo. Os pedaços de *penne* tinham uma aparência suspeita de pneus carecas. Ela levou uma garfada aos lábios e provou. Baixou o garfo, voltou com a massa para a cozinha e jogou tudo no lixo.

Preparou uma tigela de cereais com leite e comeu à luz de velas, folheando os classificados de imóveis do *Correio de Wentworth*, em busca de uma sala para abrir seu consultório de Psicologia. Até então, não havia encontrado um aluguel razoável em nenhum dos subúrbios onde queria se instalar. Precisava ter paciência. Algo iria aparecer.

E se nos mudarmos para Camberra, quando Andy voltar, vou ter que começar tudo de novo...

Ela terminou os cereais, que não a satisfizeram e certamente não combinavam com o vinho, e ligou para Karen Mahoney para contar sobre seu fracasso com a massa.

Karen não atendeu. Assim como o namorado de Mak, ela estava fazendo hora extra naquela noite de quinta-feira.

* * *

Que desperdício.

A detetive Karen Mahoney estava em pé junto ao corpo de uma jovem recém-falecida, observando a cena da morte com bloco e caneta na mão. Já estava se preparando para voltar para casa quando recebeu a chamada do Esquadrão de Homicídios. E, no momento, se encontrava naquele apartamentinho triste de um quarto, coletando qualquer fragmento de informação que pudesse ajudar a elucidar o que acontecera.

Cerca de uma hora antes, a delegacia de Kings Cross tinha recebido duas reclamações de vizinhos a respeito de gritos. Os guardas que atenderam a ocorrência se depararam com uma cena muito mais violenta do que a briga de casal que esperavam. A jovem moradora do apartamento tinha levado várias facadas no peito e já estava morta ao ser socorrida.

Um homem igualmente jovem, e ainda não identificado, também estava no apartamento naquele instante, aparentemente desorientado, e segurando uma faca coberta de sangue, obviamente a arma do crime. Ele não tinha tentado fugir e, no momento, estava sendo interrogado pela polícia. Tinha marcas de agulhas nos braços: um drogado. Tudo indicava que se tratava de um assalto motivado por drogas em que as coisas tinham saído do controle. Talvez ela o tivesse apanhado roubando suas coisas, ou talvez ele tivesse tentado estuprá-la.

Que jeito horrível de morrer.

A vítima estava vestindo jeans e uma blusa azul-clara, empapada do sangue que uma hora antes corria por suas veias. Estava de meias brancas, mas sem sapatos, o que sugeria que ela estava à vontade em casa quando foi atacada. Karen notou que havia sangue nas mãos da vítima e o que pareciam ser ferimentos sofridos na tentativa de se defender do ataque. Seus braços e suas pernas estavam abertos, os cabelos loiros platinados cobriam parte do rosto. Desde a hora da morte, o corpo vinha esfriando ao ritmo de um ou dois graus por hora, e a pele havia começado a empalidecer, criando a aparência de uma boneca de cera.

Que imenso desperdício.

Karen, que pouco tempo antes disso havia sido promovida a detetive, tinha visto alguns crimes parecidos. Cenas como aquela tinham acabado com a visão idealista da natureza humana em que ela acreditava no início da carreira, especialmente à medida que a experiência lhe ensinou que quase todos os crimes violentos eram cometidos por pessoas íntimas das vítimas: amantes, parentes, amigos. *O perigo mora ao lado.* É claro que ela também tinha visto desconhecidos matarem uns aos outros por coisas banais, como dinheiro e joias e, às vezes, até um par de tênis. E principalmente drogas.

A equipe da perícia circulava pelo apartamento como se fosse um grupo de abelhas operárias, cumprindo o ritual minucioso de coletar indícios microscópicos. Um fotógrafo enquadrou o corpo de vários ângulos e depois foi se concentrar em outros detalhes; seu *flash* iluminava as peças como um relâmpago.

Karen se abaixou ao lado da vítima e observou seu rosto por entre a massa de cabelos claros sujos de sangue. Era bonita. Karen percebeu que ela não usava aliança de casamento nem qualquer outro anel, apenas um par de brincos miúdos com as duas letras C entrelaçadas do famoso logo da Chanel. Não parecia haver cortes acima do pescoço, somente concentrados no peito. O agressor não havia acertado o coração, e ela provavelmente sofrera por um bom tempo antes de morrer. Impressões de mãos em escarlate descreviam traços de uma luta mortal pela sala, que borrifara sangue nas pernas e no tampo da mesa de centro, em uma parede branca e no piso. Uma pilha de revistas tinha deslizado da mesa, quadros estavam tortos nas paredes. Um porta-retratos com uma foto de um casal de meia-idade, provavelmente os pais da vítima, estava caído no chão forrado de vidro estilhaçado. A luta parecia ter se estendido por um bom tempo antes que as facadas roubassem a vida da mulher.

Você reagiu. Você tentou.

Um perito de macacão se aproximou, e Karen recuou para lhe dar espaço. Ele cobriu as mãos da vítima com sacos de papel pardo amarrados nos pulsos para preservar qualquer amostra do DNA do agressor que pudesse ter se alojado sob as unhas durante a briga.

Uma vez, Karen tinha visto um policial novato chamado Finker usar sacos plásticos em vez de papel, o que fez a pele da vítima se desprender dos dedos por causa da umidade, a ponto de as digitais estarem apagadas quando o corpo chegou ao necrotério para ser examinado. Por sorte, ela nunca tinha cometido um erro tão grosseiro no seu estágio probatório. Não que já tivesse sido aceita como parte da turma. Ainda era considerada uma "novata". Tinha vomitado ao ver sua primeira vítima esquartejada, mas isso era quase um rito de passagem. Não vomitara em cima do corpo, e era isso que contava.

– Se tivéssemos chegado quinze minutos antes, isso não teria acontecido – alguém comentou.

Karen olhou por cima do ombro para o guarda uniformizado que tinha dito isso. Ele parecia abalado enquanto respondia às perguntas do supervisor dela, o sargento Bradley Hunt. Karen concluiu que devia ser o primeiro homicídio do guarda, ou pelo menos o primeiro esfaqueamento. Será que ele e o colega tinham demorado para responder acreditando que a queixa dos vizinhos apontava para uma ocorrência de rotina? Se fosse o caso, o jovem policial poderia estar se sentindo culpado.

Agora é tarde.

Não havia nada que alguém pudesse fazer para trazer aquela mulher de volta à vida. A família logo seria avisada. Karen esperava não ser a escolhida para mentir à família que sua filha "não tinha sofrido".

Com apenas 23 anos de idade, Meaghan Wallace estava morta.

Capítulo 2

– Só vou demorar um segundo, gata.

Simon Aston estava usando apenas uma bermuda de surfista e seu sorriso mais charmoso. Vinha aprimorando o bronzeado com o calor dos últimos dias, e o esforço tinha valido a pena. Estava em plena forma e sabia disso, e sua hóspede na casa com vista para o mar parecia concordar. Deixou-a enroscada sedutoramente no sofá creme da sala, a minissaia jeans revelando a curva suave no alto das coxas torneadas. Ela era *mignon* e tinha a pele escura, boca carnuda e olhos castanhos, e Simon pretendia examinar mais de perto aquele traseiro empinado antes que a noite acabasse. Ela se apresentara como "promotora de vendas".

Ele estava satisfeito consigo mesmo. Nada mal para uma quinta-feira.

Entrou na cozinha pequena e mexeu nos armários. Tinha certeza de que havia mais uma garrafa em algum lugar.

Ah, sim. Excelente.

Ele voltou para a sala sorrindo e segurando a garrafa morna de champanhe *Moët et Chandon* pelo gargalo. Uma brisa suave fazia cantar os sinos de vento do pátio. As portas estavam escancaradas para a noite de verão.

Simon notou que a amiga havia tirado as botas de caubói e estava enrolando uma mecha de cabelos escuros em um dedo das mãos benfeitas. Suas pernas bronzeadas resplandeciam convidativas no ar úmido da noite. Eles iam beber mais um pouco, e, então, ele a convidaria para uma caminhada pela praia de Tamarama, do outro lado da rua, e deixaria a areia e as estrelas exercerem sua influência mágica. Nunca falhava.

Sim, a vida era bela.

– Encontrei outro champanhe, gata – ele anunciou.

Jessica? Ou só Jess? Ele não se lembrava.

– Está um pouco quente, mas eu vou dar um jeito nisso.

Tirou a garrafa vazia do balde prateado sobre a mesa de centro e a substituiu pela nova, triturando o gelo que derretia rapidamente no calor. Os dois tinham consumido a primeira garrafa como se fosse água.

– Simoooon... – ronronou a promotora de vendas, inclinando-se na direção dele, abraçada numa almofada marrom. – Você ainda não respondeu a minha pergunta. Já sabe quem vai levar à festa?

– Ainda não, gata.

Ele deu um sorriso safado, calculado para fazê-la pensar que seria a escolhida. Todas as princesinhas de Sydney estavam doidas por um convite para a festança do aniversário de 30 anos de Damien Cavanagh no próximo fim de semana, e, sendo o melhor amigo dele, Simon tinha acesso ilimitado à lista de convidados. Seria o evento social do ano, ao qual ele não tinha a menor intenção de levar uma promotorazinha de vendas, mas ela não precisava ficar sabendo disso agora. Haveria muitas noites interessantes antes da festa.

– É mesmo? – ela sorriu e se aproximou um pouco mais, jogando os longos cabelos para um lado.

O celular dele tocou, e a expressão no rosto da menina transformou-se de desejo em tédio, como se o som do *ringtone* desligasse um interruptor dentro dela. Simon sacou o telefone do bolso da bermuda com impaciência e olhou para o visor. Sem identificação.

– Alô.

A menina tomou o último gole do seu champanhe e fez um beicinho indicando o copo vazio.

– Sou eu.

Eu?

– Eu quem? – disse Simon, revirando os olhos para Jess.

A garota se animou e deu uma risadinha. Simon olhou para ela com uma sobrancelha erguida de modo sugestivo. Ela achou graça e jogou a cabeça para trás num riso inebriado, levando a ponta do dedo aos lábios.

– Shhhh! – disse, o som logo se transformando em gargalhada.

Ele precisava dar mais champanhe para ela.

– Warwick – disse a voz do outro lado da linha.

Warwick O'Connor.

– Ah... Sim... – respondeu Simon, desejando não ter atendido a chamada.

Sua garganta se contraiu. Ele não estava com cabeça para trabalhar, e aquele era um assunto particularmente desagradável. Preferia deixar para o dia seguinte.

– Como estão as coisas? – perguntou, mas não esperou pela resposta. – Estou ocupado no momento. Vamos conversar outra hora – Simon não queria trair seu nervosismo na frente da amiga. – Eu ligo para você amanhã para...

– É sobre o dinheiro – a voz de Warwick o interrompeu.

O dinheiro.

Simon devia ter adivinhado que era sobre o dinheiro.

Warwick era um joão-ninguém, mas Simon sabia que ele não ia deixá-lo em paz tão facilmente. Cobriu o telefone com a mão.

– Eu já volto, gata – ele disse a Jess.

Não queria que ela escutasse algo tão importante. Ela fez outro beicinho e estendeu o braço com a taça vazia, enquanto ele saía para o pátio. A brisa estava ficando mais forte, os sinos de vento tocavam sua música caótica com mais vigor.

– O dinheiro está na mão. A outra metade já está aqui para você – Simon garantiu. Não queria problemas. – Podemos nos encontrar no Bar Ravesi amanhã à tarde. Vai estar tudo lá.

– Deixei um recado para você, uma hora atrás. Precisamos renegociar. Posso dificultar ou facilitar as coisas, você é quem sabe.

– Você anda vendo filmes demais – respondeu Simon, irritado. – Fez o serviço e vai receber o que combinamos, e ponto final.

Era ridículo Warwick pensar que podia renegociar àquela altura. O sujeito estava cuspindo no prato em que comera. Simon conhecia muita gente importante, gente que um dia podia precisar do tipo de serviço que Warwick oferecia.

– Não vamos renegociar coisa nenhuma – ele disse, com firmeza. – Você devia ficar feliz de receber a segunda parte depois de me encher o saco desse jeito.

A brisa marinha agitava o ar em torno de Simon, fazendo soar os sinos de vento outra vez e erguendo os cabelos loiros da sua nuca bronzeada. Ele sentiu o rosto arder de irritação.

– Não abuse da minha boa vontade – acrescentou.

– Eu andei me informando – disse Warwick. – E acho que o pai do seu amigo ia se interessar muito pela minha oferta.

O coração de Simon saltou do peito. *Nem pense nisso.*

– Quero 1 milhão. Em dinheiro.

Simon não acreditou no que ouviu.

– O quê? Que história é essa? *Um milhão de dólares*? O que você andou fumando? Isso é ridículo! – ele berrou, o vento carregando as palavras por cima dos telhados. – Pode esquecer. Pode esquecer.

Ele concordara em pagar 15 mil para Warwick tomar conta de um probleminha. Que conversa era essa de 1 milhão? Ridículo. Simon estava perdendo a paciência.

Eu devia desligar para mostrar quem é que manda, pensou. Mas, antes que ele pudesse agir, Warwick falou outra vez.

– Seu amigo não vai querer que essa cagada venha a público, e muito menos o pai dele.

– Pare com essa bobagem – Simon disse em voz baixa, entrando em pânico.

Seu estômago estava revirado; o champanhe, amargo em sua boca. E se Warwick realmente soubesse de quem se tratava e tivesse provas? E se ele vendesse a história para algum repórter?

– Diga ao seu amigo que eu quero uma resposta amanhã, até às 13 horas – Warwick continuou. – E se não for a resposta que eu quero, o preço vai subir. Convide-o para almoçar, e tenham uma boa conversa a respeito. Tenho certeza de que ele vai concordar que vale a pena deixar a mídia de fora.

Tudo estava dando errado. Como isso podia acontecer? Ele devia estar no controle. Tinha contratado o sujeito, afinal de contas. Tudo devia estar bem encaminhado, o problema devia estar resolvido.

– Você está blefando – disse Simon.

– Você *sabe* que não – Warwick retrucou calmamente. – Um milhão em dinheiro vivo. Esse é o preço.

– Pare com essa bobagem – Simon repetiu, rindo, tentando outra tática.

A risada soou nervosa até para ele próprio. Seu corpo estava tenso, inundado de adrenalina, mas ele tentou fingir tranquilidade.

– Está bem, nos vemos amanhã, no Ravesi. Vou levar os seus sete mil e meio e mais alguma coisinha pelo inconveniente, certo? Não se preocupe. Vamos deixar por 25 no total, está bem assim? Não se preocupe. A gente se fala amanhã.

– Um milhão de dólares. Quero uma resposta até às 13 horas, ou vou procurar o velho – Warwick ameaçou outra vez.

Simon ia responder quando o telefone ficou mudo. Ligação encerrada.

– Merda! – ele exclamou para os céus.

Warwick tinha desligado na cara dele. Aquele filho da puta tinha desligado na cara de *Simon Aston*?

Simon ficou parado no ar úmido do pátio, chocado, fitando o céu escuro, a mão esfregando nervosamente o abdome musculoso, os dedos fazendo círculos em torno do umbigo.

Não acredito que ele desligou na minha cara. Não acredito.

Estava tão furioso que não conseguia falar, e decidiu se acalmar um pouco. Quando recuperou o controle, voltou para a sala onde a menina o esperava. Ela havia aberto a garrafa de champanhe sozinha. Parecia entediada, examinando as unhas pintadas à francesinha, a taça pela metade e os pés descalços sobre o braço do sofá. Ele ainda devia estar com o rosto vermelho de raiva, porque ela percebeu logo que algo estava errado.

– O que houve? – ela perguntou ao vê-lo.

– Nada. Me dê o seu copo...

Ele tirou a garrafa do balde, que agora continha apenas água e as formas irregulares de alguns cubos de gelo quase derretidos. O champanhe não estava gelado o bastante, mas ele não se importou. Em silêncio, Simon encheu a taça da sua convidada, depois a sua própria, e deixou-se cair pesadamente numa poltrona com a bebida na mão. O telefonema de Warwick tinha estragado sua noite.

Devo contar tudo ao Damien? De jeito nenhum.

Warwick estava blefando, e não havia motivo para incomodar seu amigo com os detalhes. Tudo ia ficar bem. Ele estava lidando com um sujeito ganancioso, que tentou jogar verde para colher maduro.

Mas, e se ele não estiver blefando?

Capítulo 3

Na sexta de manhã, Makedde Vanderwall abriu os olhos ao ouvir o som da porta da frente se fechando.

Mexeu-se na cama e fez uma careta, sem ter que olhar para o relógio. Sabia que era cedo demais. Lá fora, ouviu um carro se afastar. Tinha uma vaga lembrança de Andy vindo para a cama na noite anterior. Ele se enfiara embaixo das cobertas com cuidado, tentando não acordá-la. Só que ela queria ser acordada. Apesar da resistência, Mak estava se acostumando com a frustração sexual acumulada das esposas que perdiam os maridos para o trabalho, e ela nem sequer era casada! Estavam morando juntos havia apenas um ano. Será que só ia piorar? Será que os três meses de curso em Quantico iam uni-los ou separá-los ainda mais?

Existe crise de um ano?

Se aquelas ausências frequentes e a mesmice quase platônica já lhe pareciam longe do ideal, ela se perguntava como a relação iria se sustentar quando ele voltasse e tivesse que passar cinco dias por semana na nova unidade em Camberra. Eles ainda não haviam discutido o assunto, mas era óbvio que ela teria que pensar em se mudar para lá com ele, mesmo que todos os seus amigos australianos estivessem em Sydney, assim como seu trabalho. Teria que abrir mão do emprego de detetive com Marian, que estava indo tão bem? Os planos de abrir um consultório em Sydney já não pareciam uma boa ideia no momento, com a vida dos dois tão incerta. A perspectiva de se mudar para outra cidade com Andy e deixar para trás os poucos laços que havia formado no ano anterior (a amizade com Karen, as tardes com Loulou, o trabalho com Marian) a entristecia.

Não se preocupe com isso agora...

A unidade só estaria funcionando plenamente dali a alguns meses. Ela tomaria as decisões necessárias quando chegasse a hora.

* * *

– Então, como foi ontem à noite?

O detetive Andy Flynn ergueu os olhos da mesa com uma expressão confusa. Seu parceiro, Jimmy Cassimatis, havia entrado no café preferido dos dois com vinte minutos de atraso.

– Como foi o quê? – perguntou Andy. Eles tinham trabalhado juntos até tarde no caso de homicídio de Jimmy, e ele não entendia a que assunto o parceiro podia estar se referindo.

– Não se faça de bobo. Você deu um trato na patroa ontem, não deu? – brincou Jimmy, erguendo o punho num gesto fálico. – Essas trepadas para fazer as pazes são as melhores. Usaram as algemas de novo? Aposto que sim.

– Cale a boca e sente aí – disse Andy, ignorando os comentários.

Ele olhou em torno, mas os outros clientes não pareciam ter se incomodado com o gesto grosseiro de Jimmy. Ele estava sempre falando de sexo, fazia parte do seu "charme". A vida sexual de Andy, em particular, era um de seus alvos favoritos, especialmente pelo fato de o parceiro ter "faturado" uma modelo, como ele gostava de alardear, que ainda por cima fora capa da *Sports Illustrated* e tinha queda por uniformes e algemas. "Você é uma lenda, companheiro", ele havia decretado em muitas ocasiões. Andy sabia que Jimmy era mais do que um mero troglodita, mas não gostava que os outros soubessem.

– *Skata*! Ela apareceu de repente ao lado do carro, como se fosse um fantasma, e quase me matou de susto – insistiu Jimmy, puxando a cadeira para sentar. – E estava puta da cara com você, nem fez questão de disfarçar!

– Eu percebi, mas obrigado por me lembrar – retrucou Andy, desejando que Jimmy parasse de falar sobre Mak. Ela havia ficado furiosa com ele, embora nunca fosse admitir isso. Era tão diferente da sua ex-mulher, a falecida Cassandra, que preferia gritar, chorar e atirar coisas nele.

Andy, às vezes, não entendia as reações de Mak. Ela não falava muito quando se zangava, como na noite anterior, mas seu silêncio era pesado, quase palpável. Ele não tinha um ponto de referência com mulheres assim. Mas, a essa altura, ela já devia ter entendido que ausências e expedientes sem hora para terminar faziam parte do trabalho dele. Afinal de contas, também era filha de um policial.

O pai de Mak era o temido ex-inspetor Les Vanderwall, cuja influência parecia se estender pelos quatro cantos do mundo, embora ele tivesse feito carreira no Canadá. Andy sabia que Les não aprovava a escolha de namorado da filha e que se mantinha informado sobre a vida deles. Ao se apaixonar por Mak e propor que eles morassem juntos, Andy tacitamente aceitara sua personalidade forte, sua inteligência aguda e os silêncios cheios de significado. Também tinha assumido o papel a que todo homem envolvido com uma mulher bonita precisa se acostumar: sempre que saíam à rua, os homens a olhavam com desejo, e, às vezes, as mulheres também. Com tudo isso, mais as intromissões do pai distante, mas controlador, ficar com Makedde Vanderwall nunca tinha sido fácil. E isso antes de ela se meter a ser investigadora.

– Tenho que fazer reservas em algum lugar para esta noite. Algum restaurante chique. Talvez no Icebergs... – Andy sabia que ele tinha uma fila de espera gigantesca.

– O Deller conhece o *chef* de lá. Talvez ele lhe deva algum favor – disse Jimmy.

– Bem, o Deller certamente me deve um favor.

Com sorte, assim, ele conseguiria uma mesa em cima da hora. Com muita sorte.

– Como vão as crianças? – ele perguntou, tentando mudar de assunto.

– Vão bem – respondeu Jimmy. Ele seguia a tradição grega de famílias grandes, com uma prole de quatro e mais um a caminho. A garçonete veio atendê-los. – Vou querer um café da manhã completo: dois ovos fritos, feijão, *bacon* e salsicha. E uma xícara de café preto.

– Para mim, um café, feijão e torrada – pediu Andy.

– *Skata*. Você está com uma cara horrível.

– Eu sei – concordou Andy.

– Estão tirando seu couro, é?

Andy deu de ombros.

– Como andam as coisas em Camberra?

– Tudo bem – Andy começou a brincar com um guardanapo. – Está tudo muito bem no papel, mas, por enquanto, é só conversa, conversa e mais conversa. Eu não levo jeito para essas enrolações políticas. Todo mundo fala, mas ninguém faz nada.

– Você é bem mais diplomático do que eu – comentou Jimmy.

Era verdade. Jimmy poderia ter sido promovido muito tempo antes, se não fosse sua total falta de traquejo social e de ambição política. Era um bom policial e daria um braço por Andy, mas os altos escalões não gostavam dele. Ele não tinha o perfil de um líder e sabia disso.

– Acho que Kelley quer fazer uma despedida no seu último dia – *o inspetor Roderick Kelley*. – Você é o queridinho dele.

– Eu não diria isso.

Mas era verdade, em parte. Kelley sempre protegia Andy o máximo possível quando as coisas ficavam feias. Quando Andy resolveu o caso do Assassino do Salto Alto, Kelley se sentira vingado, mas Andy também o decepcionara algumas vezes. Se ele era o queridinho do chefe, também era mais cobrado do que os colegas.

Os cafés chegaram, e Jimmy despejou três pacotinhos de açúcar na xícara.

– Às vezes, me dá vontade de ir com você. Tudo anda muito chato por aqui – ele se queixou. – E só vai piorar quando você for embora, já estou sentindo.

– Bom-dia – cumprimentou-os o inspetor Kelley, interrompendo a conversa antes que Jimmy pudesse continuar. Os dois amigos foram pegos de surpresa e Andy ficou se perguntando se o inspetor teria ouvido a conversa.

Jimmy parou de falar e limpou o café do canto da boca.

– Oi, doutor – disse, sem jeito.

– Bom-dia, inspetor – Andy se levantou e apertou a mão de Kelley.

– Só passei para pegar um café. Você poderia dar uma chegada na minha sala mais tarde? – ele perguntou a Andy. – Tenho algumas coisas para discutir com você.

Andy concordou. Ele admirava muito o inspetor. Não era um burocrata, como tantos que ocupavam esse tipo de cargo hoje em dia. Era da velha guarda, o tipo de policial que tinha aprendido a profissão nas ruas, e não numa sala de aula. Não aspirava a cargos políticos e não tolerava conversa mole. E quanto a Andy? De tanto falar na unidade, estava começando a se sentir como o tipo de homem que sempre detestara. Queria poder voltar a fazer seu trabalho, em vez de só falar sobre ele. Mas não teria que esperar muito mais, o que era ótimo, pois sua paciência estava mesmo se esgotando.

Kelley comprou um café para levar e uma barra de cereais e voltou para a Central de Polícia, do outro lado da rua.

– Queridinho do chefe – provocou Jimmy.

Andy revirou os olhos.

Jimmy insistiu.

– Você é o queridinho desde o caso do Salto Alto e sabe bem disso.

O caso havia sido o mais famoso da carreira de Andy e representara uma virada para ele tanto na vida profissional quanto na pessoal. O maníaco espalhara uma onda de violência por Sydney e desenvolvera uma fixação em Andy, que estava chefiando as investigações. A ex-mulher de Andy tinha sido uma das vítimas, e Makedde, a principal testemunha. Seu mundo tinha virado de cabeça para baixo, e, quando ele resolveu o caso, prendendo o assassino, sua carreira deu um salto. Jimmy tinha razão: de certa forma, ele era o protegido de Kelley. Mas pagara um preço alto pelo sucesso naquele caso.

* * *

Quinze minutos depois, Andy e Jimmy entraram juntos na Central. Kelley veio falar com Andy, e vários outros detetives observaram a interação, sem dúvida, desejando receber a mesma atenção do chefe.

– Vamos conversar na minha sala – disse Kelley.

O convite não incluiu Jimmy.

– Sim, senhor.

Jimmy se sentou atrás da escrivaninha modesta e fingiu folhear alguns documentos. Estava acostumado a ser excluído. Kelley e Andy seguiram pelo corredor, passando por vários colegas no caminho. Andy podia sentir os olhos cravados em suas costas.

Chegaram à sala de Kelley.

– Feche a porta e sente-se.

Andy obedeceu.

O inspetor ficou em pé, olhando a vista do Hyde Park, que se estendia da sua janela, as árvores decoradas com luzes coloridas. Depois que escurecesse, milhares de morcegos voariam daqueles galhos, parte da fauna noturna da cidade.

– Vou dar uma licença de duas semanas ao Deller.

Andy flexionou o maxilar. Deller ficaria decepcionado, mas ele compreendia a lógica de Kelley.

– Vai haver um inquérito?

– Sim. O de sempre.

Isso significava que Deller teria que se submeter a um aconselhamento psicológico para evitar traumas gerados pelo incidente. Andy tinha passado por isso algumas vezes e achava a ideia em si muito boa. Os policiais tinham contato com violência e morte o tempo todo e precisavam de ajuda para aliviar o estresse do trabalho. Andy só não estava muito convencido de que um psicólogo era o mais indicado para a tarefa. É claro que jamais admitiria isso para Mak.

Kelley continuava olhando a vista, as mãos cruzadas atrás das costas. Andy esperou que ele falasse. O inspetor era econômico nas palavras e nas ações. Quando se pronunciava, o que dizia tinha grande peso, especialmente para Andy. Kelley não era do tipo apaixonado pelo som da própria voz.

Por fim, ele se virou.

– Está satisfeito com suas novas atribuições? – perguntou, com os olhos cinza esverdeados inescrutáveis.

Será que *ele* estava satisfeito com as novas atribuições do seu protegido? É claro que sua recomendação ajudara Andy a conquistar o cargo.

Será que ele sabia de algo a respeito do projeto que Andy ainda desconhecia? A unidade seria um experimento em muitos aspectos, mas Kelley apoiara a ideia desde o início.

Vou ficar mais satisfeito quando finalmente puder fazer alguma coisa, em vez de só falar.

– Sim – admitiu Andy. – Estava na hora.

Ele tinha passado muitos anos frustrantes, tentando convencer políticos que mudavam de ideia segundo os caprichos da opinião pública.

Kelley reagiu ao comentário com um leve sorriso, como se soubesse por experiência própria como era a lentidão com que esses projetos avançavam. Depois, sentou-se, fazendo ranger a cadeira de couro preto. Era um homem alto e em muito boa forma para sua idade, para qualquer idade, de fato. Faltavam menos de cinco anos para que ele se aposentasse, mas ainda tinha saúde melhor do que a da metade dos subordinados.

– Acho que vou sentir saudade.

– Não comece a sentir saudade ainda. Você só viaja amanhã. Ainda pode ser útil por aqui.

Andy abriu a boca para dizer que ficaria muito feliz em ajudar, mas Kelley já estava explicando o que precisaria ser feito.

– Um corpo foi encontrado atrás de umas caçambas de lixo hoje, pela manhã, em Surry Hills. A menina estava morta havia alguns dias. Parece ter sido um crime sexual, pode fazer parte de uma série. Quero que dê uma olhada, coordene os rapazes. Talvez eles aprendam alguma coisa antes de você partir.

Esse era o papel que esperava Andy no futuro. Não iria mais fazer parte da equipe.

– Sim, senhor. Quem a encontrou?

Se o corpo estava em decomposição havia alguns dias, o cheiro deveria ser horrível, especialmente com as altas temperaturas de fevereiro.

– Leve Cassimatis com você. Peterson já está lá e vai lhe dar os detalhes.

Kelley passou um papel com o endereço para Andy.

– E tente dormir um pouco no avião amanhã. Você parece cansado.

Andy concordou. Ele vinha trabalhando demais, mas dificilmente conseguiria diminuir o ritmo agora.

– Hã, inspetor, e o Deller? O que vai acontecer com ele? – perguntou antes de sair.

Deller não era seu amigo, mas era um colega, e Andy não queria vê-lo rebaixado por circunstâncias fora do controle dele.

– Não se preocupe com ele – disse Kelley. – Você tem seus próprios problemas.

* * *

Andy e Jimmy pararam o carro numa rua lateral, próxima à entrada do beco, bloqueada com a fita que a polícia usava para isolar locais de crimes. Andy desligou o motor e abriu o porta-luvas. Porcaria de dor de cabeça. Encontrou duas aspirinas, que engoliu a seco.

– Certo, vamos ver o que está acontecendo – disse, saindo da viatura discreta.

O beco imundo tinha um cheiro horrível, não apenas de lixo, mas também de morte. Andy passou por baixo da fita azul e branca, seguido pelo parceiro. Eles tinham acabado de tomar café da manhã, e Jimmy já estava mordiscando uma barra de chocolate. Ele resmungou algo a respeito do cheiro.

Os dois trabalhavam juntos havia muitos anos e tinham se tornado quase inseparáveis, apesar do comportamento pouco popular de Jimmy. Não era sua linguagem grosseira, a fala pontuada com expressões em grego e palavrões pelos quais ele raramente se desculpava e Andy reprovava, tampouco sua falta de ambição, às vezes, destrutiva. Era seu jeito de comer. Cercado de imundície e podridão, Jimmy continuava a mastigar despreocupadamente, os dedos manchados de chocolate. Andy o fuzilou com o olhar, e Jimmy guardou a barra no bolso, não sem antes lamber os dedos.

O centro das atividades era uma caçamba de lixo no meio do beco. A equipe da perícia já se encontrava lá com seus macacões esterilizados, coletando materiais. Atrás da caçamba, o corpo de uma jovem se decompunha. O *flash* de um fotógrafo iluminou a vítima. As pernas nuas estavam abertas, salpicadas de comida podre. Ela parecia estar despida, exceto por uma cinta-liga cor-de-rosa no quadril.

– Ainda não a identificamos – disse o detetive Peterson. – Já verifiquei os horários dos caminhões de lixo. A última coleta foi no domingo, então, ela deve ter sido desovada depois disso.

– Alguém tocou no corpo? – perguntou Andy.

Não importava quantas vezes fossem instruídos quanto aos procedimentos em locais de crimes, sempre havia o risco de alguém, geralmente um novato, contaminar alguma coisa. A vítima parecia ter sido movida.

– Ninguém tocou em nada até a equipe chegar. Eles só moveram o lixo que estava em cima dela.

Droga. Talvez eles não soubessem que ele estava a caminho. Andy teria que examinar as fotos do local do crime, talvez nelas o corpo aparecesse na posição original.

– Está tudo intacto, menos o lixo – Peterson continuou.

– Quem a encontrou?

A menina tinha sido descoberta por um morador de rua que mexia na lixeira em busca de pedaços de papelão para se abrigar. O homem, que dizia se chamar Barney, estava dando sua versão semicoerente dos fatos a dois guardas uniformizados.

– ... a minha mulher, ela não quer saber mais de mim...

– Sim, Barney, mas o que nós queremos saber é como você encontrou o corpo.

Barney virou os olhos e depois encarou o guardinha. Tinha a barba longa e a pele do rosto muito vincada.

– Eu estava dando uma olhada por aqui e senti um cheiro ruim. Achei que podia ser fruta e vim ver se ainda dava pra comer.

Andy fez uma careta de nojo. Barney dificilmente teria alguma informação útil a dar aos guardas.

– *Skata* – exclamou Jimmy. – Ela já passou do ponto.

A autópsia lhes daria uma noção melhor da hora da morte, mas Andy calculou que o crime havia ocorrido uns dois dias atrás, e que talvez o calor tivesse acelerado a decomposição. Cobriu a boca e o nariz com uma das mãos e se aproximou. A menina parecia ser oriental e muito jovem, mas, com o corpo naquele estado, era difícil saber se era uma adolescente. Ele notou as lacerações em torno dos pulsos. Tinha sido amarrada, mas só restavam as marcas.

Andy se perguntou o que teria acontecido para ela acabar num beco sujo como aquele, a protagonista de seu último caso como parte da equipe com a qual ele tinha trabalhado por tantos anos.

Capítulo 4

Simon Aston atravessou um dos vastos salões da mansão Cavanagh, os tênis afundando no tapete de pele cor de creme que cobria metros e metros do piso de madeira de lei. Na sacada, do outro lado das portas de vidro que se abriam para a baía, Damien tomava sol numa espreguiçadeira. Usava uma sunga de grife famosa, e um roupão de seda exótica pendia das costas da cadeira. O jornal jazia no chão ao seu lado; os cadernos haviam sido separados meticulosamente.

– E aí, como vão as coisas? – cumprimentou Simon.

Apesar do conforto, Damien não parecia tranquilo. Suas olheiras escuras estavam mais pronunciadas do que nunca. Ele ergueu os olhos quando Simon se aproximou, mas não disse nada.

– Trouxe um café do seu lugar preferido. Expresso duplo.

Damien tomou o copo de isopor da mão dele sem agradecer.

– O café da empregada nova é uma merda – murmurou.

Simon concordou e puxou outra espreguiçadeira para se sentar.

– Então, como vão os preparativos para a festa?

– Não sei – disse Damien, indiferente, olhando para o mar e tomando um gole de café.

Simon deu uma olhada furtiva no relógio. Eram quase 11 horas. Ele queria ligar para Warwick O'Connor bem antes das 13 horas, por segurança. Seria melhor se soubesse de quanto dinheiro poderia dispor para negociar antes de fazer contato. Na experiência de Simon, não havia problema que o dinheiro não resolvesse. Tudo dependia da quantia disponível.

– Escute, odeio ter que falar nisso – disse nervosamente, torcendo as mãos. – Mas é que... hã... eu vou precisar de mais dinheiro para dar um fim naquele assunto.

Damien se virou para ele.

– É o Lee?

– Não, está tudo acertado com o Lee.

– Então, o que houve? – ele disse, com impaciência audível.

Um milhão de dólares. Quero uma resposta até às 13 horas, ou vou procurar o velho.

Simon não podia contar a Damien sobre o problema com Warwick. Como ia explicar que um joão-ninguém exigia 1 milhão do dinheiro dele e estava ameaçando chantagear seu pai? E se Damien concluísse que a culpa era de Simon? De uma hora para outra, ele podia virar *persona non grata* não apenas com os Cavanagh, mas com todos os VIPs de Sydney.

– Nada – mentiu Simon. – Está tudo bem. Só preciso de um extra para cobrir todos os buracos.

É claro que Warwick estava blefando. Não ia contatar Jack Cavanagh por conta própria. Ele não teria culhão para isso, teria?

Damien pousou o braço na lateral da espreguiçadeira, o café balançando na ponta dos dedos. Largou-o a alguns centímetros do chão, e o copo caiu de lado. Simon estendeu a mão para colocá-lo em pé, mas o café já tinha se derramado.

– Deixe isso aí – disse Damien, erguendo a cabeça. – Estelle! – ele começou a procurar os cigarros nos bolsos do roupão de seda. – Lee disse alguma coisa? – perguntou, ainda revirando os bolsos. – Estelle! – ele gritou outra vez. – *Onde está a porra dos meus cigarros?*

Imediatamente, Estelle surgiu com um maço e o colocou na mão de Damien. Ela era a nova empregada, esguia, pálida e linda, com uma cascata de cabelos negros presos num rabo de cavalo na nuca e olhos enormes e amendoados. Estelle era francesa, e os Cavanagh provavelmente a tinham contratado para parecerem mais cultos. As empregadas nunca duravam muito na casa. Damien espantava as feias e assediava as bonitas. Simon se perguntou se Damien já teria dormido com Estelle ou não e se ele se importaria se Simon desse em cima dela.

Damien pôs um cigarro na boca, e Estelle o acendeu. Em segundos, ela tinha limpado a mancha de café no chão e desaparecido outra vez.

Simon observou a cena fascinado.

– Está tudo bem com Lee. Não houve nada – prosseguiu, voltando à conversa. O tempo estava passando. – Não há problema algum. Só preciso de um dinheiro a mais para deixar todo mundo feliz.

Mesmo que fosse idiota o bastante para pedir, Simon sabia que Damien não tinha acesso a 1 milhão de dólares. Não em dinheiro vivo, pelo menos. O pai dele, Jack, controlava a fortuna da família, e o que Damien tinha em seu nome era apenas uma gota no oceano, comparado à riqueza pessoal do velho todo-poderoso e ao valor do Conglomerado Cavanagh, com suas diversas áreas de atuação. Simon nem sonharia em tentar extrair 1 milhão deles para uma figura como Warwick O'Connor. Seria um ultraje, uma exploração e, provavelmente, o fim de sua amizade com Damien. E, de qualquer maneira, era quase certo que O'Connor estivesse blefando sobre o que sabia.

Simon tinha certeza de que, se fosse encontrá-lo com 20 mil no bolso, Warwick ficaria com o dinheiro e esqueceria aquela loucura. Era peixe pequeno, e uma quantia daquelas certamente o deixaria feliz. E, então, o assunto estaria encerrado...

– Quero um novo *personal trainer* – disse Damien, de repente, beliscando um de seus bíceps bronzeados.

– Você está ótimo – disse Simon, mas não era exatamente verdade. Seu amigo estava começando a mostrar os sinais do excesso de drogas.

Além do mais, Damien nunca se esforçava o suficiente para obter os músculos que desejava. Era magro e tinha o peito ligeiramente côncavo. Não chamava atenção. Tinha treinado com quatro ou cinco instrutores diferentes no último ano, mas sempre acabava abandonando os exercícios. Dispensara o último *personal*, Dave, havia duas semanas. Simon não entendia por que Damien se dava ao trabalho de malhar, já que obviamente não gostava de seguir ordens.

– Como é o nome daquele sujeito que o Will sempre recomenda? – ele estava falando do ator Will Smith. – O *personal* que o deixou em forma para aquele filme? Sabe de quem eu estou falando?

– Não sei, mas vou perguntar.

Damien deu uma tragada no cigarro e observou os barcos na baía.

– De quanto você precisa para dar um ponto final nessa história?

– Trinta e cinco – disse Simon.Tinha pensado em pedir apenas 20, mas decidiu que precisava de um pouco mais para despesas pessoais. Estava sem nada outra vez, depois da última festa. Era caro ser amigo de gente rica.

Damien concordou.

– Vou providenciar.

– Seria bom se você pudesse me entregar o dinheiro, hã... logo.

Damien não pareceu se abalar com a exigência. Deu mais uma tragada.

– Acho que temos essa quantia no cofre.

Simon ficou aliviado. Se Damien se apressasse, talvez ainda desse tempo de fazer Warwick mudar de ideia antes das 13 horas.

Damien estalou o elástico da cueca de seda preta.

– Gostou?

O logo graúdo anunciava que era da grife Prada.

– Fica muito bem em você – disse Simon, sorrindo.

Damien suspirou ao ouvir o comentário e declarou:

– Não estou bem certo...

E, com isso, o assunto do dinheiro foi esquecido.

Capítulo 5

Às 12h30, o celular de Makedde Vanderwall tocou. Ela baixou o som da TV e pegou o telefone da mesa de centro. Tinha passado a manhã lendo uma matéria em uma revista de Psicologia sobre os avanços no tratamento experimental de psicopatas violentos no Canadá e depois sentira necessidade de se distrair com algo mais leve.

– Alô?

– Você ainda está na cama? – a voz familiar tinha um tom de acusação.

– Não. Já passa de meio-dia. Você acha que eu passo a noite na rua?

– Se tivesse a sua idade, era isso o que eu ia fazer, e ia me divertir muito – a voz pertencia à chefe de Makedde, Marian Wendell.

Mak riu.

Marian foi direto ao ponto.

– Tenho um serviço para você, se quiser. O cliente acabou de sair da agência. Está interessada?

– Sim – Mak se sentou no sofá.

– Vou precisar de você a semana toda – avisou Marian.

– Melhor ainda.

Uma missão era tudo o que Mak queria no momento. Muitos clientes tinham seus casos resolvidos em alguns dias, e uma semana inteira de trabalho seria a missão mais longa de Mak até então. Normalmente, esses casos iam para investigadores mais experientes.

– O serviço começa hoje. A que horas você pode estar aqui? – perguntou Marian.

– Me dê meia hora.

Mak não se deu ao trabalho de perguntar do que se tratava. Se Marian estava lhe passando um serviço, ela o pegaria sem hesitar. Precisava do dinheiro.

Com uma ducha relâmpago e uma maquiagem básica, Mak estava pronta e em cima da moto em quinze minutos. O modo mais rápido de chegar a qualquer lugar em Sydney era sobre duas rodas, e a 1200cc de Mak era seu meio de transporte favorito desde que se mudara para a cidade. Graças à moto, ela raramente tinha que desembolsar o preço astronômico dos estacionamentos, e, com a gasolina cada mais cara, um veículo econômico era a melhor opção. Nas poucas ocasiões em que se via obrigada a pedir emprestado o carro de Andy para trabalhar, ela constantemente procurava brechas no trânsito para poder acelerar, uma impossibilidade com quatro rodas.

É claro que uma *scooter* seria igualmente prática na cidade, mas nunca fora uma opção para Mak. Um dos seus prazeres infantis era parar ao lado de homens montados em *scooters* no trânsito e sorrir para eles do alto da sua imensa moto BMW.

Vroom.

Agora Mak conduzia a K1200R na direção de Bondi Junction, passando pelos engarrafamentos habituais com uma facilidade que só uma moto podia proporcionar. Com tempo de sobra, estacionou no meio-fio em frente à agência e desligou o motor. Pegou a mochila e entrou no prédio.

A sala de Marian Wendell ficava no segundo andar de um prédio de três pavimentos que devia ser glamouroso quando Marian a adquiriu, em 1975. Tinha os traços característicos de uma escola arquitetônica que agora o faziam parecer uma caixa de concreto deprimente. As paredes eram marrons e amarelas, o saguão do térreo era revestido de lambris envernizados onde deveria haver papel de parede, e as luminárias imploravam para ser substituídas. Mas, em vez de se sentir ofendida em sua sensibilidade estética, Mak achava que o local esbanjava personalidade. Graças ao histórico da agência de detetives particulares de Marian Wendell, aquelas paredes tinham visto muitos casos empolgantes, e Mak tinha a sensação de que antigos segredos ainda pairavam no ar.

Se esses lambris falassem...

Ela subiu pelo elevador lento, pronta para iniciar sua nova missão, com o capacete e a mochila nas mãos. Ao pisar no carpete verde e amarelo do corredor do segundo andar, viu que não estava só. Um homem baixo, de óculos, a alguns metros de distância, aprumou o pescoço ao vê-la e lhe lançou um olhar longo e antipático antes de entrar no banheiro unissex, ao fundo.

Boa tarde para você também, ela pensou, um tanto perplexa com aquele olhar agressivo. Ele devia ser um dos contadores que trabalhavam no prédio. Mak já tinha se dado conta de que, quando ia trabalhar de moto, parecia mais uma *motogirl*, ou talvez até um membro de alguma gangue, do que uma jovem investigadora com doutorado. Algumas pessoas simplesmente implicavam com motoqueiros. Certa ocasião, Mak tinha decidido passar no banco, antes de ir para casa, e um homem sentado num banco em frente à agência se convenceu de que ela ia assaltar os caixas. Ficou tão aliviado quando ela saiu calmamente da agência com o capacete na mão, guardando o comprovante bancário, que confessou suas suspeitas a ela.

Mak tinha escolhido uma moto esportiva, mas, pelas reações que provocava, ela poderia ser uma Hell's Angels barbuda.

– Bu! – disse entre os dentes, mas o contador assustado não a escutou. Deixou o homem com sua paranoia e empurrou a porta do escritório, na qual se lia:

Marian Wendell e Associados
Investigadores Particulares

Uma campainha tocou para avisar Marian que tinha um visitante. A câmera de circuito fechado confirmou a identidade de Mak para a chefe.

– Já falo com você – anunciou a voz possante de Marian do fundo do corredor.

– Está bem – respondeu Mak, sentando na sala de espera.

Ela tirou a jaqueta de couro e procurou algo para ler. Examinou a pilha de jornais e revistas velhas sobre a mesa de centro de vidro. Com exceção de uma *National Geographic*, eram todas revistas femininas, já que a clientela de Marian era constituída basicamente de mulheres que a procuravam por causa de maridos mulherengos ou colegas de trabalho suspeitos. Mak já tinha lido todas as revistas mais de uma vez e optou pelo jornal do dia anterior, passando os olhos por artigos sobre negócios e acordos políticos, a venda da Telstra, as tropas no Oriente Médio e os planos para a construção de uma linha de trem-bala entre Sydney e Melbourne.

Alguns minutos depois, Marian apareceu na porta da sala e acenou para Mak.

A famosa Marian Wendell era uma mulher de 65 anos, que parecia um frágil passarinho, se comparada à estatura amazônica de Makedde. Tinha uma cabeleira avermelhada bufante que fazia seu rosto parecer ainda menor, e uma preferência por roupas glamourosas e caras. As fotos na estante da sala mostravam que tinha sido muito atraente na juventude e ainda se orgulhava de sua aparência. Os cabelos estavam sempre meticulosamente tingidos e penteados, a maquiagem, impecável, e seu guarda-roupa, ainda que um tanto antiquado, era escolhido a dedo. Marian tinha uma sala bonita, um espaço funcional cheio de arquivos bem organizados, mas também agradável e tranquilo, com o toque distintamente feminino evidenciado pelo difusor de óleos de aromaterapia sobre a mesa larga, o vaso de cristal sempre cheio de rosas amarelas e uma estátua em estilo *art déco* de uma ninfa sobre um pedestal alto em lugar de destaque. Atrás dela, uma pintura aborígene pontilhada em tons terrosos retratava uma serpente gigante. A estante de livros cobria uma das paredes do chão ao teto, e da janela alta tinha-se uma bela vista urbana de Sydney. Tudo muito diferente dos refúgios escuros e masculinos das histórias de detetives como Philip Marlowe e Mike Hammer.

– Um sujeito no corredor se assustou quando me viu sair do elevador. Ele deve estar pensando que você começou a trabalhar para as gangues de motoqueiros.

Marian riu.

Mak estava acostumada com esses mal-entendidos. A expressão "as aparências enganam" não era a exceção, mas, sim, a regra para ela. Marian, pelo menos, achava que sua protegida só podia se beneficiar se ignorasse as aparências e se concentrasse na verdadeira natureza das pessoas. Talvez tivesse razão.

– Você é a minha arma secreta – disse Marian, cumprimentando a nova agente. – A senhora Anderson ficou muito satisfeita com o resultado da nossa investigação. O marido está tão envergonhado por ter sido pego em flagrante que já concordou com metade das exigências dela.

– Fico feliz que ela tenha gostado do serviço.

Em casos que envolviam traições, nem todas as clientes se alegravam com os resultados. A verdade podia doer, e muito. Esse era um dos motivos pelos quais Marian não encorajava maridos desconfiados a investigarem suas esposas. As mulheres geralmente reagiam a provas de que o marido estava de caso com a secretária contratando um bom advogado, enquanto os homens na mesma situação podiam recorrer a um bastão de beisebol e acabar tendo que responder a acusações de violência doméstica, além de tudo o mais. Era esse aspecto pouco atraente que dava má fama ao negócio, dependendo de como era tratado pelos profissionais.

Mesmo os detetives mais respeitados de vez em quando se viam às voltas com casos de infidelidade, embora muitas agências grandes recusassem esse tipo de serviço, preferindo atender somente clientes corporativos. Mas as traições eram o feijão com arroz da profissão. As três páginas cheias de anúncios de investigadores nas Páginas Amarelas eram um atestado da popularidade das suspeitas conjugais.

PRECISA PROVAR UMA INFIDELIDADE?

ESTÁ SENDO TRAÍDA POR SEU PARCEIRO? NÃO SEJA A ÚLTIMA A SABER!

Para muitas de suas clientes, algumas das quais logo estariam se divorciando, Marian não representava apenas um meio de obter a verdade, mas também um modelo a seguir quando se questionavam se era possível serem felizes sozinhas. Marian tinha enviuvado vinte anos antes e, desde então, vivia só, investindo suas energias numa carreira de sucesso. Uma foto de seu falecido segundo marido, Reg, enfeitava uma das prateleiras do escritório. Marian tinha contado a Mak que Reg, um homem bem mais velho do que ela, havia sido sua "alma gêmea". Ele respeitara sua independência, seu talento para os negócios e sua decisão de nunca ter filhos, e ela não sentia a mínima necessidade de substituí-lo. Marian falava de Reg com frequência, mas nunca do primeiro marido, e Mak suspeitava de que o casamento não tivesse acabado de forma amigável. Talvez um daqueles anúncios em caixa-alta nos classificados tivesse lhe dado a ideia de se tornar investigadora, ou, quem sabe, não teria sido o desejo de desmascarar o mesmo tipo de cafajeste com o qual ela havia se casado?

– Sente-se, meu bem – disse Marian. – Este é um serviço dos bons. Hora de tabela.

"Hora de tabela" para Mak significava 80 dólares por hora de pesquisa e 100 por trabalho de campo. Não era mau, mas ela já ganhara mais como modelo.

Os honorários especiais de Mak para atrair maridos safados a quartos de hotel eram muito mais altos graças à proximidade com o alvo e suas óbvias qualificações para o serviço. Até então, ela havia tido 100% de sucesso nesse tipo de caso. Teria sido a satisfação da senhora Anderson que levara Marian a lhe passar essa nova missão? Ou seria simplesmente porque nenhum dos detetives mais experientes estava disponível?

Mak se sentou. As calças de couro preto rangeram quando ela cruzou as pernas.

Marian tinha algo anotado num papel sobre a mesa, mas não leu enquanto falava. Fechou os olhos, recordando o encontro com sua memória prodigiosa.

– O cliente se chama Robert Groobelaar, um grande corretor de imóveis nascido na África do Sul. É dono da Corretora Trident. Sua secretária particular foi encontrada morta em casa, ontem à noite. Uma mulher jovem e bonita.

Marian deslizou uma foto por sobre a mesa. Mostrava uma loira sorridente com cabelos na altura dos ombros.

Uau. Um homicídio.

Mak sentiu um misto de tristeza e interesse. Era mais do que um simples caso de insatisfação conjugal ou espionagem industrial. Tirou um bloco da mochila e anotou os detalhes. Corretora Trident. Robert Groobelaar.

– Qual é o nome dela?

Marian fechou os olhos outra vez.

– Meaghan Wallace. Segundo ele, era solteira, sem filhos, e tinha 23 anos de idade. Trabalhava para ele havia mais ou menos seis meses. Vou pedir para meus contatos puxarem a ficha dela.

Mak anotou mais essas informações.

– O.k.

– A polícia deteve um suspeito. Nosso cliente quer saber tudo sobre ele.

– Vai ser moleza.

Não iria levar muito tempo. Marian tinha ótimos contatos com acesso a informações atualizadas. Uma boa parte de seus casos envolvia pessoas desaparecidas, adolescentes fujões, cônjuges que esqueciam o caminho de casa e pais que não queriam pagar pensão aos filhos. O acesso a bancos de dados sobre veículos, aluguéis, financiamentos ou cartões de crédito era fundamental para revelar não apenas o paradeiro de uma pessoa, mas também seus hábitos de consumo e seu estilo de vida. Mas, nesse caso, o suspeito já estava na cadeia, e Mak não achava que fossem precisar dela por mais do que dois ou três dias, no máximo. Com os contatos mágicos e um tanto misteriosos de Marian, não restaria muito o que ela pudesse fazer.

– O cliente quer um relatório completo sobre o histórico do suspeito e as provas contra ele.

Ah, as provas contra ele. Ela esperava que Mak se valesse de seus contatos dentro da polícia?

– Sabe por que ele procurou uma agência particular? – perguntou Mak. – Será que é para obter informações que ele acha que a polícia não está conseguindo ou querendo divulgar?

Marian ergueu os olhos.

– Eu diria que sim. Ele quer saber o máximo possível.

Quer dizer que ele está insatisfeito com a investigação oficial...

Mak se mexeu desconfortavelmente na cadeira.

– Você não me chamou para esse serviço só porque eu tenho contatos policiais, não é?

– Você foi chamada porque está se mostrando uma investigadora competente.

Mak sorriu ao ouvir o elogio.

– Que tem bons contatos policiais – Marian acrescentou com um olhar sugestivo. – Quase todos os meus funcionários têm algum tipo de contato na polícia, Mak. Ninguém está pedindo que você coloque suas relações em risco por causa de uma investigação. Isso seria contraproducente.

– Certo – disse Mak, embora ainda suspeitasse de que essas relações tinham motivado a escolha.

Suas ligações com a polícia, por intermédio de Andy e da amizade com Karen Mahoney, podiam representar uma vantagem, mas, se algum deles lhe passasse informações e fosse descoberto, poderiam sofrer sérias consequências. Até aquele momento, ela não tinha cogitado pedir ajuda a nenhum dos dois.

Marian lhe passou um papel com um nome e um endereço.

– O cliente levou a secretária a uma festa na quarta-feira, e foi a última vez em que a viu. Ontem, ela deixou uma mensagem que o preocupou e depois não fez contato com mais ninguém. O cliente acha que ela pode ter saído da festa com outro convidado chamado Simon Aston. Ele quer que você dê uma checada nele.

Parece mais um amante ciumento do que um chefe.

– Onde foi a festa de quarta? – perguntou Mak, com a caneta na mão.

– Ele não podia dizer.

Mak franziu a testa.

– Não podia ou não queria?

– Ele não podia dizer – repetiu Marian.

– Posso me encontrar com o cliente para fazer mais algumas perguntas? – Mak pediu, ansiosa.

Ela ainda era inexperiente, mas tinha a impressão de que podia obter muito mais informações se falasse com o cliente pessoalmente.

– Não. No que lhe diz respeito, você nem sabe o nome dele, e não vai fazer menções nem contatos. Ele é paranoico quanto ao sigilo.

– Oh – retrucou Mak decepcionada, mas depois pensou por um instante. – Ele é casado?

Ela suspeitou que talvez ele estivesse tendo um caso com a secretária morta.

– Sim – respondeu Marian sem acrescentar detalhes suculentos. – Mak, pare de analisar o cliente. Não é essa a sua tarefa.

Mak sorriu. *Desculpe.*

– E tem mais... – Marian fechou os olhos outra vez. Era uma de suas manias esquisitas, falar desse jeito ao recordar os detalhes de um caso ou uma conversa. Diziam que ela tinha memória fotográfica. Às vezes, esse maneirismo perturbava Mak, pois ela não sabia para onde olhar. Para as pálpebras pintadas de lilás da chefe? Para a mesa? – O cliente quer saber tudo o que você puder descobrir sobre a vida da vítima nas últimas semanas antes do crime, amizades íntimas, amantes secretos, tudo mesmo. E qualquer relação que ela pudesse ter com esse Simon Aston, qualquer contato anterior entre os dois.

Mak concordou com a cabeça. Estava começando a entender por que o serviço ia levar uma semana. Na verdade, provavelmente levaria até mais, com todo aquele trabalho de campo.

– É bastante coisa.

– Você vai trabalhar exclusivamente neste caso a semana toda. Todas as despesas pagas. Descubra tudo o que puder.

Sem dúvida, era a missão mais importante de Mak até ali. Com sorte, ela seria capaz de economizar mais uns 2 mil só com o pagamento que receberia por esse trabalho.

– Ele quer fotos, um diário das atividades do sujeito, coisas assim? Quer que eu siga esse Simon Aston ou só quer informações?

– Somente informações. Ele já conhece o Aston e não precisa de fotos. Pode segui-lo, se isso ajudar, mas o cliente não está interessado em campana.

Ele só quer saber se o tal Simon estava comendo a sua secretária. E o suspeito também. Já entendi.

– Não tem problema. O que sabemos sobre o suspeito detido?

– O nome dele é Tobias Murphy – disse Marian.

– Onde ele está? Temos essa informação?

– Na delegacia de menores.

Mak ficou surpresa.

– É mesmo? Ele é menor de idade?

Isso eliminava a possibilidade de a vítima estar tendo um caso com o suspeito. Ou talvez não.

– É o que parece. Ele tem antecedentes, segundo nosso cliente. Pelo menos, foi o que a polícia lhe disse.

Levantar a ficha de um menor era complicado.

– Desculpe a pergunta idiota, mas, se a polícia já deteve um suspeito, por que o cliente quer toda essa investigação? Ele explicou?

Os olhos castanhos astutos de Marian se abriram.

– Não é nosso papel questionar por que fomos contratados. O cliente está disposto a pagar pelo seu trabalho por pelo menos uma semana, talvez até mais. O que ele nos pediu está dentro da lei, e isso é tudo de que precisamos saber. Ele é especialmente paranoico com relação ao sigilo, está claro? Isso significa que você não obteve os dados dele por meu intermédio.

– Sim.

– Especialmente paranoico – repetiu Marian, como se lesse os pensamentos de Mak.

– Se ele não queria que eu soubesse o nome dele, por que você me contou?

Marian deu um sorriso matreiro.

– Porque eu sabia que a primeira coisa que você ia fazer seria desperdiçar horas de trabalho descobrindo quem a contratou.

Mak riu. Marian estava certa.

– Então, agora que você já sabe, mãos à obra.

– Uma última pergunta...

– Sim?

– Você disse que a vítima deixou uma mensagem que preocupou o cliente. O que ela falou?

– Meaghan ligou para o número particular dele ontem, para se desculpar por não ter ido trabalhar. Ela disse que alguém na festa tinha lhe dado drogas sem que ela percebesse, e também que tinha uma coisa importante para contar a ele.

Uma coisa importante...

– Ela não teve a oportunidade. Groobelaar também não foi trabalhar e só escutou o recado quando chegou à corretora hoje de manhã, um pouco antes de ficar sabendo do assassinato.

Mak ergueu uma sobrancelha. *Ele não demorou a ligar para uma agência de detetives.*

– Certo, vou começar agora mesmo – disse Mak, com a cabeça cheia de interrogações.

Precisava descobrir tudo o que pudesse sobre Tobias Murphy e Meaghan Wallace. E ia começar pelo básico: a lista telefônica e a internet.

CAPÍTULO 6

Talvez ela gostasse da água. Talvez só quisesse tocá-la.

Tobias Murphy se sentia fraco e anêmico, a carne tremia incontrolavelmente, fazendo seus dentes chacoalharem. Não conseguia dormir. Abraçou o corpo para tentar diminuir o tremor, mas foi inútil.

Por que não para?

Krista!

As lembranças tomavam conta da sua mente, impedindo-o de pensar. Em vez de ver a sala branca, onde estava preso, via cenas de sua infância em cores desbotadas, como um filme antigo e incompleto. As vozes soavam metálicas. Ele escutou sua mãe chamando a sobrinha de 2 anos, Krista. *Krista*? Viu os azulejos do piso da cozinha e os puxadores dos armários na altura do seu peito. Engatinhando, ele se escondeu embaixo de uma cadeira, os bracinhos cruzados e as perninhas gorduchas esticadas. Viu a casca de uma feridinha que despontava sob um curativo na canela e a puxou. A mãe retornou à cozinha, ainda procurando a prima, ainda chamando. *Krista?* Ele engatinhou até ela e puxou sua saia comprida, mas ela não disse nada. Ele se agarrou ao tecido, os dedinhos brancos desaparecendo entre a estampa floral.

– Krista, onde você está? – chamou a mãe.

Ela ficou parada por alguns instantes, e ele encostou o rosto em seu joelho.

Krista!

A voz dela se alterou quando ela olhou para a piscina no quintal. Ela estacou, cobriu a boca com a mão e depois saiu correndo. Os dedinhos de Tobias se soltaram da saia, e ele foi atrás dela, chegando a tempo de vê-la parada na borda, o rosto sem nenhuma cor.

E, então, ela mergulhou.

Tobias tinha lutado muito para manter as lembranças enterradas, mas agora estava fraco, o tremor não parava, e ele não conseguia mais se proteger delas. Krista estava no fundo da piscina, sem se mexer, sem respirar, e isso era ruim, muito ruim, ruim demais. Ele não compreendia, mas sabia que uma coisa muito ruim tinha acontecido e que nada voltaria a ser como era antes.

Pare!

As mãos úmidas e frias de Krista Garrison estavam em seus tornozelos trêmulos, ela ainda tinha 2 anos de idade, um cadáver congelado no tempo.

Pare!

Em pânico, Tobias abriu os olhos, que ardiam. É claro que ela não estava lá. O que ele viu foi o branco institucional: lençóis brancos engomados, paredes brancas, o piso branco cheirando a desinfetante. E uma porta branca com uma pequena janela embaçada, com barras de ferro cruzadas.

Ele estava pegajoso de suor, lutando contra uma força invisível, o tremor e a transpiração eram o único meio de seu corpo se livrar do inimigo. Mas o inimigo ainda estava lá, onipresente e onipotente, na sala, nas paredes, preenchendo cada poro que eliminava suor, habitando cada célula minúscula e pregando peças na sua mente. Fazendo-o tremer e obrigando-o a lembrar.

Como eles sabiam? *COMO PODIAM SABER*?

Só o que estavam conseguindo era trazer Krista de volta, e a mãe dele, que não saía mais da cama, que não cuidava mais dele, que não o ajudava a se vestir. A mãe dele, que estava viva, mas não presente. Ela o deixara. Isso era ruim, muito ruim, e nada voltaria a ser como era antes.

Como eles sabiam o que era melhor para ele?

COMO PODIAM SABER?

Nada voltaria a ser como era antes.

CAPÍTULO 7

Às 13h40 de sexta-feira, Simon Aston estava parado na esquina do Bar Ravesi, na praia de Bondi, ainda esperando por Warwick O'Connor. Estava ali havia mais de uma hora, a tensão crescia a cada minuto que passava. Warwick, o peixe pequeno que Simon acreditara ser fácil de controlar, não tinha dado as caras e, o que era pior, não estava atendendo os telefonemas dele.

Simon estava começando a entrar em pânico.

Ande logo, seu imbecil, atenda a porra do telefone.

Na pasta de Simon havia pouco mais de 20 mil dólares em dinheiro vivo. Ele já tinha guardado seus 15 mil. Se Warwick aparecesse, o dinheiro seria dele e, com sorte, bastaria para dissuadi-lo dos planos que faziam Simon se arrepender de tê-lo contratado.

Ele andava de um lado para o outro na calçada. Discou o número de Warwick outra vez.

Atenda logo.

– Alô.

– Warwick, você está aí! – ele disse aliviado. – Sou eu, Simon.

– Está com a grana?

Simon sorriu e usou seu tom de voz mais simpático.

– Tem um monte de dinheiro esperando por você aqui, meu chapa. Estou no Ravesi, como combinamos. Venha para cá, e vamos conversar.

– Você está com 1 milhão em mãos?

Simon hesitou.

– Não temos nenhum assunto para conversar se não tiver todo o dinheiro – disse Warwick.

Simon engoliu em seco. Umedeceu os lábios.

– Venha me encontrar para conversarmos, está bem? Tenho uma bela grana para você. A gente vai chegar a um acordo.

Silêncio.

– Eu sei o quanto valem as informações que eu tenho. Se não pode me dar o que pedi, vou ter que falar com o velho.

– Não, não faça isso – Simon implorou.

Merda! Ele não estava falando sério, estava?

– Por favor, não faça isso. Venha para cá e vamos conversar.

O fone ficou mudo. Ligação encerrada.

Capítulo 8

Makedde galgou a escada rolante do imenso e sofisticado shopping center de Bondi Junction com a mochila e a jaqueta de couro penduradas no ombro e uma pasta cheia de papéis nas mãos. Pelo menos, no shopping, os olhares que ela atraía com sua roupa de motoqueira revelavam mais curiosidade e admiração do que desconfiança. Um adolescente com o rosto cheio de *piercings* lhe deu um sorriso. Assim como Mak, ele estava usando calças de couro. Ela piscou para ele com bom humor ao ultrapassá-lo na escada, pressionando de leve o capacete em sua barriga.

Mak tinha chegado um pouco mais cedo do que o combinado para seu habitual almoço com Loulou. A praça de alimentação que ela e a amiga frequentavam ficava no último andar do complexo de lojas e não oferecia o tipo de *fast-food* gordurosa que Mak só tolerava quando estava de ressaca. Esse lugar era novo e estiloso, um amplo salão com muitas janelas, comida fresca e um bom restaurante japonês, mais parecido com os restaurantes naturebas que ela costumava frequentar perto da universidade em Vancouver e que se gabavam de usar apenas ingredientes orgânicos. Por outro lado, havia também uma fonte de chocolate quente, no qual as duas tinham se viciado. Parecia algo saído de *A Fantástica Fábrica de Chocolate*, um jorro constante de puro prazer derretido, sempre à espera do próximo chocólatra. Mak resistiu à tentação até a amiga chegar. Encontrou uma mesa livre e começou a repassar as informações que tinha reunido em sua pesquisa. Passara um pente-fino nos bancos de dados das companhias telefônicas e obtivera os endereços e telefones de Noelene e Ralph Wallace, os pais da vítima falecida, e de Simon Aston, esse, muito vivo. Não encontrara informações sobre Tobias Murphy, provavelmente por ele ser jovem demais para ter bens em seu nome. Mak ainda não havia tido tempo de fazer uma busca completa na internet e em arquivos de jornais sobre os três. Seu plano era começar depois do almoço com Loulou.

Enquanto Mak checava as listas telefônicas em busca de dados que qualquer um, com um mínimo de vontade e dois neurônios, seria capaz de encontrar, Marian tinha obtido informações valiosas com uma facilidade impressionante, graças a seus informantes em vários órgãos governamentais, com quem vinha cultivando relações ao longo de sua carreira. Com apenas dois ou três telefonemas, levantara a ficha criminal do suspeito, muito embora se tratasse de um menor de idade, e tudo sem que Mak fosse obrigada a recorrer a um de seus contatos na polícia. Mak sentiu uma pontada de vergonha por seu pequeno chilique algumas horas antes. Tinha muito que aprender e sabia disso.

Abriu a pasta e começou a ler sobre o jovem suspeito de homicídio: Tobias Alexander Murphy.

Tobias tinha apenas 16 anos. Natural de Sydney. A mãe havia falecido recentemente. O pai, fazia muito tempo que havia se casado outra vez. Mak não se atreveria a perguntar como Marian tinha descoberto as informações seguintes, que deviam permanecer em sigilo para que os erros cometidos por menores enrolados com a lei não os atrapalhassem pelo resto da vida. A polícia tinha sido franca com o cliente de Mak, o senhor Groobelaar, nas informações em relação ao suspeito. O jovem Tobias tinha uma bela ficha corrida: furtos, posse de drogas e até mesmo vadiagem. Porém, ela notou que até então ele não fora acusado de qualquer crime violento.

Há uma distância considerável entre vadiagem e homicídio.

No papel, Tobias parecia ser o típico adolescente transviado. Não exatamente o que se espera de um suspeito de assassinato, mas com toda certeza de um jovem problemático e imprevisível. Tinha sido expulso de várias escolas por mau comportamento e passara sem sucesso por diversos programas de ressocialização para jovens. Ao que tudo indicava, nos últimos tempos, vinha morando na rua, o que explicava sua ausência das listas telefônicas. Mak suspeitava que ele tivesse cometido muito mais furtos do que os que constavam de sua ficha policial. De que outra maneira teria sobrevivido nas ruas, se era mesmo esse seu modo de vida?

No entanto, o histórico de encontros com a lei não era a única coisa que poderia interessar ao cliente dela. Tobias fora colocado em um lar provisório pela primeira vez com apenas 4 anos de idade, e daí até os 14 passara por nada menos que nove famílias. *Nove.* Mais ou menos uma por ano. Ambos os pais biológicos estavam vivos até uns dois anos atrás, quando a mãe falecera. Por que nenhum parente se oferecera para tomar conta dele? Por que Tobias tinha sido passado de um lar para outro daquela maneira e por que odiava tanto as pessoas responsáveis por ele a ponto de constantemente fugir de casa?

O mais inacreditável era que, por dois anos, ele parecia ter sumido do sistema. Nenhum contato com a polícia, com assistentes sociais, professores, pais adotivos. Nenhum registro de endereço fixo, nenhum contato com o pai ainda vivo. Como isso podia acontecer com um garoto de apenas 14 anos? Como alguém tão jovem podia simplesmente desaparecer num país desenvolvido como a Austrália?

Onde você se meteu? Como conseguiu sobreviver esse tempo todo, Tobias?

E agora, que tinha reaparecido, era suspeito de assassinato.

Mak não teve muito tempo para refletir sobre esses fatos. Logo sua atenção foi distraída por um *flash* de cor forte. Uma mulher jovem com um penteado moicano totalmente colorido, cada fio de cabelo fixado com gel em uma crista no meio da cabeça, vinha serpenteando por entre as mesas da praça de alimentação de minissaia xadrez, meia arrastão roxa e jaqueta curtíssima com mangas morcego. Seu estilo lembrava muito a cantora Björk.

Loulou.

Mak ainda era uma recém-chegada a Sydney, e como sabem todos os que se mudam para outro país, encontrar amigos confiáveis numa cidade nova não é tarefa fácil. Por sorte, conhecia Loulou de seus tempos de modelo, e, pouco a pouco, as duas tinham se tornado grandes amigas. Quando Loulou não estava maquiando bonitos e famosos para editoriais de revista ou vídeos de rock, estava esperando que a agência a chamasse para seu próximo trabalho, e os intervalos andavam mais longos nos últimos tempos, pelo que Mak sabia. Era um problema que as duas compartilhavam no momento. O mercado normalmente escasseava para Loulou em janeiro e fevereiro, então ela desenvolvera o hábito de pegar o ônibus até Bondi Junction e passar o tempo olhando as vitrines do shopping, lendo revistas de moda de graça nas livrarias e babando em frente às lojas de estilistas como Bettina Liano, Morrissey e Versace. Era uma espécie de terapia de consumo, mas sem gastar um tostão. O shopping ficava a apenas algumas quadras do escritório de Marian, e os almoços de Mak e Loulou na praça de alimentação tinham se tornado longos e frequentes, assim como o ritual de mergulhar a xícara na deliciosa fonte de chocolate quente. Mais algumas semanas nesse ritmo, e Mak temeria não mais caber em suas calças de couro.

– Estou aqui, Loulou! – chamou, acenando com os dois braços.

– Amiga! – exclamou Loulou, antes de envolver Mak num grande abraço, os cabelos espetados vibrando no ar.

Pareciam duas irmãs se encontrando após anos de distância, embora não houvesse a mínima semelhança física entre elas. Ninguém poderia imaginar que tinham se encontrado naquele mesmo local menos de uma semana antes.

– Tudo bem? – perguntou Mak se desvencilhando dos braços de Loulou.

– Tudo *ótimo*!

O penteado de Loulou estremeceu outra vez.

Eu queria fumar o mesmo que ela, pensou Mak. *Como consegue ter sempre tanta energia*?

Loulou era uma mulher agitada, com um coração do tamanho do céu da Austrália, e a amizade das duas tinha se estreitado numa época de grandes atribulações. Quem era capaz de segurar os cabelos de Mak enquanto ela vomitava de nervoso na noite anterior ao seu depoimento como testemunha no caso do Assassino do Salto Alto era uma amiga de verdade. Foi provavelmente o ponto da virada para as duas: Loulou tinha sido promovida de conhecida maluquete e divertida a confidente e salvadora naquela noite.

– Tudo ótimo? – repetiu Mak. – E de onde você tira tanta notícia boa? – um pouco do entusiasmo de Loulou não lhe faria mal ao espírito.

– Aaah, você está preocupada com a viagem de Andy, amanhã?

– Não, está tudo bem – disse Mak, escondendo o jogo.

– Eu tenho mesmo excelentes notícias! – exclamou Loulou.

Ela mal conseguia conter a língua, como sempre. Mak esperava que a boa-nova fosse um trabalho fabuloso, ou uma herança de um parente distante que a ajudasse a cobrir o aluguel. No que dizia respeito a dificuldades financeiras, os temores de Mak quanto a abrir seu próprio consultório eram fichinha perto da situação de Loulou. A amiga tinha uma dívida de mais de 40 mil com cartões de crédito e ainda não terminara de pagar seu carrinho popular de segunda mão. Se alguém precisava de um golpe de sorte, era ela.

Loulou agarrou as mãos de Mak por sobre a mesa.

– Eu conheci um carinha! – anunciou, antes mesmo que seu traseiro tocasse a cadeira.

– Ah, isso é ótimo – comentou Mak, com cautela.

Tinha ouvido essa história antes, mais vezes do que conseguia se lembrar. Infelizmente, novidades desse tipo geralmente acabavam em lágrimas para Loulou.

– Ele é vocalista de uma banda chamada Gambá Elétrico, e é muuuito fofo!

Os "fofos" de Loulou normalmente eram homens muito jovens, cobertos de tatuagens e com cabelos sebosos, com um microfone em uma mão e um baseado na outra.

– Como é o nome dele? – perguntou Mak.

– Drayson – ronronou Loulou.

– Jason. Gosto desse nome.

– Jason, não, Drayson – corrigiu Loulou.

– Isso é nome ou sobrenome? – perguntou Mak.

– O nome dele é Drayson, e nós vamos morar juntos.

– Hein?!

De onde tinha surgido esse sujeito?

No almoço da semana anterior, Loulou não tinha mencionado nenhum vocalista fofo.

– Ele é um amor – continuou a amiga, sem a menor noção de que seu ímpeto romântico era induzido por hormônios.

Mak gostaria de saber se Drayson estava ciente de que eles iriam morar juntos.

– Espere aí um pouquinho! Quero saber a história passo a passo. Onde vocês se conheceram?

Mak ia pelo menos tentar puxar o freio de mão, pelo bem de sua amiga.

– No show da 16DD no Hotel Annandale. – O bar do Annandale era um dos lugares que Loulou costumava frequentar por causa da música ao vivo. – Foi amor à primeira vista!

– 16DD não foi a banda que tocou lá no sábado passado? – perguntou Mak confusa.

– Foi.

Certo.

– Então, você está pensando em ir morar com um cara que conheceu faz alguns dias? – perguntou, só para esclarecer.

– Há uma semana – corrigiu Loulou.

– Seis dias – retrucou Mak.

– Ele precisa de alguém para dividir o aluguel, e eu também – justificou Loulou, como se fosse óbvio.

Mak concordou lentamente com a cabeça.

– Está bem. Dividir o aluguel é uma ótima ideia, mas que tal espalhar uns anúncios por aí? Você mora perto da universidade, tenho certeza de que muitos estudantes iriam se interessar. Em uma semana, você teria alguém para rachar as contas. Ou um de seus amigos pode estar procurando apartamento. Você se deu o trabalho de perguntar?

– Drayson é meu amigo.

– Estava pensando em alguém que fosse *apenas* amigo.

Loulou continuou sorrindo e ignorou a sugestão.

– Quer saber o que eu acho? – insistiu Mak, já se sentindo uma chata. – Não quero ser desmancha-prazeres, mas você não disse que ia dar um tempo dos músicos? Não foi sua resolução de ano-novo?

– Ah, é mesmo.

– Eu me lembro de que você disse algo do tipo "Me amarre no pé da cama se eu começar a me interessar por mais um roqueiro".

Era apenas fevereiro, e pelo jeito muitas resoluções já tinham sido esquecidas, como a promessa de Mak de parar de analisar sua amiga e os "namorados" dela.

– É, acho que fiz essa resolução – admitiu Loulou.

Pelo menos, Mak ainda podia confiar na sua memória.

– Tivemos essa conversa não faz muito tempo. Dois meses, no máximo.

– Mas o Drayson não é só "mais um roqueiro". Ele é especial. Pode acreditar em mim.

Mak acreditava em Loulou. Poria sua vida nas mãos dela, mas achava que a amiga não sabia exatamente o que fazer com a própria vida.

– Quero saber tudo sobre esse príncipe encantado – disse, desistindo de argumentar. – Mas antes vamos pedir uns *sushis*. Estou louca de fome.

Loulou pendurou a jaqueta nas costas da cadeira e se levantou. Na minissaia, grandes letras bordadas anunciavam "SIM, MAS NÃO COM VOCÊ". As duas foram ao bufê japonês e encheram os pratos de *sashimi* e *sushi* Califórnia.

Estavam esperando as sopas de missô quando Loulou disse:

– Ele tem um apê maravilhoso em Melbourne, que está dividindo com uma amiga artista. Vou me mudar para lá e...

– Melbourne? Quer dizer que ele não mora aqui?

Loulou assentiu.

Melbourne ficava a uns mil quilômetros de Sydney, mas parecia que eram 100 mil quilômetros pelo jeito como os moradores da metrópole se referiam à cidade. Mak sabia de fonte segura que lá as pessoas só se vestiam de preto e carregavam guarda-chuvas para se protegerem dos torós constantes, aprisionadas num inverno eterno, sem vida noturna ou cultural.

Decidiu lidar com a situação de maneira ponderada e racional. Apoiou sua bandeja no balcão e disse com calma:

– Mas, Loulou, você mora em Sydney. Vai querer se mudar para outro estado depois de apenas seis dias com um sujeito que, além de tudo, é músico, exatamente o tipo de homem que você jurou nunca mais chegar perto há menos de dois meses? Você não conhece o apartamento. Nem sequer conhece o cara direito! Ele pode ser um psicopata.

– Eu sei, eu sei – disse Loulou, pegando a cumbuca de sopa e voltando para a mesa. – Mas ele é muito fofo.

Não havia como argumentar com essa lógica.

Mak se consolou com o fato de que Loulou se esqueceria do fofo tão rapidamente quanto se apaixonara, e ela nunca mais teria que ouvir uma palavra sobre ele ou sobre a mudança de sua melhor amiga para uma cidade distante. Não podia perder Andy para Quantico e Loulou para Melbourne ao mesmo tempo. Seria uma catástrofe.

Elas se sentaram e começaram a tomar a sopa. Loulou tentou pescar as algas e o tofu com os palitinhos.

– Estou indo para lá amanhã.

– Amanhã? Que maravilha...

– Não vou ter tempo de empacotar a mudança toda, então, vou passar só o fim de semana por lá. Não conseguimos ficar longe um do outro.

– Você estava vivendo muito bem sem ele, seis dias atrás – resmungou Mak.

Ainda bem que ela não entregou o apartamento imediatamente, pensou.

– Já avisei a imobiliária, mas tenho que pagar o aluguel até o dia 15 – Loulou continuou. – Por que não vem comigo? A gente vai se divertir!

Mak descansou os palitinhos sobre a mesa e fitou a amiga. Não sabia o que dizer.

Por favor, diga que vai durar só duas semanas. Ou uma semana. Por favor.

– Você vai adorar conhecer o Drayson, e nós vamos fazer a maior festa em Melbourne!

– Desculpe, Loulou – disse Mak. – Tenho que trabalhar.

– Ah, por favor! Você tem que conhecer o meu fofo!

– Por que tanta pressa? Se vocês vão morar juntos, não vão faltar oportunidades para nos conhecermos. Talvez no casamento, daqui a um mês...

Loulou deu uma gargalhada.

Na verdade, Mak não queria nem pensar na possibilidade de ela se mudar para tão longe. Podia literalmente contar as amizades que fizera em Sydney com os polegares. Era deprimente. Mak decidiu mudar de assunto.

– Vou ver sua amiga Brenda outra vez, hoje à tarde.

Loulou tinha pedido, ou melhor, implorado para que Mak conversasse com Brenda Bale, uma mulher com algumas questões psicológicas a resolver. Elas tinham uma sessão semanal de uma hora, às sextas-feiras, na casa de Mak. Loulou tinha ficado ao seu lado nos piores momentos, como uma amiga de verdade, então, quando pediu o "favorzão" de atender Brenda, Mak tinha concordado em marcar uma ou duas sessões.

Até então, já tinham sido *nove semanas* de terapia.

– Nem sei como agradecer – disse Loulou. – A Brenda está adorando. Sério! Ela acha que está ajudando muito.

– Eu me sinto uma charlatã. Seria muito melhor para ela consultar um terapeuta de verdade.

– Mas você é psicóloga – disse Loulou, confusa.

– Sim, mas não tenho especialização nessa área. Ela precisa de outro tipo de psicóloga.

– Mas está sendo tão bom para ela. Brenda vive me agradecendo.

Mak não estava cobrando pelas sessões semanais, embora estivesse precisando desesperadamente de dinheiro.

As duas amigas limparam os pratos e disputaram a última peça de *inari*.

– Hoje, ganhei uma nova missão. Uma investigação – disse Mak com um leve sorriso. Era tão emocionante, parecia um trabalho de verdade.

Loulou se inclinou para a frente, focando a atenção.

– O que você está investigando? É alguém que eu conheço? – Ela fez um gesto indicando a pasta. – T-o-b-i-a-s M-u-r-p-h-y – leu o nome de cabeça para baixo lentamente.

– Comecei hoje e por enquanto só tenho os detalhes básicos. É confidencial, por isso não posso falar muito.

Mak afastou a pasta dos olhos curiosos de Loulou.

– Ah, pare com isso. Eu adoraria seguir um de seus investigados. Posso ir junto? Tenho certeza de que posso ajudar!

– Loulou...

– Por favor?... Acho o máximo ter uma amiga detetive.

Mak virou os olhos.

– Qual é o rolo? É mais um canalha traindo a esposa? Você vai pegar o filho da mãe no flagra?

Mak sorriu.

– Na verdade, não se trata de mais um caso de infidelidade. Desta vez, é bem mais interessante...

CAPÍTULO 9

O telefone tocou no escritório de Jack Cavanagh, na cidade, um pouco depois das 14 horas.

Joy Fregon, sua fiel secretária, anunciou a ligação.

– Senhor Cavanagh, tem um homem na linha 1 querendo falar com o senhor. Não quis dar o nome e disse que não quer marcar uma reunião – a voz dela parecia um pouco ansiosa, o que não era normal.

– Então peça a ele para não me incomodar – disse Jack com impaciência.

– Hã, ele quer falar com o senhor a respeito do Damien – ela fez uma pausa. – O que devo fazer?

Jack tensionou o corpo na cadeira de couro, o cenho franzido. *O que meu filho andou aprontando desta vez?* Um jato cruzou o céu azul emoldurado pela janela, e lá embaixo a cidade pulsava como um organismo vivo. Ele se remexeu no assento, pensando no que fazer.

– Está bem, Joy – disse por fim. – Pode transferir a ligação.

– Sim, senhor Cavanagh.

Jack se preparou mentalmente para ouvir más notícias. Tirou o fone do gancho e pressionou o botão luminoso piscante.

– Jack Cavanagh.

– Temos um assunto a discutir – disse uma voz abafada, do outro lado da linha.

– Com quem estou falando?

– Com o homem que está fazendo um favor para o seu filho – foi a resposta.

– É mesmo?

– O favor é que estou ligando para você primeiro. É a sua chance de me convencer a não falar com a imprensa.

Jack aprumou as costas. *Falar com a imprensa sobre o quê?*

– Seu filho tem preferências íntimas meio indigestas. Seria melhor que elas continuassem em segredo.

Chantagem. Esse filho da puta acha que pode me chantagear.

Os olhos de Jack se estreitaram. Não era a primeira vez que recebia ameaças. Pessoas assim o deixavam furioso, homens que queriam algo em troca de nada, porque eram preguiçosos demais para trabalhar.

– E que preferências seriam essas que eu tenho que discutir com um homem que não tem sequer a coragem de dizer seu nome? – perguntou Jack com raiva. Não conseguia reconhecer a voz, mas pensou ter detectado um leve sotaque irlandês misturado à típica entonação australiana.

Não teve resposta. Esperou alguns segundos em silêncio.

– Vou desligar o telefone.

– Acho que não devia fazer isso, Jack – disse a voz.

Ele não gostou do tom nem da familiaridade. Fora de sua família, pouquíssimas pessoas o chamavam pelo primeiro nome. Todos os funcionários o chamavam de senhor Cavanagh, até mesmo Joy, que trabalhava para ele havia 31 anos.

– Estou esperando.

– Vou direto ao ponto. Tenho um vídeo de seu filho com uma menina menor de idade que agora está descansando no necrotério. Você não quer que ninguém mais veja essas cenas, não é? Dois milhões de dólares vão me fazer esquecer de tudo. Eu e o problema vamos desaparecer – disse o desconhecido. – Dois milhões são trocadinhos para um homem como você.

Jack escutou com um misto de desconfiança e preocupação. Seu filho era uma grande decepção, mas isso era demais, até mesmo para ele.

– Por que eu deveria acreditar nisso? – Jack perguntou com frieza.

– Pergunte ao seu filho se ele tem algo a esconder – foi a resposta sombria. – Você tem até este horário amanhã para pensar no assunto. Se não quiser pagar, tenho certeza de que a mídia será generosa. Eles vão adorar a história.

– Já chega. Como entro em contato com você?

– Eu faço os contatos.

Ele desligou.

Jack afastou o fone da cabeça, depois o pousou lentamente no gancho. Abriu a primeira gaveta da escrivaninha e tirou um charuto cubano de uma caixa pequena. Cortou a ponta e acendeu. Vinha guardando aquele charuto para comemorar o contrato de transporte milionário que estava prestes a assinar, mas agora precisava de ajuda para pensar. Ficou sentado por dez minutos na cadeira de couro, com os braços cruzados, tragando de vez em quando e observando as nuvens que passavam pela janela. Quando se decidiu, pegou o telefone particular e discou.

– Alô, Bob? É o Jack. Pode dar um pulo aqui no escritório?

Capítulo 10

– São os únicos momentos em que eu me sinto viva...

Às 16h49 de sexta-feira, Makedde Vanderwall estava sentada em sua sala de estar em frente à amiga de Loulou, Brenda Bale, escutando as tentativas de autoexame psicológico da ruiva complicada. Mak trocou de posição no sofá. Ela usava o terninho preto simples que sempre vestia nessas ocasiões, e que ela imaginava ser uma espécie de uniforme das psicólogas. Seus pensamentos vagaram um pouco: a viagem de Andy e seu novo emprego; a nova vida do pai dela com a namorada, Ann, no Canadá; a paixonite de Loulou por mais um músico.

A casa geminada em que viviam Mak e Andy era antiga, construída no início do século 20, e, às vezes, era impossível não detectar um leve cheiro de mofo. Mak observou a luz que entrava pela janela. Os raios do sol se moviam sutilmente, banhando os objetos e criando sombras. Tudo mudava, o mundo estava em fluxo.

– ... como se eu nem existisse sem eles.

Mak assentiu com a cabeça e esperou que Brenda prosseguisse.

Aquela já era a nona sessão, mas ela não tinha muita certeza de que as horas de conversa tivessem surtido algum efeito. O principal problema era que Mak era uma psicóloga forense que ainda nem exercia o ofício e não tinha experiência naquele tipo de trabalho. Brenda precisava de terapia com uma psicóloga clínica, como a namorada de seu pai, a doutora Ann Morgan, ou talvez até mesmo a famosa terapeuta sexual da televisão, doutora Ruth.

– Você está viva neste instante, Brenda. Você está aqui, você existe – respondeu Mak, afirmando o óbvio.

– Eu sei, eu sei – disse Brenda. Ela mordeu o lábio inferior e manchou os caninos de batom vermelho, o que lhe deu um ar de vampira.

– Você se sente poderosa quando desempenha seu papel – disse Mak.

– Sim – admitiu Brenda.

Não era surpresa. Brenda Bale ganhava um bom dinheiro trabalhando algumas noites por semana como *dominatrix* de sadomasoquismo. Sempre chegava elegantemente vestida na casa de Mak às sextas: *tailleur*, salto alto e bolsa combinando, cabelos presos num rabo de cavalo, a perfeita executiva. As únicas pistas de suas atividades clandestinas eram os cabelos tingidos de um vermelho escandaloso e o batom escarlate. Aliás, daí vinha seu nome profissional, Madame Scarlet. Essa informação pertinente só foi revelada a Mak na segunda sessão, embora lhe parecesse muito relevante para os problemas de Brenda. Loulou não lhe contara nada disso, mas, conhecendo sua amiga, Mak não se surpreendera ao saber da carreira pouco convencional de Brenda. Nenhum dos conhecidos de Loulou tinha qualquer coisa de convencional.

– Mas há outras formas de se sentir poderosa além do trabalho. Já falamos sobre isso – lembrou Mak.

Brenda Bale era uma mulher sexy e jovial de 42 anos, inteligente e muito bem-sucedida. Tinha começado a carreira em uma famosa casa de sadomasoquismo conhecida como A Torre, mas agora trabalhava em casa, onde tinha todos os acessórios necessários e um "escravo" dedicado chamado Júlio que zelava por sua segurança. Sua maior preocupação era que estivesse se tornando "menos Brenda e mais Scarlet" a cada dia que passava. Makedde sugeriu que o fato de ela atender os clientes na própria casa podia estar causando essa tensão psicológica, confundindo os limites entre Brenda Bale e Madame Scarlet. Esta, por ser mais dominante, estaria tomando conta do espaço.

Brenda balançou a cabeça ao ouvir os comentários de Mak, frustrada consigo mesma, o rabo de cavalo vermelho balançando de um lado para o outro.

– Eu me inscrevi em um daqueles cursos de escalada que você sugeriu, mas me senti um peixe fora d'água – ela disse, exasperada.

– Tudo bem. Pode levar algum tempo até encontrar atividades que a satisfaçam fora do trabalho. Quanto mais se dedicar a essa busca e a construir amizades na sua vida pessoal, mais prazer terá nessas outras esferas. É como qualquer outra coisa na vida: a recompensa é proporcional ao esforço.

– Eu sei... Você tem razão...

– Pense um pouco mais sobre o que nós discutimos – disse Mak, encerrando a sessão.

– Sim, é claro. Obrigada. Vou fazer isso – responderam os lábios carmim.

Eram 16h50, e a hora de 50 minutos tinha chegado ao fim.

– Espero que as sessões estejam sendo proveitosas. Você sabe que esta não é exatamente a minha área. Ainda acho que, se não estiver conseguindo resolver essas questões, devia procurar um especialista. Posso pesquisar e lhe indicar a pessoa certa.

– Eu sei, eu sei – respondeu Brenda. – Mas eu gosto muito das nossas conversas. – Ela ficou em pé e alisou o *tailleur* com as mãos. Olhou para Mak com as sobrancelhas arqueadas numa expressão sincera. – Você tem me ajudado tanto... É uma ótima psicóloga. – Ela estendeu a mão para um aperto caloroso.

Acha mesmo?

– Não vou continuar por muito mais tempo, prometo. Mas eu realmente acho que está funcionando. Sinto que estou cada vez mais próxima de uma solução – ela continuou, cerrando os punhos ao lado do corpo, em uma pose determinada.

Mak esperava que ela estivesse certa. Não podia continuar trabalhando de graça para sempre.

– Se eu puder ajudá-la em qualquer coisa, é só avisar – disse Brenda. – Qualquer coisa mesmo. Tenho muitos amigos que me devem favores.

Mak não queria pensar em como aquelas dívidas de gratidão tinham sido geradas.

Levou Brenda até a porta e despediu-se. Girou a chave duas vezes na fechadura.

Voltou à sala e olhou em torno. Não gostava muito do conjunto de sofá e poltrona de veludo, mas adorava a mesa antiga de carvalho coberta de livros e porta-retratos. Tinha jogado no lixo um buquê de flores murchas antes de Brenda chegar, e agora notou que um ramo cheio de pólen tinha caído no carpete, deixando uma mancha amarela.

Makedde foi à cozinha e voltou com um pano úmido. Ajoelhou-se e esfregou a marca no carpete. Aos poucos, o amarelo do pólen esmaeceu. Naquela posição, seus olhos estavam na altura do tampo da mesa baixa e se fixaram em uma pequena foto de seu pai viúvo, Les, com a namorada, em frente à casa da família na costa oeste do Canadá. Seus lábios se curvaram em um sorriso triste e nostálgico dos que há muito não voltam para casa.

Papai.

Ela piscou.

Franziu a testa.

Não imaginava que as coisas seriam assim quando deixou o Canadá. Dezoito meses tinham se passado desde que Mak concluíra o doutorado, uma das poucas alunas de quase 30 anos na turma. A certa altura, uma sequência de crises familiares e pessoais a convencera de que ela jamais teria uma vida profissional decente. Porém, apesar de todos os obstáculos do caminho, ela tinha chegado lá. Mas não se iludia imaginando que já tivesse um consultório com pacientes propriamente ditos. Apenas oferecia uma hora de conversa semanal a uma *dominatrix* em crise de identidade.

A vida de Mak em Sydney não era exatamente como tinha planejado. E viver com um policial não era o que seu pai queria para ela.

Você me avisou que ele não ia parar em casa.

A mancha amarela agora estava mais fraca, mas não ia sumir completamente. Mak não sabia o que mais podia fazer. Esses pequenos acidentes domésticos eram o tipo de coisa que as mães sabiam consertar automaticamente, mas Mak não tinha experiência alguma, e muito menos uma mãe para quem pedir ajuda.

Percebeu a tempo que seus pensamentos a estavam conduzindo para uma espiral pessimista e improdutiva. Como sempre fazia nessas circunstâncias, deixou-os de lado e resolveu se dedicar ao trabalho.

Meaghan Wallace.

Sentou-se em frente ao *laptop*, que já esperava por ela na mesa de jantar, o seu escritório improvisado. Tirou o *blazer* e o pendurou nas costas da cadeira, depois abriu o sutiã com uma das mãos e se livrou dele por baixo da camisa preta. Agora que estava confortável, podia começar.

Uma das primeiras coisas que aprendera sobre o trabalho de investigação era que uma boa parte das pesquisas sobre a vida pregressa de alguém podia ser feita pela internet. Uma boa conexão de banda larga poupava muito trabalho de campo mais adiante.

Tinha três nomes para pesquisar: Meaghan Wallace, Simon Aston e Tobias Murphy. E, já que estava conectada, podia dedicar alguns minutos a seu cliente misterioso, Robert Groobelaar, e à companhia dele. Não fazia parte do serviço, mas ela queria ter uma ideia mais clara a respeito da pessoa com quem estava lidando.

A vasta maioria das pessoas com menos de 50 anos – estudantes universitários, diretores de empresas, pessoas com todo tipo de interesse imaginável, blogueiros, fotógrafos amadores e qualquer um que já tivesse aparecido em público – agora deixava sua marca na internet. Uma simples busca no Google podia trazer resultados preciosos.

Mak começou pela vítima, Meaghan.

MEAGHAN WALLACE. PESQUISAR.

Decepção. O Google tinha pouquíssimo a revelar sobre "Meaghan Wallace".

MEAGAN WALLACE. PESQUISAR.

A mudança na grafia gerou várias referências a diversas Meaghans Wallaces, que infelizmente não tinham nada a ver com a pessoa que ela procurava.

Droga.

Ela tentou outra vez.

MEG WALLACE. PESQUISAR.

Muitos resultados, milhões, e a maioria deles parecia inútil. Mak clicou a opção de restringir as buscas a páginas da Austrália, mas ainda assim havia uma montanha de resultados. Tentou a busca por imagens, que lhe mostrou fotos de morenas, ruivas, loiras que não tinham nada a ver com Meaghan, alguns homens e até um *golden retriever*.

A terceira página de resultados para imagens de Meg Wallace trazia uma única foto da garota que Mak estava procurando. Ela sentiu um arrepio se espalhar pelo corpo ao reconhecer o rosto já familiar.

Na mosca!

A imagem era do *website* de uma boate de Sydney chamada *The Rocking Horse*. Mak clicou no endereço.

A legenda dizia: JAG LESLIE, MEG WALLACE E AMY CAMILLERI NA FESTA DE ANO-NOVO DA ROCKING HORSE.

Era ela, sem dúvida alguma. Na foto, o grupo atraente usava roupas muito curtas e justas. Na miniblusa de Meaghan, em grandes letras sobre seu peito, estava escrito TRINITY. A foto havia sido tirada à noite, e as três apareciam com os olhos vermelhos do *flash*. A boate estava quase toda às escuras atrás delas, mas a câmera tinha captado o globo de espelhos, algumas luzes refletidas e as costas de vários convidados que dançavam.

Jag Leslie e Amy Camilleri podiam ser amigas íntimas de Meaghan. Mak ia tentar falar com elas. Pensou também na blusa. Talvez fosse de uma companhia ou boate onde Meaghan trabalhasse?

TRINITY. PESQUISAR.

O computador de Mak respondeu com milhões de sites sobre a santíssima trindade bíblica e páginas de fãs da personagem de Carrie-Ann Moss na série *Matrix*.

Não deve ser importante.

Mak não tinha acesso aos bancos de dados e contatos profissionais de Marian em casa, então recorreu à velha lista telefônica de capa rasgada. Começou procurando Jag Leslie. Não podia haver muitas Jags por aí, era um nome incomum. Se ela fosse amiga de Meaghan, talvez soubesse com quem ela andava saindo e o que vinha fazendo antes de ser assassinada. Talvez estivesse mais bem informada do que os pais de Meaghan, se é que Mak ia conseguir convencê-los a falar com ela.

L... Leslie... Leslie, J...

A maioria das pessoas não se dava conta da eficácia da boa e velha lista telefônica quando se procura por alguém. Na verdade, muitos casos que chegavam à agência de Marian eram resolvidos com uma simples folheada na lista e uma batida na porta. Chefes queriam encontrar funcionários sumidos, ex-mulheres queriam localizar ex-maridos que não pagavam pensão, e isso podia ser feito com uma simples consulta às páginas amarelas. Como já esperava, em alguns minutos, Mak tinha encontrado muitas Leslies: várias Janes e alguns Johns, e algumas pessoas listadas simplesmente como Leslie J.

Mak ligou para a primeira Leslie J. da lista, tomando a precaução de bloquear a identificação de seu número. O telefone tocou até a secretária eletrônica atender. Decepcionada, ela não gravou mensagem. Não podia deixar um número e pedir que retornassem a ligação. Passou para a segunda Leslie J.

O telefone tocou três vezes.

– Alô?

– Eu poderia falar com Jag Leslie, por favor? – Mak pediu educadamente.

– Jade?

– Desculpe, estou procurando Jag. Deve ser engano.

A pessoa bateu o telefone.

Obrigada por desligar na minha cara. Foi muita gentileza sua.

Isso acontecia a toda hora no trabalho, e Mak não se ofendia, desde que lhe dessem algum aviso. Às vezes, o telefone era devolvido ao gancho com tamanha força que o estrondo machucava seus ouvidos. Sem se deixar abater, ela pegou o telefone outra vez e discou o número de uma Leslie J. que residia em Newtown, Nova Gales do Sul. Se não fosse ela, Mak iria verificar os bancos de dados de Marian.

Alguém atendeu.

– Sim?

– Alô, estou falando com Jag Leslie? – perguntou Makedde.

– Ela mesma.

Mak sorriu.

– Estou ligando da *Rocking Horse*. Você foi indicada para receber nosso cartão *Vip Gold*.

– Sério? Nossa, faz meses que eu não apareço por aí. – A mulher parecia genuinamente surpresa e menos animada do que Mak esperava.

– Você deve ter um admirador secreto. A indicação foi aceita – Mak foi inventando os detalhes enquanto falava, tentando imprimir à sua voz um entusiasmo que não sentia. Mas já recebera ligações suficientes de telemarketing para conhecer o jargão de vendas. – Seu cartão *Vip Gold* exclusivo dá direito a entrada gratuita mais dois drinques até o fim do ano, incluindo nossa maravilhosa festa de *Réveillon*.

– Mas ainda estamos em fevereiro!

Puxa vida, não podia mostrar um pouco de gratidão?

– Isso mesmo! Você vai poder usar o cartão o ano inteiro – retrucou Mak pacientemente. – Até 1º de janeiro do ano que vem. Precisamos de seu endereço para enviar o cartão.

Jag ficou em silêncio, depois perguntou:

– Esse cartão não vai me custar nada, vai?

– Não – garantiu Mak. *Nada além de uma visita minha*. – O cartão *Vip Gold* é exclusivo e não pode ser vendido.

O argumento enfim pareceu funcionar.

– O.k., meu endereço é Caixa Postal...

Droga.

Um número de caixa postal era inútil para Mak.

– Desculpe, mas nosso *mailing* não aceita caixa postal. Pode me dar um endereço residencial ou comercial?

Outra pausa.

– Sim – Jag finalmente ditou um endereço. Com sorte, o da sua casa, e Mak reforçou a ideia de que o cartão *Vip Gold* era exclusivo e fabuloso.

Mak anotou o endereço, que era diferente do da lista telefônica. Isso não era necessariamente um mau sinal, pois a lista pública nunca estava tão bem atualizada quanto os bancos de dados de Marian, e uma jovem solteira como Jag podia se mudar a cada seis meses.

Mak ia tentar um contato no sábado. Talvez Jag conhecesse Meaghan intimamente e tivesse algo a dizer sobre a morte da amiga.

Capítulo 11

Damien Cavanagh entrou com seu Diablo zero-quilômetro no estacionamento subterrâneo particular do Conglomerado Cavanagh em Sydney, ignorando o atendente que murmurou um cumprimento idiota e sorriu para ele de dentro da guarita. Com os vidros fechados e o CD player a mil, Damien estacionou de ré na sua vaga exclusiva, que permanecera desocupada por três semanas desde sua última visita.

Como eu odeio ter que vir aqui.

Desligou o motor e desceu do carro usando um jeans rasgado caríssimo, tênis e boné da Gucci. Sabia que seria a única pessoa no prédio que não estaria vestindo trajes "profissionais", e a ideia lhe agradava. As portas do carro se trancaram com dois *bips* quando ele clicou o controle por cima do ombro.

Damien odiava ter que ir ao "Edifício Cavanagh", onde seu pai, apesar de já ter idade para se aposentar aos 67 anos, ainda insistia em trabalhar todos os dias. Odiava ter que andar pelos corredores, quase sempre ao lado do velho, e dar atenção aos puxa-sacos que se iludiam, achando que ele se importava com seus empregos, ou mesmo com seu cobiçado cargo de diretor. O pai gostava de fazê-lo ir até lá para que ele se sentisse culpado pela falta de interesse nos negócios da família. Mantinha aquela vaga reservada no estacionamento, embora Damien não a quisesse, e insistia para que o filho mostrasse a cara de vez em quando.

Damien apertou o botão do elevador e entrou. No térreo, as portas se abriram outra vez para coletar mais um passageiro.

– Boa-tarde, senhor Cavanagh.

– Olá, Julie – disse Damien.

Este era o único lado bom de suas visitas. Ele examinou o corpo da jovem de cima a baixo, enquanto ela entrava e apertava o botão de seu andar. Ela trabalhava no departamento de marketing, ou algo parecido, mas o mais importante era que ficava muito gostosa de saia cinza justa e salto alto. Seu amigo Simon tinha dito que ela andava malhando muito ultimamente, e dava para notar. Julie adorava a noite e já tinha ido a uma festa na casa dele.

– Você anda malhando? – ele comentou com um sorriso propositalmente malicioso, esperando uma reação.

Ela se remexeu desconfortavelmente sob o olhar guloso.

– Na verdade, não, mas obrigada. – Julie permaneceu num silêncio constrangedor, enquanto o elevador subia, a mão direita tensa, esfregando a aliança de noivado com o polegar.

Um noivado não significava nada. Damien sabia disso: havia seis meses que ele era noivo de Carolyn, uma jovem bonita, porém sem graça, que seus pais aprovavam. O compromisso não tinha atrapalhado em nada suas diversões noturnas, pelo contrário. A emoção de quebrar as regras aumentava sua disposição para atividades extracurriculares.

– Vou descer aqui – disse Julie no nono andar. – Foi bom ver você, Damien. Cuide-se.

Ele voltou a fixar os olhos na silhueta que se afastava. Lembrou-se de como era safada e se perguntou se conseguiria levá-la para a cama outra vez.

Você é Damien Cavanagh. É claro que consegue.

A festa na casa dele, alguns anos antes, incluíra uma boa quantidade de cocaína e uma grande banheira cheia de pessoas dispostas a se divertir. Ele recordava com clareza o *ménage* com Julie e Simon. Ela havia gostado, e, pelo comportamento embaraçado no elevador, provavelmente também se lembrava de tudo.

Logo as portas se abriram no 14º andar. Damien Cavanagh franziu a testa.

Com uma careta de desdém, enfiou as mãos nos bolsos do jeans e entrou na recepção.

– Boa-tarde, senhor Cavanagh – cumprimentou a voz de algum funcionário insignificante.

– É um prazer vê-lo novamente, senhor Cavanagh.

– Olá, senhor Cavanagh. Gostaria de algo para beber?

Calem a boca, ele queria berrar. *Bando de puxa-sacos*.

Damien cruzou a área da recepção sem devolver os sorrisos e cumprimentos robóticos do exército de clones corporativos.

Conglomerado Cavanagh, bom dia!

Ele esperava que quase todos já tivessem ido para casa, mas não, lá estavam eles numa tarde de sexta-feira, trabalhando feito escravos e fingindo estar felizes com sua presença. Percorreu um corredor decorado com suvenires esportivos: um taco de críquete autografado por Brett Lee, uma camiseta dos *Sydney Swans* assinada pelo primeiro time a ganhar um campeonato em 72 anos. Passou por Joy, a recepcionista do pai, que se levantou para recebê-lo, e entrou sem bater no escritório espaçoso. Ainda com as mãos nos bolsos, cruzou a sala em silêncio e sentou-se na cadeira em frente à espaçosa escrivaninha de mogno de Jack Cavanagh, já antecipando o sermão sobre ser mais responsável, mais produtivo, mais digno das funções que o pai tanto queria transmitir a ele. Acomodou-se com o traseiro na borda do assento, as pernas esticadas e cruzadas nos tornozelos, numa postura informal. Seus dedos brincaram com um dos rasgões desfiados da calça.

O pai estava ao telefone.

– Preciso desligar. Meu filho chegou – disse Jack ao seu interlocutor. – Mando, sim, pode deixar. Um abraço para Helen e as crianças... Sim, nos divertimos muito... Com certeza, vamos repetir a dose. Certo, até mais – Jack pôs o fone no gancho.

– Oi, pai – disse Damien, sem se dar o trabalho de erguer os olhos.

Continuou olhando a vista pela janela, já entediado só de pensar na discussão que iam ter. Essas "conversas" sempre começavam com algum clichê do tipo "Os privilégios são acompanhados de responsabilidade, meu filho", e com a velha e famosa história de Jack Cavanagh: como ele tinha construído o império da família do zero, o filho de um simples zelador; como tinha comprado o prédio em que o patriarca dos Cavanagh sacrificara anos de sua vida para dar uma boa educação para o único filho, Jack; como sempre tinha feito o possível para não decepcionar o pai; como valorizava o esforço e conhecia a dificuldade de vencer na vida, e a grande responsabilidade que tinha por ter chegado lá. Depois ele diria a Damien para tomar jeito, ser mais maduro e mostrar mais interesse nas empresas da família. *Você é um dos diretores desta companhia, caso tenha se esquecido. Pare de circular com uma mulher diferente a cada semana. Pare de dar festas extravagantes e tenha mais cuidado com a imagem pública da família Cavanagh. Seja mais atencioso com sua mãe. Não percebe como nos preocupamos com você?*

Damien tinha se formado em Wharton e pedira Carolyn em casamento, como os pais queriam. O que mais podiam exigir dele?

Jack estava de olhos fixos no filho, que podia sentir o olhar penetrante queimando-lhe a pele. Quando enfim resolveu falar, sua voz estava mais grave e mais impaciente do que o normal. Ele não começou com um dos clichês de sempre, nem disse *"Está na hora de termos uma conversa de pai para filho"*.

– Damien – Jack fez uma pausa. – Precisamos falar sobre uma coisa muito séria. Você tem que ser absolutamente franco. Este assunto deve ser discutido de maneira aberta e com todos os detalhes agora mesmo.

Ele saiu de trás da escrivaninha e fechou a porta do escritório. Ao voltar, sentou-se na cadeira de couro e apoiou os cotovelos na mesa.

– Meu filho, eu recebi uma ameaça hoje e preciso saber o que está havendo – ele disse rispidamente.

Genuinamente surpreso, Damien encarou o pai. Aquela não era a conversa mole de sempre.

– Como assim? O que você quer dizer?

– Um homem entrou em contato comigo hoje, dizendo ter um vídeo em que você aparece fazendo uma coisa muito grave, e que isso pode ter consequências sérias para você, para nós, para a companhia. Tem alguma ideia do que se trata?

Damien sentiu o rosto empalidecer. Então era por isso que o pai tinha insistido que ele viesse imediatamente.

A menina da festa. Ah, não...

Ele tirou as mãos dos bolsos e se sentou sobre elas, subitamente se sentindo uma criança travessa. Tentou não demonstrar pânico, enquanto pensava nas possíveis provas de suas atividades e em de que modo elas podiam parecer para alguém de fora. Ele tinha escondido muitas coisas do pai.

Mas Simon teria me avisado se houvesse algum problema, pensou. Simon iria saber. Disse que ia tomar conta de tudo.

Precisava ligar para Simon naquele mesmo instante para entender o que estava se passando.

– Papai... – ele disse, começando a se levantar. – Vou dar um telefonema rápido...

– Agora, não. – O tom de voz do pai fez Damien se sentar outra vez.

– Só preciso falar com Simon – disse com a voz fraca.

– Você não vai ligar para ninguém. Agora, seja honesto, meu filho. O que aconteceu? Que história é essa?

Damien se sentiu ansioso e claustrofóbico. Precisava muito falar com Simon, mas seu pai ordenou com um gesto que ele largasse o Blackberry. Ele desligou o aparelho e guardou-o no bolso, sentindo-se totalmente perdido sem a orientação de seu amigo.

– Não é apenas um blefe, é? – o pai afirmou, mais do que perguntou. Damien podia ver que ele estava zangado e muito preocupado. – O que você fez? O que tem nesse vídeo?

– Nada, papai. Bem, eu...

E se ele souber? E se for uma ameaça de verdade? E se...?

Damien se encolheu. A falsa segurança que ele ostentava como uma armadura desmoronou ao primeiro sinal de irritação do pai, deixando-o vulnerável e amedrontado. Ele queria que Simon estivesse ali. Simon sempre sabia o que fazer. Damien se remexeu na cadeira, retorcendo as mãos com nervosismo. Sentia-se como se tivesse 12 anos e tivesse acabado de bater a Mercedes do pai. Ele tinha pisado na bola. Pensou na menina se debatendo na cama, depois ficando cada vez mais imóvel e fria, e seu estômago começou a se encher de nós. Fora uma cena horrível. Ele nunca tinha visto alguém morrer antes, nem mesmo seu avô. Uma experiência apavorante.

Mas Simon disse que tudo ia dar certo. Que estava tudo sob controle. Que não haveria problema!

– Não minta para mim, filho – disse Jack. – Conte exatamente o que aconteceu. Preciso saber a verdade. Preciso saber qual é a gravidade da situação.

Damien estava perturbado; sua tranquilidade, fragmentada. Tentou se acalmar, sem sucesso. Era humilhante que o pai o visse desse jeito. Ele precisava pensar muito bem no que ia dizer. Uma palavra errada só iria piorar as coisas.

– Papai, eu quero que saiba que não é nada do que você está pensando... – ele começou, sem fazer ideia do que o pai estava pensando. – Foi só...

Jack permaneceu sentado, com uma expressão paciente, mas grave, apoiando os cotovelos na imensa escrivaninha de mogno, esperando que o filho se explicasse.

A boca de Damien abria e fechava com cada ideia que cruzava sua mente, mas nenhum pensamento completo se formava. Ele não sabia qual mentira escolher.

– Você está usando drogas, filho?

– Sim, mas... – admitiu Damien envergonhado. *Mas o quê? Mas isso não é tudo*?

Jack balançou a cabeça.

– Eu sabia. Nós conversamos sobre isso. Você não é uma pessoa comum, meu filho. Precisa se comportar, porque tem muito mais a perder.

Ele fez uma pausa.

– Agora me conte tudo.

Ele parecia saber mais do que estava dizendo. O quanto sabia exatamente?

Jack deu um suspiro decepcionado.

– Meu filho, você sabe que estamos prestes a assinar um contrato na área de transportes. Será um dos maiores negócios já feitos neste país. Aqui estou eu tentando fazer história, enquanto você joga pelo ralo tudo o que construí com uma vida inteira de trabalho com as suas... festas e diversões? Não posso permitir isso. Um escândalo a essa altura pode pôr em risco tudo o que temos. Precisamos manter os padrões, meu filho. Nossas mãos devem estar limpas, sempre.

Damien pensou nas drogas que tinham rolado na festa. Alguém podia realmente provar que pertenciam a ele, ou que ele sabia o que os convidados estavam usando? Mas é claro que essa não era a pior parte. Se realmente existisse um vídeo com seu rosto claramente reconhecível... *A menina... Aquela menina idiota*. Lee também tinha testemunhado a cena.

– Diga alguma coisa! – Jack deu um soco na mesa, assustando o filho. Ele raramente levantava a voz para Damien, mas agora estava a ponto de explodir. – Vamos, fale de uma vez!

– Aconteceram umas coisas na festa – balbuciou Damien. Ele abriu a boca para continuar, mas se deteve. Uma expressão triste se espalhou pelo rosto de seu pai, como se ele já suspeitasse de que as festas do filho fossem orgias fora de controle. A casa dos Cavanagh era uma enorme mansão arquitetônica, uma casa de revista. Os pais de Damien iam para a residência mais modesta de Palm Beach nos fins de semana e, às vezes, durante a semana, como tinham feito na quarta-feira, e era então que aconteciam as festas. Jack não fazia ideia do que se passava na casa da família durante sua ausência, e Damien esperava que continuasse assim. – Nada de mais... Só um pouco de farra. Simon flagrou uma menina filmando com o celular, mas disse que ia cuidar do assunto. Só isso.

Damien temia não ter entendido bem. O vídeo da ameaça seria o mesmo da garota pega por Simon? O que tinha acontecido com ela? Ele não sabia. Simon disse que ia ficar tudo bem, tudo tranquilo. Mas e se o vídeo existisse mesmo? E se não fosse um blefe? Ele nem tinha certeza do que aparecia na filmagem. O que tinha sido gravado?

Jack pegou o telefone e discou. Alguns instantes depois, ele disse:

– Sim, vou precisar de você... Em cinco minutos?... Ótimo.

Ele desligou.

– Com quem você estava falando? – perguntou Damien, confuso.

– Com Bob.

– Bob? O Americano? – ele engoliu em seco.

Todos na família e nos altos escalões da empresa sabiam da existência do "Americano", embora poucos tivessem falado com ele ou mesmo visto Bob alguma vez. Damien o encontrara em duas ocasiões e ainda sabia muito pouco a respeito dele, apenas que durante algum tempo havia sido o chefe do escritório do FBI na Califórnia e que depois de se aposentar tinha aberto sua própria empresa de serviços de segurança. Seis anos antes, quando o Conglomerado Cavanagh fora ameaçado por causa do sequestro de um executivo de alto nível no Oriente Médio, Jack tinha contratado o Americano, que desde então fora uma presença distante, porém constante. Ninguém além de Jack sabia exatamente o que o Americano fazia, mas não houvera mais problemas de segurança desde que ele fora contratado.

– Ei! – Jack chamou a atenção do filho, que estava olhando distraído pela janela. – "Simon disse que ia cuidar do assunto"? Quero saber exatamente o que Simon fez e como cuidou do assunto. Vamos, meu filho.

Mas Damien não sabia como responder. Ignorava os detalhes e nem quisera ser informado. Simon havia dito que era melhor assim, melhor que ele não soubesse de nada. Disse que precisava de 15 mil para resolver o problema, depois precisou de mais outros 35 mil, mas devia ter sido o bastante. Ele disse que não havia com que se preocupar. Que tudo ia dar certo.

– Por que agora? – Jack estava obviamente contrariado. – Por que agora, meu filho? Não percebe a importância desse contrato de transporte? Não se dá conta? Por que escolheu justo agora, quando estamos prestes a ganhar a licitação, e a poucos meses do seu casamento, para tomar parte em algo tão... tão sórdido?

– Eu entendo, papai, mas...

– Não, acho que você não entende – Jack sacudiu a cabeça, desapontado. – Uma menor de idade? Por quê?

Damien ficou atônito. Como é que seu pai sabia de sua preferência por meninas muito jovens?

– Esse homem que me ameaçou foi envolvido na história pelo seu amigo Simon Aston, não foi?

Damien encolheu os ombros, envergonhado.

– Não sei. Tem todo jeito. Quer dizer... Pode ser...

Ele queria afundar na cadeira e desaparecer como se nunca tivesse existido. O que não daria para estar em outro lugar, em qualquer lugar, menos na sala do pai.

– Certo. Então Simon está envolvido. Ele é quem vai entregar o dinheiro ao senhor Hand pessoalmente.

– Como assim? Quem é o senhor Hand?

Mas o pai não estava mais escutando. Fitava com ar lúgubre o papel timbrado da empresa sobre a escrivaninha.

– Minha família não será chantageada por um criminoso pé de chinelo. Entendeu? – disse. – Não vou permitir que arruínem sua vida. Temos que resolver esta situação direito, de um modo profissional. Se esse vídeo começar a circular por aí, vai ser o fim para você e para a reputação da família. Não vou deixar que isso aconteça com você, meu filho. Que aconteça conosco.

Nervoso, Damien engoliu em seco outra vez.

Deu um pulo na cadeira ao ouvir a batida na porta.

– O Bob chegou. Abra a porta para ele, meu filho.

O Americano. Damien ficou tonto. Sua cabeça era uma maçaroca de pensamentos incoerentes. Percebeu que só a lábia não iria livrá-lo dessa. Era sério. Era de verdade. Andou até a porta em silêncio. Abriu-a e viu o Americano esperando pacientemente do lado de fora, com as mãos cruzadas às costas feito um general. *Bob White.* O Americano entrou, despretensioso como sempre, fechou a porta atrás de si e esperou que Damien se sentasse antes de perguntar educadamente se podia ocupar a cadeira ao lado dele.

Damien concordou nervoso com um aceno de cabeça.

O Americano se sentou com as costas eretas, uma perna cruzada sobre a outra. Era um homem forte sem ser corpulento, de cabelos grisalhos e curtos e altura média. O mais engraçado era que, mesmo que alguém se encontrasse com o Americano várias vezes, ainda assim não saberia de coisa alguma sobre ele que não estivesse em seu cartão de visitas. O único detalhe que o distinguia era o sotaque, daí o apelido. É claro que ele também tinha sua reputação, por mais misteriosa que fosse, mas os boatos nunca eram confirmados.

O Americano se dirigiu a Damien.

– Pelo que entendi, temos um problema.

– Bem, eu... Hã... Não sei se... – Damien começou a falar, as faces queimando.

Jack o deteve com uma mão erguida.

– Obrigado por ter vindo, Bob. Parece que Simon Aston... Você se lembra de Simon, o amigo de Damien?

O Americano assentiu com a cabeça.

– Então, parece que Damien se meteu em uma confusão, e seu amigo Simon contratou alguém para resolver o caso, mas só conseguiu piorar a situação. Tenho certeza de que se trata do mesmo homem que está tentando me chantagear.

Nojento. Revoltante.

Doentio.

Falar sobre chantagem e problemas que precisavam ser resolvidos na presença do Americano e do próprio pai deixava Damien nauseado. E quanto ao Simon? Onde andava seu amigo fiel numa hora dessas?

– As engrenagens já estão girando – o Americano informou a Jack. – Assim que der a luz verde, o senhor Hand embarca no avião para Sydney. Ele foi muito bem recomendado.

Quem é esse tal de senhor Hand?

Jack respirou fundo, com uma expressão contemplativa no rosto.

– Vou pedir que seja transferido 1 milhão da sua conta, meu filho.

– Um milhão? – protestou Damien. – Mas...

Simon tinha pedido só mais 35 mil para resolver tudo. Por que eles precisavam de 1 milhão de dólares?

Jack se inclinou para a frente outra vez, para chamar a atenção de Damien.

– A sua festinha vai custar 2 milhões e meio de dólares, meu filho. Vou tirar 1 milhão da sua conta porque você precisa aprender que o dinheiro não dá em árvore. Eu vou cobrir o resto. Não podemos nos dar ao luxo de cometer erros. Não agora. E não quero ouvir uma queixa sua, jamais. Nem para sua mãe, nem para ninguém. Quero seu amigo Simon aqui dentro de uma hora – continuou Jack. – E não me venha com desculpas. Ligue para ele agora e diga apenas que ele deve vir para cá.

Jack se levantou.

– Agora, você e Bob vão ter uma conversinha. Responda a todas as perguntas dele, meu filho. Conte tudo – ele disse, apontando um dedo acusador. – Eu não preciso saber dos detalhes. Não quero saber. Volto daqui a quinze minutos. Depois que contar *tudo* o que sabe ao Bob, você não vai mais pensar nesse assunto, e certamente não vai discuti-lo com mais ninguém, em tempo algum. Nem mesmo com seu amigo Simon. Ele terá seus próprios problemas para resolver.

Jack bateu a porta atrás de si, deixando Damien a sós com o Americano.

Capítulo 12

Eram 17h30 de sexta-feira, e Mak estava pensando em desligar o computador e fazer sua primeira visita na investigação para Groobelaar.

O telefone da linha fixa tocou, e ela correu para atender, esperando que fosse Andy com planos para o jantar.

Ele vai viajar amanhã. Não vou vê-lo por três meses.

– Alô?

– Alô, Mak? – Era o pai dela, Les.

– Papai! Tudo bem? Pensei muito em você hoje. Estou com saudades!

Poucas pessoas ligavam para o número fixo, além de Andy e Les. Mak saboreou a voz do pai, sorrindo, enquanto prendia o telefone entre o pescoço e o ombro. A tela do *laptop* brilhava na sala de jantar, onde ela tinha passado meia hora pesquisando arquivos *on-line* de jornais e outros sites em busca de informações para a investigação.

– É tão bom falar com você. Já deve ser tarde por aí!

Em pé no corredor, Mak olhou para a foto do pai sobre a mesa da sala.

– Mak, surgiu uma oportunidade que eu acredito que possa lhe interessar. Acho que você deveria considerá-la seriamente.

– Hã, o.k. – Mak sabia que o pai se mantinha bem informado sobre a vida dela na Austrália, por mais que ela já tivesse pedido que ele não bisbilhotasse. Ele tinha contatos no país e parecia estar sempre por dentro de tudo o que Andy fazia, antes mesmo que ela ouvisse uma palavra. – O que foi? Que tipo de oportunidade?

– O Departamento de Justiça daqui abriu uma vaga para psicólogo forense. Eles viram seu currículo e ficaram muito interessados.

– Meu currículo? – Mak ficou furiosa. Como ele se atrevia a procurar emprego em nome dela sem sequer lhe pedir permissão? E para uma vaga do outro lado do mundo?

– Tenho certeza de que será selecionada. Seria ótimo para você.

Mak fechou os olhos.

– Mas, papai, eu não posso me candidatar a um emprego no Canadá. Estou morando na Austrália. Minha vida é aqui – ela disse, exasperada.

– Você não pode ficar aí para sempre.

Mak levou a mão à testa.

– Posso, sim, papai.

Será que posso mesmo?

Ele ficou em silêncio.

– Mak, você nem está trabalhando. Precisa de um emprego.

– Eu estou trabalhando, sim – ela explicou. – Estava me aprontando para sair para entrevistar uma pessoa como parte de uma investigação. Assim que tiver economizado o suficiente, vou abrir meu próprio consultório.

Ele não respondeu.

Les Vanderwall havia tido uma das carreiras mais longas entre os inspetores de polícia da Ilha de Vancouver, e, como sua filha mais velha, Makedde vira muitos crimes em seus 29 anos. Por isso tinha escolhido o campo da psicologia forense, e talvez também viesse daí o interesse no trabalho de detetive. Desde os 12 anos de idade, quando vira sua primeira vítima de homicídio no necrotério local durante uma saída com o pai, Mak sempre quisera entender o mecanismo dos crimes, particularmente dos crimes violentos. Queria compreender por que as pessoas fazem aquelas coisas horríveis umas com as outras e identificar exatamente o que motiva um criminoso reincidente. Ela ainda não tinha as respostas, mas acreditava que um dia chegaria lá. Les, que convivera com a violência a vida inteira, certa vez pedira, com uma boa dose de sarcasmo, que Mak lhe telefonasse assim que descobrisse por que os criminosos cometem crimes. Ela retrucara dizendo que ele seria o primeiro a saber.

– Como vai a Ann? Tudo bem com ela? – perguntou Mak.

Makedde tinha perdido a mãe, Jane, cinco anos antes. Mal podia acreditar que já fazia tanto tempo. Não tinha sido fácil. Graças a Deus, Les não estava mais só. Tinha encontrado Ann, também psicóloga, de quem Mak gostava, embora ela jamais pudesse substituir sua mãe.

– Ela está ótima – ele respondeu. – Acho que você deve pensar seriamente a respeito dessa vaga no Departamento de Justiça, Mak. Volte para casa.

– Não, papai. Não agora. Ainda estou organizando minha vida por aqui. Pelo menos estou tentando... – Mas ela ainda se sentia mal por tê-lo abandonado. – Tenho que desligar, papai – queria fazer sua visita depois do expediente, mas ainda antes do jantar, então tinha que se apressar. – E você devia ir para a cama. Eu te amo, papai. Ligo para você amanhã, está bem?

Mak desligou com o cenho franzido. Tinha se esquecido de pedir notícias da irmã grávida, Theresa. Mak duvidava de que o pai desaprovasse qualquer detalhe da vida dela.

* * *

Mak parou em frente a uma casa térrea modesta em Parramatta, na zona oeste de Sydney, e jogou o mapa da cidade no banco de trás.

É aqui.

Estacionou o Honda vermelho de Andy com cuidado e percorreu o caminho de pedras até a porta com o coração aos pulos dentro do peito. Era uma casa pequena, construída no estilo dos anos 50, com um jardim malcuidado, janelas cheias de vasos de plantas e cortinas de renda branca. As janelas pequenas lhe davam o ar sombrio de um lugar parado no tempo, onde a luz não alcançava.

Mak estava um pouco constrangida por ter procurado os pais de Meaghan Wallace. Sabia que fazia parte de seu trabalho, era uma das tarefas que o cliente estava lhe pagando para realizar, mas se sentia culpada por incomodar o casal em luto. Era a sua primeira vez.

Respirando fundo, bateu na porta.

Passos arrastados se aproximaram. Uma mulher de rosto abatido surgiu na porta, encarando-a com olhos vermelhos.

– Sim? O que deseja?

Mak não sabia como ia ser recebida quando se apresentasse. Podia ser muito bem, ou muito mal...

– Meu nome é Makedde Vanderwall. Tem tempo para uma conversa, senhora Wallace? – perguntou, supondo estar falando com a mãe de Meaghan, Noelene.

A mulher pareceu se surpreender.

– Sim, claro, entre, por favor – ela deu um passo para o lado para Mak passar. – Aceita um chazinho?

Foi a vez de Mak se surpreender.

– Um chá? É claro, obrigada – respondeu, meio sem jeito.

Makedde tinha conseguido passar da porta, o que já era mais do que ela esperava alcançar. Não fazia ideia de como falar com pessoas desconhecidas que acabavam de perder uma filha. Como policial, Andy tinha levado más notícias a muitas famílias, e dizia que nada mais o surpreendia: lágrimas, gritos, gargalhadas, pânico ou silêncio total. Com tudo isso em mente, um chazinho parecia ser uma opção muito civilizada da parte da senhora Wallace.

A mulher entrou na cozinha arrastando os pés, e Mak foi atrás, sem saber se devia segui-la ou esperar no corredor. Em dúvida, parou na junção entre o carpete e o piso de cerâmica.

– Você é da polícia? – a mulher perguntou.

Era a hora da verdade. Mak podia inventar mil coisas, mas a única mentira que acarretava um risco legal era se apresentar como policial. Não ia fazer isso.

– Senhora Wallace – ela começou, escorada no batente da porta da cozinha –, eu não sou da polícia. Sou detetive particular e fui contratada para investigar a morte da sua filha. Vou fazer todo o possível para descobrir a verdade – ela abriu a carteira e entregou um cartão de visitas à mulher. – Desculpe incomodar. Sei que deve ser um momento difícil, mas, se a senhora não se importar, gostaria de conversar sobre a Meaghan.

A mulher permaneceu de costas, enquanto preparava o chá. Mak calculou que tinha 50% de chance de ser expulsa da casa.

A senhora Wallace hesitou por alguns segundos antes de perguntar:

– Quer leite e açúcar?

– Sim, por favor.

Noelene Wallace pôs a chaleira no fogão e tirou xícaras e pires do armário. Conduziu Mak para uma sala de estar escura, onde seu marido, Richard, assistia à televisão. As cortinas estavam fechadas, embora o sol ainda estivesse alto. Ralph Wallace não se levantou da cadeira, e Mak imaginou que ele tivesse desabado no assento ao ouvir a notícia da morte da filha e não tivesse se movido desde então.

A senhora Wallace depositou a bandeja com chá e biscoitinhos na mesa de centro e fez um gesto para que Mak se sentasse.

– Muito obrigada – disse Mak. – Sinto muito pela sua perda. Meaghan era uma jovem muito bonita.

Ralph Wallace fitou Mak com desconfiança, mas assentiu com a cabeça ao ouvir as palavras. Ergueu a mão com o controle remoto e emudeceu a televisão. Estava assistindo à novela.

– Você é da polícia? – ele perguntou, sem tirar os olhos da tela.

– Não, senhor, não sou. Sou detetive particular e estou investigando as circunstâncias da morte da sua filha.

Ela se inclinou para a frente, para lhe oferecer um cartão, mas ele não estendeu a mão para aceitá-lo, então Mak deixou-o sobre a mesa da TV.

– Para quem você trabalha? – ele perguntou.

– Trabalho com a agência Marian Wendell de investigações particulares. Um amigo de Meaghan nos contratou para esclarecer a... hã... a morte dela. – Mak hesitou em usar a palavra “homicídio”.

– Ela foi assassinada. Pode dizer em voz alta – disparou o senhor Wallace. – Foi esfaqueada. Minha filha não merecia isso.

– O senhor tem razão.

Mak tinha pensado a mesma coisa quando sua amiga Catherine Gerber fora morta, cinco anos antes. As pessoas falavam em “perda” e “falecimento”, mas a vida de Catherine tinha terminado de forma violenta. Não era apenas morte, era *assassinato*.

– Quem faria uma coisa dessas? Quem está pagando por essa investigação? – perguntou o senhor Wallace.

– Alguém que gostava muito da sua filha – disse Mak, rezando para que fosse verdade. – Entendo que deve ser muito difícil para vocês dois.

Poderia me dizer se percebeu alguma mudança no comportamento de sua filha antes do crime? Qualquer coisa fora do normal, novos hábitos, amigos, comportamentos?

– Meg era uma boa menina – disse a senhora Wallace. – Era um mistério para mim... – ela balançou a cabeça. – Tão independente... Não sei se vamos poder ajudar muito.

Mak sentiu-se aliviada por não ter mais que se justificar.

– Qualquer informação pode ser útil.

A senhora Wallace fez uma pausa e fitou Mak como se a reconhecesse.

– Você tem jeito de modelo.

Mak estranhou o comentário, considerando as circunstâncias.

– Hã, sim, eu já trabalhei com isso.

– Ah, que ótimo. Meg era muito bonita, como você. Ela também fez alguns trabalhos como modelo. Sempre foi uma menina linda.

– Ela foi modelo por muito tempo? – perguntou Mak.

– Ela tirou algumas fotos, mas sempre diziam que não era alta o suficiente.

– Entendo.

A senhora Wallace se levantou e saiu da sala, deixando Mak a sós com o marido. Ele tinha os olhos fixos na TV, como se ela não estivesse ali. Mas logo a senhora Wallace retornou com um álbum de fotos nas mãos.

– Veja como ela era linda.

Mak examinou cada foto com atenção. Mostravam Meaghan posando num estúdio de biquíni dourado e maquiagem pesada. Mak entendeu o comentário de Noelene sobre sua aparência e por que tinha sido tão bem recebida. Eles tinham orgulho da beleza da filha, que sonhara em se tornar uma modelo rica e famosa. Era um desejo comum, mas que raramente se realizava.

– As fotos são ótimas. Ela era mesmo muito bonita – disse Mak, sentindo-se constrangida pelos próprios comentários. – Ela havia feito algum trabalho recentemente? Nas últimas semanas?

– Não.

– Meaghan visitava vocês com frequência, senhora Wallace?

– De vez em quando ela encontrava um tempinho para fazer uma visita aos coroas chatos – declarou o senhor Wallace da sua poltrona. Depois voltou a cerrar os dentes e fixou o olhar na TV muda.

Ele podia ter deixado o som ligado, pensou Mak.

– Ela costumava vir aqui uma vez por mês, mais ou menos – disse a senhora Wallace.

Uma vez por mês não era muito, especialmente considerando que Meaghan morava a meia hora de carro, mas cada família tinha sua dinâmica, e Mak não fazia ideia de como eram as relações entre os Wallace. Ela mesma estava longe de casa havia tanto tempo que a ideia de ver o pai uma vez por mês parecia um sonho. Mesmo com todas as intromissões dele, ela sentia muita saudade.

– Sobre o que vocês conversavam quando ela vinha visitá-los?

– Ah, de tudo um pouco. Ela contava que estava se dando bem na corretora e me mostrava suas roupas novas. Ela era caprichosa e sempre se vestia muito bem. Eu queria que ela sossegasse com um namorado, mas nunca encontrou alguém especial. Nossa esperança era que ela se casasse...

Ela não terminou a frase: *mas agora nunca vamos ter netos*. Meaghan era filha única, a família Wallace terminaria com Ralph e Noelene.

– A senhora sabe quem é Simon Aston? Ela alguma vez mencionou esse nome?

– Simon Aston? Não. Eles estavam juntos?

– Não tenho certeza – Mak respondeu com cautela. – Mas acredito que se conhecessem – ela tinha imprimido uma foto de Simon que encontrara na internet e mostrou-a ao casal. – Não o reconhecem?

– Não. O que ele fez? Está envolvido no crime?

– Não, não. Só queria saber se a sua filha alguma vez tinha tocado no nome dele.

Droga. Ela estava contando com um reconhecimento.

– Meaghan alguma vez mencionou uma jovem chamada Jag? Ou Amy?

– Sim, Amy... Meg tinha uma amiga chamada Amy, mas ela se mudou para outro estado, eu acho. Eu a encontrei algumas vezes. Também era muito bonita, mas um pouco... despachada demais.

– Entendo. A senhora se lembra onde ela foi morar?

– Acho que em Melbourne.

– E quem eram os melhores amigos de Meaghan? Com quem ela passava mais tempo? – Mak perguntou, mas a senhora Wallace não estava mais escutando. Parecia perdida nos próprios pensamentos.

– Ela era uma boa menina, a minha Meg – disse a mulher, como se estivesse prestes a explodir em lágrimas. – Ela...

Naquele instante, Mak se sentiu péssima por estar ali, questionando detalhes da vida de uma moça que se fora tão cedo, com 23 anos. *É isso que eu quero fazer pelo resto da vida? Desrespeitar o sofrimento de pessoas como essas simplesmente para levantar informações para um cliente*?

– Gostaria de conhecer o resto da casa? – disse Noelene Wallace de repente.

Mak levou alguns segundos para responder. Não estava esperando o convite.

– É claro.

Capítulo 13

Simon Aston entrou na recepção do escritório de Jack Cavanagh, no 14º andar do famoso Edifício Cavanagh, na rua George, com os nervos à flor da pele após a chamada de Damien. O sol estava se pondo, e a área em torno do prédio parecia uma cidade fantasma. Fora alguns pequenos grupos rumando aos bares para a *happy hour*, tudo estava estranhamente silencioso.

O Edifício Cavanagh parecia vazio. As lâmpadas fluorescentes zumbiam.

Alguém está tentando chantagear meu pai, Simon! Você não disse que ia dar tudo certo? Que ia tomar conta da situação? Eu lhe dei o dinheiro, e você disse que ia ficar tudo bem...

Meu pai quer você aqui dentro de uma hora. Ele disse que, se não aparecer, vai proibi-lo de se aproximar da família para sempre.

As coisas estavam saindo do controle. E rapidamente.

Simon era o melhor amigo do jovem herdeiro mais rico de Sydney havia anos, e nunca fora convocado ao escritório de Jack Cavanagh. Considerando a situação, o prédio lhe parecia opressivo, o peso de tanto poder e tanta influência o esmagavam.

Tanto dinheiro.

Tanto poder.

Simon estava tão perto e ainda assim tão longe. Ele não era um Cavanagh. Não estava protegido pela fortuna e pela influência de Jack.

Mesmo antes do telefonema desesperado de Damien, que tinha ligado fazia uma hora, ele sabia que as coisas tinham dado errado. A ligação de Warwick o deixara nervoso, mas Simon ainda não acreditava que ele fosse cumprir a ameaça. Afinal de contas, como podia existir o tal vídeo? Ele havia esmagado o telefone daquela garota intrometida. Não fora suficiente? Não tinha conseguido destruir o aparelho?

Se essa gravação for real, a encrenca é séria.

Com isso em mente, Simon endireitou a gravata e se preparou mentalmente para parecer simpático. Teria que enfrentar a situação com muita cautela e muito tato. Por isso tinha vestido seu único terno especialmente para a ocasião, na tentativa de impressionar o senhor Cavanagh e convencê-lo da sua honestidade e lealdade ao filho.

As salas estavam desertas, todos já tinham ido embora. As amplas janelas não tinham cortinas, e ele enxergava os escritórios escuros do edifício ao lado e o seu próprio reflexo movendo-se ao longo do vidro. A recepção em frente ao elevador ainda estava iluminada, e ele se dirigiu à mesa da secretária do senhor Cavanagh com um pânico mal disfarçado.

– Boa-tarde. Meu nome é Simon Aston.

A recepcionista tinha um sorriso inescrutável. Em meio a vários cartões, fotos de família em porta-retratos e bandejas com papéis bem organizados sobre a mesa, ele percebeu uma plaquinha que dizia apenas "Joy". Mas, antes mesmo que pudesse abrir a boca para chamá-la pelo nome, ela disse:

– O senhor Cavanagh está a sua espera. Por favor, venha comigo.

Joy se levantou e o conduziu à sala de Jack. Quando abriu a porta para ele, Simon sentiu um arrepio de medo pelo que iria encontrar lá dentro.

– O senhor Aston chegou, senhor Cavanagh.

– Obrigado, Joy.

Joy anunciou-o e se foi, e Simon ficou parado em frente à porta como se estivesse temporariamente paralisado. Jack Cavanagh estava sentado atrás de uma mesa gigante. Sua sala era maior do que muitas casas que Simon conhecia. E não estavam sozinhos: ele não reconheceu o outro homem presente, mas era uma figura séria.

– O senhor queria falar comigo? – disse Simon de onde estava.

– Entre e sente-se, Simon – ordenou o senhor Cavanagh, num tom que não denotava raiva nem prazer.

Simon sentiu a boca secar, e as palmas das mãos se umedecerem.

Avançou receoso, lembrando-se de sorrir. Confiança. Se ele se mostrasse descontraído, todos iriam relaxar. Demonstrar confiança era a chave. *Confiança e postura*, ele disse a si mesmo.

O acompanhante do senhor Cavanagh não deixou a sala. Damien tinha mencionado um homem que chamara apenas de "o Americano", e Simon imaginava que fosse ele. Mas o homem lhe foi apresentado como senhor White.

– Como vai? – disse Simon, estendendo a mão para um cumprimento, que o Americano não aceitou.

– O senhor White precisa de todas as informações sobre o caso. Ele tem que saber de tudo – disse Jack Cavanagh, com expressão dura.

Tudo.

Simon sentou-se, e os três ficaram num semicírculo, com o senhor Cavanagh atrás da mesa imponente.

Era estranho para ele se encontrar com Jack Cavanagh dessa maneira. Tinha visto o pai de Simon em carne e osso tantas vezes quanto nos jornais ou nas capas de revistas de negócios. Ele costumava sorrir, mas não estava sorrindo agora. Os dois homens fitavam Simon, esperando que ele falasse, mas Simon não sabia o que dizer.

– Posso falar com franqueza? – ele começou num tom estudado. Cruzou as pernas e fez um gesto com a mão. – Eu...

– Deve – advertiu o senhor Cavanagh. – Ou nunca mais falará com meu filho.

Simon hesitou. Era uma ameaça? Jack realmente iria afastá-lo de Damien?

– Sim, senhor. Hã, em primeiro lugar, quero dizer que é uma honra ser chamado para conversar com o senhor. Lamento apenas que as circunstâncias não sejam melhores.

O senhor Cavanagh estreitou os olhos.

– Eu dispenso a conversa mole. O que você sabe sobre esse homem que tentou me chantagear hoje?

Simon tinha que se controlar. Tudo estava indo rápido demais. Warwick tinha desligado na sua cara e não tinha mais chamado nem atendido o telefone. Damien estava em pânico.

– Quem é ele? – exigiu saber o senhor Cavanagh.

– Honestamente, eu não sei quem o contatou. Não sei por que o senhor acha que estou envolvido nisso, mas tenho certeza de que podemos esclarecer a confusão.

Jack se inclinou na direção dele. Era um homem informal, apesar de todo seu sucesso e de sua influência extraordinária. Era conhecido por valorizar o profissionalismo, mas honestidade e lealdade eram ainda mais importantes para ele. Organizava uma festa para os funcionários em seu iate todos os anos, distribuía bônus generosos, indagava sobre a família de cada um e demonstrava interesse em sua saúde e seu bem-estar. Mas agora não parecia muito calmo ou inofensivo. Simon estava sentindo um gostinho do lado mais implacável de Jack Cavanagh. Era um lado obscuro, ao qual os jornalistas às vezes aludiam, um lado mais cruel. Era óbvio que Jack levava muito a sério qualquer ameaça a si mesmo e a sua família.

– Não brinque comigo, Simon – ele disse, num tom que fez os cabelos loiros da nuca de Simon se arrepiarem. – Posso complicar a sua vida num piscar de olhos.

Era verdade. Se Jack Cavanagh o afastasse de Damien, todos em Sydney ficariam sabendo dentro de poucos dias. Suas "amizades" iriam desaparecer. Seria um desastre, um suicídio social e financeiro.

– Com todo o respeito, senhor – respondeu Simon, tentando recuperar o controle –, eu simplesmente não sei... Não quis dizer que... Eu fiquei sabendo dele por intermédio de um amigo... – ele balbuciou. Então respirou fundo e tentou se acalmar. – Eu cheguei de repente, e a coisa estava acontecendo. Fiquei chocado, acredite. E aquela mulher estava lá, filmando tudo. Eu só queria proteger meu amigo. Conheço pessoas que poderiam resolver o problema para Damien. Só estava tentando protegê-lo.

O Americano, que até então não havia participado da conversa, moveu sua cadeira para a frente e abriu um bloco de notas. Tirou uma caneta do bolso do paletó e encarou Simon com um olhar frio.

– Qual era o nome da mulher que você viu filmando a cena?

– Hã... não era ninguém. Só mais uma convidada.

– O nome dela, por favor.

Se ele souber o nome, vai descobrir o que aconteceu com ela.

O Americano ficou esperando. Simon estava apavorado demais para se negar a responder.

– O nome dela era, hã, Meaghan Wallace. Era secretária de Robert Groobelaar, da Corretora Trident. Acho que o senhor o conhece.

Jack assentiu pensativo.

– Robert já me assessorou em algumas transações com imóveis.

O Americano tomou nota, mas ainda queria mais.

– Você mandou alguém fazer alguma coisa para silenciar essa tal de Meaghan? – insistiu. Devia ter notado que Simon se referia a ela com os verbos no passado.

Simon respondeu com um aceno silencioso da cabeça à pergunta brutalmente direta do Americano. As palavras eram terríveis: *Você mandou alguém fazer alguma coisa para silenciar essa tal de Meaghan?* Ele tinha feito isso? Sim, estritamente falando, tinha. Mas não queria lhe fazer mal, simplesmente não tivera escolha. Precisava resolver o problema.

– O.k. Vamos retornar a ela mais tarde – disse o Americano. – Você disse que chegou a esse homem por intermédio de um amigo. Preciso saber o nome dele.

Ficou esperando a resposta.

Por dentro, Simon já estava em pânico. Ele não conhecera Warwick por intermédio de um amigo, mas o que o senhor Cavanagh iria pensar se ele admitisse que se misturava com aquele tipo de pessoa? Porém o medo de mentir para o Americano era maior. Warwick tinha feito alguns serviços para Simon antes. Se desse um nome falso, saberia só de olhar para a cara do Americano que seria descoberto.

Pela primeira vez na vida, a verdade lhe pareceu a melhor opção, ou talvez a única.

– Hã, eu falei diretamente com ele – admitiu.

O Americano escreveu alguma coisa no bloco. Jack Cavanagh franziu a testa, mas não disse nada.

– O nome completo?

– Warwick O'Connor.

Das outras vezes em que Warwick tinha trabalhado para Simon, geralmente haviam sido favores para amigos necessitados. Cobrava 15 mil para cuidar de alguém como aquela garota. Era um bom preço: competitivo, e até barato. Warwick recebera metade adiantado. Simon se perguntou se Jack já sabia que o filho lhe dera um total de 50 mil para resolver a situação sem fazer perguntas. Simon considerava o dinheiro extra como uma taxa administrativa, mas Jack podia não concordar, especialmente por causa do modo como as coisas tinham se encaminhado. Devia devolver os 35 mil a mais? Não queria ter que fazer isso.

Só contaria o estritamente necessário.

– Você tratou diretamente com Warwick O'Connor – disse o Americano.

Simon assentiu.

– E Damien?

– Eles nunca se viram.

– Ótimo – disse Jack Cavanagh, aliviado. – Ninguém mais teve contato com esse pé de chinelo além de você?

Simon não gostou do modo como ele disse "pé de chinelo", mas concordou com a cabeça.

O Americano voltou a falar.

– Que tipo de filmadora a mulher estava usando?

– Não cheguei a ver vídeo nenhum, e não acho que ela tenha gravado nada. Mas ela estava usando a câmera do celular na festa. Pode ter sido isso.

– Certo. Com sorte, a gravação é de má qualidade. Você se recorda da marca e do modelo do celular? – perguntou o Americano.

– Hã... Não – Simon não prestava atenção naquele tipo de coisa. Pelo menos não naquelas circunstâncias.

– Temos que achar esse telefone. Sabe onde ele está?

Simon mordiscou o lábio inferior.

– Eu o quebrei. Quando vi que ela estava filmando, tirei o telefone da mão dela e pisei em cima.

O Americano seguia tomando notas.

– E, depois, o que aconteceu com os pedaços do aparelho?

– Joguei tudo fora – explicou Simon.

O Americano olhou para ele como se o achasse um idiota.

– Quer dizer que você viu essa mulher filmando a festa e "pisou" no telefone dela, mas não verificou se havia algo incriminador gravado nele antes de jogá-lo fora? Não verificou se algum material importante tinha sido enviado para alguém?

Simon sentiu o sangue se esvair do rosto.

– Não, senhor. Estava todo quebrado. Eu simplesmente me livrei dele.

– Onde?

– Numa lixeira da casa.

Jack Cavanagh deu um soco na mesa, fazendo Simon saltar na cadeira. Seu coração batia cada vez mais rápido, e ele se sentia como um condenado em frente ao cadafalso.

– O lixo foi recolhido depois da festa? – o Americano perguntou a Jack.

– Sim. Estelle, a empregada, põe o lixo na rua diariamente – disse o senhor Cavanagh, contrariado.

– Existe a possibilidade de que ela ou outro funcionário tenha visto alguma coisa?

– Não, não – Simon tentou parecer tranquilo. – O telefone estava em pedaços, ninguém poderia usá-lo.

– Precisamos saber o que foi gravado – disse o Americano. – E se alguma imagem inconveniente foi enviada para alguém.

– Mas como? – suplicou Simon. – O telefone estava todo quebrado, nem me ocorreu que...

– É claro que não – disparou Jack Cavanagh.

– Eu vou cuidar disso – disse o Americano.

O senhor Cavanagh agora estava lívido. Sentou-se outra vez, a raiva jorrando dos seus poros. Apontou um dedo para Simon. Se fosse uma arma, teria apertado o gatilho, Simon pensou.

– Já que você não me procurou quando ficou sabendo de uma questão que ameaça a segurança da minha família, de agora em diante ficará responsável por consertar a situação – ele anunciou. – É a sua oportunidade de recuperar a minha confiança, Simon.

– Um homem vai vir de Mumbai neste fim de semana. Ele vai ter os detalhes relevantes da situação e vai contatar você. Bob vai prepará-lo para esse momento. Tudo, mas tudo *mesmo*, que souber sobre esse Warwick O'Connor, que está tentando me chantagear, você vai contar ao Bob. Tudo o que souber sobre o vídeo, quem aparece nele, como essas pessoas chegaram lá, e como ele acabou nas mãos de alguém, você vai explicar a ele. Vai contar tudo ao Bob sobre essas pessoas, e tudo o que sabe sobre as atividades do meu filho.

O Americano permaneceu em silêncio com o bloco nas mãos.

– Eu não quero nem preciso saber dos detalhes. Você vai falar com o Bob e vai fazer o que ele mandar.

– Sim, senhor – Simon respondeu nervoso.

– Vou providenciar o dinheiro, e você vai entregá-lo pessoalmente. Bob vai supervisionar a transação para garantir que não haja erros. Entendeu? – Simon não respondeu. – Eu perguntei se você entendeu.

– Hã, sim, senhor, entendi. Mas quem é esse homem? Como vou reconhecê-lo?

– Não faça perguntas. De você, eu só quero respostas. Dê todas as informações que o Bob pedir. Eu não preciso saber dos detalhes sórdidos dessa confusão que você e meu filho criaram. Vou deixá-los a sós para conversarem.

Jack Cavanagh se levantou detrás da enorme mesa de mogno.

– Estou muito decepcionado com você, Simon. Muito decepcionado. Não quero que fale sobre esse assunto com mais ninguém. Nem comigo, a menos que eu pergunte diretamente. Está claro?

Simon assentiu com a cabeça.

– Sim, senhor, está claro.

– Se eu descobrir que você não foi honesto comigo ou com o senhor White, ou que mencionou esta conversa para qualquer outra pessoa... Bem, sei que meu filho vai ficar muito triste de perder um amigo.

Simon acatou as ordens, e Jack Cavanagh o deixou com o Americano, seu bloco de notas e a certeza de que a coisa era séria. Simon teria que contar tudo. Nem toda a confiança do mundo iria livrá-lo daquela sinuca.

Capítulo 14

Às oito da noite, Mak ainda estava sentada no quarto de menina da falecida Meaghan Wallace, conversando com a mãe dela e olhando álbuns e mais álbuns de fotos da família. Viu-se sendo sugada pelo buraco negro do luto da mulher. Aquelas fotos de Meaghan quando bebê, aprendendo a andar e no primeiro dia de aula não ajudavam em nada. As coisas tinham fugido do seu controle, mas Mak estava com dificuldade de se desvencilhar. A mulher parecia precisar da sua presença. Só queria que alguém escutasse as histórias sobre sua filha, que alguém visse os álbuns e recordasse Meaghan através dos seus olhos.

Mak olhou para o despertador na cabeceira e viu a hora.

Droga.

Ela e Andy tinham reserva para as oito horas no restaurante Icebergs. Ela iria se atrasar pelo menos meia hora e ainda não havia obtido o que precisava. Tinha que encerrar a conversa.

– Hã... Senhora Wallace – ela começou.

– Pode me chamar de Noelene.

– Noelene, eu posso usar o banheiro?

– Sim, é claro.

Noelene fechou o álbum que estava mostrando e o retornou delicadamente à pilha sobre a cômoda do quarto. Ela indicou o caminho, e Mak percorreu o corredor até o banheiro, sentindo-se aliviada por ter escapado do quarto de Meaghan.

Coitada dessa mulher. Coitada.

Makedde acendeu a luz. O banheiro era decorado com papel de parede floral azul, e as toalhas eram todas do mesmo tom. Mak fechou a porta e tirou o celular do bolso. Tinha algumas chamadas perdidas e mensagens de voz. Deixara o telefone no silencioso para não perturbar os Wallace.

Mak não se deu ao trabalho de ouvir as mensagens de voz e ligou direto para Andy. Ele devia estar esperando por ela, irritado, na sala de casa, ou, pior, podia estar no restaurante bebendo sozinho, enquanto ela se afogava num mar de azul no banheiro de uma desconhecida.

– Flynn – ele atendeu.

– Chego aí em vinte minutos. Desculpe – Makedde falou num sussurro nervoso.

– Por que está falando tão baixo? – ele perguntou.

– Não posso explicar agora. Estou no banheiro da casa de uma pessoa, mas irei assim que puder – ela cobriu a boca com a mão em concha para abafar ainda mais a conversa.

– No banheiro? Eu ainda não estou no restaurante. A mesa está reservada para as 21 horas. Não consegui reserva para mais cedo. Encontro você em casa às 20h45. Ainda estou com o Jimmy.

Ele ainda está no trabalho? A culpa que Mak sentia se evaporou.

– Chego em casa em, no máximo, meia hora – prometeu. – Eu te amo.

Mak desligou e guardou o telefone. Antes de sair, viu de relance o próprio reflexo no espelho do banheiro. Seus olhos estavam vermelhos, e havia uma tristeza inegável na sua expressão. Mak percebeu uma vaga semelhança com as fotos que tinha visto de Meaghan. Não eram exatamente parecidas: Meaghan era mais baixa, mais jovem e mais loira do que Mak, mas talvez Noelene estivesse se abrindo para ela, em parte, porque lembrava a filha morta.

Como deve ser perder uma filha? Ela sabia como era perder a mãe.

Mak apagou a luz e saiu do banheiro no mesmo instante em que Noelene fechava a porta do quarto da filha. Tinham passado mais de uma hora e meia juntas, mas a conversa não tinha sido muito produtiva. Agora, antes de ir embora, era o momento de tocar no difícil assunto de Tobias Murphy.

– Senhora Wallace, o que está achando da atuação da polícia? O principal suspeito, Tobias Murphy...

– Oh – interrompeu Noelene, sacudindo a cabeça de um lado para o outro.

Mak percebeu que o nome tinha perturbado a mulher. O que se sente ao ouvir o nome da pessoa acusada de matar sua filha? Noelene deu alguns passos no corredor e se deteve, e Mak teve a horrível sensação de ter passado dos limites. Tinha esperado o máximo possível e usado toda a sua gentileza. Talvez tivesse feito a pergunta da maneira errada? Provavelmente deveria ter se sentado para mais uma xícara de chá primeiro.

– Minha irmã... sempre foi a ovelha negra da família... depois do que aconteceu – disse Noelene, tocando a maçaneta do quarto da filha morta com um ar pensativo. Parecia relutante em se afastar de suas lembranças.

Mak não entendeu.

– Sua irmã?

– Tobias sempre aparentou ser um garoto decente.

Noelene olhou para Ralph, que ainda estava sentado no mesmo lugar, na sala de estar, em frente ao corredor, de braços cruzados. A TV tinha som de novo.

– Quer dizer que vocês conhecem o Tobias?

– É claro que sim. Ele é meu sobrinho.

Mak não sabia o que pensar. Tobias Murphy era primo de Meaghan? *Ele matou a própria prima*?

– Ele não teve uma vida fácil, sabe? Eu amava minha irmã. Sempre vou amá-la, mas ela abandonou Tobias e Georgina. Não soube ser forte o suficiente para enfrentar a tragédia. Ela nunca se perdoou.

Mak esperou que ela continuasse, de olhos arregalados.

– Bárbara se matou faz dois anos – Noelene fez o sinal da cruz e balançou a cabeça. – Já tinha tentado muitas vezes antes.

– Oh. Eu sinto muito.

– Ela vivia deprimida fazia muito tempo. Nunca conseguiu superar o que aconteceu com Krista. Nem com Georgina.

Aqueles nomes não significavam nada para Mak. Quem eram Krista e Georgina? Mas ela não queria interromper Noelene. Era óbvio que Mak não tinha feito sua lição de casa se uma informação tão importante tinha lhe escapado.

– Ela não conseguiu mais tomar conta deles depois do que aconteceu – continuou a senhora Wallace. – Mal podia tomar conta de si mesma. Ninguém se surpreendeu quando Kev foi embora.

Kevin Murphy, o pai de Tobias.

Mak assentiu solenemente com a cabeça, fingindo que tudo fazia sentido.

– E depois o Kev...?

– Casou outra vez. Já faz alguns anos. Já teve filhos com a nova mulher.

Então Kevin Murphy tinha seguido em frente e começado uma vida nova. Mak se perguntou o que teriam contado ao pequeno Tobias, o único elo restante com o primeiro casamento de Kevin, e o que Tobias havia contado a eles. Ela tinha visto o nome "Kevin Murphy" na ficha do adolescente, junto ao nome de uma mulher que ela supôs ser sua mãe biológica. Muitas mulheres não trocam de nome após se casarem hoje em dia, então seria inútil pressupor essas coisas.

Mak olhou para suas anotações.

– A senhora mencionou uma Georgina.

– A filha de Barb.

– E onde ela está agora?

– Ela se suicidou com 15 anos. Tomou uma *overdose.*

Quinze anos.

– Eu sinto muito. Ela era a irmã mais velha de Tobias?

Noelene assentiu.

Uma filha que se mata aos 15 anos e um filho que foge de casa aos 14 e agora é suspeito de homicídio. Mak se deu conta da sorte que havia tido. Até a morte da mãe em consequência de um câncer, sua vida familiar na costa oeste do Canadá tinha sido idílica. Os Vanderwall eram uma família unida, e uma das poucas na escola de Mak que não se fragmentara por causa de um divórcio ou de doenças. Os colegas de Mak sempre queriam ir à casa dela porque seus pais eram bem normais. Nada de madrastas cruéis ou pais alcoólatras, apenas um lar normal e sólido, com o detalhe de ser chefiado por um poderoso inspetor de polícia. As crianças sempre queriam espiar o escritório do pai dela para ver seus troféus e prêmios, as algemas e a arma. Ele devia saber disso, pois jamais deixava os instrumentos de trabalho à vista.

– A Meaghan conhecia bem o Tobias?

– Eram inseparáveis quando pequenos – Noelene fitou os próprios pés. – Barbara estava sempre doente, e o Tobias ficava conosco quando ela não estava bem. Meg e Toby brincavam sem parar. Ela gostava de tomar conta dele. Naquela época, Kev não tinha como cuidar dele sozinho, então ele estava sempre por aqui. Os pais não ficavam em casa com os filhos naquela época.

Ela pronunciou a última frase num tom ressentido, como se insinuasse que a geração de Makedde levava uma vida fácil.

– Meg cuidava dele o tempo todo... gostava de ser a mamãe dele. Quando tinha 12 anos, costumava levá-lo para passear no carrinho de bebê...

Essa lembrança foi a gota d'água para Noelene. Seu rosto se contorceu, e as lágrimas começaram a jorrar de seus olhos.

Mak se sentiu responsável por fazê-la relembrar tantos acontecimentos dolorosos.

– Eu sinto muitíssimo por você – disse em voz fraca, apoiando delicadamente a mão no ombro da mulher que estremecia.

– Ele matou mesmo a minha filha? Matou? – perguntou Noelene entre soluços.

Quem neste mundo, e muito menos a mãe de Meaghan, iria acreditar que o próprio primo poderia esfaqueá-la por nada além de uns trocados?

– Foi ele mesmo? – repetiu Noelene. – Não acha que pode ter sido outra pessoa?

Na sala de estar, o senhor Wallace tensionou o corpo ao ouvir o choro da mulher. Sua reação foi aumentar o volume da TV, enquanto Noelene amarrotava a saia do vestido entre as mãos. As lágrimas seguiam rolando por seu rosto.

– Lamento muito mesmo – disse Mak, sentindo-se inútil. Estava parada no corredor com a mão no braço da mulher, desejando que houvesse algo mais que ela pudesse fazer.

– O Toby não pode ter feito isso – disse Noelene, dessa vez com certeza na voz. – Se tivéssemos dinheiro, contrataríamos alguém como você para encontrar o verdadeiro assassino. – A clareza em sua voz pegou Mak de surpresa.

– Acha que a polícia prendeu a pessoa errada? – Mak perguntou, mas imediatamente se arrependeu de ter dito essas palavras. Não era justo que ela confundisse ainda mais aquela mulher num momento de tanta vulnerabilidade. Sugerir sem prova alguma que a polícia podia estar acusando uma pessoa inocente era uma irresponsabilidade. Tinha a impressão de estar cometendo um erro após o outro.

– A Meg era... Ela estava fazendo coisas que... que não queria nos contar – disse Noelene entre soluços. – Eu sabia. Eu sabia que algo estava acontecendo.

Era óbvio que a mulher tinha pensado longamente sobre o assunto, provavelmente repassando cada palavra que a filha lhe dissera nos meses antes de morrer.

– Você deve ter percebido que eu e meu marido não somos ricos. Temos uma vida decente, mas sem dinheiro sobrando. Meg costumava nos dar presentes a toda hora. Ela não fez uma única visita nos últimos dois anos em que não trouxesse alguma coisa para nós. Como aquela TV, a que Ralph está assistindo – Mak tinha notado que era um modelo grande, de tela plana, bastante sofisticado. – Ela sempre trazia presentes e insistia para que aceitássemos – Noelene respirou fundo. – Eu não sabia de onde estava saindo tanto dinheiro. Aquele aparelho é caro demais para gente como nós. Como é que ela teve condições de comprá-lo?

Mak não sabia o que dizer, mas Noelene tinha razão em pensar que o salário de sua filha não lhe permitiria distribuir presentes luxuosos.

– Ela estava metida em alguma coisa – disse Noelene, agora mais calma. – Alguém fez isso com ela, e não foi o Toby. Alguém...

Capítulo 15

Bob White, o Americano, estava sentado no escritório de seu cliente, Jack Cavanagh, refletindo sobre a situação. Estava ficando tarde, e eles eram os únicos que ainda permaneciam naquele andar. Jack tinha liberado a secretária, Joy, para que ela fosse embora.

Simon Aston, o amigo festeiro de Damien Cavanagh, tinha ido para casa com o rabo entre as pernas depois de relatar a Bob cada detalhe das suas extravagâncias. E não eram poucas. Simon lhe passara uma má impressão: Bob conhecia vários jovens arrogantes, egoístas e irresponsáveis como Simon. Ele era um parasita, sobrevivendo à custa de Damien e da fortuna dos Cavanagh, e agora tinha posto em risco a segurança da família.

– A situação é grave? – Jack Cavanagh perguntou ao Americano.

Ele não estivera presente durante as confissões de Damien e Simon, uma precaução para resguardar sua inocência em relação aos fatos. Quanto menos soubesse, melhor para ele. Jack devia permanecer o mais distante possível dos eventos que estavam prestes a se desenrolar.

Bob deu a notícia.

– Na minha opinião profissional, precisamos dos serviços do senhor Hand neste caso. Recomendo que o senhor confirme a contratação dele imediatamente.

Jack assentiu.

– O.k., pode fazer o contato.

O envolvimento do senhor Hand significava que a situação era grave. Um homem como ele não seria chamado se as coisas não estivessem muito, muito feias.

– Esse senhor Hand... é da sua confiança? – perguntou Jack.

– Total – garantiu Bob. – Ele é australiano, então conhece bem Sydney. Recomendo que o senhor não busque mais informações sobre ele. Esqueça que ouviu seu nome.

O contato do Americano, conhecido apenas como Madame Q, havia indicado Luther Hand para o serviço. Ele tinha reputação de ser metódico, rápido e virtualmente anônimo, e não fazia restrições ao perfil ou ao número de alvos que acertava. Negros ou brancos, homens, mulheres ou crianças, dada a ordem, o senhor Hand eliminava quem fosse preciso. Nem todos os seus colegas de profissão tinham essa característica.

– Acho melhor manter o seu filho e o senhor o mais distante possível dessa operação – continuou o Americano.

Jack concordou.

Bob ponderou a resposta antes de falar outra vez.

– Os atos de Damien podem acarretar uma pena de cinco a dez anos de prisão. Até mais, se ele for condenado por homicídio culposo.

Jack se aprumou na cadeira assustado, mas não disse uma palavra.

– Temos que levar essa ameaça a sério. Vou ter que recorrer a alguns de seus contatos na polícia.

Jack assentiu.

– Eles me devem favores. Especialmente o sargento Hunt. Ele deve estar a par do caso e pode nos ser útil.

Bob anotou o nome.

– Serei discreto. O senhor não precisa se envolver. Se alguém tentar contatá-lo pessoalmente, negue qualquer conhecimento sobre o assunto. O tal Warwick O'Connor pode estar blefando quanto ao vídeo. Pode ter ouvido falar da tal gravação por intermédio de terceiros, até mesmo de Simon, sem nunca ter realmente visto nada. Mas parece provável que a gravação exista, e devemos tomar todas as providências para obtê-la. Pode haver cópias.

Jack fitou-o solenemente.

– Pode não parecer, no momento, mas essa coisa toda pode ter um lado bom – Bob disse a ele. – Agora sabemos das atividades do seu filho e podemos intervir. Se ele continuasse a agir livremente, o perigo seria maior. Se realmente houver um registro dessas atividades, precisamos descobrir exatamente o que foi gravado e quem pode ter visto as imagens. Essa é a minha prioridade.

Jack conhecia o Americano o suficiente para não perguntar como ele ia obter essas informações e o que aconteceria com qualquer um que tivesse visto algo comprometedor. Trabalhara com ele por muitos anos, em muitas situações de crise... Embora nenhuma fosse tão íntima quanto essa. Jack confiava implicitamente no seu julgamento.

– Com a sua permissão, vou mandar que meus homens revistem a sua casa em busca do celular ou dos fragmentos dele. Eu gostaria muito de encontrar esse aparelho.

– Certo. Mas seja discreto – disse Jack. – Não quero que minha esposa desconfie de nada.

– Perfeitamente. Vou precisar da agenda de Beverley para monitorar seus movimentos, e os empregados terão que ser dispensados nesse dia.

– O.k.

– Também preciso de sua permissão para tomar quaisquer providências necessárias e razoáveis para eliminar a ameaça de provas gravadas das atividades de seu filho. Isso pode representar uma despesa considerável.

– Faça o que for preciso – retrucou Jack sem hesitar.

O Americano tinha contatos confiáveis e discretos que podiam ajudá-lo a rastrear qualquer transmissão feita a partir de um telefone, incluindo o tal vídeo, se é que existia mesmo. Ele precisava se livrar de todas as provas e testemunhas. Havia maneiras de minimizar ou eliminar essas ameaças, mas Jack devia ser muito claro a respeito do que estava disposto a fazer.

– Faça o que for preciso, Bob – repetiu Jack. – Use todos os recursos que julgar necessários. Você sabe como isso é importante no momento.

O Americano captou a mensagem.

– Vou dar início à operação imediatamente. As coisas vão acontecer muito rápido.

Jack assentiu tristemente com a cabeça.

– Só tome o cuidado de... hã... – ele se atrapalhou com as palavras, o que não acontecia com frequência. Sua garganta parecia ter se contraído. – Não quero que ninguém sofra desnecessariamente.

– Compreendido – garantiu o Americano. – Não se preocupe mais com isso.

Àquela altura, porém, o sofrimento era inevitável.

Capítulo 16

O detetive Andy Flynn ergueu os olhos para ver Makedde atravessar o salão do restaurante voltando do banheiro feminino. Ela estava deslumbrante, e vê-la assim lhe dava uma sensação estranha na boca do estômago, quase uma dor. Ele ia sentir saudades e muita preocupação.

Mak...

Ela estava usando um vestido preto simples, que acompanhava suas curvas, e caminhava distraída, os cabelos claros emoldurando naturalmente o rosto e alcançando o peito. Seu caminhar era sofisticado, um resquício dos dias de passarela. Mas isso não era tudo: Mak ainda tinha as longas pernas esguias e a fabulosa cinturinha de pilão de uma modelo, e vários clientes do restaurante a observaram no caminho até a mesa. Ela não parecia perceber o efeito que provocava nas pessoas, e ele sempre gostara disso. Ela não correspondia ao que ele pensava ser uma típica modelo, e, na verdade, não havia nada de típico em Mak.

Os olhares mal disfarçados na direção de Mak não causavam ciúmes em Andy. Ele já estava acostumado, pois, nos cinco anos, desde que sua relação começara, ela só ficava mais linda. De jeans e camiseta ou vestido de festa, tinha uma qualidade que atraía o olhar. Mas Andy não conseguia se render aos próprios sentimentos e se apaixonar plenamente outra vez, como na época em que ela recusou seu pedido de casamento. Talvez fosse o medo da rejeição. É claro que ela era amorosa e dedicada, mas também imprevisível, independente e excitante, mais ainda do que a sua ex-mulher, Cassandra.

Cassandra iniciara o divórcio, e aquilo tinha doído.

Agora Andy estava com Mak, mas tinha a sensação de que nunca a possuiria completamente, por mais que desejasse. Mak despertava esse impulso em muitos homens, não apenas nele, e alguns eram francamente indesejáveis. Havia algo nela que pedia para ser domado.

Talvez fosse sua feroz independência e sua força, sua dedicação camicase à vida. Ela era única.

Vou sentir saudades dela.

Será que a distância iria aumentar seu amor? Talvez assim ela reconsiderasse o pedido.

* * *

Makedde sentou-se à mesa iluminada por velas no Icebergs de Bondi Beach. Andy observou-a sorrindo.

Ela gostava do modo como ele a olhava. Estava delicioso com o terno escuro e a camisa aberta, e ela se inclinou em direção a ele, com os lábios cheios franzidos, pedindo um beijo, implorando para que ele encurtasse a distância entre os dois. Andy se aproximou.

Hummm...

Ela já tinha tomado dois cálices de champanhe no restaurante e sentia as bochechas quentes. As taças sobre a mesa estavam cheias outra vez, e uma vela bruxuleava no centro da toalha branca. As ostras da entrada estavam deliciosas.

Tinha sido uma boa ideia. Aquele restaurante estava sempre lotado, especialmente nas sextas à noite, mas ele tinha dado um jeito de conseguir uma reserva. Ela ficou feliz com o esforço de Andy.

– Estou adorando – ela disse e sorriu.

Não queria falar sobre o voo para Virginia nem sobre a ausência iminente de três meses. Naquele momento, só queria sorver a champanhe e relaxar ao lado dele. Não se lembrava da última vez em que tinham jantado juntos ou feito amor.

Há quanto tempo estamos juntos?

Fazia pouco mais de cinco anos que tinham se conhecido na praia de La Perouse. Não fora um encontro ideal, considerando que, naquele dia, ela era a vítima traumatizada reconhecendo o corpo de sua melhor amiga, Cat, assassinada, no local do crime. Mas, apesar das circunstâncias terríveis, uma atração havia brotado entre os dois nas semanas seguintes.

Os últimos cinco anos tinham sido turbulentos. Entretanto, mesmo com as idas e vindas, eles tinham conseguido viver juntos por um ano.

– É tão bom estar aqui com você, só nós dois – ela disse. – Este champanhe também está ótimo.

Mak esperou que ele respondesse enquanto sorria e tomava um gole de seu cálice. Ele devolveu o olhar caloroso, o que a encheu de esperanças.

– Você está tão linda... Estou perdendo a vontade de viajar.

É exatamente o que eu quero.

Mak cruzou as pernas e se recostou na cadeira.

– Você também está ajeitadinho, detetive. Contra a minha vontade, tenho que admitir que provavelmente vou sentir a sua falta... Só um pouquinho – ela riu, e ele a fitou de lado, com um daqueles seus sorrisos tortos tão tentadores. – Andy, desculpe eu ter me atrasado desse jeito. Não esperava que a conversa fosse se estender tanto.

– Não se preocupe. Deu tudo certo no fim das contas. Pare de pensar nisso.

– O.k. – ela concordou. – Nós não vínhamos aqui desde... – ela fez uma pausa. *Anos atrás*, pensou, evitando recordar as circunstâncias daquele último jantar.

– Eu mexi uns pauzinhos para conseguir uma mesa – Andy admitiu. – Alguém me devia um favor.

Fazia mais de dois anos que eles tinham jantado lá pela última vez. Tinha sido ao fim do primeiro dia do julgamento do Assassino do Salto Alto. Naquela noite, todos estavam eufóricos, incluindo ela e Andy. Eles tinham rompido por vários meses e saído com outras pessoas – pelo menos ele tinha –, mas viram-se atraídos um ao outro novamente após alguns copos de champanhe, livres do estresse do julgamento. Mak recordava em detalhes a reaproximação erótica, como seus corpos tinham se entrelaçado numa gruta pedregosa nos desfiladeiros junto à praia, ansiosos para recuperar o tempo perdido. Ele tinha ido trabalhar no dia seguinte com arranhões nos cotovelos e nas palmas das mãos. Ela gostaria de atraí-lo novamente para aquele refúgio rochoso esta noite, na véspera de sua partida para Quantico.

Mak esticou o pescoço na direção das ondas que quebravam à distância, visíveis pelas janelas imensas, e disse:

– Este lugar é tão lindo.

A vista espetacular da praia de Bondi era iluminada por centenas de lâmpadas à noite, e a fina areia branca e a crista das ondas refletiam o luar.

– Onde você esteve hoje? Disse que estava no banheiro de alguém.

Mak sorriu.

– Sim. Fui à casa dos pais de Meaghan Wallace. Fui contratada para investigar a morte dela. Estou bem animada com este trabalho – Mak terminou sua champanhe. – É um caso complicado e interessante.

Andy franziu o cenho.

– O Hunt me falou sobre ele. Um garoto viciado esfaqueou alguém para conseguir uns trocados para a próxima dose. Acontece todo dia.

Mak aprumou as costas. Às vezes se irritava quando ele fazia pouco do trabalho dela.

– Não é tão simples assim – ela retrucou.

– Como não? Minha querida... – ele pegou a mão dela. – Tente dizer isso aos pais da vítima.

– Eu disse. Há menos de duas horas – ela disparou, puxando a mão para o colo. – Por isso me atrasei. O mais interessante é que a mãe dela acha que a polícia prendeu o suspeito errado.

Ele não tinha resposta para isso. Pelo menos um minuto constrangido se passou com Andy de olhos fixos na mesa e Mak fitando uma janela distante, a vista obstruída por outras cabeças, o maxilar tenso.

Merda. O clima entre eles podia azedar tão rápido.

– Vamos falar de outra coisa – ela sugeriu.

– Conte o que está acontecendo com você – disse Andy num tom conciliador. – Sério, quero ouvir tudo.

– Bem, a Loulou arranjou um namorado novo e vai morar com ele em Melbourne.

Onde também mora Amy, a amiga de Meaghan Wallace.

– Acho que vou fazer um esforço para conhecê-lo neste fim de semana – ela surpreendeu a si mesma ao dizer isso num impulso. – Vou fazer uma visita aos dois. Acho que vou amanhã – Mak disse com mais convicção. – Não quero ficar sozinha em casa neste fim de semana, sabendo que você vai demorar tanto para voltar.

– Oh, Mak, eu sinto muito.

– Não se sinta culpado. Vai ser ótimo para a sua carreira. É a coisa certa a fazer. Você tem que ir. Eu só queria ter dinheiro para ir visitá-lo algumas vezes. Três meses é... um bom tempo.

– Nem vamos sentir o tempo passar.

Mak respondeu com um sorriso.

Assim espero.

Capítulo 17

Luther "Mão do Diabo" Hand estava sentado junto à janela da cabine da primeira classe de um 747 a caminho de Sydney, na Austrália. A largura de seus ombros só lhe permitia espaço para virar-se num ângulo limitado para observar o solo se distanciando, as palmeiras e os vastos edifícios do aeroporto internacional Chattrapathi Shivaji, em Mumbai, encolhendo até parecerem pequenos pontinhos pretos lá embaixo. Agradava-lhe ver o mundo de cima, era como um vislumbre dos deuses, e Luther sempre se sentava à janela para aproveitar aquele panorama especial.

O voo estava cheio. Todos os assentos da aeronave estavam ocupados, menos aquele ao lado do seu. Estava equipado com um fone de ouvido, um cobertor e um *kit* de toalete, mas permanecia vazio. Ele gostava de ter privacidade, porém, para falar a verdade, Luther raramente tinha que se preocupar com passageiros intrometidos. Era um homem grande, alguns diriam que ele era imponente, e as pessoas geralmente evitavam sentar ao seu lado, de modo que Luther sempre tinha espaço de sobra para se espreguiçar e pensar. Chegaria a Sydney descansado para começar o trabalho.

Tinha uma nova missão.

Madame Q, um dos contatos que lhe passavam serviços, tinha confirmado uma operação urgente na Austrália algumas horas antes. Luther era nascido e criado em Sydney, não que ainda guardasse qualquer semelhança com a criança que fora. Sua reputação e seu conhecimento da cidade o tornavam uma boa escolha para aquela tarefa. Embora tivesse passado boa parte da vida em Sydney, Luther ainda era uma figura anônima o suficiente por lá para garantir sua segurança, pois não retornava havia cinco anos. Sua presença seria inesperada, e a familiaridade com os subúrbios e a cultura local seria uma vantagem. O mais interessante era que aquela era a primeira missão na sua terra natal desde que ele deixara o país, provavelmente porque seus honorários agora estavam numa faixa bem acima do que a maioria dos clientes australianos podia pagar.

Luther tinha encontrado sucesso após deixar a Austrália e construíra uma reputação invejável no seu ramo entre os círculos internacionais certos. Os frutos de seu trabalho tinham lhe rendido um belíssimo apartamento num arranha-céu moderno no distrito de Colaba, em Mumbai (pena que não houvesse dinheiro suficiente no mundo para espantar os mendigos e o cheiro de sumo de bétel cuspido nas calçadas). Mas, por ser estrangeiro, raramente o incomodavam, e ele podia fazer o que bem entendesse. Além do apartamento, da liberdade e do trabalho, Luther não tinha nada. Homens como ele raramente possuíam família.

Ainda assim, desfrutava de mais liberdade do que a maioria de seus colegas de profissão.

Luther, ou senhor Hand, como era conhecido profissionalmente, encarregava-se do que se costumava chamar de "limpeza" em alguns círculos, mas naturalmente não lidava com janelas, banheiros ou quartos de hotel.

Luther era um exterminador.

Ele removia problemas. Não deixava marcas.

O novo serviço seria bem pago. O contrato ainda estava em aberto, mas não incluiria menos de dois alvos. Mais algumas missões como essa, e Luther poderia se aposentar... Embora não soubesse o que iria fazer depois.

Estava com um bom pressentimento quanto à operação, ainda que houvesse um potencial para contratempos de última hora. Por exemplo: o cliente não especificara exatamente quantos elementos Luther teria que eliminar. Mas o depósito fora efetuado na sua conta bancária na Suíça antes de ele embarcar, apesar de ele ter feito a confirmação em cima da hora, e o valor transferido cobria confortavelmente um bom número de alvos.

Os honorários combinados tinham sido altos, e havia a possibilidade de que seus valores aumentassem, o que lhe dava motivo para estar satisfeito.

Luther era experiente e se adaptava bem a qualquer situação. E o mundo era um lugar imenso, com muita sujeira que precisava ser limpa.

Ao contrário de um pistoleiro da Máfia, Luther não tinha laços de família, nenhuma lealdade além do dinheiro, e tampouco devia favores.

Era um agente autônomo e podia trabalhar em qualquer lugar e para qualquer um. Podia chegar, fazer o serviço e ir embora sem deixar rastros que o ligassem ao crime ou ao cliente. E não se prendia a nenhum código idealista. "Limpava" qualquer um, independentemente de sexo e idade, e podia dar conta de múltiplos alvos e do tipo de incerteza que aquele serviço em Sydney envolvia. Na sua profissão, a maleabilidade e o descompromisso eram trunfos.

Luther havia formado uma clientela internacional impressionante. Tinha contato com bons agentes, que lhe garantiam trabalhos frequentes, e podia se dar ao luxo de escolher as missões e, em muitos casos, determinar o próprio preço, como nessa ocasião.

Tudo isso – o dinheiro, as roupas, o apartamento, a vida agitada e glamurosa – eram coisas impensáveis na sua infância modesta em Redfern, um bairro central de Sydney. Luther tinha crescido num apartamento de dois quartos com a mãe, Cathy, em uma rua onde os táxis não se atreviam a parar. Suas brincadeiras de criança tinham por cenário uma área de conjuntos habitacionais sórdidos, em meio a negociantes de drogas e sexo, onde os moradores de tempos em tempos promoviam quebradeiras para demonstrar seu descontentamento. O lugar era um buraco negro em termos de policiamento, um subúrbio pobre invisível para as autoridades, considerado desimportante e ao mesmo tempo problemático demais para receber atenção oficial. As ruas se governavam sozinhas.

As adversidades da juventude tinham sido uma escola. Luther se metera em muitas brigas quando era criança, muitas das quais deixaram cicatrizes visíveis em seu rosto e em suas mãos, e na adolescência ele já trabalhava como "segurança". Sua aparência entristecia a mãe, mas não incomodava Luther.

Até ele começar a se interessar por garotas.

Pôde perceber seu efeito repulsivo nas mulheres muitas e muitas vezes. A adolescência não foi um período fácil para ele, mas as cicatrizes de guerra ajudaram sua carreira a deslanchar.

Luther tinha começado por baixo e trabalhado duro para chegar aos escalões superiores. Ele era feio, grande e forte, e as pessoas lhe pagavam para ser brutal. Era como se ele tivesse nascido para aquilo. Logo descobrira que a grana de verdade estava na pistolagem. Achava irônico que os clientes ainda valorizassem tanto a vida humana a ponto de pagarem tão bem. Por que ganhar menos para dar uma surra num sujeito qualquer que depois poderia identificá-lo, quando ele podia matá-lo, sumir com o corpo e ainda ganhar mais? Os serviços de limpeza eram mais bem remunerados do que ele poderia ter imaginado quando vivia em Redfern.

Berlim, Paris, Roma, Moscou, Dubai, Joanesburgo, Bangcoc, Hong Kong.

Luther tinha clientes em vários mercados. Capangas e matadores estavam por toda parte, e certos clientes tinham uma necessidade periódica de enxugar a folha de pagamento. Luther era o homem perfeito para o serviço.

O retorno a Sydney, porém, trouxe à lembrança um assunto que há muito tempo não lhe ocorria.

Cathy Davis.

Devia procurá-la?

Talvez não. Como iria explicar a longa ausência, a nova aparência, o nome trocado e as roupas finas para a própria mãe? Ele tinha mudado muito nos cinco anos desde que deixara a Austrália. Na época, era um pé-rapado, mas agora dirigia um bom carro e vestia roupas de grife, e até seu rosto estava diferente, quase irreconhecível. Tinha usado parte de seu dinheiro em cirurgias na Ásia para apagar os danos causados por punhos, soqueiras e pés de cabra.

Agora ninguém tocava seu rosto.

Ninguém jamais se aproximava o suficiente.

Capítulo 18

Jack Cavanagh se virou na cama da suíte principal da imensa mansão de frente para o mar, ao lado do corpo quente da esposa adormecida, Beverley. Enquanto ela ressonava pesadamente, ele fitava as sombras com os olhos arregalados.

Por que, Damien? Onde foi que eu errei com você?

Jack estava profundamente perturbado por causa daquilo que seu filho havia feito e também em consequência de sua própria decisão. O Americano iria fazer certas coisas acontecerem, coisas horríveis que seriam necessárias para evitar o estrago na imagem da família. E, muito embora a gravidade do trabalho do senhor Hand não fosse mencionada, a palavra assassinato nunca tivesse sido pronunciada em voz alta, havia um consentimento implícito.

Jack jamais apertaria um gatilho, mas tampouco era inocente. Sabia muito bem que a contratação do senhor Hand significava a morte de um ser humano, ou de vários. O senhor Hand viria para matar aqueles que queriam derrubar o império dos Cavanagh, e Jack pagaria bem pelo serviço.

Sua garganta estava apertada. Seus olhos ardiam, lutando contra as lágrimas que ele não podia permitir que rolassem. Estava envergonhado.

Jack Cavanagh sentia o peso do julgamento do próprio pai sobre seus ombros. O que ele teria feito em seu lugar? Teria concordado com o que estava prestes a acontecer, com aquelas coisas horríveis sobre as quais ele não precisava ser informado?

Por quê, Damien? Por quê? Onde foi que eu errei?

Era inútil procurar respostas.

Estava feito. As engrenagens estavam girando.

* * *

Enquanto Jack Cavanagh fitava o teto escuro do quarto luxuoso, seu bem pago consultor de segurança trabalhava. Preocupações idealistas não obscureciam a mente do Americano. Ele tinha sido treinado para essas eventualidades e estava acostumado a tomar as decisões difíceis que eram necessárias para garantir a segurança de seus clientes

Bob tinha muito trabalho a fazer.

Na defesa dos interesses do cliente bilionário, era de suma importância rastrear todas as comunicações que a moça da festa, Meaghan Wallace, fizera antes de morrer. Especificamente, quaisquer torpedos e mensagens com vídeo enviadas de seu celular que pudessem conter indícios do envolvimento de Damien Cavanagh em atividades criminosas. Ele tinha que determinar o nível de ameaça e a gravidade dos fatos sem chamar atenção das autoridades e do público australiano.

Graças a mais de uma década à frente do Birô Federal de Investigação na Califórnia, o Americano tinha bons contatos e inspirava respeito, mesmo agora, no setor privado. Conhecia pessoas a quem podia recorrer em casos como esse.

George seria um trunfo na operação, ainda que cobrasse muito caro.

O Americano ligou do seu telefone Iridium via satélite, cujos sinais não geoestacionários eram rápidos demais para ser grampeados com eficácia, e pegou seu contato em casa, em Maryland, às 6 da manhã.

– George? É o Bob, chamando da Austrália. Desculpe acordá-lo.

– Bob? Eu não acredito... – George deu uma gargalhada divertida, o sotaque americano mais forte do que Bob se recordava. Com o passar dos anos, ele tinha se acostumado à entonação da Austrália. – Eu não estava dormindo. Na minha idade, não se precisa dormir muito. Como estão as coisas por aí?

– Tudo bem, George, tudo bem... – depois de algumas gentilezas obrigatórias, ele foi direto ao ponto: – Tenho outro favor para pedir... semelhante ao anterior...

George ocupava um cargo alto no comando da Agência de Segurança Nacional (ASN) americana, que, juntamente com o serviço secreto britânico, operava um programa de inteligência chamado *Echelon*, que podia ser muito útil para resolver o problema do cliente de Bob. A Austrália era um dos cinco países que cooperavam com o programa de inteligência de sinais (SigInt). A aliança sigilosa entre o Reino Unido e os EUA, que já durava décadas, combinava os esforços das agências de informação do Canadá, da Nova Zelândia e da Austrália para rastrear cada ligação telefônica, cada fax, e-mail e torpedo que fossem enviados no mundo inteiro, por motivos de segurança. Portanto, as comunicações de Meaghan Wallace já teriam sido interceptadas pelos ouvidos eletrônicos do complexo de Geraldton, no oeste da Austrália, e enviadas automaticamente para os EUA, onde o pessoal da ASN podia agora recuperá-las. Estritamente falando, o sistema era usado para espionar comunicações relevantes para a segurança nacional: planos militares da Coreia do Norte, avanços nucleares no Paquistão e, desde 11 de setembro de 2001, atividades terroristas. Cada mensagem trocada no mundo passava por um programa sofisticado chamado "Dicionário", que identificava tópicos de interesse com base em palavras-chave, nomes e números de telefone. O gigantesco sistema de espionagem global também tinha outros usos comerciais e políticos. Em seus dias de primeira-ministra, Margaret Thatcher notoriamente ordenara que os telefones de dois dos principais membros do seu próprio gabinete fossem grampeados e também usou o braço canadense do *Echelon* para grampear o telefone de Margaret Trudeau, esposa do então primeiro-ministro Pierre Trudeau. O próprio Bob tinha ordenado pessoalmente o monitoramento de certas multinacionais por meio do *Echelon* durante uma das maiores concorrências internacionais vencidas por Cavanagh, o que havia lhe dado uma grande vantagem em relação aos concorrentes.

O novo pedido de Bob ia contra as novas regras do SigInt, mas podia dar-se um jeito.

Pela quantia certa.

Para garantir que o contrato multimilionário de transportes de seu cliente fosse assinado sem contratempos, Bob White estava disposto a quase tudo. Dentro de 24 horas, teria rastreado a ligação recebida por Jack Cavanagh, localizado o provável chantagista, Warwick O'Connor, e identificado os últimos contatos de Meaghan Wallace. A essa altura, o senhor Hand já teria desembarcado em Sydney e estaria pronto para receber sua lista de alvos.

Capítulo 19

Meu Deus...

Makedde estava correndo o mais rápido que suas pernas aguentavam, seus músculos ardiam com o esforço. Não havia tempo. Ela precisava chegar logo, e, se não conseguisse, ele roubaria mais uma vida, dessa vez, a da mãe dela. Sem Jane, tudo estaria perdido. Como o mundo continuaria a girar sem ela? O sol ia parar de brilhar, e toda a vida na Terra se extinguiria, deixando apenas um mundo desolado e sem sentido.

Tenho que chegar a tempo. Tenho que salvá-la.

Com a adrenalina zunindo pelo corpo, Mak derrubou a porta com um chute e entrou no quarto.

Quase tarde demais. Quase tarde demais. Quase...

– Pare! – ela gritou, tentando levantar a arma. – Largue o bisturi! Não faça isso!

Lá estava a coisa.

Ela viu a sombra densa e maligna, como uma nuvem feita de pequenos fragmentos de ódio, a encarnação do puro mal. A mãe dela jazia amarrada na cama. Jane, a mãe de Makedde.

A sombra tinha uma lâmina na mão. Um bisturi.

Makedde tentou levantar a arma para atirar, mas o uniforme de policial de seu pai a impediu, as mangas eram pesadas e rígidas demais para que ela se movesse. A arma parecia feita de puro chumbo – pesada, tão pesada – e tampouco podia ser levantada. Seu braço permaneceu ao lado do corpo, inútil, incapaz. Sem poder fazer nada, ela viu a lâmina do bisturi descer num arco certeiro, o demônio sem rosto rindo de seus esforços débeis para evitar a morte da mãe.

Os pés de Makedde estavam colados ao chão, o piso estava grudento, com uma substância viscosa. Ela tentou pular para a frente e parar a lâmina, mas não conseguiu. Só podia assistir à cena.

Nããããão!

Mais uma vez, era tarde demais.

O bisturi prosseguiu em seu arco, e o quarto todo se tingiu de carmim, tudo coberto de um vermelho profundo: a sombra era vermelha, sua mãe era vermelha, e o cheiro da morte era avassalador. A sombra ria dela, fazendo troça de seu pavor, deliciando-se com o sangue – por toda parte, cobrindo tudo, cobrindo seus olhos. Por baixo do vermelho, ela viu a grama alta balançando ao vento. Sentiu o cheiro salgado do mar. A morte estava no ar e no vento. As folhas de grama começaram a se virar, e uma a uma também se tingiram da cor do sangue fresco.

Mak gritou.

– Você está bem? – disse uma voz.

A criatura sombria estava rindo, o som enchia o coração de Mak com um peso impossível. Ela estava morrendo...

– Mak!

Uma voz a alcançou entre os fragmentos do sonho. Alguém estava afastando-a daquela cena horrível, da tentativa fracassada de salvar a mãe do sequestro e da tortura sádica, do corpo retalhado de Catherine. O coração de Mak estava tomado pela escuridão, pelo demônio sombrio e sem rosto que ria da sua impotência. O sangue e a morte.

– Mak! Acorde! Acorde! Você está tendo um pesadelo.

Andy estava sacudindo seus ombros delicadamente, e Makedde se deu conta de que já estava sentada na cama.

Ai, meu Deus. Tive outro sonho ruim.

– Mak, você está bem? O que foi? O que você viu? – ele perguntou.

– Eu estava sonhando, não estava? – ela disse, desorientada, mas já ciente de que havia tido o mesmo velho pesadelo.

Eles estavam no quarto escuro. O luar se infiltrava pelas venezianas meio abertas, que recortavam a luz tênue produzindo formas estranhas sobre as cobertas. Quando seus olhos se ajustaram, ela pôde distinguir os traços de Andy e estendeu a mão para tocar seu rosto. Sentiu a barba crescida sob as pontas dos dedos.

– Você está aqui.

– Com o que estava sonhando? – ele perguntou. Tinha as duas mãos em seus ombros, amparando-a gentilmente.

– Não lembro direito – ela murmurou, tentando recuperar as imagens que já fugiam da sua mente desperta.

– Veja o seu estado! – ele exclamou. Na luz fraca, ela viu que ele balançava a cabeça aflito.

Mak levou as mãos ao pescoço e ao rosto e percebeu que sua pele estava coberta de suor. O travesseiro estava úmido. Tinha sido um sonho muito vívido, como sempre.

– Você está bem? Parecia muito assustada. Foi o mesmo sonho?

Ela apertou os olhos e esfregou a testa.

– Sim, mas... desta vez foi um pouco diferente. É melhor anotar no meu diário de sonhos. Onde eu o coloquei?

Mak vinha sofrendo de insônia e com pesadelos nos últimos cinco anos, desde que fora raptada pelo maníaco sádico que a amarrara a uma cama num chalé em meio a um bosque, antes que aquele homem que agora estava ao lado dela, o detetive Andy Flynn, pudesse intervir e salvar sua vida. A namorada do pai, a doutora Ann Morgan, tinha recomendado que Mak começasse um diário de sonhos para registrar os detalhes de seus pesadelos. A última anotação tinha sido feita havia um bom tempo. Ela havia se convencido de que o sono voltara ao normal, mas agora, pelo menos em sonhos, parecia que algo terrível havia voltado a invadir sua vida. A sombra maligna que a atormentava estava de volta.

– Pode fazer isso de manhã – disse Andy sobre o diário. – Não pense mais nisso agora, o.k.? Venha cá... – ele a puxou para um abraço, e ela encostou o rosto nos pelos macios de seu peito.

Mak estava feliz por Andy estar ao seu lado e por ter sido apenas um sonho. Gostava do toque da pele dele e do fato de Andy querer protegê-la.

A morte dela não foi sua culpa. Não foi culpa de ninguém.

Jane Vanderwall tinha morrido de câncer, não pelas mãos de uma criatura demoníaca da qual Mak não conseguira salvá-la. O câncer era uma doença horrível que levara não apenas sua mãe, mas tantas outras pessoas. Ela não era a única pessoa que havia perdido um dos pais. Cinco anos e meio haviam se passado desde que a mãe, inchada e calva por causa da quimioterapia, finalmente perdera a batalha.

E o mundo continuou a girar depois que ela se foi. Você podia fazer o mesmo.

Durante os meses que a mãe passara no hospital após o transplante de medula, com um prognóstico péssimo, Makedde muitas vezes se perguntara se o seu coração continuaria a bater sem a mulher que a trouxera ao mundo.

A resposta era sim.

Jane Vanderwall se fora, e o ímpeto brutal da vida continuava.

– Fazia um bom tempo que você não tinha pesadelos – disse Andy com voz preocupada.

Ele estava certo: Mak tinha a impressão de que um ou dois anos haviam se passado sem que fosse perturbada em seu sono. Durante algum tempo, acreditou estar finalmente livre do fantasma da morte que por tanto tempo obscureceu sua vida, mas então voltaram as mesmas cenas e os mesmos sentimentos outra vez. Ela esperava que não fosse um sinal. Talvez tivesse a ver com a partida de Andy.

– Tudo se mistura nos meus sonhos – ela disse.

Era sua mãe na cama sob a lâmina terrível, em vez da própria Makedde, como ocorrera na realidade. Mak sempre se via usando o uniforme do pai, sempre grande demais para ela, impedindo que ela se movesse. E, é claro, a presença constante da morte, e o bisturi afiado do seu agressor. A única coisa que fazia sentido depois que ela acordava era a sensação de pavor e perda. Essa era real, mesmo que os elementos do sonho se mostrassem confusos.

Ela olhou para o relógio. Eram 2 da manhã.

Makedde tentou esvaziar a cabeça. Os pensamentos lhe escapavam naquele estado semidesperto. Não era um bom momento para tentar resolver os problemas do mundo: não havia nada que pudesse fazer às duas da manhã que tornasse as coisas mais claras. Andy ia viajar, e ela iria para Melbourne visitar Loulou e procurar a amiga de Meaghan, Amy. Precisava se manter ocupada.

– Vou tomar uma ducha – disse Makedde de repente, afastando os lençóis. – Estou me sentindo... grudenta.

Durante quinze minutos, ficou parada embaixo do jato quente e pulsante do pequeno *box* da suíte. Teve a impressão de que uma espiral de pensamentos e imagens de pesadelo escorria por seu corpo junto com a água, girando até chegar ao ralo a seus pés e, então, desaparecendo, pelo menos naquele instante.

Ela fechou a torneira e respirou fundo. Seu corpo nu estava limpo e refrescado. Gotas de água pingavam de sua pele.

Mak voltou ao quarto enrolada na toalha. Andy estava meio adormecido. O luar e as sombras brincavam sobre os lençóis claros, a janela estava aberta para receber o ar da noite quente de verão.

– Andy – ela sussurrou, mas então decidiu que não queria usar palavras.

Mak se ajoelhou na borda da cama e soltou a toalha. Lentamente, ergueu o lençol. Na luz baixa, podia ver cada detalhe da silhueta masculina de Andy. Ele estava deitado de costas, com os braços esticados acima da cabeça. Ela correu as mãos quentes por seu corpo nu e seguiu as pontas dos dedos com beijos delicados; primeiro, no peito, um mamilo, depois o outro, e então foi descendo pela barriga ao longo da linha fina de pelos escuros que terminava na virilha. Andy permaneceu deitado, enquanto as mãos dela o encontravam, acariciavam, enrijeciam.

Logo ela estava montando nele, acomodando-se sobre seus quadris e pressionando a boca na sua. Beijaram-se com paixão, como quem há muito tempo não desfruta do sexo. Línguas entrelaçadas. Ele segurou-a pela nuca, com os dedos entre seus cabelos molhados, puxando-a mais para perto.

Mak se afastou.

– Vou sentir falta disso – ela sussurrou e deixou seu corpo pesar sobre o dele.

Era tão bom senti-lo dentro de si. Eles se encaixavam perfeitamente, como peças de um quebra-cabeça, e começaram a se mover juntos. Andy estava rijo e faminto, e suas mãos acariciavam a carne de Mak de um ponto macio a outro: o pescoço, os ombros, os mamilos, os seios firmes que balançavam sobre ele e tocavam de leve seu peito. Ela jogou os cabelos para trás, fazendo chover gotículas sobre os dois corpos unidos, e ele apertou sua cintura enquanto ela o cavalgava, a água escorrendo lentamente pelo seu torso.

Capítulo 20

Na manhã de sábado, Mak acordou estendida na cama, com uma das mãos segurando firmemente a cabeceira. Precisou de alguns minutos para se dar conta de onde estava. Suas pálpebras estavam pesadas.

– Andy?

Ele costumava acordar cedo. Mesmo quando estava na cidade, nunca despertava junto com ela. Mas, e se já tivesse ido embora, e ela não pudesse se despedir?

Mak sentiu uma ponta de pânico.

Calma.

Um ruído.

Mak se sentou na cama e cobriu os seios com o lençol.

– Quem está aí?

– Bom-dia.

Andy entrou no quarto seminu. A camisa branca estava aberta, mostrando o peito forte e bronzeado. A trilha de pelos desaparecia na cueca. Ela se lembrou de como a traçara com beijos lentos e sorriu.

– Venha cá – ela disse, provocante.

– Tenho que ir.

O coração de Mak afundou no peito, embora ela já esperasse por esse momento.

– Venha cá mesmo assim – ela insistiu.

– A que horas é o seu voo para Melbourne? – ele perguntou, parando junto à cômoda para abotoar a camisa.

– No início da tarde.

Ela precisava ligar para Marian primeiro e verificar se o cliente queria mesmo uma investigação tão aprofundada. Se fosse o caso, Mak teria um motivo para localizar Amy. Com sorte, ela teria informações sobre Simon Aston.

– Oh... – disse Andy. – Achei que você ia sair cedo, então combinei de acompanhar o Jimmy na autópsia do caso da caçamba. Depois ele vai me levar ao aeroporto.

– Então não exagere no café da manhã – ela brincou, tentando manter o bom humor nos seus últimos minutos juntos.

Hoje é sábado, e ele vai ao necrotério antes de viajar.

– Você sabe que um dia o Jimmy vai ter que aprender a se virar sozinho, não sabe?

A expressão de Andy se enevoou.

– Desculpe – ela recuou. – Você sabe o que eu quero dizer. Mas não tem problema. Também tenho uma coisa para fazer antes de viajar, então é melhor eu me apressar – Mak fingiu não querer que ele simplesmente pulasse na cama e fizesse amor com ela uma última vez antes de partir. – Precisa de carona? – perguntou.

– Não.

– O.k. – ela observou-o vestir as calças e calçar os sapatos. – Eu te amo – disse, enquanto ele amarrava os cadarços.

– Idem.

“Idem” nunca parecera uma resposta adequada a Mak, mas ela já estava se acostumando.

Pronto para sair, Andy se inclinou sobre ela e lhe deu um beijo suave nos lábios.

– Faça boa viagem. E aproveite – ela disse, e ele sorriu.

Ela o viu sair e escutou seus passos descendo a escada e cruzando a porta da frente. Quando ouviu a porta bater, cobriu a cabeça com o lençol.

Merda!

* * *

Às 8h59, o detetive Andy Flynn estava sentado na sala de exames do Instituto Médico Legal de Nova Gales do Sul, pronto para viajar, as malas já no carro de Jimmy, revisando a papelada do caso da "menina da caçamba" de Surry Hills. O que mais queria era estar outra vez na cama com Makedde, mas de novo a morte o chamava. E, quando era assim, ele sempre atendia. Desvendar assassinatos era a vida de Andy.

Os assentos na pequena galeria eram elevados, como num teatro íntimo. Ele e o detetive Cassimatis tinham se sentado na última das seis fileiras.

O fato de o corpo ainda não identificado da menina ter sido encontrado atrás de uma lixeira levava Andy a suspeitar que o assassinato não fora cometido por alguém com muita experiência. Talvez o criminoso pretendesse deixar o corpo dentro da caçamba, mas não foi capaz de erguê-lo sozinho, então teve que se contentar em deixá-lo entre os sacos espalhados. Andy tinha o palpite de que o suspeito não devia ser muito forte.

O trabalho repugnante dos vermes – os faxineiros da natureza – e a presença de certos insetos nos olhos, no nariz e na boca da vítima, bem como as bolhas de gás e o inchaço do corpo, levaram o legista a estimar a hora da morte em três dias antes. Depois da autópsia completa, os resultados indicariam um período mais preciso, embora nem de longe tão exato quanto a TV levava o público a esperar. Muitas variáveis afetavam a decomposição e tornavam impossível afirmar que "a vítima morrera às 8h32", como nos seriados. Ainda assim, os ciclos de vida dos insetos que auxiliam na decomposição são tão exatos que os entomologistas forenses eram capazes de determinar uma data – um dia e um horário – com talvez uma hora de margem de erro. O verão estava sendo muito quente, e isso teria acelerado o processo.

Se a menina tivesse sido deixada dentro da caçamba, provavelmente não teria sido encontrada até a noite de domingo. Andy calculava que o corpo havia sido desovado bem depois da última coleta, mas apenas algumas horas depois da morte. Ao chegar naquele beco, ela já tinha perdido a batalha pela vida.

Os dois escutaram um barulho e ergueram os olhos.

As portas da sala de autópsia se abriram, e um atendente uniformizado entrou empurrando uma maca. O corpo miúdo da vítima estava oculto por um lençol branco. Em minutos, ele transferiu o corpo para a mesa e cobriu o rosto com um visor de plástico transparente. O patologista entrou e removeu o lençol.

Andy foi pego de surpresa. Ela não aparentava ter mais do que 13 anos, talvez até menos. O cadáver estava inchado pelos gases da decomposição. O processo da morte orquestrado pela natureza tinha pouca dignidade.

Tão jovem.

– *Skata*, é uma criança.

– É.

A Menina da Caçamba era de origem tailandesa. Não tinha objetos que a identificassem, então eles estavam analisando fichas dentárias e impressões digitais, qualquer coisa que pudessem, para chegar a um nome. Até ali, a única pista de sua identidade era uma tatuagem grande e complexa na base da espinha. Isso, pelo menos, poderia ajudar na investigação. Embora tatuagens fossem comuns, eram muito raras em alguém daquela idade, pois a maioria dos estúdios da Austrália se negava a tatuar menores de idade. O estilo e a idade do desenho poderiam conduzi-los a uma lista de estúdios em que o trabalho podia ter sido feito – isso supondo que ela tivesse nascido na Austrália. Andy não era especialista em tatuagens, que, na verdade, lhe causavam repulsa graças ao grande número de criminosos que as exibiam. Mas sua presença muitas vezes ajudava a identificar vítimas e agressores em uma variedade de casos.

Assim como em todas as vítimas de homicídio, as mãos da menina tinham sido envoltas em sacos de papel para preservar possíveis evidências, e Andy percebeu que os sacos já tinham sido removidos. Sem dúvida, os examinadores haviam se esforçado para encontrar fragmentos de pele sob as unhas ou quaisquer substâncias que pudessem ser rastreadas. De certa forma, tinha sido uma sorte que ela estivesse atrás da lixeira, em vez de estar dentro da própria, ou o lixo teria contaminado os indícios de modo infinitamente mais grave.

Agora ia começar o exame interno.

O patologista chefe começou fazendo a tradicional incisão em forma de Y de um ombro a outro, unindo-a sobre o esterno e, então, descendo até o osso do púbis. Andy sentiu-se grato pelos painéis de vidro que os separavam da autópsia. Ele já tinha acompanhado o processo todo muitas vezes, mas era impossível se acostumar com o cheiro. A palavra *autópsia* vem do grego *autopsia*, que significa "ver por si mesmo". Andy ficava satisfeito em ver por si mesmo e deixar o cheiro do outro lado do vidro.

Seu celular estava no modo vibratório e zuniu duas vezes. Andy leu discretamente o torpedo.

EU TE AMO, GOSTOSO. TENHA UMA BOA VIAGEM.

Era de Mak.

Ela havia se soltado completamente durante a noite. A visão de seu corpo estendido na cama, nu e receptivo, era uma lembrança vívida. Os seios eram macios e pesados, a cintura era do tamanho perfeito para suas mãos. Ele não queria deixá-la.

Andy escondeu a mensagem de Jimmy. Guardou o telefone no bolso e ergueu os olhos a tempo de ver o peito da menina sendo aberto com o equivalente cirúrgico de uma chave inglesa de bom tamanho. Por um instante, a imagem mental da nudez de Makedde e a imagem da Menina da Caçamba se misturaram em sua cabeça, e ele sentiu náuseas.

– Então, era a namorada? – provocou Jimmy, aparentemente sem se dar conta de onde estavam. – Foi boa a trepada de despedida? Teve tapa na cara e tudo?

– Agora não... – disparou Andy, sem a mínima vontade de entrar na brincadeira de Jimmy, enquanto via os órgãos internos de uma pobre menina serem retirados em bloco e depositados em uma bandeja de aço inoxidável. Andy não entendia como o parceiro podia falar dessas coisas, enquanto uma autópsia se desenrolava sob suas vistas, a alguns metros de distância.

– Deixe disso, companheiro. Você sabe que há coisas que eu só vivo através de você – Jimmy percebeu que Andy estava falando sério, então mudou de assunto. – Certo, já mandei os rapazes percorrerem os estúdios de tatuagem para ver se alguém reconhece aquele desenho, como você sugeriu. Eles conseguiram tirar uma foto bem decente para nós – ele passou uma foto ampliada para Andy. A imagem era boa, certamente clara o bastante para que alguém a identificasse.

– Tomara que ela seja de Sydney e tenha feito o desenho aqui mesmo – comentou Andy, examinando a fotografia.

– Mas quem nessa cidade iria tatuar uma menina com menos de 18 anos?

– É o que eu espero descobrir.

As impressões digitais não deram resultado. Se eles não conseguissem pistas de sua identidade, ela poderia terminar como mais uma vítima anônima, habitando indefinidamente o *freezer* do necrotério, e seu assassino seria um mistério permanente.

Houve um barulho junto à porta da sala, e Jimmy e Andy olharam naquela direção. A porta se abriu, e o sargento Hunt entrou.

– Hunt? – disse Andy em voz baixa.

– É. Ele vai tomar conta do caso – sussurrou Jimmy com pouco entusiasmo. Ele nunca tinha trabalhado de perto com Hunt.

– Tenho certeza de que vocês vão virar melhores amigos – respondeu Andy por entre os dentes.

– *Skata*.

Hunt tinha cerca de 40 anos, bons ternos, cabelos loiros à escovinha e um queixo exagerado, como o de um herói da Marvel. Era ambicioso, diplomático e escorregadio: tudo o que Jimmy não era. Hunt tinha trabalhado sob a supervisão de Andy, mas galgara a hierarquia com velocidade surpreendente. Agora tinha um cargo acima do de Jimmy, que estava na polícia havia mais tempo, pelo menos dez anos mais do que ele.

O sargento se aproximou.

– Hunt – cumprimentou Flynn.

– Flynn.

Hunt sentou-se no centro da fila à frente deles, dando a Jimmy a oportunidade de fazer caretas às suas costas. Jimmy sacudiu o punho fechado em frente ao colo, e seus lábios formaram silenciosamente a palavra *punheteiro*.

– Perdi alguma coisa importante? – perguntou Hunt, se inclinando para trás com os braços estendidos, como se estivesse assistindo à TV na sala de casa.

Andy fitou o cadáver triste e inchado do outro lado do vidro.

– Não, eles começaram faz pouco tempo.

Andy tinha a impressão de que Hunt provavelmente evitara ao máximo assistir a autópsias no passado.

– Você não vai viajar hoje?

– Sim – respondeu Andy distraído, com os olhos absortos no coração da menina, que estava sendo separado dos outros órgãos e colocado na balança.

Capítulo 21

Makedde conferiu o conteúdo da bolsa de viagem: uma muda de roupa, maquiagem, carteira, bloco de notas, câmera. Fechou o zíper e pendurou a bolsa no ombro. Marian tinha reservado um voo barato que sairia às 13 horas, e também um quarto de hotel. O cliente gostou da ideia de buscar informações com a amiga de Meaghan em outro estado, desde que não custasse muito caro. Mak imaginou que o hotel não seria nada de mais.

Ela ainda tinha quase duas horas livres antes do voo, então resolveu fazer uma última parada antes de embarcar para Melbourne.

Jag.

Era melhor não chegar de moto se pretendia ganhar a confiança da moça. Mak desceu e revirou a gaveta da cozinha, procurando as chaves do pequeno Honda vermelho de Andy, perdidas entre atilhos, clipes de papel e minúsculos cadeados de bagagem. Dois dias de estacionamento no aeroporto iam custar mais do que o táxi, então ela pretendia largar o carro em casa antes de embarcar.

Mak deixou a bagagem junto à porta de entrada e saiu.

A amiga de Meaghan, Jag, morava em uma casa geminada malcuidada no subúrbio de Newton, uma área descolada e alternativa de Sydney, cheia de cafés, livrarias, lojas de CDs e *sex shops.* Mak respirou fundo, bateu a porta do carro e andou até a casa.

Muito bem, aqui estou.

Já não se sentia tão constrangida quanto estava no dia anterior, ao visitar a família Wallace. Talvez estivesse se acostumando a bater à porta de estranhos.

Makedde tocou a campainha. Ouviu passos, e, então, uma mulher jovem de cabelos loiros arrepiados no estilo Billy Idol abriu a porta.

– Oi, a Jag está por aí? – perguntou Mak num tom informal.

– Não, ela foi para o Angelo – disse a moça, como se qualquer um fosse entender.

– Ah, o Angelo. Onde é mesmo que fica? – perguntou Mak.

– Na esquina, a umas duas quadras para lá – ela apontou para a direita.

– Beleza, obrigada – retrucou Mak, que saiu andando na direção indicada. A jovem observou-a se afastar, provavelmente se perguntando quem ela seria.

Mak não tinha ideia do que era o Angelo, mas esperava localizá-lo facilmente. Também esperava que Jag não tivesse mudado muito em relação à foto.

O Café Michelangelo ficava mesmo a duas quadras da casa de Jag. Era um lugar pequeno e poeirento, com mesas de madeira e um mural grosseiro do *Davi*, de Michelangelo, pintado na parede. Havia poucos clientes àquela hora, mas entre eles estava uma jovem que batia com a descrição de Jag, sentada perto da parede dos fundos, com as costas encurvadas sobre o prato. Mak teve a distinta impressão de que ela estava de ressaca. Seu café da manhã consistia em bacon e ovos fritos, e ela mal tinha tocado na comida.

Mak se aproximou.

– Oi, Jag, tudo bem? – disse num tom casual.

Jag ergueu a cabeça, um pouco assustada. Seu tempo de reação estava lento.

– Como foi a noite? Boa?

Ela assentiu.

– Posso me sentar com você? – Mak perguntou, puxando uma cadeira antes que ela pudesse responder.

– Eu conheço você? – disse Jag, olhando para ela desconfiada.

– Eu queria conversar sobre a sua amiga Meaghan Wallace.

Jag desistiu de fingir que estava comendo.

– Sobre a Megs?

– É, a Megs.

– Foi horrível o que aconteceu com ela.

– Foi mesmo – concordou Mak. Podia ver que Jag era esperta, mesmo de ressaca. Não precisava fazer rodeios. – Jag, eu estou tentando descobrir o que aconteceu com ela. Fui contratada por alguém que realmente se importava com Megs e que quer saber a verdade sobre a sua morte.

– Você é...

– Detetive particular, sim.

Jag cruzou os braços.

– Desculpe, mas eu não sei de nada.

– Pode ser – retrucou Mak, abrindo espaço para dúvida –, mas eu gostaria de falar com você mesmo assim, porque ela a considerava uma amiga. Às vezes, a gente pode ter uma informação útil e nem se dar conta.

– Para quem você está trabalhando?

– Isso é sigiloso, infelizmente. Mas não estou trabalhando para a polícia e nem para os federais, isso eu posso garantir.

Ela colocou um cartão sobre a mesa, e Jag o examinou com atenção.

– Os pais dela te contrataram, é isso?

Mak não respondeu. Se ela queria acreditar que haviam sido os pais de Meaghan, isso podia até ajudar.

– Você conhece bem o Ralph e a Noelene? – perguntou Mak.

Jag balançou a cabeça.

– Não. Mas a Megs falava muito deles. Olhe, eu não sei por que você acha que eu posso ajudar, mas eu não sei de nada. Nem a conhecia tão bem assim.

– Mas vocês eram amigas – insistiu Mak.

– Fomos a algumas festas juntas, só isso. Os pais dela deviam mandar você falar com alguém tipo a Amy, não comigo. Amy era a melhor amiga dela. Conhecia a Megs muito melhor do que eu.

– Está bem – Mak fez uma pausa. – Quando foi a última vez em que você viu Meaghan?

– Tem certeza de que não é da polícia? – perguntou Jag desconfiada outra vez.

– Sim, tenho. E sabe que eu teria a obrigação de lhe contar, se fosse o caso – disse Mak, mentindo um pouquinho. – A lei obriga.

Na verdade, policiais à paisana podem dizer qualquer coisa.

– O.k. Acho que eu não a via desde o ano-novo. Como eu já disse, nós não éramos muito próximas.

– E o Simon Aston? Você o conhece bem? – Mak tinha uma foto dele no bolso, caso precisasse refrescar a memória de Jag. Não foi necessário.

– Simon? Rá! Quem dera! Todas queriam ser amigas do Simon.

– Por quê?

– Ele dava ótimas gorjetas. Ele e seu amigo rico, Damien Cavanagh. Os dois iam muito à boate.

– À *Rocking Horse*?

– O *strip*, fofa. Você sabe, onde eu e a Meaghan trabalhávamos.

Meaghan Wallace tinha sido *stripper*. Era daí que vinha o dinheiro que ainda era um mistério para sua mãe. Ela jamais contaria isso a Noelene.

– Amy também trabalhava lá, não? – disse Mak com falsa confiança. Isso explicava as roupas exíguas que as três estavam usando naquela foto. Elas trabalhavam juntas, dançavam juntas e, às vezes, se divertiam juntas.

– Sim, também – confirmou Jag. – Agora ela trabalha no *Thunderball Club*. Não sei como se vira. Aqui se ganha muito mais.

– É, já ouvi dizer – mentiu Mak. – Então, você não encontrava a Megs desde o *réveillon*?

Jag assentiu com a cabeça.

– Megs tinha um emprego normal e não estava mais saindo muito.

Mak compreendia.

– Sabe se ela parou de dar presentes para os pais quando arranjou um emprego normal? Ou continuava se virando por fora?

– Diga aos pais dela que eu sinto muito pelo que aconteceu.

– Pode deixar – disse Mak. – Obrigada pela atenção. Não se esqueça de me ligar caso se lembre de mais alguma coisa, está bem?

Ela assentiu, e Mak deixou para trás a garota de ressaca com seu café da manhã gorduroso.

CAPÍTULO 22

O voo durou menos de uma hora, mas Makedde percebeu a queda na temperatura assim que pôs o pé fora do avião, em Melbourne. A cidade não estava mergulhada numa tempestade de neve, como alguns em Sydney a fizeram pensar, mas era cerca de 10°C mais fria. Considerando a recente umidade em Sydney, a mudança era um alívio.

– Quanto tempo leva a corrida até... – ela leu o endereço que anotara para o taxista. – Saint Kilda?

– Não é longe. No máximo vinte minutos, a essa hora.

Makedde sorriu quando o táxi passou por um imenso pilar amarelo, que parecia uma batata frita gigante e se projetava uns 50 metros na direção do céu: um conceito bizarro de arte. Eles entraram num túnel de ficção científica e passaram por um viaduto que deu a Mak sua primeira visão da cidade.

Já eram 14 horas. Mak pretendia fazer o *check in* no hotel, refrescar-se e bater na porta de Amy Camilleri, em Richmond, por volta das 15h30. Marian tinha conseguido o endereço, que com sorte estaria atualizado. Mak ia observar a área e, se necessário, interrogar delicadamente alguns vizinhos de Amy para obter mais informações. Se Amy fosse tão amiga de Meaghan quanto Jag havia sugerido, poderia ser uma excelente fonte de informações. Talvez soubesse de muitos detalhes sobre a vida pessoal de Meaghan, certamente mais do que a pobre senhora Wallace parecia saber sobre a filha e mais do que Jag estava disposta a compartilhar. Talvez Amy até soubesse algo sobre o envolvimento de Meaghan com Simon Aston, se é que havia algum.

Todas queriam ser amigas do Simon.

Mak ficou um pouco preocupada quando Amy não atendeu o telefone residencial que Marian lhe passara. Pretendia usar a mesma história do cartão Vip da *Rocking Horse* para confirmar seu endereço, mas Amy nunca atendia e, o que era mais estranho, não parecia ter secretária eletrônica ou mensagem de voz. Quem hoje em dia não tinha uma caixa postal? Com sorte, o endereço estaria atualizado, e, com mais sorte ainda, Amy iria se abrir com ela.

Marian tinha reservado um quarto num pequeno hotel de Saint Kilda chamado Tolarno. Quando o táxi parou, Mak ficou surpresa ao ver que o prédio tinha meros três andares e que a fachada tinha uma placa da Heineken e janelas pintadas à mão com motivos florais e um sol sorridente. O nome "Tolarno" aparecia numa grande placa, então o taxista não tinha se enganado. Devia ser o lugar certo.

Mak pagou a corrida e pediu ao motorista que esperasse por ela. Não sabia quanto tempo poderia demorar para conseguir outro táxi e sempre gostava de ter um meio de transporte à mão em lugares desconhecidos. Era mais um de seus muitos hábitos paranoicos.

Que tipo de lugar é esse?

Com os ombros empinados e a cabeça erguida, ela andou até a porta vermelha, com a bolsa de viagem na mão, captando olhares descarados dos dois bêbados que tomavam cerveja nas mesas de piquenique, na calçada da Rua Fitzroy. Ao entrar, ela desconfiou que havia sido deixada na porta de um restaurante de mesmo nome por engano. Havia uma placa indicando "Le Bar" e outra "Le Bistro", e uma estátua em tamanho natural de um casal de mãos dadas. Nada de recepção ou carregadores.

Um cardápio estava aberto sobre um cavalete de madeira, e ela viu cartazes indicando os banheiros. Mak permaneceu em pé na entrada, um pouco desorientada, antes de percorrer um corredor com paredes cobertas de obras de arte esquisitas. A passagem por fim se abriu, e ela viu que dava para um pequeno *lobby* e uma sala de estar.

Agora sim.

Mak apoiou a bagagem no balcão e fez o *check in*. Aquela era sua primeira viagem a serviço, e por algum motivo ela imaginou que Marian a hospedaria num hotel executivo três estrelas, com funcionários de crachá, corredores cheirando a desinfetante e cigarro, e a mesma reprodução sem graça de um buquê de flores em todos os quartos. O Tolarno era um lugar alternativo, estilo retrô, mais parecido com os hotéis-butique em que ela costumava ficar nas temporadas de desfiles. Apesar de estar na Austrália, o lugar parecia distintamente europeu, com a enorme chave de ferro, a escadaria em espiral e a ausência de elevador. Mak encontrou o quarto 222 no segundo andar, ao fim de um longo corredor. Lá dentro, uma parede vermelha escura e uma enorme pintura abstrata de uma mulher. Nada de gravuras com flores. O quarto tinha uma vista interessante da rua, mas a sacada era muito exposta. Mak não iria usá-la.

Ela fechou as persianas e espiou a rua discretamente. O táxi ainda a esperava no meio-fio.

Escovou os dentes, trocou de blusa, reaplicou o desodorante, transferiu a câmera digital, o bloco de notas e a minilanterna para a bolsa e saiu batendo a porta. Não tinha demorado dez minutos.

Logo estava no subúrbio de Richmond. Encontrou o endereço de Amy a alguns metros de um antigo estúdio de televisão num prédio de tijolos com o logo desgastado da TVN 9. Com poucas exceções, as casas da área pareciam casebres do tempo da guerra: todas térreas, com janelas pequenas e sem jardim. Muito diferentes dos gramados extensos que se viam mesmo nas casas mais modestas da Ilha de Vancouver. Mak pediu ao motorista que passasse uma quadra da residência de Amy. Pagou a corrida, desceu e voltou lentamente pela rua, como se estivesse se dirigindo ao estúdio. Enquanto andava, percebia os detalhes da vizinhança, a movimentação da rua e os arbustos e as cercas que podiam lhe servir de esconderijo, caso decidisse observar a casa de longe.

Amy Camilleri não morava muito bem.

A casa alugada parecia ser pouco mais do que um puxadinho de tábuas da casa ao lado. Juntas, as duas construções pareciam formar uma única residência, pequena pelos padrões normais. A casa não parecia ser bem cuidada – a tinta branca da fachada estava descascada e cinzenta – e aparentava ser minúscula por dentro. Onde deveria estar o jardim, havia uma maçaroca de ervas daninhas. As cortinas estavam fechadas na única janela da frente, e não havia sinal de garagem. Amy tinha um Peugeot de 15 anos registrado em seu nome, mas Mak não viu carro algum estacionado por ali. Pelo menos a ausência de garagem facilitaria a espionagem, assim como a visão desimpedida da porta da frente.

As cortinas cerradas estavam imóveis. A casa parecia desocupada, o que era uma grande decepção. Mak aproveitou para tocar a campainha, mas não teve resposta. Discretamente, espiou para dentro da caixa de correio ao lado da porta. Estava transbordando de cartas, malas diretas e folhetos de propaganda. Uma conta de telefone ainda fechada estava visível.

Mak deu a volta na casa. Uma faixa de menos de meio metro, em que só se viam mais arbustos desolados e uma calota enferrujada, a separava da construção seguinte. Não havia como passar confortavelmente entre as casas.

Merda.

Mak deu uma volta na quadra a pé, observando o beco estreito tomado de carros estacionados e sacos de lixo que havia atrás das casas. Avançou pelo beco até chegar aos fundos da casa de Amy. Não tinha janelas, apenas uma porta.

Que lugarzinho horroroso.

Aproximou-se da lixeira de Amy. Não teve pudor de levantar a tampa, mas o fez lentamente, com o nariz torcido de nojo. No curso de investigadora, aprendera que o lixo podia revelar muita coisa sobre uma pessoa. Garrafas vazias de champanhe e sacolas de lojas de grife pintavam um retrato muito diferente da vida de alguém comparadas a uma lata cheia de fraldas descartáveis e sacos de salgadinhos tamanho família. Era de mau gosto, mas ainda perfeitamente legal, revirar o lixo de qualquer um. Mas, infelizmente, o caminhão de coleta devia ter passado havia pouco tempo. Mak fitou a lata vazia e malcheirosa por um instante, perguntando-se como tinha despencado das passarelas de Milão às lixeiras de desconhecidos em apenas dois anos.

Metade daquelas roupas também era lixo...

Quando enfim economizasse o suficiente para abrir seu consultório de Psicologia Forense, a única imundície que teria que examinar seria a de dentro da cabeça das pessoas, ela disse a si mesma.

Então, Amy Camilleri tinha um monte de correspondência e nada de lixo. Não era o que Mak esperava descobrir em Melbourne. Calculou que Amy não devia passar em casa fazia pelo menos uma semana, e sua viagem podia ter sido inútil. Não podia voltar de mãos vazias, ou daria a impressão de ter ido a Melbourne apesar para visitar Loulou com as despesas pagas pelo cliente. Uma ideia que, tinha que admitir, lhe passara pela cabeça...

Decepcionada, mas sem intenção de desistir, Makedde Vanderwall voltou ao hotel para se arrumar para o jantar com Loulou e o novo namorado músico. Ainda não estava preocupada. Tinha pelo menos mais uma carta na manga.

Mas a segunda fase da investigação só poderia começar depois do pôr do sol.

Capítulo 23

Simon Aston estava tenso quando pisou na soleira da porta de sua casa em Tamarama, segurando a alça de uma pasta pesada que não lhe pertencia. Esquadrinhou com nervosismo as trilhas que levavam à praia e conferiu o movimento da rua nos dois sentidos antes de trancar a porta atrás de si e andar até o carro. O sol estava começando a baixar, o ar esfriava. Banhistas de calção e biquíni estavam recolhendo suas toalhas e pranchas e se preparando para a caminhada de volta para casa, os corpos bronzeados salpicados de sal e areia.

Sem perder tempo, Simon depositou a pasta cuidadosamente no banco do passageiro e se dirigiu à cidade. Normalmente despreocupado com agendas e compromissos, Simon dessa vez estava atento à hora. O Americano o mandara se encontrar com o senhor Hand exatamente às 18 horas, para lhe entregar o dinheiro e dar mais instruções. Eram 17h40, o que lhe dava apenas o tempo suficiente para se locomover ao local combinado. A maleta continha um pouco de dinheiro vivo, e um envelope no bolso de seu paletó continha as instruções. O Americano lhe passara o envelope já lacrado e a maleta trancada, e Simon não se atrevera a abrir nenhum deles e muito menos a se atrasar para a entrega.

Para ser bem sincero, ele estava muito abalado com o desenrolar dos fatos.

Desde a reunião tensa no escritório de Jack Cavanagh, Simon não tinha falado com ninguém além do Americano, nem mesmo com seus amigos, e não conseguira pregar o olho. Em vez de ir a festas com Damien ou dormir com a mais nova modelo, *socialite* ou alpinista social da cidade, tinha passado a última noite sozinho em casa, intensamente preocupado com seu futuro. O medo e a incerteza não eram sensações às quais estava acostumado, e a experiência foi desagradável. Deitado na cama com os olhos fixos no teto, todo tipo de pensamento tinha cruzado sua mente, desde o medo de ir para a cadeia até planos de chantagem e fuga. Cogitara usar as provas que tinha para entregar Jack e seu consultor de segurança ianque para a polícia, ou se unir a Warwick na tentativa de derrubar o império dos Cavanagh por meio de um escândalo. Tanto a imprensa quanto as autoridades iriam se esbaldar com uma história daquelas, e Simon podia revelar toda a verdade sórdida pessoalmente. Depois de se encontrar com o Americano naquela tarde, chegara a pensar em abrir a pasta, pegar o dinheiro e sumir da cidade. Centenas de milhares de dólares podiam comprar uma vida nova, talvez num confortável chalé em Bali...

Mas não.

Simon não era um cidadão modelo. Tinha o rabo preso demais para se arriscar a falar com a imprensa ou a polícia. E sabia que não tinha para onde fugir. Nem mesmo todo o dinheiro da pasta poderia salvá-lo agora.

Ele não tinha escolha senão tentar remediar a situação, mesmo que isso significasse receber ordens do pai do amigo. Tudo na vida de Simon dependia de Damien e das ligações da família Cavanagh.

Ao contrário da maioria de seus conhecidos, ele não tinha diploma nem carreira de sucesso. Era pouco mais que um pequeno traficante e cafetão em meio período, arranjando maconha, cocaína, heroína ou prostitutas, o que as pessoas desejassem. Não se considerava exatamente um criminoso: era apenas o cara que sabia onde encontrar o que Damien e seus amigos queriam. Embora não fosse uma profissão em tempo integral, o dinheiro que ele ganhava com aquelas transações casuais era sua única renda. Ele tinha a boa aparência, as roupas de grife e a proximidade com os Cavanagh, e esse era todo o seu patrimônio. Até mesmo seu carro ainda estava financiado.

Sem amigos ricos dispostos a se divertir, Simon podia dar adeus à vida boa. E sem Damien, tampouco teria um teto sobre a cabeça. A casa de Tamarama pertencia à família Cavanagh. Era uma das últimas construções dos anos 70 remanescentes na área, com uma vista estupenda e encanamentos vencidos, e prestes a ser reformada para ser vendida. Damien tinha convencido o pai a deixar Simon morar lá nesse meio-tempo. Já eram dois anos abençoados sem pagar aluguel.

Perder tudo isso seria um desastre para ele. Um suicídio social e financeiro.

De agora em diante, ficará responsável por consertar a situação, Jack havia lhe dito.

Mas não tinha nada a ver com responsabilidade. Simon faria o que fosse preciso para manter seu estilo de vida.

* * *

Às 18h01, Simon chegou ao Hotel Intercontinental da Rua Macquarie, no Centro, e deixou o carro com o manobrista dizendo que não iria demorar. Pelo menos era o que esperava. Não sabia exatamente como seria o encontro, mas queria que acabasse o mais rápido possível.

As portas automáticas deslizaram, e Simon entrou de cabeça baixa.

– Simon? É você? – disse uma voz.

Ele se virou, o coração saltando do peito. Era Julie, do escritório de Jack Cavanagh.

– Hã, oi, Julie – ele disse, completamente despreparado para ver uma cara conhecida.

– Está tudo bem? – ela perguntou, olhando para ele com uma expressão estranha.

– É claro... – uma gota de suor escorreu da sua têmpora.

– O Damien está por aí? – ela perguntou, olhando em torno do *lobby*.

– Não! Não, ele não está. Eu só vim, hã, me encontrar com um cliente – ele gaguejou.

– Ah. Então venham tomar um drinque com a gente no bar do hotel mais tarde.

– O.k. Hã, eu tenho que ir – ele disse vagamente e se dirigiu aos elevadores.

Alguns minutos depois, foi com grande apreensão que Simon bateu na porta do quarto 2908.

– Com licença, vim falar com o senhor Hand – ele anunciou, com enorme desconforto.

Esperou alguns segundos até uma voz funda retrucar do outro lado da porta:

– A hora.

Simon olhou para o relógio por puro hábito.

– Onze e onze – disse.

Era a senha que tinham lhe dado.

A porta se abriu apenas o suficiente para não se fechar sozinha outra vez. Após uma pequena pausa, Simon empurrou-a e entrou. A porta bateu, e ele se viu sozinho, segurando a pasta e o envelope com as instruções para o senhor Hand. Seu coração batia na garganta.

Pelo que podia ver, o quarto 2908 era uma suíte *standard* para um hotel cinco estrelas, com cama *king size*, televisão e uma saleta de estar. A peça estava às escuras, exceto por uma luminária de pé bem ao fundo. Simon imaginou que a janela teria uma bela vista da baía de Sydney, mas estava obscurecida por uma persiana opaca. Um pouco de luz se infiltrava pelas frestas em retalhos pálidos.

Um homem de terno escuro estava sentado numa cadeira no canto da saleta, de costas para a parede. *O famoso senhor Hand*, pensou Simon. A luminária parecia lançar uma luz fraca sobre tudo, menos sobre o rosto do homem, e era impossível distinguir seus traços. Depois do corredor excessivamente iluminado com lâmpadas fluorescentes, os olhos de Simon estavam custando a se ajustar ao ambiente escuro, o que o fez se sentir ainda mais vulnerável naquela situação bizarra.

Que ótimo. Não estou enxergando direito, não sei qual é o plano e não tenho a mínima ideia do que estou fazendo aqui...

– Você deve ser o senhor Hand – Simon disse para a figura sombria no canto, sentindo-se um idiota.

O homem disse simplesmente:

– Simon Ricards Aston – a mesma voz baixa e monocórdia que ele ouvira pela porta.

– Hã, sou eu.

Poucas pessoas conheciam seu nome do meio. Como o senhor Hand teria descoberto?

– Sente-se. Tem algo para mim?

– Hã, sim. Instruções e dinheiro.

Simon se aproximou do homem com relutância. Inclinou-se sobre a mesa de centro e, com muito cuidado, deitou sobre ela a maleta fechada, depois deslizou o envelope pelo vidro na direção do senhor Hand. Apesar da ordem para sentar-se, ainda permaneceu constrangidamente em pé por alguns instantes. Tentava desesperadamente pensar em um gesto ou uma palavra que pudessem virar a situação a seu favor, mas nada lhe ocorria.

– Abra – disse o senhor Hand, indicando a pasta com um gesto.

Abrir?

– Mas eu não tenho o número da combinação – Simon protestou em pânico.

O senhor Hand o fitou com um olhar imperturbável, que Simon mais sentiu do que viu. Por fim, o homem avançou no assento para pegar o envelope, e suas feições repulsivas foram iluminadas por um segundo.

Puta que o pariu...

O senhor Hand era um homem muito feio. O mais óbvio eram as cicatrizes que riscavam a face irregular. Havia algo de errado com aquele rosto, e Simon notou que uma das orelhas tinha um formato estranho, como se faltasse a parte de cima.

O senhor Hand tirou um pequeno canivete reluzente do bolso para abrir o envelope. Normalmente, uma lâmina tão diminuta não causaria preocupação, mas nas mãos daquele homem a visão fez Simon estremecer. Ele queria sair daquele quarto o mais rápido possível.

Merda, merda, merda. No que eu fui me meter?

– Está olhando para a minha orelha – disse o homem, mergulhando outra vez na escuridão.

– Hã... Como? – disse Simon, engolindo em seco. – O que quer dizer?

Isso é falta de educação, meu filho.

– Um homem cortou uma parte dela. Os médicos não conseguiram consertar.

– É mesmo? Eu nem tinha notado – Simon mentiu, tentando controlar o tremor.

O senhor Hand o ignorou. Tirou uma folha do envelope e segurou as instruções sob a luz. A combinação da tranca da pasta devia estar no papel, pois ele puxou-a para si e logo a abriu. Com o canto do olho, Simon espiou os maços de dinheiro. Aquilo era para ser apenas uma parte da quantia combinada, dólares australianos para serem gastos imediatamente. Um adiantamento fora depositado numa conta bancária antes mesmo de o senhor Hand embarcar para Sydney, e o resto seria pago na conclusão do serviço. Aquele homem iria receber milhões, mas para quê?

O senhor Hand trancou a pasta outra vez e voltou a ler as instruções. Simon aproveitou para examinar o quarto e estudar discretamente o homem cuja fisionomia esquisita se tornava mais clara à medida que seus olhos se habituavam à pouca luz. Quem era aquele sujeito? Onde e como o tinham encontrado? E o que iria acontecer agora? O que exatamente o Americano quis dizer quando afirmou que o homem ia "tomar conta da situação"? E o que exatamente o senhor Hand estava sendo tão bem pago para fazer?

Simon notou que havia outra maleta no chão ao lado da cadeira do homem. O que haveria nela?

Simon deixara a reunião do dia anterior amedrontado por Jack Cavanagh e seu consultor de segurança, mas o senhor Hand agora lhe parecia uma ameaça mais concreta. O Americano era discreto e preciso, enquanto o senhor Hand tinha uma presença física bruta perturbadora que Simon não estava acostumado a encontrar em seu círculo social privilegiado. Mesmo sentado, era óbvio que ele tinha o porte de um gladiador, com ombros largos e um pescoço musculoso forçando o colarinho da camisa social, e aquelas cicatrizes de guerra espalhadas por seu rosto e suas mãos impressionariam qualquer um. Se alguém fora capaz de causar aquele estrago, ele não queria nem pensar em como o senhor Hand tinha retribuído a gentileza. E, mesmo sem as marcas, Simon suspeitava que havia algo mais de errado com o rosto do senhor Hand. Ele conhecia muita gente que encarava cirurgias plásticas como uma forma de manutenção rotineira, como fazer as unhas e ir à academia, e reconhecia no senhor Hand um trabalho malfeito. Talvez tivesse se submetido a uma operação para corrigir o nariz ou o maxilar quebrado. Era difícil dizer, mas, em qualquer caso, o resultado final não tinha sido bom. O rosto era carnudo e disforme, os olhos eram pequenos.

Simon se deu conta de que estava com medo. Desejou que o Americano estivesse presente para guiá-lo.

Acabe logo com isso e dê o fora daqui.

O senhor Hand terminou de ler as instruções e guardou todos os documentos, menos um, no envelope, dobrou-o duas vezes e acendeu um reluzente isqueiro prateado sob um canto do papel. Observou-o queimar no cinzeiro sem emitir qualquer reação. Simon ainda não sabia o que diziam as instruções.

O senhor Hand olhou para ele.

– Conte-me tudo o que sabe sobre Warwick O'Connor.

Simon se remexeu desconfortavelmente.

– Hã... Ele não ligou mais. Já tinha feito alguns serviços para mim antes. Nada desse tipo, é claro...

O senhor Hand interrompeu-o:

– Apelidos, endereço, fotografias.

– Ah, sim, claro! – Simon pensou nas respostas. – Acho que ele não tem apelido. Todos o chamam somente de Warwick. Também não tenho fotos dele. – Sentiu-se ridículo.

O senhor Hand lhe entregou o papel que salvara do fogo.

– É ele?

Simon ficou surpreso ao ver uma cópia da carteira de motorista de Warwick.

– É. Esse mesmo – o endereço estava anotado ao lado. Havia outra carteira de motorista, esta de Lee Lin Tan. – E esse é o cara que arranjou a menina para Damien – disse Simon, apontando para a segunda foto. – Ele estava junto quando ela passou mal e morreu. Provavelmente também está no vídeo.

Lee agenciava prostitutas asiáticas. Simon o contratava com frequência para que levasse suas meninas às festas especiais de Damien, e ele sempre tinha carne nova. Damien gostava das garotas de Lee porque eram miúdas e graciosas, não falavam inglês e não faziam perguntas. Nada de "isso eu não faço", ou "não pode tocar aí", como faziam as australianas. Elas nunca reclamavam, nem quando Damien as deixava com queimaduras, hematomas ou vergões. E eram sempre muito jovens.

Simon tinha ligado imediatamente para Lee para reclamar, quando houve o problema com a menina na festa.

Depois de confirmar a identidade dos dois homens, o senhor Hand guardou o papel no bolso.

Simon engoliu em seco. Na presença daquele homem, e considerando os últimos acontecimentos com Warwick, ele estava com dificuldade para manter a compostura. Estava mais do que óbvio que, naquela situação, ele era pouco mais do que um inconveniente útil, e devia dar graças a Deus por ainda não ter sido comido vivo.

– Precisa de mais alguma coisa? – disse Simon, ansioso para sumir dali.

– Busque uma toalha no banheiro.

Simon ficou parado onde estava, confuso. *Como*?

– Ande logo.

Mecanicamente, Simon levantou-se e foi ao banheiro, retornando com uma das várias toalhas brancas perfumadas que descansavam no toalheiro aquecido. Entregou-a ao senhor Hand.

– De joelhos.

– O quê? – As veias saltaram no rosto de Simon, inchadas pelo pânico. Deu um passo para o lado, mas o senhor Hand já estava saltando sobre ele. Esmagou-o contra o chão, a cabeça sobre a toalha macia. O peso do senhor Hand era imenso, e a bexiga de Simon cedeu ao pânico. Ele perdeu o controle, sentindo o jeans úmido e quente. Estava humilhado e apavorado, mas o pior ainda estava por vir. Com um único movimento ágil, o senhor Hand imobilizou a cabeça de Simon e deslizou a lâmina afiada por seu pescoço, abrindo um corte superficial, mas doloroso, até a ponta do queixo.

– Ahhhhhhhhh!

Simon gritou ao sentir a dor incandescente e se encolheu chorando, em posição fetal. Em agonia, percebeu que o senhor Hand se moveu para pegar uma garrafa no frigobar. Abriu-a e verteu o líquido diretamente sobre o corte. O álcool escorreu pelo rosto e pelo pescoço de Simon, que nunca experimentara uma dor como aquela.

O senhor Hand tinha desfigurado seu rostinho bonito.

Aproximou-se da orelha de Simon e sussurrou palavras que ele jamais iria esquecer, e depois se afastou do rosto banhado em *bourbon* e sangue.

Mesmo aliviado do peso esmagador, Simon não moveu um músculo. Estava em choque.

– Fora daqui.

Capítulo 24

Mak observou o prédio de cinco andares em estilo gótico pela janela do táxi. O sol do fim de tarde banhava as pedras antigas com um brilho alaranjado, iluminando as janelas arqueadas. Gárgulas ameaçadoras estavam pousadas nos cantos para espantar maus espíritos em todas as direções. Sobre a porta, números romanos anunciavam "1902". Mesmo de dentro do táxi, ela escutou o burburinho de música e conversa vindo da sacada iluminada do último andar.

Mak baixou os olhos para a folha onde anotara o endereço de Loulou.

É aqui.

– Muito obrigada – Mak pagou a corrida e desceu do carro. Estava frio na rua. Ela abotoou o casaco e olhou em volta.

O edifício era um dos mais altos de Elwood, uma praia de Melbourne um pouco além de Saint Kilda, onde Mak estava hospedada. As construções eram muito próximas, parecendo se apoiar umas nas outras. Poucas eram modernas; a maioria, blocos de apartamentos construídos nos anos 60 e 70, e algumas casas geminadas. O comércio da área parecia tão eclético quanto seus moradores: vários cafés, um mercadinho, uma lavanderia, algumas lojas de bebidas, uma livraria, uma butique e uma sapataria. Mak ficou surpresa ao ver idosos de andador e *punks* de cabelo moicano passeando pelas mesmas calçadas à noite.

Aproximou-se do prédio. Apertou o botão do interfone em que estava marcado McGill e, depois de alguns segundos, escutou uma explosão de estática, à qual respondeu dizendo:

– Oi, é a Mak.

Pela janela, escutou um grito de pura alegria. Não podia ser outra pessoa além de Loulou; era mesmo o endereço certo. A porta se abriu com um clique, e Mak descobriu que, assim como o seu hotel, o prédio não dispunha de elevador. Passo a passo, ela subiu os cinco andares da escada, os músculos de suas pernas ardiam. Quando era modelo, ela havia morado num lugar assim em Manhattan, mas obviamente na época era mais jovem e estava em melhor forma, porque não se lembrava de se cansar tanto.

No terceiro lance da escada, sua testa já tinha gotas de suor, e ela estava determinada a se matricular numa academia de *kickboxing*. Desde que começara a trabalhar para Marian, os horários malucos tinham-na forçado a abandonar o hábito de correr 50 quilômetros por semana. Ela precisava se manter em forma para o trabalho de investigadora. Quem sabia quando teria que fugir de um perseguidor perigoso? Já escutara muitas histórias de detetives pegos em flagrante por seus investigados, que nem sempre ficavam felizes com a descoberta.

Mak alcançou o patamar do quinto andar de língua para fora. Loulou se jogou sobre ela num redemoinho de listras vermelhas e pretas. Mak se preparou para o impacto. O abraço foi apertado e sincero.

– Querida! Que bom ver você aqui!

O figurino de Loulou, como sempre, era tudo, menos comum. Estava usando uma blusa listrada e luvas sem dedo, com um jeans preto cheio de zíperes e o que pareciam ser coturnos da Doc Marten. Seus dotes de maquiadora profissional estavam visíveis no rosto: os cílios postiços escuros longuíssimos chegavam às sobrancelhas, e a sombra multicolorida fazia uma curva teatral na direção das têmporas. Desde a última vez em que tinham se visto – ou seja, no dia anterior –, Loulou tingira os cabelos moicanos de preto com pontas vermelhas berrantes.

Como arranja tempo para tudo isso?, perguntou-se Mak.

Tudo em Loulou era sempre um espetáculo. Animada, a amiga puxou-a para dentro do apartamento.

– Você veio! Você veio! Que maravilha! Quero te apresentar para todo mundo!

As paredes do apartamento eram cobertas de desenhos pregados com tachinhas e pinturas abstratas, com exceção de um lado da sala pintado do chão ao teto num tom de vermelho cereja, com o qual Loulou parecia ter inconscientemente combinado o próprio visual. No canto, um cavalete com uma tela pela metade, com pinceladas de roxo e preto, aguardava que o autor se inspirasse outra vez.

No centro da sala, a mesa de jantar estava posta para seis pessoas e tomada de velas vermelhas. Dois rapazes de cabelos sebosos e quilômetros de tatuagens cumprimentaram Mak, assim como uma garota de cabelos tão coloridos quanto os de Loulou. Mak reconheceu o tom de vermelho: as duas tinham obviamente dividido uma caixa de tintura.

Loulou apresentou o namorado primeiro.

– Mak, esse é o Drayson McGill – disse com orgulho, agarrando o braço de um dos rapazes. Ele era pouca coisa mais alto do que Loulou, com um rosto simpático, de olhos caídos. Dava a impressão de precisar de um bom banho e uma noite de sono.

Então esse é o vocalista encantado?

Loulou deu uma lambida na orelha de Drayson e soltou uma gargalhada. Pelo menos pareciam felizes, embora Mak não conseguisse esquecer a promessa da amiga de evitar músicos exatamente como ele. Mas Drayson era exatamente o seu "tipo": cabelos desleixados, pele desenhada, atitude lacônica. Aos olhos de Mak, ele era idêntico às quatro conquistas anteriores de Loulou.

– É um prazer conhecê-lo – ela disse, estendendo a mão para o braço livre de Drayson.

Drayson assentiu lentamente com um sorriso e apertou sua mão de leve, como alguém em meio a um sonho agradável. Ele devia ser muito tranquilo, ou então estar muito chapado. Mak resistiu ao impulso de estalar os dedos em frente ao seu rosto para ver se ele iria piscar.

– Esse é o Mula – disse Loulou com um gesto indicando o jovem sarado de rosto comprido e braços musculosos cobertos de tatuagens verdes e vermelhas em estilo japonês. Ele não parecia ter um grama de gordura no corpo. – Ele é o baterista – explicou Loulou. Mula era alto, forte e parecia ligado na tomada, exatamente o contrário do sonolento Drayson. Parecia prestes a decolar a qualquer momento.

– E esta é a Carmim – disse Loulou, continuando as apresentações. Carmim era baixinha, estava vestida de preto dos pés à cabeça e tinha cabelos compridos que combinavam com seu nome. Será que trocaria de nome quando a tintura desbotasse? – As pinturas são dela.

Mak olhou para as telas que enfeitavam a sala.

– Legal o seu trabalho – disse com sinceridade. Os quadros podiam ser toscos, mas revelavam um talento genuíno na composição e na escolha de cores. Ela parecia ser produtiva, se aquilo era uma amostra de seus trabalhos recentes. Talvez Mak estivesse diante de uma futura artista de sucesso.

– Ah, e esse é o Bogey, o nosso cozinheiro...

Bogey estava saindo da cozinha quando foi apresentado a Mak, que não esperava uma quarta pessoa e ficou um pouco chocada. Ele se aproximou com um pano de prato pendurado no ombro e estendeu a mão com um sorriso gentil nos lábios. Seus cabelos pretos estavam arrepiados, os olhos verdes atentos emoldurados por óculos de aro preto grosso. Devia ter um metro e oitenta, mais ou menos a altura de Mak, e usava jeans escuro com uma corrente no lugar do cinto, camiseta preta justa e botinas Doc Marten amarradas por cima da calça. Seu estilo lembrava o de Elvis no fim dos anos 50, ou o protagonista de algum filme de David Lynch. Um Elvis que sabia cozinhar.

A cor predominante nas roupas era o preto. *Pensando bem, metade da população de Melbourne parece se vestir assim. Será que estão todos de luto*?

– Oi, Bogey – disse Mak, estendendo a mão.

O aperto de mão durou uma fração de segundo a mais do que deveria, e os olhos dos dois se cruzaram de um jeito estranho. Mak se perguntou se alguém mais teria percebido. Por um instante, achou que já o conhecia de algum lugar, mas sabia que era apenas uma impressão.

– É um prazer conhecer vocês todos – ela disse, soltando a mão dele e se dirigindo ao grupo num tom mais formal do que pretendia usar. – Meu nome é Makedde – ela queria poder dizer que tinha ouvido falar tanto deles, mas não era verdade. O romance de Loulou e Drayson era recente demais, e Mak sabia exatamente nada sobre aquelas pessoas.

– Ma-quê? – disse Mula num grunhido.

– Perdão?

– Seu nome é Ma-quê? Maquete?

– Hã, é Makedde. M-A-K-E-D-D-E – ela soletrou.

Pessoas confusas com a pronúncia de seu nome não eram novidade. Estava acostumada a repeti-lo várias vezes quando era apresentada a gente nova.

Mula contorceu o rosto, levantando um dos cantos da boca.

– Que nome maluco – decretou, virando as costas e andando até a mesa de jantar.

Carmim, Drayson, Bogey e Mula, e o meu nome é que é maluco?

O grupo se reuniu em torno da mesa, e o dublê de Elvis retornou à cozinha para dar o toque final, insistindo que não precisava de ajuda. Mak sentou-se, admirando os nós e arranhões irregulares no tampo de madeira, enquanto Loulou corria pelo apartamento apagando as luzes para que só as velas iluminassem a refeição.

Carmim começou a servir o vinho tinto.

– Quer um pouco?

Mak assentiu com a cabeça.

– Então, como é mesmo o seu nome? – a pintora perguntou ao se sentar.

Mak recitou o mesmo discurso de sempre, já que enfrentava essa pergunta pelo menos uma vez por semana desde a escola primária.

– A pronúncia é Ma-Kay-Dee. Não sei o que deu na cabeça dos meus pais.

– É bonito.

– Mas pode me chamar de Mak. É mais fácil.

– *"Que há num simples nome?"* – declamou Drayson, da cabeceira da mesa, abrindo os braços como se espantasse borboletas. – *"O que chamamos rosa, com outro nome não teria igual perfume?"*

Emocionada, Loulou se pendurou no pescoço do namorado, mordiscando um de seus *piercings* da orelha com os lábios vermelhos, deixando a marca do batom na bolota de titânio.

Ele só pode estar chapado, decidiu Mak.

– *Romeu e Julieta*, de Shakespeare – Mak não sabia o que acrescentar além de: – Só não inventem de copiar aqueles dois!

O que está dizendo, sua idiota?

Loulou riu ao ouvir o comentário, e Mak achou melhor calar a boca. Não valia a pena dizer qualquer bobagem que lhe viesse à cabeça só porque estava no meio de gente nova e não sabia o que falar.

* * *

Durante o jantar, Mak ficou calada, como costumava fazer quando não conhecia a maioria dos presentes. Preferia observar as pessoas, como uma típica psicóloga. Deduziu rapidamente que o apelido de Mula era uma referência não ao seu rosto alongado, mas ao seu intelecto. Drayson, por outro lado, não era nada bobo; de vez em quando, fazia comentários inteligentes que pegavam Mak de surpresa. Carmim não se deixava intimidar pelos rapazes, discutindo com Mula e o provocando a cada oportunidade. Mak desconfiou que ela tivesse uma atração secreta pelo marombeiro. Bogey, o cozinheiro, era o silencioso do grupo. Mak ainda não o decifrara, mas, se tivesse que arriscar um palpite, diria que ele possuía um Cadillac restaurado e uma máquina de *pinball* do Elvis, além de uma namorada compositora. Meio poeta, meio roqueiro? Ele mal lhe dirigira a palavra desde que tinham sido apresentados, embora estivesse sentado ao lado dela. Seria sempre tão tímido?

Mak aproveitou a noite naquele ambiente esquisito, com pessoas que não tinham nada em comum com policiais. Elas a fizeram esquecer o fato de que, quando voltasse para casa – se é que podia chamar o sobrado de casa –, ela estaria vazia.

Mas não podia se divertir demais. Tinha que trabalhar dali a algumas horas.

Capítulo 25

As informações que o senhor Hand recebera do cliente eram precisas e completas, incluindo carteiras de habilitação, endereços, contatos, fotografias e outros detalhes dos alvos escolhidos.

As instruções eram extremamente específicas.

Madame Q tinha lhe dito que o cliente era bem organizado e bem relacionado, e Luther não se decepcionara. Como sempre, não sabia detalhes a respeito do cliente, mas não foi difícil concluir que o serviço tinha a ver com os poderosos Cavanagh. Nascido e criado em Sydney, ele estava bem ciente da influência da família. Além do mais, poucos indivíduos na Austrália podiam pagar o que ele pedia. Os Cavanagh eram uma das três famílias mais ricas do país, donos de um império construído em apenas duas gerações.

Agora que Luther tinha suas ferramentas, dinheiro vivo e instruções exatas, e depois de ensinar uma lição a Simon Aston – uma advertência muito concreta e impossível de esquecer –, ele estava pronto para começar.

Antes da meia-noite, um dos alvos da lista de seu cliente estaria morto.

Capítulo 26

Onde andará Amy Camilleri? De férias? Na casa da mãe?

Fazia meia hora que Makedde travava um diálogo interno, alheia às conversas ao seu redor. Pensava no que poderia fazer para descobrir o paradeiro de Amy e em que pretexto usaria se e quando finalmente a encontrasse. Qual seria a melhor tática? Em primeiro lugar, teria que descobrir se Amy estava simplesmente ausente ou escondida de todos. A resposta faria uma enorme diferença no modo como Mak seria recebida e na maneira como deveria abordá-la. Mas de quanto tempo dispunha para encontrá-la? Não tinha muita experiência com essas coisas. A viagem a Melbourne fora motivada em parte pela chance de ver Loulou, mas quanto dinheiro de seu cliente ela deveria gastar tentando localizar a garota? E, se não conseguisse encontrá-la até o meio-dia de amanhã, deveria voltar para Sydney de mãos vazias?

– Mais vinho, querida?

Com o susto, Mak ergueu a cabeça.

Loulou tinha feito a pergunta, corajosamente se afastando da orelha do namorado para oferecer a Mak um *pinot noir* recém-aberto. Segurava a garrafa num ângulo precário com uma das mãos: o vinho estava quase escorrendo pelo gargalo.

– Claro – respondeu Mak.

Loulou passou a garrafa de um convidado a outro até chegar ao tímido dublê de Elvis, que galantemente encheu o cálice de Mak. Ela se perguntou se os homens dos anos 50 eram tão educados e se sabiam cozinhar tão bem quanto ele. Suspeitava que não.

Bogey devolveu a garrafa a Loulou e correu os dedos pelos cabelos com brilhantina antes de tomar um gole.

– Saúde – disse Mak, levantando sua taça.

– Saúde. Da próxima vez que vier para cá, tem que ficar com a gente – disse Drayson, com um sorriso sonolento. O comentário lhe valeu um beijo de Loulou. Pensando bem, qualquer coisa que ele fizesse parecia render beijos dela.

O grupo interrompeu as várias conversas paralelas para brindar por sobre os pratos vazios. Os guardanapos de tecido branco agora estavam manchados de molho de *curry*, os pratos e parte da mesa de madeira, decorados com grão de arroz e algumas espinhas de peixe. A comida estava ótima, e a conversa em torno da mesa, animada, ainda que dispersa. Mak pensou que talvez estivesse se divertindo tanto, em parte graças à sensação de claustrofobia que começava a desenvolver na convivência rotineira com Andy. Talvez umas férias de três meses não fossem tão ruins assim.

Mak conferiu o relógio. Eram 20 horas.

É cedo demais.

Embora não fosse ter a chance de conversar a sós com Loulou, ela ainda tinha mais ou menos uma hora para matar antes de poder voltar ao trabalho.

Makedde tomou um gole de vinho e olhou para a ponta da mesa, para a amiga que ria pendurada no namorado do momento. Eles formavam um casal bonito. Pelo bem de Loulou, Mak esperava que a relação durasse mais do que um fim de semana. O único problema era que isso significava que sua amiga mais íntima iria se mudar para muito longe. Fora Andy e Karen Mahoney, de quem ela vinha se aproximando, Loulou era sua companhia mais constante. Mak morava na Austrália fazia um ano, talvez já devesse ter mais amigos.

Você não confia nas pessoas.

Sua amiga Catherine fora assassinada, sua mãe tinha morrido, e o pai e a irmã estavam a milhares de quilômetros de distância, de modo que não se podia culpá-la por ser um pouco mais arisca do que a média das pessoas. Mas Mak às vezes se sentia sozinha, especialmente quando Andy trabalhava até tarde. Tinha inveja das pessoas que viviam cercadas por um círculo de amigos antigos e confiáveis. Nunca tinha sido assim com ela. Queria que Loulou fosse feliz, mas ficaria triste ao perdê-la para Melbourne.

Tente ser mais sociável.

Mak se virou para o dublê de Elvis. Alguém tinha que quebrar o gelo entre eles, e podia muito bem ser ela.

– Então, hã... Você é daqui mesmo, de Melbourne? – ela perguntou.

Ele ergueu os olhos do copo com um sorriso.

– Não, eu me mudei para cá faz alguns anos. Nasci perto de Darwin. Você é canadense, certo?

– Parabéns, você tem um bom ouvido para sotaques. A maioria dos australianos acha que eu sou americana.

– Então é casada com um australiano? – perguntou Bogey.

Mak sentiu um nó se formar na garganta.

– Bem, não... – ela ergueu a mão esquerda. – Viu? Sem aliança. Estou com alguém, mas não sou casada. Nem noiva – *Vamos mudar de assunto, por favor*? – Você é de Darwin? Nunca estive lá.

– É um lugar bonito, mas isolado. Há quanto tempo está morando na Austrália?

– Mais ou menos um ano. Você toca com Drayson? – ela perguntou, tentando desviar a conversa da sua vida pessoal.

– Eu tocava com a Gambá – disse Bogey. – Mas saí. Agora sou marceneiro. Tenho uma loja em Saint Kilda.

Mak observou-o falar, surpresa ao se pegar pensando que Bogey na verdade era muito atraente com suas inclinações artísticas. Sob os óculos de armação grossa, ele tinha cílios longos e escuros e sobrancelhas cheias. Seus traços delicados eram compensados pela barba por fazer e pelos cabelos espetados, mas isso não escondia sua beleza clássica. A boca tinha uma forma agradável, com lábios carnudos, nos quais Mak tentou não fixar os olhos.

Pegue leve com o vinho. Você vai ter que ficar esperta mais tarde.

– Que interessante – disse Mak. – Qual é a sua especialidade?

– Móveis sob medida – respondeu Bogey. – Armários, cadeiras, mesas, esse tipo de coisa. Trabalho com vários materiais.

– É! – exclamou Mula de repente do outro lado da mesa, intrometendo-se na conversa dos dois. – Ele também trabalha com pínus.

– Desculpe. Pode ignorar tudo que ele disser – avisou Bogey em voz baixa, sem olhar para o amigo. – Você veio a Melbourne a trabalho? – perguntou, tentando dirigir o foco para Mak.

Ela estava prestes a responder quando Drayson provocou.

– Vamos, conte a ela o que você faz – ele se inclinou para a frente e sorriu com a boca manchada de vinho e Loulou sentada em seu colo.

Mak esperou que Bogey respondesse, mas ele tentou desviar o interesse em si próprio pegando a garrafa de *pinot noir* e perguntando se alguém queria mais vinho.

– Vamos lá, Bogey! – insistiu Mula, obviamente tentando provocar uma reação. Bogey revirou os olhos irritado.

– Eu faço móveis – repetiu, olhando para o prato.

Ele não gosta de falar de si mesmo, notou Mak.

– Sim, mas como você começou a trabalhar com madeira? – disse Drayson, aumentando a pressão.

Deve haver uma boa história por trás disso, pensou Mak, intrigada com a insistência dos amigos quanto ao trabalho de Bogey.

Ele respirou fundo.

– Tecnicamente – disse num tom estudado –, eu comecei fazendo caixões.

Mak ficou de queixo caído. Agora toda a sua atenção estava concentrada nele.

– Caixões? Que interessante! Nunca tinha conhecido um marceneiro especializado em caixões.

– Já não trabalho com isso faz algum tempo – ele minimizou, olhando para o seu copo. – Não entendo por que ficam insistindo em lembrar.

Ele tinha se mostrado tímido a noite inteira, mas provavelmente era a pessoa mais interessante da mesa. Ela queria saber mais e se arrependeu de não ter iniciado a conversa antes.

– Por quanto tempo trabalhou com isso?

Bogey se remexeu no assento.

– Eu fiz somente caixões por cinco anos antes de começar a trabalhar com móveis. Não me incomodava, mas prefiro fazer móveis para os vivos.

Caixões são móveis para os mortos. Mak nunca tinha pensado no assunto por esse ângulo.

– Por isso ele é siniiiiiistro! – berrou Mula, achando-se muito esperto.

Mak estava começando a se dar conta de que ele era realmente um asno. Talvez tivesse exagerado nos anabolizantes ou cheirado muita proteína em pó para esculpir os músculos. Mak suspeitou que ele fosse um dos motivos de Bogey ter deixado a banda.

– Vai, Bogey, conta mais! – incentivou Loulou. – O pai dela é da polícia, ela adora detalhes mórbidos.

Inacreditável! Eu adoro os detalhes mórbidos? Muito obrigada, Loulou.

– Seu pai é policial? – perguntou Bogey, olhando para ela.

Mak assentiu com a cabeça. *E o meu namorado também, mas não quero pensar nele agora...*

– Bem, foi antes de eu me mudar para Melbourne – explicou Bogey. Ser o centro das atenções o constrangia, mas ele seguiu em frente. – Eu era adolescente. Fiz um curso de marcenaria de caixões e comecei a trabalhar para a funerária de Darwin. Não era nada de mais. Numa cidade pequena, a gente tem que fazer de tudo. Eu recolhia os corpos com a *van*, levava para o *freezer*, tirava as medidas, fazia o caixão e depois levava para o funeral. Quando comecei, ainda estava na autoescola.

O motorista do rabecão de Darwin tinha habilitação provisória. Devia ser engraçado.

– Imagine só... – disse Loulou, apoiando o queixo nas mãos, fascinada com os próprios pensamentos. Ela piscou, e Mak achou que os enormes cílios postiços pareciam borboletas negras alçando voo.

– Você também embalsamava os corpos? – Makedde perguntou sem rodeios. Se ele costumava acumular funções, era bem provável que sim.

– Não – disse Bogey. – Nunca aprendi a embalsamar. Não era a minha praia. Acho que eu não conseguiria... – pensativo, ele não terminou a frase.

– Uma vez, conheci uma ex-modelo que era maquiadora e também preparava cadáveres – revelou Mak. Era uma mulher linda e, graças à profissão, uma pessoa singular. Como Bogey, ela não falava do assunto se não fosse incentivada, e a maioria de seus clientes no mundo da moda não conhecia esse lado da sua vida. – Ela maquiava gente viva e morta. Era uma pessoa muito interessante, muito equilibrada. Alguém tem que fazer esse trabalho, afinal de contas.

Bogey assentiu.

– Mas não eu. Até hoje ainda me lembro de alguns "clientes" – seu olhar se perdeu no espaço como se ele recordasse algo da carreira anterior. – O pior de todos... o que eu não consigo esquecer... foi um aborígene. Ele tinha se enforcado no xadrez, e a polícia me chamou para buscá-lo. Quando entrei na cela, ele ainda estava pendurado pelo pescoço. Foi horrível. Aquela não era a minha função, eu só tinha que buscar os corpos. Não precisava, sabe como é... tomar conta deles. Fiquei cara a cara com ele e vi a forca que fez com as próprias roupas, e aquilo me perturbou. A angústia no seu rosto era terrível. Ele não tinha morrido em paz. A dor dentro da cela era... palpável – Bogey engoliu em seco e respirou fundo outra vez. – Eu fiz o que tinha que fazer, mas aquela imagem não me saiu mais da cabeça. No dia seguinte, juro que é verdade, eu estava na fila do banco para retirar a aposentadoria da minha mãe, e um homem na frente da fila começou a gritar desesperado. Quando fui ver o que estava acontecendo, era ele! O mesmo cara que eu tinha colocado no *freezer*. Fiquei louco, corri para ele e disse "Meu Deus, você está vivo? Como pode ser?".

Mak estava atônita, fascinada com as palavras de Bogey, assim como o resto da mesa, embora eles já devessem ter ouvido a história antes.

E daí...?

– O homem da fila era o irmão gêmeo do que tinha se enforcado no xadrez – ele explicou. – Idêntico. Ele precisava de dinheiro para o enterro, mas sua conta estava no vermelho.

Mak não sabia o que dizer.

– Que coisa triste – comentou. Podia ver que, para ele, não se tratava apenas de uma história para contar nas festas. A lembrança ainda assombrava Bogey.

Depois de um breve silêncio, Mula, com a delicadeza de uma britadeira, decidiu pedir mais.

– Conta aquela da gangue de motoqueiros! Vai, conta para ela! É uma história maluca. Você vai adorar – ele ria sozinho, antecipando o relato.

Bogey parecia um pouco menos constrangido com o fato de contar histórias de seu passado funéreo, mas ainda hesitava.

– Tenho certeza de que a Mak está achando isso tudo um saco. E já faz tanto tempo...

– Não, acho muito interessante... Se você não se importar – ela disse.

– Está bem – ele tomou um gole de vinho antes de prosseguir. – Eu criei fama de fazer bons caixões. Não se esqueçam de que era uma cidade pequena do interior, então não havia muita concorrência. Já ouviram falar da Pé na Cova? É uma gangue de motoqueiros. Eles passaram por Darwin e pediram que eu fizesse alguns caixões para decorar a sede deles. Queriam mesas e até a geladeira em formato de caixão.

Era evidente que os outros já tinham escutado a história antes, pois todos sorriam enquanto observavam a reação de Mak. Ela estava com os olhos arregalados.

– Eu fiz o serviço, e em troca eles me tatuaram e me deram mais drogas em uma semana do que eu já vi na minha vida toda – Bogey fitou a mesa. – Só isso. Fim da história. Agora podemos falar de outra coisa?

Mak estava fascinada. Pensou nas tatuagens que ele teria pelo corpo. Qual seria o símbolo de uma gangue como aquela? Talvez um caixão enorme? Uma caveira? Será que, por baixo da camiseta preta, Bogey tinha "AMOR DE MÃE" escrito dentro de um coração no bíceps?

– Quando foi isso? – perguntou Mak.

– Uns dez anos atrás. Faz tempo – Mak fez uma conta mental, e Bogey confirmou o resultado. – Eu tinha 18 anos nessa época.

Então, ele estava com 28, apenas um a menos que ela. Por alguma razão, parecia mais jovem, talvez comparado ao rosto curtido de Andy. Drayson e Mula deviam ter 20 e poucos, e Carmim era a mais jovem da turma, calculou Mak. Era impossível adivinhar a idade de Loulou. Tinha a energia de uma criança, e sua pele estava sempre oculta por camadas de maquiagem. Mas Mak sabia que a amiga era mais velha do que tentava aparentar. Chegara ao cúmulo de borrar a data de nascimento em seu passaporte.

– Quer dizer que o Bogey tinha 18 anos – disse Loulou, animada pelo vinho – e andava por aí numa *van* cheia de cadáveres, trabalhando para a família Adams e ganhando tatuagens de uma gangue de motoqueiros? Incrível – ela disse. – Rendia um filme.

Bogey sorriu timidamente.

– Tenho que admitir que a família dona da funerária era um pouco estranha. Algumas coisas vão ficar comigo para sempre.

– É, principalmente as tatuagens – disse Mula rindo.

– Exatamente.

Mak teve a impressão de que Bogey estava se referindo aos mortos que tinha visto, e não aos desenhos na sua pele. Como sabia muito bem, ver um cadáver, de quem quer que fosse, era uma experiência inesquecível, mas especialmente quando se tratava de uma morte violenta. Aquelas imagens ficavam na cabeça para sempre. Tinham levado Andy a beber e Mak a sofrer de insônia em certa época de suas vidas. Cada um lida com o trauma da morte de uma forma diferente, mas ela sentia que as pessoas que morriam em paz causavam um impacto diferente. Era saudável para um jovem ver um corpo no necrotério ou no hospital, fazia parte do aprendizado da vida. Assim fora com ela, que tinha visto seu primeiro cadáver ao lado do pai policial aos 12 anos de idade. A impressão de que a pessoa deitada na mesa fria era apenas uma casca vazia, cuja misteriosa força vital tinha seguido em frente, a fizera acreditar numa dimensão espiritual que a religião nunca conseguira explicar satisfatoriamente. Ela havia percebido alguma coisa, algo real e, ao mesmo tempo, parte de outro mundo.

É impossível descrever adequadamente a morte para quem nunca a viu de perto.

– A morte pode nos ensinar muita coisa sobre a vida – Mak sussurrou baixinho somente para Bogey.

Ele se virou para ela e assentiu com a cabeça. Seus olhares se conectaram outra vez. Talvez eles tivessem em comum essa ligação com a morte. Talvez fosse isso que ela tinha percebido nele mais cedo.

– Mas o fato é que agora eu faço móveis – disse Bogey, encerrando as histórias sobre a adolescência transportando os mortos.

– É, agora você perdeu a graça – disse Mula, entornando a taça de vinho.

Mak não concordava. Pegou-se outra vez fitando os lábios carnudos, antes de se dar conta.

Não, Mak. Não comece a olhar para ele desse jeito.

Capítulo 27

Warwick O'Connor.

Luther reconhecia o nome. Da última vez em que ouvira falar dele, Warwick estava vendendo drogas para os alunos das escolas particulares da zona norte de Sydney. Sua carreira não parecia ter evoluído muito desde então. Luther encontrou a casa que Warwick dividia com a esposa exatamente onde as instruções indicavam. Segundo informações, o casal não tinha filhos nem animais de estimação. Ou seja, nada de cachorros latindo.

Ótimo.

Luther Hand ficou sentado no carro em frente à casa de Warwick O'Connor, observando e fazendo planos. Era tarde, e a esposa de Warwick, Madeline, estava em casa. Ele a vira enrolada no roupão cor-de-rosa quando ela fechou as cortinas da sala, um cigarro pendendo dos lábios. Warwick não ia sair, eles estavam se aprontando para dormir.

A mulher só morreria se fosse absolutamente necessário.

Luther podia arrombar a fechadura da porta, subir a escada e chegar ao quarto em poucos minutos. O alvo principal seria, então, eliminado. Mas ele devia agir de acordo com o plano. Se entrasse agora, teria que matar os dois e desarrumar a casa para simular um assalto. A polícia costumava se interessar mais por homicídios duplos de marido e mulher. Havia maneiras melhores de eliminar alguém como Warwick, e talvez por isso os clientes quisessem que Luther esperasse até ele sair de casa. Uma pessoa como Warwick tinha tantos desafetos que a lista de suspeitos seria interminável. Bem executado, o serviço seria automaticamente atribuído a um concorrente.

Seus dias estão contados, colega.

Luther deu a partida e se dirigiu a Surry Hills.

Estava na hora de executar o primeiro alvo.

Capítulo 28

Por volta das 23 horas, Mak estava se preparando para deixar a festa no apartamento de Drayson, em Elwood. Levantou-se e começou a recolher os pratos para levar para a cozinha.

– Muito obrigada. O jantar estava ótimo.

– Você é nossa convidada, não precisa fazer isso – disse Carmim.

Mak sorriu e continuou empilhando os pratos. Deu a volta na mesa, e, quando pegou o prato de Mula, ele praticamente mergulhou em seu decote.

– Você é modelo, não é? – ele disse com a voz arrastada de quem tinha exagerado na bebida. Depois do jantar, tinha passado direto para a cerveja. – É *top*?

– *Top model?* Não, eu não diria isso – respondeu Mak. – Eu fui modelo por alguns anos. Ajudou a pagar a faculdade, só isso. Não desfilo mais.

Mak levou a pilha de louça para a cozinha, aliviada por ter um motivo para encerrar a conversa.

– Você ainda dá um caldo – ele disse, quando ela virou as costas. Mak sentiu o olhar de Mula descer por seu corpo. *Encantador.*

Quando ela retornou, ele voltou à carga.

– Você ainda podia ser modelo – anunciou com a voz pastosa.

– Obrigada, mas estou muito feliz com a minha carreira atual. Além do mais, o mundo da moda agora prefere meninas esqueléticas de 16 anos, e eu estou prestes a fazer 30. Para uma modelo, sou idosa. É como a idade dos cachorros: um ano vale sete.

Ela ouviu algumas risadas em torno da mesa.

Bogey se levantou e recolheu os guardanapos. Ao passar por ela, disse em voz baixa, para que só Mak ouvisse:

– Você é linda e sempre vai ser, não importa a idade.

Ela sorriu, mas não soube como reagir. Ele estava dando em cima dela? Porque estava funcionando. Ela sentiu as bochechas corarem.

– Uau! Então você está com 250 anos! – exclamou Mula, interrompendo os pensamentos de Mak com sua sensibilidade extremada.

Ela sorriu paciente.

– Na verdade, são 210 – retrucou. – Mas eu diria que, para as modelos, um ano normal equivale a um ano e meio, e não a sete. É, acho que é isso mesmo – concluiu. – Uma modelo de 15 anos aparenta ter 22. Uma de 20, é como se tivesse 30, e assim por diante.

Carmim fez uma careta de desgosto.

– Que teoria apavorante.

– Não é exatamente científica – disse Mak –, mas acho que tem mérito.

– É por isso que eu odeio as revistas de moda – disse Carmim, contrariada. – Não passam de uma conspiração masculina para manter as mulheres obcecadas com a própria aparência, em vez de permitir que elas pensem em fazer algo para mudar o *status quo*.

– Faz sentido, mas, na minha opinião, são as mulheres que sustentam essas revistas, e não os homens – rebateu Mak. – A maioria dos homens prefere a gostosona da rua às adolescentes andróginas dos editoriais de alta-costura da Vogue. Eles gostam de *pin-ups* cheias de curvas, ou mulheres saradas e atléticas, e essas não aparecem nas revistas. A moda não é feita para os homens. Se fosse, as modelos iam se parecer com as gostosonas das revistas masculinas. A maioria dos homens pouco se importa com as roupas ou com o penteado de uma mulher, desde que ela seja sexualmente atraente ou, num nível inconsciente, pareça fértil. As mulheres tendem a ser muito mais exigentes umas com as outras do que os homens. Existe toda uma linguagem de silhuetas, estilos e atitudes para nós.

– Isso é péssimo. Devíamos ter o direito de ser nós mesmas.

– Ninguém nos impede. Quando eu vejo uma menina de 14 anos num anúncio de maquiagem, acho absurdo, mas não me sinto ameaçada. Porém eu gostaria que as revistas mostrassem modelos mais velhas. Veja só a Christie Brinkley, ela é linda. E deve ter muitas mulheres menos conhecidas por aí que poderiam estar desfilando aos 40, 50 ou mais.

– Muitas mulheres melhoram com a idade – disse Bogey, voltando para recolher os talheres.

Qual seria a reação de Andy numa situação semelhante? Ele provavelmente não iria opinar, sabendo que os padrões de beleza são um assunto altamente polêmico entre as mulheres. Mas Mak sorriu ao ouvir o comentário de Bogey, sentindo que havia encontrado um cúmplice naquele dublê de Elvis, que parecia sensível demais para ser amigo de um sujeito chamado Mula.

Carmim ainda precisava desabafar.

– É isso aí. Por que os homens têm permissão para envelhecer e manter o "charme", enquanto as mulheres só ganham "rugas"?

Mula parecia entediado com a discussão.

– Desde que elas sejam gostosas, por mim, podem andar peladas – decretou.

Mak não estava mais no espírito do debate. Tinha outras coisas em mente.

Já que estamos falando de corpos femininos...

– Desculpem eu mudar de assunto, mas alguém sabe onde fica a Rua Lonsdale?

– A Lonsdale? Claro... – respondeu Carmim. – É onde ficam os escritórios de advocacia e as boates de *strip*... A uns 15 minutos de carro daqui. É lá que fica o seu hotel?

Advogados e *strippers*, que combinação interessante.

– Não, é um assunto de trabalho.

– A Mak é detetive particular – disse Loulou orgulhosa, como se a amiga fosse uma espiã internacional. – Está participando de algum julgamento?

Mak sorriu e balançou a cabeça.

– Não desta vez.

Durante o curso de investigadora, Mak tinha ouvido algumas dicas sobre como dar depoimentos como testemunha se fosse obrigada pelas circunstâncias. Teriam sido úteis durante o julgamento do Assassino do Salto Alto. Talvez assim as lágrimas não tivessem saltado de seus olhos quando pediram que ela recordasse cada detalhe sangrento do ataque que sofrera. O mais provável era que ela só tivesse que depor outra vez como perita, a não ser que se metesse em alguma confusão no seu trabalho como investigadora.

– Desculpe eu sair correndo, mas tenho que ir – Mak ficou em pé. – Foi maravilhoso conhecer vocês todos. E o jantar estava perfeito.

– Ah, querida! Tome mais um drinque com a gente! – pediu Loulou, chateada por ver a amiga ir embora.

– É sério, eu preciso dormir cedo. Amanhã tenho um dia cheio.

– Promete que vai ficar aqui com a gente da próxima vez? Temos um quarto de hóspedes reservado para você. Por favor!

Mak não entendia como Drayson e Loulou tinham decidido morar juntos tão rápido, e como sua amiga já podia estar falando em "nós". "*Nós* temos um quarto de hóspedes." O estilo camicase de namoro de Loulou nem sempre funcionava, mas Mak admirava seu desprendimento. Ela demorava muito a confiar em qualquer pessoa. Talvez demais.

– Prometo – concordou Mak com alguma relutância. – Da próxima vez, vou dormir aqui. Mas agora tenho que ir.

– Eu também estou indo – anunciou uma voz. Era Bogey. Ele tinha limpado a cozinha enquanto Loulou, Drayson e Carmim conversavam e estava vestindo uma jaqueta de couro. Nem morava ali e ainda assim cozinhava e lavava os pratos? *Uau*! – Tenho um projeto para entregar daqui a dois dias, e ainda nem comecei a pintura – explicou, tirando um molho de chaves do bolso.

– Nããããão, agora todo mundo vai embora de uma vez! – reclamou Loulou, que tinha planejado uma noite muito mais longa.

– Eu vou ficar – murmurou Mula. – Tem mais cerveja?

* * *

Bogey e Mak desceram os cinco andares em silêncio.

– Quer uma carona? – ele perguntou, quando chegaram ao térreo.

Perigo!

Mak achava melhor evitar as tentações, mas não estava de carro e, na verdade, queria saber mais sobre ele.

– Quero, sim. Seria ótimo – ela respondeu sem olhar para ele. – A Rua Lonsdale não é muito fora de mão para você?

– Não, é caminho.

Se fosse solteira, ela não hesitaria em convidá-lo para um drinque antes de ir trabalhar. Mas não era: para o Departamento de Imigração da Austrália, Mak tinha uma "união estável", o que implicava um compromisso, e o compromisso dela era com um detetive do Esquadrão de Homicídios. Que mal tinha deixado o país.

Mas não havia nada de errado em aceitar uma carona.

Na rua, ela viu que o carro de Bogey era um Mustang azul conversível da década de 60, imaculadamente restaurado. Não exatamente o enorme Cadillac que ela imaginara, mas parecido. Também lembrava muito a sua amada Zhora, a Dodge Swinger 67 que tinha sido obrigada a vender quando deixara o Canadá. Eles dirigiam pela esquerda na Austrália, e teria sido muito caro e complicado enviar o carro para lá de navio e mutilá-lo para rodar no novo país. Ah, Zhora. Mak tinha saudades dela. O nome vinha da replicante do filme *Blade Runner, o Caçador de Androides*, que andava sempre com uma cobra e teve um fim muito triste. Ela batizava todos os seus veículos: sua moto se chamava Theroux.

– Desculpe pelas histórias mórbidas – disse Bogey. – Não sei por que eles me fizeram repetir tudo aquilo.

– Achei muito interessante. É sério. Nunca conheci alguém que fizesse caixões.

– E eu nunca conheci uma detetive particular.

Mak sorriu quando ele abriu a porta do lado do passageiro para ela. Entrou e prendeu o cinto de segurança, o assento soltou um leve suspiro sob seu peso. Os bancos eram de couro e estavam em perfeito estado, diferente de Zhora, cujos bancos de vinil ela nunca consertou depois da compra. Aliás, Mak não tinha feito nenhum esforço para restaurar o veículo. Mas aquele homem evidentemente amava seu carro e ficava feliz por investir tempo e dinheiro nele.

– Em que altura da Lonsdale? – ele perguntou, girando a chave na ignição. O motor ronronou.

Mak disse o endereço, e Bogey pareceu confuso.
– Não sabia que tinha um hotel por ali.
– Não tem mesmo.

Capítulo 29

Luther Hand não precisou de muito tempo para localizar a casa no bairro de Surry Hills.

Chegou vestido de preto dos pés à cabeça, misturando-se às sombras, enquanto se movia. Estava pronto para o serviço e trazia consigo um instrumento que usava com frequência.

Uma machadinha.

Luther não tocou a campainha. Arrombou a porta e entrou, e dentro de segundos tinha subido a escada e alcançado o corredor. Tudo correspondia às instruções que recebera: o número de degraus, a planta da casa. O escritório de Lee Lin Tan ficava no segundo andar à esquerda, mas, antes mesmo de Luther chegar lá, um homem apareceu na porta. Não fora silencioso o bastante.

Luther reconheceu o homem pela foto da carteira de habilitação.

– Lee Lin Tan?

Não houve resposta.

– Você é o Lee Lin Tan? – Luther insistiu. Precisava ter certeza.

O homem assentiu com a cabeça.

Luther ergueu a machadinha e atacou, mas não conseguiu decapitar Lee totalmente no primeiro golpe. Um jorro de sangue se espalhou pelo corredor atrás dele, manchando a parede e o carpete. Lee levou a mão ao pescoço enquanto caía, o sangue jorrava entre os seus dedos. Um golpe certeiro.

Ótimo.

Luther observou Lee Lin Tan rastejar pelo corredor, talvez tentando descer a escada e chegar à porta da frente, engasgando-se com o próprio sangue. Incrivelmente, quase conseguiu ficar em pé, apoiando-se na parede e tremendo sem parar.

Luther golpeou-o outra vez.

A lâmina cortou o braço do homem na altura do ombro, e o membro decepado bateu no carpete com um som surdo. Os olhos de Lee perderam o foco, e ele caiu outra vez, deixando uma impressão vertical sangrenta da palma da mão na parede. Sua cabeça caiu para a frente, e ele deu um último suspiro acompanhado de um gorgolejo.

Alguém gritou.

Luther se virou para a fonte do som, preparado. Sabia que havia uma chance de a senhora Tan estar presente.

Uma mulher surgiu no corredor. Trazia uma espingarda nas mãos e a ergueu sem firmeza; seus dedos inseguros revelavam pouca experiência com o gatilho. Seus olhos escuros absorveram a cena do marido em pedaços sangrentos no corredor, e ela deu um grito ainda mais agudo e deixou cair a arma, a coronha deslizando de suas mãos e batendo no carpete. Luther se aproximou, e ela recuou em pânico para o escritório, uma sala apertada com uma escrivaninha, prateleiras e um sofá puído que parecia servir também de cama. Ela tentou fechar a porta antes que ele a alcançasse, mas não conseguiu, então se encolheu num canto ao lado de uma gaveta aberta, chorando histericamente.

Tentou esconder o rosto por trás da pesada gaveta de madeira.

Luther avançou alguns passos, arrancou a gaveta do armário e jogou-a por cima do ombro com um único gesto, depois agarrou a mulher pelos cabelos e a fez ficar em pé. Brandiu a machadinha, que atravessou o pescoço num corte preciso. O corpo desabou no chão, deixando a cabeça pendurada em sua mão, os cabelos embaraçados como Medusa e suas serpentes.

Luther largou a cabeça ao lado do corpo e olhou em volta.

Apertou os olhos. A gaveta que ele tinha arrancado do armário estava cheia de passaportes – filipinos, tailandeses, chineses, vietnamitas, cambojanos. Os documentos se espalhavam por toda a sala.

Vozes.

Mais testemunhas.

Luther saiu do escritório e percorreu o corredor com a machadinha ensanguentada na mão, pronto para fazer uma busca metódica por testemunhas se necessário. Ouviu vozes por trás de uma porta.

Abriu-a com um chute.

Ele viu pelo menos dez mulheres, algumas de camisola, outras de jeans e sutiã. Elas recuaram ao ver a figura corpulenta ocupando todo o espaço da porta, o sangue pingando da machadinha. Algumas balbuciavam em línguas estranhas em meio a lágrimas, mas nenhuma delas gritou. Estavam apavoradas.

Uma dúzia de testemunhas.

Ele percebeu que havia grades na janela. As camas eram poucas, mas era óbvio que as mulheres estavam vivendo amontoadas naquele quartinho escuro.

Luther recuou para o corredor e fechou a porta outra vez. Assim que sumiu de suas vistas, as vozes subiram de tom, os lamentos baixos e trêmulos de mulheres amedrontadas que não entendiam o que estava acontecendo. Mas ninguém gritou.

Ele contemplou as alternativas.

Aquelas mulheres não representavam uma ameaça ao seu cliente. Não iam dar com a língua nos dentes. E, mesmo que tivessem algo a dizer sobre um homem de preto com uma touca ninja e uma machadinha, seriam deportadas antes de poder testemunhar.

Luther retornou ao escritório, recolheu os passaportes e voltou ao quartinho. Abriu a porta e deixou a pilha de documentos no chão.

Passou pelo corpo de Lee Lin Tan e saiu da casa de Surry Hills, deixando a porta escancarada.

Capítulo 30

– Acho que não cheguei a perguntar... Que instrumento você toca?

O centro da cidade ficava a apenas quinze minutos do apartamento de Elwood, e o trajeto pareceu curto demais para Mak, que estava adorando a companhia intrigante do homem que fazia caixões. Enquanto dirigia, ele falava sobre suas experiências com a banda de Drayson.

– Guitarra – respondeu, sem tirar os olhos da rua.

Ele é mesmo o Elvis, pensou Mak. Ela abriu um sorriso travesso, e ele se virou a tempo de notar a expressão.

– O que foi?

– Nada.

As ruas do centro comercial de Melbourne estavam silenciosas. A selva de construções modernas de concreto, metal e vidro estava praticamente vazia àquela hora da noite. Os ternos e *tailleurs* que enchiam as calçadas durante a semana tinham se dispersado pelos vários subúrbios para descansar e retornar bem passados e engomados para as reuniões de segunda-feira.

– Sério – disse Bogey. – O que foi? Por que essa cara?

Mak não conseguiu reprimir o sorriso.

– Não me leve a mal – ela arriscou –, mas desde o primeiro instante em que vi você achei que se parecia com Elvis Presley. Eu devia ter adivinhado que é guitarrista. Posso imaginar você rebolando no palco com a guitarra pendurada no pescoço.

Bogey abafou um risinho. Não parecia ofendido com a comparação.

– Então acha que eu pareço o Elvis?

Ela assentiu.

– Dizem que ele era o rei.

– E ainda é – ele retrucou. – Você me vê num daqueles macacões de cetim branco com a lapela larga?

– Oh, não, nada disso – ela balançou a cabeça. – Você tem mais a ver com a fase do terno preto com gravatinha estreita. Um Elvis bem jovem.

– Mas eu não sei cantar. E prefiro ouvir Sex Pistols, Spiderbait ou White Stripes.

– Se Elvis estivesse vivo, tenho certeza que também estaria ouvindo White Stripes – disse Mak.

Ele parou num sinal vermelho.

– Você está em Melbourne a trabalho? – perguntou, virando-se para ela, enquanto esperava o sinal mudar. Tinha um rosto simpático, mas ela também percebia a influência *punk*. Talvez um Elvis de cabelo moicano?

Ela virou o rosto para a frente.

– Hã... É. Vim a trabalho, mas também para visitar Loulou – respondeu, tentando evitar detalhes sobre o que fazia. – Somos grandes amigas. Éramos inseparáveis. Faz só um ano que me mudei para a Austrália, e ainda não conheço muita gente – admitiu, esperando que o comentário não a fizesse parecer solitária. – Mas, se eu for pensar bem, estou aqui há mais tempo do que passei na maioria das cidades onde morei.

Bogey sorriu, depois entrou numa avenida larga e andou algumas quadras. Passaram pela Suprema Corte e pelo Tribunal de Justiça.

– Pelo jeito você já viajou muito.

– Sim. Já me acostumei de tal modo que nem noto mais. Outro dia me dei conta de que, na minha vida adulta, nunca tinha morado num mesmo país por mais de doze meses. Esta é literalmente minha estada mais longa em qualquer parte do mundo – Mak percebeu que estava contando a história de sua vida e decidiu mudar de assunto. – Então, como ganhou o apelido de Bogey?

– É que meu nome é Humphrey, Humphrey Mortimer.

Ele falou em voz baixa e muito rápido, ela pensou.

– Ah, uma homenagem a Humphrey Bogart! Não é um nome tão ruim – disse, tentando animá-lo. – Com certeza é melhor do que o meu. "Makedde Vanderwall" é bizarro! Humphrey combinava perfeitamente com o Bogart. Minha opa era a cara dele, sabia? Nas fotos antigas, em preto e branco, eles parecem iguais.

– É mesmo?

Tinham chegado à Rua Lonsdale.

Aqui estamos.

Mak fitou a enorme placa em neon do *Thunderball Gentlemen's Club*. A entrada do inferninho ficava numa rua ocupada quase totalmente por escritórios de advocacia, exatamente como Carmim dissera. O Tribunal e a Suprema Corte ficavam a poucos minutos dali. Era um local estranho para um estabelecimento daqueles. Ela imaginou que uma parcela significativa da ordem dos advogados de Melbourne devia ser cliente regular da casa, o que certamente representava uma vantagem para o proprietário.

– Bom, hã... Vou ficar aqui. Obrigada pela carona – ela disse, lamentando o fim da curta jornada.

Bogey encostou o carro em uma das vagas da rua e desligou o motor. Mak abriu a porta preocupada. *Por que ele estacionou? O que está fazendo*?

– Você vai entrar aí? – ele perguntou.

Mak assentiu com a cabeça, sem encará-lo. Pegou a bolsa com uma despreocupação fingida e se virou para se despedir dele. Quando seus olhares se encontraram, como no apartamento de Drayson, ela percebeu que ele estava apreensivo.

Ele baixou os olhos para a direção.

– Tem certeza de que é uma boa ideia?

Mak sentiu uma onda de alívio. Ele queria alertá-la para um perigo, e não pressioná-la com uma proposta indecorosa. Não parecia mesmo ser esse tipo de homem. Ela riu. Se alguém estava com as ideias influenciadas por hormônios, era ela.

– Já estive em muitos lugares como esse – disse Mak. – Não se preocupe comigo.

Um desconhecido não podia saber tudo o que ela já havia passado na vida. Entrar sozinha numa boate de *strip* não a abalava nem um pouco.

– Eu sou detetive particular. Esse é o meu trabalho, e prefiro fazê-lo sozinha.

Estava enfeitando a história um pouquinho: era apenas uma investigadora iniciante e nunca tinha realmente entrado numa casa de *strip* antes, e muito menos sozinha. Mas ele não precisava saber disso. De mais a mais, era bobagem ele se preocupar.

– Mesmo assim – ele disse –, acho que seria melhor eu esperar no carro, caso alguma coisa aconteça.

Mak não tinha uma resposta pronta. Não antecipara aquilo.

– Quer esperar por mim aqui fora? – perguntou, incrédula. – Faria uma coisa dessas?

– Já consegui uma vaga.

– Não, não precisa. Eu vou demorar, e você tem aquele projeto para começar amanhã, a pintura, lembra?

– Eu sei – ele parecia determinado a zelar pela segurança dela. – Mas não me sinto tranquilo deixando você aqui sozinha e a pé.

Mak permaneceu sentada no banco do passageiro, com a porta aberta e um pé no meio-fio, ponderando as palavras dele. Estava num impasse. Não estava em seus planos informar a ninguém além de Marian Wendell sobre sua missão, e certamente não precisava de babá para ir onde quer que fosse, de dia ou de noite. Se não gostasse de Bogey, já o teria mandado embora, mas ele parecia sincero. E talvez sua presença pudesse ser útil. Uma mulher jovem e bonita sozinha num lugar daqueles podia se transformar em alvo dos clientes, ou ser vista como uma ameaça pelas meninas da casa. Acompanhada de um homem, ela poderia se misturar melhor.

– Está bem – disse, ainda um pouco relutante. – Quero que saiba que eu não preciso de babá. Mas, se você insiste em esperar por mim, podemos entrar e tomar um drinque.

Mak ignorou a voz em sua cabeça que dizia que ela estava aceitando a companhia dele por razões pouco nobres.

* * *

Apesar de ter passado boa parte de sua vida em Vancouver, uma cidade famosa pelos bares de *strip*, Makedde Vanderwall tinha pouca experiência com aquele tipo de lugar. Tinha frequentado alguns clubes gays em Nova York, onde assistira a *strippers* bombados, com o uniforme obrigatório de policial, abanarem seus cassetetes, e tinha visto mulheres fazendo shows semicomportados em festas extravagantes. Mas as boates descoladas que ela frequentara com grupos de amigas em despedidas de solteira eram muito diferentes de um inferninho como aquele, que Mak só tinha visto em filmes. Certamente não teria imaginado que a sua primeira visita a um lugar desses se daria na Austrália, a trabalho, como detetive particular, e escoltada por um marceneiro que ela acabava de conhecer. Muito menos com a missão de desvendar um assassinato.

A vida é muito estranha...

Mak parou junto à porta do *Thunderball* com o Elvis *punk* ao seu lado de mão no bolso. Um leão de chácara de terno escuro e rosto impassível observou-os se aproximando.

– Boa-noite – murmurou. Satisfeito com a aparência dos dois, empurrou a pesada porta de madeira sem mais uma palavra. Eles entraram.

Lá dentro, as luzes eram baixas, e Mak escutou a música pulsando no andar de cima. Logo depois da porta ficavam a chapelaria e o caixa.

– Quarenta dólares por pessoa – disse a mulher por trás da registradora com um sorriso falso.

Bogey enfiou automaticamente a mão no bolso do jeans procurando a carteira, mas Mak o deteve com um gesto firme. Pagou com duas notas de 50 e guardou a nota fiscal. Logo os dois estavam subindo a escada na direção da música.

– Meu cliente está pagando – disse Mak, num sussurro discreto.

– Ah, certo – ele disse.

No alto da escada, uma porta se abria para um espaço amplo com vários bares e pequenos palcos. Bem à frente deles havia uma mesa de sinuca, onde um grupo de homens jogava com garotas de biquíni, que riam e faziam pose como nas preliminares de um filme pornô de baixa qualidade: *Posso pegar no seu taco?* Por trás de uma divisória com colunas romanas pintadas de dourado ficava o salão principal, com mesas redondas e um palco grande com um poste cromado no centro, desocupado naquele instante. À direita, havia outro bar e vários queijinhos, nos quais meninas de biquíni, *lingerie* de babados e minivestidos de *lycra* rodopiavam e arqueavam as costas para deleite dos homens da plateia. Uma menina de shortinho se inclinou para a frente, expondo quase totalmente a vulva depilada.

Mak arregalou os olhos.

– Vamos beber alguma coisa – ela sugeriu para Bogey e o puxou para a direita. Acomodaram-se em dois bancos altos em frente a um dos bares. Mak se virou para perguntar: – O que vai querer?

– O que você vai pedir?

Não parecia o tipo de lugar onde se podia tomar um bom martíni.

– Vodca com limão e água – ela disse.

Bogey se virou para fazer o pedido, enquanto Mak observava o estabelecimento. Havia mulheres por todo lado, em maior número do que os clientes, mas Mak provavelmente era a única que não estava trabalhando. Alguns homens olharam na sua direção, medindo-a de cima a baixo, sem disfarçar, e depois voltaram a atenção para os corpos que ondulavam nos queijinhos. Já estava começando a achar que a companhia de Bogey lhe trazia vantagens reais. Estava ajudando a se misturar, e provavelmente evitando que ela fosse abordada por outros homens. Tinha certeza de que poderia se sair bem sem ele, mas sua presença sem dúvida ia facilitar o serviço.

Uma garçonete oxigenada de seios gigantescos apareceu, atraindo o olhar de Mak outra vez para o bar. Usava uma blusa de chita que parecia ter sido feita com um guardanapo e aparentava mal ter saído da escola.

– O que vão querer? – perguntou sorrindo, exibindo o aparelho ortodôntico reluzente.

Essa não.

Bogey pediu vodca com limão para Mak e uma cerveja japonesa Asahi para si. Não tinham.

– Heineken? – Também não. – Então me vê uma Crown – conformou-se.

Ela pôs a garrafa no balcão e abriu a tampa. Bogey não se moveu, esperando que Mak recebesse sua bebida antes de começar a dele. Se ele ficou babando para os peitos siliconados da garota enquanto fazia o pedido, Mak não percebeu. E tinha um bom olho para essas coisas.

Admirável.

Tinha que admitir que Bogey não demonstrava muito interesse na vasta extensão de pele bronzeada em torno deles, apesar de as mulheres parecerem cercá-los por todos os lados: dançando nos queijinhos, desfilando de *lingerie* de um lado para outro, encostadas nos pilares e servindo bebidas com microvestidos. Era uma festa visual de corpos torneados em trajes dignos da lista das mais malvestidas. Mak nunca tinha visto algo assim e concluiu que Bogey provavelmente estava se controlando em consideração a ela. Conseguiria se manter tão disciplinado depois de mais algumas cervejas?

Curvando-se sobre o balcão com os seios balançando, a garçonete serviu o drinque de Mak, e Bogey pagou as bebidas antes que ela pudesse evitar.

– Você se lembra do que eu falei a respeito do meu cliente?

– Ele também está pagando pelas bebidas?

– Todas as despesas – ela retrucou, tomando um gole pelo canudo.

Não era o melhor drinque de sua vida. Eles pareciam ter algumas vodcas de qualidade na prateleira atrás do balcão, mas tinha a impressão de que nenhuma delas entrara no seu copo.

– Sorte a sua poder beber em serviço e ainda colocar na conta do chefe. – comentou Bogey.

– É uma das vantagens de ser detetive particular – explicou Mak. – O pessoal da polícia tem que seguir um monte de regras e hierarquias, e os superiores estão sempre observando seus movimentos. A cada passo que dão, precisam levar em conta que podem acabar tendo que justificar suas ações perante um advogado de defesa num tribunal. Mas, para mim, desde que eu não cometa um crime sério, posso fazer praticamente o que quiser numa investigação. E não há lei contra beber em serviço. Na verdade, os detetives costumam ser amigos da garrafa.

Bogey sorriu, pensando em todos os filmes de mistério que já vira.

– Vou me lembrar disso – ele balançou a cabeça e deu outra risada discreta. – Você não para de me surpreender – disse, levando a cerveja aos lábios.

Concentre-se, Mak. Você está aqui para trabalhar, e não para impressionar esse cara.

Mak apoiou um cotovelo no balcão e olhou em volta, procurando uma menina que lembrasse a foto de Amy Camilleri. Havia um número desproporcional de loiras no salão, como seria de se esperar, mas nem sinal dela. Mak percebeu, para sua surpresa, que vários dos clientes estavam sozinhos ou em grupos silenciosos de dois ou três. Nada do ambiente agitado pelo excesso de testosterona que ela esperava encontrar.

Também observou com interesse as várias interações: muitos olhares, mas nada de contato, a não ser quando eram as meninas a tocar os clientes. Algumas se encostavam nos homens enquanto batiam papo, aparentando descontração, apesar do contraste entre seus corpos quase nus e as roupas dos clientes. Ela percebeu várias câmeras de segurança, mas, além do porteiro parrudo, não viu outros leões de chácara mal-encarados ali dentro. Eles deviam estar em algum lugar, com certeza, mas eram discretos. Provavelmente tinham instruções para serem sutis e não constrangerem os clientes.

Examine os rostos com atenção...

Em um dos palcos minúsculos, uma mulher de ar latino, usando enormes brincos de argola, um biquíni amarelo fluorescente e sandálias de plataforma de plástico transparente, rebolava e dava tapinhas no traseiro bronzeado para o deleite da plateia cada vez mais atenta. Os homens pareciam hipnotizados, mas impotentes, como diabéticos numa loja de doces. Podiam olhar, mas não tocar, e não havia muita chance para conversas, de modo que a maioria simplesmente fitava a mulher com os olhos vidrados. Uma japonesa de uniforme escolar ocupava a outra metade do palco, de costas para a latina, tentando conquistar sua própria plateia. Usava uma blusinha branca, microssaia xadrez e meias brancas até o joelho. Um homem de meia-idade se inclinava para a frente, mirando-a de boca aberta. Quando ela se ajoelhou na frente dele massageando os próprios seios, ele enfiou uma nota dobrada em sua cinta-liga.

O objetivo era ganhar dinheiro, e era cada uma por si.

– Quer que eu faça alguma coisa? – perguntou Bogey após alguns instantes de silêncio.

– Por enquanto, nada – respondeu Mak. – Preciso observar o ambiente primeiro. Não quer chamar uma das meninas para um show particular? – Ela fez um gesto com o braço abarcando o salão.

– Este tipo de lugar não é a minha praia – ele disse com uma ponta de desdém. – Só estou aqui para ajudar você.

– É muita gentileza sua – ela agradeceu, tentando entender por que ele estava sendo tão generoso com seu tempo, especialmente quando tinha que trabalhar dali a algumas horas. – Sei que você precisa levantar cedo.

Bogey abriu um sorriso calmo.

– Você fala como se eu fosse um santo operário. Acompanhar alguém como você num lugar cheio de mulheres não é um inconveniente para homem algum. Não posso me queixar de nada.

Alguém como eu?

– Sobre o que você falou lá fora – ele continuou –, sei que não precisa de babá. Não foi por isso que eu quis ficar. Dá para ver que você sabe se cuidar.

Ela esperou que ele terminasse.

– Mas eu não ia ficar tranquilo deixando você aqui sozinha. Não é a melhor zona da cidade à noite.

– Eu sei. Foi um gesto muito bonito – garantiu Mak. – Eu não levei a mal – se fosse outro homem, com uma atitude diferente, talvez ela tivesse se ofendido. – Se eu quisesse ficar só, teria lhe dito.

– Tenho certeza que sim. Se quiser que eu a deixe trabalhar em paz, não tem problema. Mas eu prefiro não deixá-la aqui sozinha. Posso esperar lá fora.

Mak riu.

– É tarde demais para isso. Agora você não pode ir embora. Faz parte do meu disfarce: somos um casal que veio ao *Thunderball* para apimentar nossa vida sexual com um pouquinho de sacanagem. Se sair agora, vai chamar atenção – ela lançou um olhar para alguns clientes próximos. – E eu não quero perder tempo me desvencilhando de ninguém.

Ele assentiu com a cabeça, indicando que entendia.

– Fico feliz que você esteja aqui. Estou me divertindo. Saúde – ela disse, tocando a garrafa dele com seu copo.

– Saúde.

– Agora vê se olha para as meninas, por favor. Senão as pessoas vão estranhar – Mak girou no banco e observou um grupo de homens que cercavam uma plataforma onde havia uma moça de *lingerie*. – Olhe só a cara dela. Está quase morta de tédio.

Um círculo de clientes com copos de cerveja na mão assistia a uma loira belíssima de calcinha e sutiã de renda preta e sapatos de salto agulha altíssimos se contorcer no pequeno palco circular com movimentos de uma sensualidade quase cômica de tão exagerada. Sua boca estava crispada num sorriso entediado, os olhos, distantes. Parecia imaginar um lugar diferente, onde queria estar de verdade. Não se dava sequer ao trabalho de fingir. Mak a pegou bocejando e olhando para o relógio.

Quem se excitaria com isso?

– Você viu? Ela está louca para ir embora, coitada. Isso não pode ser bom para os negócios – disse Mak.

– Não é – disse Bogey. – Veja... – Vários homens se afastaram do palco, deixando as cadeiras em torno dele vazias. Bogey terminou a cerveja. – Volto logo – disse. – Sabe para que lado fica o banheiro masculino?

– Vi uma placa à esquerda da escada – disse Mak. Ela não perdia um detalhe quando estava trabalhando.

Concentrou-se no salão outra vez, e seus olhos se voltaram para a loira entediada que agora rolava pelo chão, erguendo as pernas para um lado e para outro. Distraída, não era mais do que um autômato sensual, indiferente ao fato de que sua plateia a havia abandonado. Era tão bonita quanto qualquer modelo, e Mak não pôde deixar de se perguntar o que uma menina com um rosto daqueles estava fazendo num queijinho de boate em vez de estar numa passarela. Será que pagavam tão bem assim? Ela não parecia estar ali por amor à dança.

Bogey mal tinha se ausentado por alguns segundos quando Makedde sentiu uma mão em seu ombro.

Essa não.

Capítulo 31

– Missão cumprida.

Luther Hand estava sentado na segurança de seu automóvel, a quadras de distância da casa de Surry Hills e dos corpos desmembrados do senhor e da senhora Tan. A primeira parte do serviço tinha ido bem, apesar da presença inesperada das mulheres presas no quartinho.

– Quantos? – perguntou o homem com sotaque americano.

– Dois. Marido e mulher – informou Luther.

Houve uma pausa.

– Ótimo – retrucou o Americano.

Não iam discutir detalhes por telefone.

– E o outro?

Warwick O'Connor.

– Amanhã. Tinha a mulher – explicou Luther.

– Certo. Continue amanhã se preferir. O contato vai procurá-lo no hotel na segunda-feira com as informações sobre o próximo serviço. A menos que haja alguma mudança, não vou contatá-lo. Deixe um recado amanhã quando a próxima etapa estiver cumprida.

– Certo.

Luther encerrou a chamada.

Preciso dormir.

Ele se dirigiu ao hotel, perto do aeroporto. O Fórmula 1 era uma acomodação automatizada e de preço razoável, sem recepcionista. Só exigia um cartão de crédito, e Luther tinha muitos desses. Voltaria ao quarto do Hotel Intercontinental na segunda-feira para receber as instruções para o próximo serviço, mas até lá preferia ficar em outro lugar.

Enquanto seu cliente acreditava que ele estava relaxando numa suíte cinco estrelas, Luther estava dormindo no roupeiro do hotel do aeroporto; ele deixara as almofadas do sofá inchando as cobertas da cama.

Era uma das muitas precauções que o senhor Hand aprendera a tomar.

Capítulo 32

– Oi, linda, posso te pagar uma dança?

Makedde Vanderwall se virou e viu um homem de uns 40 anos com um sorriso cretino na boca, estufando o peito como um pavão orgulhoso. Tinha um copo de cerveja em uma das mãos e a outra no ombro dela. Um trio de amigos igualmente embriagados o observava da ponta do bar.

– Não, obrigada – retrucou Mak, removendo a mão do ombro e se virando outra vez no banco para encerrar a conversa.

Ele queria que eu dançasse para ele ou pretendia pagar uma das meninas para dançar para mim?

Mak já não tinha certeza. Alarmada, conferiu a própria aparência: botas, calça preta, *blazer*, decote bem coberto. Não, não havia como a confundirem com uma das meninas da casa. Só ficara em dúvida por causa da atmosfera de clube do Bolinha. Ele sabia que estava sendo inconveniente.

Mak permaneceu de costas para o Pavão, literalmente deixando para trás aquela distração.

A mão voltou ao seu ombro.

– Ah, vamos lá. Escolha quem quiser, eu pago.

Infelizmente, o Pavão estava falando alto o bastante para atrair duas dançarinas ansiosas por uma gorjeta, que se aproximaram sorrindo sedutoramente e tocando-o com uma intimidade geralmente reservada para amantes. Uma delas era loira e voluptuosa, de pele leitosa e cabelos até a cintura, e usava lingerie branca e um longo colar de pérolas falsas. Mas não se parecia em nada com a foto de Amy. A outra dançarina era uma morena um pouco mais magra e menos atirada, de minivestido de *lycra* preta e brincos, pulseira e sapatos cobertos de strass. Tinha o corpo miúdo de bailarina. A loira era mais ousada, e se pendurou no ombro do Pavão, esfregando um seio volumoso em seu braço e sussurrando algo em seu ouvido.

Ah, corta essa. Ele não precisa de incentivo.

Os amigos não se envolveram, contentando-se em admirar as garotas de longe e fazer um brinde ao Pavão corajoso.

– Escolha quem quiser – ele repetiu, com um gesto indicando as duas, como se oferecesse diferentes tipos de chocolate.

Antes que Mak pudesse controlar a situação, uma terceira dançarina tinha se juntado a elas. Era uma morena de pele escura, vestindo um *baby-doll* vermelho. Pelo olhar cansado, Mak suspeitou que ela trabalhasse ali havia um bom tempo. Parou em frente à morena miudinha com as mãos nos quadris largos e os seios firmes apontando para cima, fazendo beicinho. Era tão alta quanto Mak e não parecia ter qualquer senso de humor.

– Qual você prefere? – insistiu o homem, com o mesmo sorriso cretino, como se estivesse num comercial de lava-roupa.

A baixinha, para uma lavagem rápida, a loirona, para um programa completo, ou a morena, para uma superlavagem com centrifugação? O que mais a agrada?

Mak tinha que dizer alguma coisa.

– Elas são lindas, mas, não, obrigada. Se eu quiser uma dança, posso pagar eu mesma.

Ao ouvir o comentário, a mulher mais alta voltou sua atenção para Mak, talvez na esperança de convencê-la.

O Pavão bufou, obviamente tomando o comentário de Mak como um insulto a sua macheza – e ainda por cima naquele lugar, um dos últimos bastiões da liberdade masculina! Retaliou, puxando notas amassadas da carteira e acenando com elas em frente ao seu rosto. Mak enrubesceu.

Merda. Eu só queria observar.

Não demorou muito para o dinheiro atrair mais garotas. Outras duas vieram ver o que estava acontecendo. Agora havia cinco mulheres seminuas fazendo beicinho e se exibindo em torno dele. O cara era um gênio.

– Eu também tenho dinheiro – ele anunciou.

Duas dançarinas riram como atrizes bem treinadas, fingindo ter encontrado o Casanova de seus sonhos. Ele se inclinou para Mak com excesso de confiança, e ela sentiu o cheiro de álcool em seu hálito.

– É um crime você continuar vestida.

Já chega. Ele está pedindo.

Mak imaginou o salto fino de sua bota cravado no pé dele com muita força e pensou que isso o faria cair no chão gritando. Mas abrir um buraco no sapato daquele imbecil não iria ajudá-la a conseguir o que queria. Afinal de contas, ela estava ali por um único motivo, e não era para conhecer homens como ele.

Makedde puxou-o para si e sussurrou em seu ouvido:

– Não, um crime seria eu quebrar meu copo na sua cara. Deixe-me em paz.

– Hã? – ele balbuciou, recuando como se tivesse se queimado.

Mak sorriu com doçura para o homem, que agora estava totalmente confuso, fitando-a com o dinheiro na mão. Ignorou-o e mudou de tática, virando-se para a dançarina de vestido preto e bijuterias faiscantes.

– Oi. Você conhece a Amy, uma amiga minha que trabalha aqui? Você é a... hã... Britney?

– Charlotte – ela respondeu, também um pouco confusa.

– Ah, Charlotte, é claro. Tudo bem? A Amy está trabalhando hoje? – Mak fingiu olhar em volta, como se procurasse o rosto da amiga.

A morena parecia estar se lembrando de algo.

– Sim, sei, a Amy... – ela disse insegura.

Nesse instante, a *stripper* alta com cara de poucos amigos interrompeu a conversa.

– Tem certeza de que há uma Amy trabalhando aqui? Não me lembro desse nome.

– Ela lembra, sim – disse Mak ansiosa. – Tenho certeza de que você conhece a Amy.

– Nunca vi você por aqui antes – ela olhou Mak de cima a baixo, com suspeita renovada.

– Eu sei que ela trabalha aqui – retrucou Mak com firmeza. – Amy Camilleri. Muito bonita, de cabelos loiros pelo ombro? – ela mostrou o comprimento com a mão.

– Não me lembro de nenhuma Amy – repetiu a mulher, mentindo tão obviamente que Mak desconfiou de que ela não estivesse nem tentando disfarçar. Por que estava sendo evasiva? Será que preferia usar o nome de guerra? Seria isso? – Vocês sabem de quem ela está falando? – perguntou a dançarina, olhando para as colegas, mas não lhes deu oportunidade de responder, e nem as outras pareciam muito inclinadas a colaborar. – Não, ninguém sabe de nenhuma Amy.

Ninguém sabe de nenhuma Amy. Humm... O que estava acontecendo? Rivalidade? Proteção? Uma reação a uma possível ameaça?

Durante toda essa conversa, o Pavão permanecia parado com o dinheiro na mão, fitando as duas mulheres altas com uma expressão inebriada. Não estava conseguindo acompanhá-las. Mak resistiu à tentação de fechar sua boca fedida com uma das mãos. Os amigos dele estavam amontoados na ponta do bar, observando a cena com um misto de apreensão e humor.

– Oi.

Mak se virou.

Bogey estava de volta. Encostou-se no bar ao lado dela. Devia estar um pouco surpreso ao vê-la cercada por cinco dançarinas e um homem frustrado segurando um bolo de dinheiro, depois de se ausentar por apenas alguns minutos. Mas não interferiu.

– Oi, tudo bem? – a loira bem corpulenta se aproximou de Bogey. – Está se divertindo? – ela era cheia de curvas e muito bonita. Sua lingerie branca semitransparente revelava o contorno dos mamilos rosados, os quais ela esfregou no peito de Bogey num movimento bem ensaiado. Ligeiramente enciumada, Mak imaginou que a maioria dos homens ficaria irresistivelmente excitado com aquela manobra. Será que Bogey iria responder à investida?

Ela observou a reação dele com mais interesse do que devia.

– Tudo bem, obrigado – ele respondeu, virando as costas para a loira e o resto do grupo. Ele sabia se controlar, Mak teve que admitir.

– Você e o seu namorado querem uma dança? – a loira perguntou para Mak, fazendo um gesto para indicar Bogey.

Meu namorado.

– Mais tarde, talvez – disse Mak. O comentário lhe deu uma ideia. – É uma pena que vocês não se lembrem da Amy. Eu só queria dar um oi para ela.

As meninas baixaram a cabeça em silêncio, mas a mulher de vermelho estreitou os olhos ao ouvi-la mencionar Amy outra vez. Por algum motivo, o nome despertava sua hostilidade.

Quando as meninas finalmente se deram conta de que não seriam pagas para dançar, dispersaram-se como folhas ao vento. Menos a loira ousada, que arrastou o homem endinheirado na direção dos amigos, que se animaram ao vê-la se aproximar. Ela ia ganhar um bom dinheiro com aquele grupo, pensou Mak, e o imbecil finalmente a deixaria em paz. Todos sairiam ganhando.

Pediu mais uma vodca.

– Está tudo bem? – perguntou Bogey em voz baixa.

– Tudo – ela respondeu com uma ponta de constrangimento. Não queria admitir que a presença dele tinha lhe salvado, mas nem precisava. Era óbvio. Ele mal se afastara por cinco minutos, e ela já se metera numa quase confusão com um dos clientes.

Nas várias TVs dispostas pelas paredes do salão, sucediam-se anúncios de promoções e fotos das dançarinas em poses sugestivas: debruçadas sobre o balcão de calcinha fio-dental e sapato plataforma, deitadas num tapete de pele ao lado de uma lareira acesa, apertadas em espartilhos de couro numa masmorra de pedra. Mak observou as imagens enquanto esperava sua bebida.

Uma foto sensual da dançarina baixinha apareceu simultaneamente nas várias telas. Reclinada sobre um cotovelo e vestindo apenas uma calcinha minúscula, a foto em preto e branco parecia querer imitar um anúncio da Calvin Klein. A legenda sob a foto informava.

CHARLOTTE
DANÇA PRIVÊ A PARTIR DE $ 20,00

Charlotte poderia ajudá-la.

Ela parecia um tanto tímida, mas nas poucas palavras que dissera Mak percebeu que ela sabia algo sobre Amy Camilleri. Olhou em volta procurando a menina com corpo de bailarina e não demorou muito para encontrá-la. Charlotte tinha subido em um dos queijinhos e estava dançando para uma pequena plateia. Ainda havia algumas cadeiras vazias em torno dela.

Mak pegou seu drinque, deixou uma nota de 20 no bar e ficou em pé.

– Venha. Vamos conversar com a Charlotte – disse, arrastando o dublê de Elvis consigo.

Eles serpentearam entre os espectadores e se sentaram junto ao pequeno palco, onde vários homens já observavam cada movimento de Charlotte com desejo mudo. Um deles voltou o olhar vidrado para Mak.

Se elas não pareciam dispostas a se lembrar de Amy, especialmente na presença da capataz de vermelho, talvez a melhor forma de convencer alguém a falar fosse a sós, onde ninguém escutaria a conversa.

Só há um jeito de ficar sozinha com uma das meninas num lugar como este.

Mak e Bogey observaram Charlotte por alguns minutos, e, então, Mak pôs a mão no joelho dele. Bogey pareceu levar um choque.

– Meu amor – ela disse, um pouco mais alto do que o necessário –, você também gostou dela?

Mak fez um gesto na direção de Charlotte, que estava baixando as alças do vestido numa dança lenta. Ela se comunicava com cada membro da plateia com olhares sensuais e gestos convidativos. Era muito competente.

– Podemos pagar uma dança privê? – Mak perguntou a Bogey com outro sussurro forçado, com a expressão em seu olhar comandando para que ele concordasse.

Ele engoliu em seco ao ouvir a sugestão de Mak.

– Hã... Está bem – respondeu.

Bogey tinha se mostrado tranquilo a noite toda, mas agora, mesmo com a pouca luz, ela podia detectar um leve rubor em seu rosto. Um *strip* provavelmente estava um pouco além das expectativas dele.

Charlotte tinha escutado a conversa e, como Mak queria, respondeu se aproximando deles de joelhos e baixando lentamente o vestido bem na sua frente, revelando seios pequenos e bem formados contidos por um sutiã de cetim preto. Mak não sabia para onde olhar primeiro, aquela atenção toda era embaraçosa. Optou por fazer como os homens presentes e devorar a bailarina com os olhos. Charlotte dançava para ela, com o corpo a centímetros de seu rosto. Olhou fundo nos olhos de Mak antes de esticar o pescoço para trás e correr as mãos pelas coxas num prazer silencioso.

Mak engoliu em seco e se remexeu na cadeira. A temperatura estava subindo no salão.

– Nós dois achamos você muito linda. Queremos uma dança privê – pediu Mak, tomando o cuidado de usar a terminologia que vira nas telas de TV. Enfiou uma nota de 50 na cinta-liga de Charlotte, que estava novamente ajoelhada, arqueando as costas.

Com um gesto discreto, Charlotte chamou uma das meninas para tomar seu lugar. Em um piscar de olhos, as alças do vestido voltaram aos ombros, e ela recolheu as notas presas na coxa, enrolando-as e guardando o maço no sutiã.

Os homens sentados em volta da plataforma mal notaram a troca da guarda. Continuaram em silêncio, fitando a outra menina com os mesmos olhos cobiçosos.

– Venham comigo – disse Charlotte num sussurro baixo, como se compartilhasse um segredo.

Mak assentiu e se virou para Bogey.

– Vamos, amor...

Teve vontade de rir ao chamá-lo daquele jeito. Era engraçado. A situação toda lhe parecia divertida, mesmo que estivesse se encaminhando para um cenário bem mais íntimo do que deveria. Ela mal o conhecera e estava prestes a dividir seu primeiro *strip* particular com ele. Azar: se não tivesse insistido tanto em esperar por ela, não estaria ali.

Era o preço que teria que pagar – ou a recompensa que ganharia – por ser um bom rapaz.

Acho que vou saber mais sobre Charlotte do que eu esperava...

Sem outra palavra, a dançarina conduziu Makedde Vanderwall para a "ala privê" do *Thunderball Club*. Os quartos eram simplesmente áreas separadas por divisórias de vidro opaco que ofereciam privacidade apenas parcial. Mak se deixou levar, ignorando os olhares descarados de vários clientes que deram as costas paras as meninas que rodopiavam seminuas para assistirem à loira alta passar com destino a um lugar misterioso e excitante.

Bogey seguiu as duas com a cabeça baixa e a cerveja na mão, a jaqueta de couro embaixo do braço.

O que ele deve estar pensando?

Makedde esperou Charlotte encontrar um cubículo vazio, o tempo todo segurando sua mão. Por fim, ela escolheu um quarto e chamou os dois para entrarem. Mak ficou surpresa ao ver uma mulher assistindo a uma dança num canto. Era a única outra mulher que tinha visto na casa, além das dançarinas. Usava uma camisa branca e calças jeans e parecia estar desfrutando a cena enquanto bebericava um martíni. Havia espaço de sobra no quarto privê, apesar da outra cliente e de sua dançarina, e Mak logo percebeu que a luz escassa transformava as duas em meras sombras ao fundo. Mak e Bogey se sentaram lado a lado num sofá de almofadas macias, tomando cuidado para não se tocarem.

O coração de Mak estava saltando no peito.

Sem perder tempo, Charlotte começou a dançar, rebolando ao som da música e acariciando o próprio corpo esguio, depois brincando com as alças do vestido como tinha feito no palco. Quando se livrou dele, estava usando apenas um conjunto delicado de lingerie de cetim. Enquanto ela se abaixava para juntar o vestido e pendurá-lo no braço do sofá, Mak ergueu os olhos para examinar as paredes.

Aí estão vocês.

Câmeras de segurança. Poucas coisas naquele lugar escapariam aos seguranças ou ao dono do clube, mesmo nos quartos privê. Eles estavam sendo filmados.

Charlotte se aproximou de Mak, curvou-se na frente dela e tomou suas mãos. Por trás de seu corpo miúdo, a silhueta sensual da outra dançarina quase sentada no colo da cliente chamou a atenção de Mak. Charlotte pediu que ela estendesse os braços a sua frente, e Mak obedeceu. Ela então correu os dedos para cima e para baixo dos braços nus de Mak e depois se acomodou entre eles. Descansou o corpo nas coxas de Mak e começou a se esfregar nela com movimentos hipnóticos dos quadris.

Nossa.

Era uma experiência estranha para Mak: sensual, íntima e, ainda assim, impessoal. Ela não acreditava que tivesse tendências lésbicas, mas aquele balé erótico era muito excitante. A atmosfera no salão do clube não era assim, e ela se viu chocada pelas próprias reações. Tomou um gole longo de vodca, quase esvaziando o copo, e sentiu o álcool subindo à cabeça. Olhou para Bogey, que parecia estar tendo tanta dificuldade quanto ela para decidir para onde olhar.

Rapidamente, Charlotte tirou o sutiã e depois a calcinha, restando apenas a cinta-liga e as bijuterias chamativas. Virou-se de costas e se inclinou até tocar o chão, a virilha a centímetros do rosto de Mak. Era extremamente flexível, e sua pele bronzeada não tinha uma única mancha ou marca. Então se ergueu e vestiu a jaqueta de couro de Bogey. Fez pose com ela, sorrindo e levantando o colarinho, esfregando o couro nos seios empinados.

De repente, Bogey sentiu a boca secar. Ajustou a gola da camiseta e, quase involuntariamente, começou a bater com um dos pés no chão.

– Charlotte? – disse Mak.

– Sim – ela acariciou a jaqueta e posicionou as nádegas firmes em frente ao rosto dele.

– Você dança muito bem.

– Obrigada.

– Quero que continue enquanto eu lhe faço algumas perguntas.

– Hein? – disse Charlotte, inclinando-se para trás e expondo a virilha cuidadosamente depilada outra vez, deixando Bogey sem fôlego.

Mak pôs outra nota de 50 na liga da dançarina.

– Você conhece a Amy Camilleri, não é?

Charlotte hesitou.

– Hã, não sei. Sinto muito.

– Sabe, sim. Ela trabalha aqui – Mak insistiu.

A expressão sensual sumiu de seu rosto.

– No momento, não.

– Mas costuma trabalhar aqui, e você sabe quem ela é.

Charlotte se deteve.

– Por favor, continue – disse Mak pensando nas câmeras. Enfiou mais uma nota na cinta-liga, e Charlotte recomeçou, um pouco mais rígida. Deslizou as mãos pela pele nua e rebolou no mesmo lugar, ainda vestindo a jaqueta de Bogey. – Não pare – disse Mak. – Gosto de vê-la dançar.

Isso devolveu a confiança a Charlotte, que afundou outra vez entre as pernas de Mak, muito próxima de seu corpo. Aproximando-se do ouvido de Mak, perguntou:

– Quem é você? – seu hálito cheirava a hortelã.

– Sou investigadora. Estou ajudando um amigo de Amy. Ela não tem nada a temer, e eu não quero causar problemas para você nem para qualquer uma das meninas daqui, e por isso pedi um *strip*, para poder conversar como cliente. Sei que o proprietário não quer ver você sendo interrogada pela polícia ou por alguma autoridade. Então me fale da Amy. Onde ela está morando? Sei que ela não aparece em casa há algum tempo.

Charlotte se deteve outra vez.

– Continue dançando, continue dançando... Ela veio trabalhar esta semana?

A dançarina balançou a cabeça.

Amy não veio trabalhar e não voltou para casa. Por quê?

Será que alguma coisa terrível também tinha acontecido com a amiga de Meaghan?

– Eu sabia que você não tinha vindo aqui antes – disse Charlotte. – Eu teria me lembrado de você.

Mak sorriu.

– Fale-me da Amy – ela enfiou outra nota de 50 na liga. – E continue dançando.

– Está havendo alguma coisa com ela – disse Charlotte com a cabeça entre os joelhos. Mak mantinha os olhos no rosto dela, mas não sabia para onde Bogey estava olhando. Ele não parava quieto. Cruzou as pernas e se reclinou na cadeira, apoiando a cabeça na parede de vidro. – Ela não aparece desde quinta-feira, e parecia meio paranoica da última vez em que a vi.

Quinta-feira. O dia em que Meaghan foi assassinada.

– Paranoica? Como assim?

– Sabe como é... desconfiada. Perguntando para todo mundo se alguém tinha vindo procurar por ela aqui no clube. Estava apavorada, mas achei que era porque ela estava se drogando de novo.

– Ela tinha acabado de perder uma amiga. Falou algo sobre isso?

Charlotte balançou a cabeça negativamente outra vez.

– Não. Que coisa horrível. Não somos muito chegadas, ela é apenas mais uma das meninas, entende?

– Meaghan Wallace também trabalhou aqui por um tempo. Chegou a conhecê-la?

– Meaghan? Acho que não.

– Cabelos loiros na altura do ombro. Voltou para Sydney faz alguns anos.

Charlotte disse que não, e Mak acreditou nela.

– Onde posso encontrar a Amy no momento? Preciso muito falar com ela.

Charlotte hesitou.

– Ela está na casa de amigas? Com a família? – pressionou Mak.

– Eu não posso lhe dizer. Nós não devemos comentar este assunto.

Nós.

Então as outras meninas também sabiam de algo. A morena imponente estava mantendo todas na linha.

– Precisa me contar, Charlotte. É muito importante. Sei que não quer complicações para o seu lado.

Como detetive particular, Mak não tinha mais direitos ou poderes do que a menina dançando a sua frente, mas Charlotte não precisava saber disso. Desde que acreditasse.

Charlotte parecia nervosa com as perguntas de Mak. Agarrava-se à jaqueta de Bogey como a um cobertor, seus movimentos agora estavam despidos de qualquer sensualidade. Mak percebeu que ela ia parar de dançar. O *strip* estava terminando.

– Como vou saber se você está falando a verdade? – Charlotte perguntou.

– Vou lhe dar meu cartão. – Mak escondeu o cartão em sua última nota de 50 e o acrescentou à cinta-liga. Não teria como justificar um gasto de mais de 250 dólares do cliente só para descobrir o paradeiro de Amy por intermédio de suas colegas. Se não funcionasse, teria que começar a pensar em uma nova estratégia, ou descobrir outra amiga de Meaghan que estivesse mais disposta a falar. – Preciso conversar com ela e preciso que você confie em mim. É muito importante.

– Eu não confiaria em você se não fosse mulher.

Os clientes de Charlotte não gostariam de ouvir isso.

– Pode confiar em mim.

– Eu realmente não devia estar lhe contando nada, mas a Amy está, hã... ficando com o dono do clube, o Larry. Todo mundo por aqui sabe, mas não podemos comentar. Ela simplesmente parou de vir trabalhar na quinta, e dizem que se juntou a ele.

– Entendo – disse Mak aliviada, contendo um sorriso.

Então é por isso que não estava em casa. Tinha ido morar com o chefe. Só isso?

Mak imaginava algo muito pior.

– Está falando do Larry Moon, o proprietário do *Thunderball*? – Mak tinha se informado antes de visitar a casa.

Charlotte assentiu, rebolando automaticamente.

– Promete que não vai contar para ninguém que fui eu que lhe disse? – perguntou com a voz apreensiva.

– Prometo. Acabou o interrogatório. Gostei muito do *show*. Obrigada.

O rosto de Charlotte se animou, livre da pressão. Parecia muito aliviada. Com um gesto rápido, recolheu as notas da liga, que foram se juntar às outras guardadas no sutiã. Tinha sido uma noite lucrativa.

– Espere eu me vestir para sairmos juntos. É assim que funciona.

– É claro.

Depois que Charlotte se vestiu, Mak disse:

– Só mais uma perguntinha, e não se preocupe, não tem nada a ver com a Amy. Você ganha bem? É uma boa dançarina. Quanto consegue tirar aqui, se não se importa de me contar?

Charlotte não pareceu se ofender com a pergunta.

– Ganho bastante... Você não é da Receita Federal, é?

– Não – disse Mak rindo.

– Bem, ontem eu tive quatro clientes privê e ganhei mais de $ 1.500,00 em gorjetas. Meu marido e eu estamos economizando para comprar uma casa. Talvez a gente consiga até o fim do ano.

– Boa sorte.

Charlotte conduziu Mak pela mão outra vez, e Bogey as seguiu. Ela ainda parecia um pouco nervosa com a conversa, mas Mak calculou que logo estaria representando seu papel outra vez, e foi o que aconteceu. Deixou os dois no bar e sumiu entre os clientes em busca de mais uma dança.

Bogey estava um pouco chocado. Não dissera uma palavra durante o *strip*, talvez por não saber para onde olhar ou o que dizer, especialmente na presença de Mak.

– Muito obrigada pela companhia – disse Mak. – Ajudou muito. Acho que descobri o que queria e posso encerrar o expediente. Quer ir embora?

Ele assentiu.

– Seu desejo é uma ordem.

Depois do burburinho e da fumaça do clube, foi um alívio voltar ao ar fresco da Rua Lonsdale. Mak respirou fundo e ergueu o rosto para olhar as estrelas. A noite estava silenciosa, e não havia hordas de homens excitados em volta dela. Assim era melhor.

Olhou para o relógio: eram quase 2 da manhã. Tinham passado duas horas no *Thunderball*.

De repente, ela percebeu que estava cansada.

Bogey abriu a porta do passageiro, e ela entrou no Mustang. Ele bateu a porta e deu a volta no carro.

– Em que hotel você está? – perguntou.

– No Tolarno, em Saint Kilda. Obrigada.

Ele arrancou e avançou pelas ruas escuras enquanto Mak refletia sobre o que tinha acontecido. Não podia acreditar que a atitude truculenta da morena de *baby-doll* vermelho se devesse apenas à regra da casa de não falar sobre a vida pessoal do chefe. Parecia um pouco exagerado. Mas Mak entendia que as meninas precisavam proteger umas às outras. Ainda assim, teria que obter o máximo de informações sobre Larry Moon.

– O que você achou? – Mak finalmente perguntou a Bogey.

Ele estava concentrado na direção.

– Da cerveja ou do *strip* superfaturado?

Mak riu.

– Achou estranho?

– Não, tudo bem. Eu entendo. Você precisava de informações e optou pela maneira mais fácil de obtê-las.

– Exatamente.

Apesar do tom bem-humorado da conversa, ela sabia que ambos estavam um pouco constrangidos pela experiência. Talvez a presença dele não fosse uma ideia assim tão boa. Pelo menos não no quarto privê.

– Você se sente confortável nesse tipo de lugar? – ela perguntou.

– Confortável? Bem, eu gosto de olhar para mulheres bonitas – ele respondeu com sinceridade. – Qualquer homem gosta. Mas esses bares de *strip* não são tão excitantes quanto a gente imagina. Não me incomodam, mas também não me atraem muito.

– Entendo – disse Mak.

– Além disso, muitas meninas são jovens demais.

– Como a garçonete? – perguntou Mak. Ela parecia mal ter saído da escola.

– É. Eu me senti meio mal.

– Sério? Mas você não fez nada de errado. A maioria das meninas deve ter pelo menos 19, 20 anos, até mais. Você tem 20 e poucos, não é? Elas não parecem jovens demais para alguém da sua idade. Viu todos aqueles coroas lá dentro babando em cima das menininhas?

– É só o meu jeito. Num ambiente daqueles, tudo é forçado, e as meninas só estão representando. São como uma tela em branco: você pode projetar suas fantasias nelas, mas elas ainda nem sabem bem do que gostam. Mulheres mais velhas se conhecem melhor, têm mais personalidade.

– Mais história – acrescentou Mak, pensando em si mesma. Não completara nem 30 anos e já tinha enfrentado tantas perdas, rompimentos, sustos e situações de vida ou morte que ela mesma se surpreendia por não ser mais neurótica.

– História é personalidade. Se você não viveu, não tem o que contribuir num relacionamento – disse Bogey.

Mak pensou sobre aquilo. É claro que ele tinha razão, de certo ponto de vista, pelo menos.

– A minha história é ser um bom construtor de caixões e um roqueiro fracassado. A sua é psicopatas assassinos e ser uma mulher inteligente que foi tratada como idiota durante muito tempo. Cada um tem a sua.

Mak sentiu um aperto na garganta. Os comentários dele eram tão certeiros que doíam.

– Acho que você já sabe demais sobre mim – ela disse tensa.

– Desculpe-me. Não tive a intenção de ofender.

– Eu sei, não se preocupe.

Mas o comentário tinha lhe feito mal, trazendo à tona muitas coisas nas quais ela não queria pensar. Talvez fosse o fato de ser tarde, ou a intimidade forçada que tinham vivenciado no clube, mas ela se sentia incomodada. Queria ir para casa e dormir.

– Você dá a impressão de ser mais velha do que realmente é, Makedde.

Quando Bogey parou o carro em frente ao Hotel Tolarno, instalou-se um silêncio constrangedor entre os dois. Nenhum deles parecia saber o que dizer.

– Gostei muito de sair com você, Mak.

– Hã, obrigada – ela disse com ar distante e desceu do carro.

Resistiu ao impulso de olhar para trás, mas teve a sensação de que ele continuava parado ali, esperando que ela entrasse, mais uma vez zelando pela sua segurança.

Capítulo 33

Marian Wendell chegava ao escritório às 9 horas em ponto, sete dias por semana. Sua primeira hora de trabalho era dedicada à papelada e à revisão dos casos confiados a cada agente, para poder informar o andamento aos clientes. O celular de Makedde tocou às 9h04, o primeiro número da lista. Mak atendeu imediatamente. Já estava esperando a chamada.

– Bom-dia, Marian – disse cansada, mas sorridente. – Não acredito que você começa às 9 horas também aos domingos.

– As investigações não param no fim de semana.

– Não param mesmo – concordou Mak.

Estava deitada só de calcinha sobre o lençol do hotel, espreguiçando-se antes de se levantar de vez. Tinha tirado o terninho do armário e pendurado nas costas da cadeira, depois voltara para a cama. A aventura da noite anterior no *Thunderball Club* tinha sido longa, mas ela estava satisfeita com os resultados.

– O que tem para me dizer?

– Acho que estou no caminho certo. Tenho certeza de que vou encontrar Amy Camilleri ainda hoje, e ela deve saber algo sobre a vida particular de Meaghan. Ela está morando com o dono do clube de *strip* em que trabalha. Vou fazer uma visita, mas preciso de um carro. Posso alugar um?

Marian fez uma pausa.

– Vou pedir que mandem um carro ao hotel em no máximo duas horas. Está bem assim ou você tem pressa?

– Está ótimo, preciso fazer algumas coisas antes.

Tipo dormir mais um pouco.

– Quais foram suas despesas até agora? – perguntou Marian.

Mak estendeu a mão para seu caderninho, que estava aberto na mesa de cabeceira. Tinha anotado as horas exatas de trabalho e o preço das corridas de táxi, o ingresso no clube e a dança privê que lhe rendera informações que buscava. Marian gostava de manter os clientes a par dos gastos de cada dia de investigação, para que não houvesse surpresas na hora do acerto. A maioria dos serviços se resolvia em menos de uma semana, mas algumas investigações se estendiam por mais de um mês, e a conta podia ser salgada. Mak nunca recebera uma missão como essa, mas sonhava com o dinheiro que poderia ganhar, talvez o suficiente para alugar uma sala para instalar seu consultório.

– Você gastou 250 dólares num *strip*?

– Sim – Mak fez uma pausa. – Bem, foi uma dança privê de alto nível. Foi a dançarina quem me contou onde Amy está escondida. Acho que Jag tinha razão sobre Amy e Meaghan serem muito próximas, porque Amy não tem ido trabalhar desde o assassinato de Meaghan. Parece que ela está abalada.

– Você tem notas fiscais de tudo isso?

– Não sei se já tentou conseguir uma nota fiscal de uma *stripper*, mas não é bem assim que funciona.

– Sim, sim, claro. Mas você tem notas para o resto?

– Tenho.

– Boa menina – disse Marian. Era uma expressão que ela usava com frequência, e, vinda de uma mulher como ela, Mak não se importava. Tratava os funcionários como se fossem seus filhos. – Segure os gastos por aí. Tive que convencer Groobelaar de que você precisava fazer essa viagem.

– Bem, os pais da Meaghan, coitados, não sabiam muito sobre a rotina da filha. Mas a Amy deve saber. Quero voltar para Sydney ainda hoje.

– Certo, me ligue hoje à tarde, depois que marcar o voo. Seu cliente vai ficar feliz por não ter que pagar mais diárias de hotel.

– Combinado.

Mak desligou e rolou na cama, enterrando a cabeça nos lençóis engomados. Seu corpo afundou confortavelmente no colchão, e ela dormiu mais meia hora.

* * *

Às 11 horas, assim que retornou de um desjejum completo regado a litros de café com leite, Mak recebeu um telefonema da recepção avisando que seu carro tinha chegado. Foi conferir na garagem do hotel.

Para seu espanto, o carro era cor de laranja berrante.

Ótimo. Assim vou passar despercebida.

Mak podia não ter gostado da cor do carro alugado, mas pelo menos tinha um veículo para ir de A a B. Era um pequeno Hyundai automático e fácil de dirigir, um modelo confiável. Mas ela não podia imaginar uma cor menos discreta. Não queria chamar mais atenção do que o necessário. E se tivesse que vigiar a casa durante horas, ou seguir alguém? Um carro laranja não ia facilitar sua vida. Quem deixaria de notá-lo?

Ela vestiu um terninho leve com uma blusa decotada e um sutiã com enchimento, que poderia lhe ser útil.

Pegou a bolsa e saiu do quarto. Fez uma careta ao se aproximar do carro, mas entrou e deu a partida.

Espero não encontrar nenhum conhecido...

Larry Moon, o dono do Thunderball, morava numa casa no subúrbio de Essendon. Mak levou meia hora para encontrar o endereço com o auxílio do guia de ruas. Passou discretamente por ela – tão discretamente quanto podia no carro cor de laranja – e estacionou uma quadra adiante. A maioria das casas do bairro tinha fachada de estuque, mas a de Larry se destacava pelos tijolos aparentes e pelas janelas com vitrais. Embora o terreno fosse do mesmo tamanho que os outros, a construção era enorme e parecia se derramar sobre as propriedades vizinhas. Era sem dúvida a maior e mais opulenta casa da rua. Pelo portão da frente, tinha uma visão limitada da piscina do pátio, e imaginou as meninas do clube se bronzeando de biquíni em volta da água. O senhor Moon ganhava bem mais do que sua funcionária Amy, isso estava na cara.

Mak percebeu um movimento no jardim, mas não conseguiu ver quem era. Pelo menos havia alguém em casa. Subiu o caminho de pedras até um portão alto flanqueado por dois leões de pedra. O portão era eletrônico, e havia um interfone com câmera instalado na lateral. Um muro alto cercava a propriedade por todos os lados. O morador prezava a segurança.

Mak pensou no que ia dizer. Talvez Amy atendesse à porta, mas o mais provável era que fosse Larry. Com isso em mente, tirou o paletó do terninho e o pendurou no ombro, ajustou a blusa e soltou os cabelos presos num rabo de cavalo.

Apertou o botão do interfone.

Espero que você esteja em casa, Amy...

Cerca de um minuto depois, ela escutou uma voz grossa responder:

– Sim?

Não parecia ser Amy.

Mak sorriu e se inclinou sobre a lente circular da câmera, para evidenciar seus atributos.

– Oi, estou procurando o Larry.

Pôs as mãos na cintura e agitou os cabelos enquanto falava.

– Ele mesmo – disse a voz, já mais simpática.

– Eu queria, hã, conversar com você. É só um minutinho – ela disse num tom sedutor.

– Entre – disse a voz quase imediatamente, enquanto o portão se abria.

Beleza!

Mak entrou rebolando os quadris. Não pretendia ser desonesta, mas queria que ele pensasse que suas intenções eram outras. Se isso a ajudasse a ter acesso à casa, ótimo. Há muito tempo se conformara com o fato de que algumas pessoas sempre iriam vê-la como um objeto sexual, quer ela gostasse, quer não, então podia muito bem se aproveitar disso quando fosse conveniente. Quando estivesse toda flácida e grisalha, será que sentiria falta das cantadas idiotas que tivera que aguentar ao longo da vida? Duvidava muito.

Makedde subiu pela entrada da garagem e se deteve ao lado de uma Maseratti prateada, na qual ainda cintilavam alguns pingos de água da lavagem recente. *Nada mal*. Ela se obrigou a seguir em frente, registrando tudo que via. Notou o jardim bem cuidado, adornado com estátuas e chafarizes. De perto, a casa era ainda mais surreal. Os vitrais das janelas exibiam mulheres nuas deitadas umas sobre as outras ou dançando em campos verdes com flores nas mãos, os seios pendendo ao vento.

Chegou à porta da frente.

Atrás dela, o portão se fechou outra vez, e ela sentiu uma leve onda de pânico.

O trinco de metal girou, e a porta se abriu, emoldurando a silhueta de um homem alto e gordo. Devia ser Larry.

Larry Moon, dono de uma das casas noturnas mais bem-sucedidas de Melbourne, atendeu a porta vestindo uma camiseta branca manchada e úmida, botas de borracha e sunga vermelha. Mak viu o volume quadrado da caixa de Marlboro guardada na manga enrolada, ao estilo de Marlon Brando quando jovem. Ele era obeso, e Mak pensou que ele se parecia um pouco com o criador da revista *Hustler*, Larry Flint, mas sem a cadeira de rodas.

Meus pobres olhos nunca vão se esquecer dessa cena.

Mak não podia imaginar uma situação que exigisse botas de borracha com sunga, especialmente num homem daquele tamanho. Esforçou-se para desviar os olhos da barriga protuberante enfeitada com um umbigo cavernoso para olhar nos olhos dele e descobriu que sua aparência também estava sendo avaliada cuidadosamente.

– Oi, linda – cumprimentou Larry, sem parar de despi-la com os olhos. – Eu estava cuidando do jardim. Não estava esperando você.

Ah, o jardim.

– Meu nome é Makedde Vanderwall. Posso entrar?

Ele arqueou as sobrancelhas e deu um passo para trás com um floreio exagerado do braço para que ela passasse.

– É claro.

Larry fechou a porta e a conduziu por um corredor iluminado por um caleidoscópio bizarro de cores filtradas pelos vitrais. Ao chegarem à escada em caracol sob um imenso lustre de cristal, ele perguntou:

– Como posso ajudar uma mulher tão encantadora?

Mak sorriu com um misto de profissionalismo e sedução. Agora que tinha conseguido entrar, não precisava mais mostrar o decote nem jogar os cabelos de um lado para outro.

– A Amy está aqui? – perguntou à queima-roupa.

Larry fechou o sorriso e estreitou os olhos.

– Quem é você?

– Larry, eu sou detetive particular. Não sou da polícia civil nem da federal, e não trabalho para nenhuma agência de cobranças. Sou apenas uma investigadora tentando descobrir por que a amiga de Amy, Meaghan Wallace, foi assassinada na semana passada. Gostaria de dar uma palavrinha com Amy. Ela não é suspeita de nada.

Ele fez uma pausa, com o olhar ainda desconfiado.

– O que vai ganhar com isso?

– É o meu trabalho – afirmou simplesmente. – Tenho um palpite de que a morte de Meaghan teve outros motivos além dos que a polícia alega.

Mak não tinha bem certeza de qual era o palpite, mas seu cliente obviamente acreditava que a morte era suspeita, e Larry ficou impressionado.

Ele se encostou no corrimão pensativo e estendeu a mão para a carteira de Marlboro guardada na manga. Ofereceu-os a Mak e, depois que ela recusou, acendeu um cigarro para si e deu uma tragada. Mak notou que ele tinha câmeras de segurança pela casa toda, exatamente como no clube. O sujeito tinha uma obsessão com vigilância e segurança, a julgar pelo enorme portão eletrônico. Também parecia ser obcecado por nus, alguns de qualidade questionável. Uma estátua de bronze estava colocada sobre uma mesa junto à escada. Em vez de uma pose clássica, a figura feminina estava de quatro, a cabeça erguida para trás, os olhos fechados e a boca aberta, congelada num êxtase metálico. Uma *stripper* em forma de escultura.

Isso se chama classe.

Mak também notou que havia dois pares de sapatos femininos espalhados pelo hall de entrada: um escarpim e sandálias de borracha cor-de-rosa.

– Ela foi morta por um drogado na semana passada, não foi? – disse Larry, a fumaça flutuando em torno de seus lábios.

Então Amy tinha lhe contado.

– Parece que foi isso. Mas quem sabe? – seu tom de voz indicava dúvida. – Você se lembra da Meaghan? Ela trabalhou no Thunderball por um tempo.

– Vagamente.

– Acho que já faz alguns anos – disse Mak, tentando refrescar a memória dele.

– Foi. Ela era bonita. Loira, não é? Compacta, o corpo bem durinho. Ela se mudou para Queensland para trabalhar na *Trinity*, se não me engano, depois voltou para Sydney. Não ficou muito tempo com a gente.

Mak se lembrou da camiseta. *Trinity* era outra boate.

Mak podia ver que Larry, parado de sunga, fumando um cigarro, não era o tipo de homem que se intimidava com as mulheres. Claro que isso não queria dizer que ele não se deixasse manipular por elas. Mak calculou que ele devia ter sido influenciado por muitas meninas bonitas em sua vida, mas, quando elas passavam da data de validade, ele caía fora. Pelo modo como ele a olhava, Mak percebeu que ainda devia estar correspondendo aos seus padrões.

– Todo mundo diz que ela era uma ótima pessoa. Não mantiveram contato depois que ela se mudou?

– Eu? Não. Tem sempre alguém novo chegando para trabalhar – ele disse com uma ponta de desdém. – O que você quer com a Amy? – ele perguntou numa voz levemente apreensiva.

Embora Larry aparentemente não se sentisse ameaçado por Mak, o fato de ele não a ter convidado para sentar lhe dizia alguma coisa. Eles continuavam parados junto à base da escada, trocando frases curtas e evasivas. Tinha que haver um motivo. Mak concluiu que Amy devia estar na casa, mas não queria falar com ninguém, e Larry a estava protegendo.

– Acho que Amy pode me ajudar a esclarecer algumas coisas. Elas eram amigas. Eu só queria falar com ela. Quero saber a verdade sobre Meaghan. Os pais não sabiam muito sobre a vida dela nem sobre suas companhias.

Mak escutou um rangido no alto da escada e ergueu os olhos. Uma sombra passou pela parede.

Olá, Amy.

– Não estou aqui para forçar ninguém a nada – prosseguiu Mak. – Não sou da polícia. Só quero descobrir a verdade, se esse assassinato teve outros motivos além da versão oficial, como desconfio. Amy pode conhecer algum detalhe valioso. – Mak pronunciou as últimas palavras em voz deliberadamente mais alta, para que Amy a escutasse do segundo andar.

– Por que diabos uma garota como você está trabalhando como detetive? – Larry perguntou num tom incrédulo, mudando completamente de assunto. – Por que está perdendo tempo metendo o nariz na vida dos outros quando podia estar ganhando um bom dinheiro com o corpo que Deus lhe deu? Por que não vem trabalhar para mim? Esses peitos iam fazer sucesso.

Esses peitos iam fazer sucesso. Era assim que ele conquistava as mulheres?

– Obrigada – ela disse, sorrindo, sem prolongar o assunto.

– É sério – ele insistiu. – Os homens gostam do seu tipo: alta, loira, peituda, pernas longas. Podia faturar alto.

– Obrigada pelos elogios, mas no momento estou mais interessada em falar com a Amy. Será que ela tem um minutinho?

– Ela não está aqui – ele disse, desviando o olhar. Estava mentindo.

– Entendo. Está bem. Vou deixar meu cartão, e, quando encontrar a Amy de novo, pode dizer a ela que estive aqui? – ela tirou um cartão da bolsa e anotou o número do celular no verso antes de passá-lo para Larry. – É o meu número pessoal – novamente, enfatizou as palavras para que Amy a escutasse.

Larry, é claro, entendeu mal.

– Marian Wendell Investigadores Particulares. Quanto eles te pagam?

– Menos do que eu gostaria.

– As minhas meninas tiram de 500 a 1.500 numa noite. Em dinheiro vivo. Só dançando, mais nada. Pense nisso. Você teria um bom futuro.

Só dançando, é? Então por que a Amy está na sua casa?

– É uma proposta interessante, senhor Moon – ela disse sorrindo. – Já sei para quem ligar, caso o trabalho de detetive não dê certo.

Larry deu alguns passos na direção da porta e se encostou num pilar romano falso, bloqueando a passagem de Mak. Deu mais uma tragada.

– Quer dizer que a Amy não está por aqui? – ela perguntou de novo, sabendo que a garota estava ouvindo de algum lugar.

– Não – ele mentiu outra vez.

Conversa fiada.

– Certo, então – disse ela, entregando os pontos. – Não é minha intenção pressionar ninguém, mas, se lembrar de qualquer coisa a respeito de Meaghan Wallace, pode me ligar? Ajudaria muito.

– Pode deixar, eu ligo, sim.

Mak sorriu.

Larry abriu a porta, e ela passou pela Maseratti e pelos chafarizes. O portão se abriu num passe de mágica, e ela se sentiu aliviada por sair daquele covil de cafonice.

O celular começou a tocar assim que ela deu a partida no carro, assustando-a. Seria Amy, tão rápido? Era muita sorte, exatamente o que ela precisava para retornar a Sydney com alguma pista a seguir.

– Alô?

– Mak, querida!

– Oi, Loulou. Tudo bem com você? – Droga. Não era Amy. – Obrigada pelo jantar ontem à noite. Foi ótimo conhecer o Drayson. Ele é... – Mak tentou achar uma palavra honesta para descrevê-lo. *Ele tem ótimos amigos.*

– Por que não me convidou para ir junto?

– Como?

– Você e o Bogey foram curtir o *Thunderball* quando saíram daqui. Por que não me levaram também?

– Não, Loulou, não foi nada disso. Eu fui lá a trabalho, para fazer uma investigação. O Bogey acabou me acompanhando porque, se eu não estivesse com um namorado, os clientes podiam me incomodar.

– Namorado?

– Você entendeu.

– Também quero que você me use nas suas investigações. Eu podia ser a sua guarda-costas!

Mak revirou os olhos.

– Deixe de besteira. Foi só uma coincidência o fato de ele estar comigo. Por quê? O que ele lhe contou?

– Nadinha. Disse ao Drayson que você quis ficar no *Thunderball*, e que ele entrou junto para cuidar de você.

Ótimo.

– Só isso? – perguntou Mak impressionada.

– Só. Por quê? Teve mais alguma coisa?

– Não, só que eu assisti ao meu primeiro *strip* privê enquanto tentava conseguir informações com uma das meninas.

– Meu Deus do céu!

Mak começou a rir.

– Até que foi engraçado.

– Pode vir para cá? Quero saber tudo sobre ontem à noite! Não pode esconder nada de mim!

Makedde sorriu.

– Vou ver o que posso fazer. Talvez tenha tempo para um almoço rápido.

Capítulo 34

– Não achamos o celular – informou o Americano.

Jack Cavanagh preferia não receber seu consultor de segurança em casa, por medo de que a esposa desconfiasse que havia algo errado, então marcaram encontro no escritório. Jack estava parado junto à janela de sua sala no domingo de manhã, com o rosto a centímetros do vidro, observando a rua vazia lá embaixo. Estaria congestionada na segunda-feira. Ele se perguntou quanto tempo ainda teria antes que a história vazasse para os jornais e rezou para que Bob conseguisse evitar um escândalo.

– Consegui um modo de recuperar as chamadas que a garota fez. Vai custar caro, mas funciona. Até o fim do dia, deveremos ter o conteúdo de qualquer transmissão de vídeo. Isto é, se você autorizar.

Jack assentiu com gravidade.

– Dinheiro não é problema.

– Meus assistentes informaram que o senhor Hand está cumprindo a missão satisfatoriamente.

Jack não queria saber. Sabia que o sangue de alguém ia ser derramado por causa da estupidez do filho, e isso o envergonhava. Mais uma vez, pensou: *onde teria errado*? Tinha mandado Damien para as melhores escolas e sempre fora um pai presente. Tentou dar ao filho a vida mais normal possível e ensinar-lhe as responsabilidades que acompanhavam uma existência privilegiada. Mas em que Damien tinha se transformado? A pobre Bev vivia preocupada e não sabia nem a metade das loucuras do filho único.

– Recebi uma informação interessante sobre uma jovem investigadora particular que fez uma visita à família de Meaghan Wallace. Minha equipe verificou a placa do carro e achou que pertencia a um policial, mas parece que ela é a namorada do detetive e estava usando o carro dele.

Jack esperou que ele terminasse.

– Duvido que vá nos causar problemas, mas parece que ela foi lá a trabalho – advertiu o Americano.

– A trabalho? – Jack não queria nenhum investigador metendo o bedelho.

– Acho que não é nada, mas pedi que ficassem de olho nela, de qualquer maneira.

– E aquele sujeito, o Lee? O que arranjava as meninas, segundo o Simon? Será que ele tem alguma prova? Pode testemunhar contra o Damien?

O Americano balançou a cabeça em silêncio.

– Relaxe, ele não é um problema.

Jack sabia que não poderia relaxar por um bom tempo.

CAPÍTULO 35

– Então, o Andy já pediu outra vez?

Mak ergueu a cabeça do prato.

– Hein?

Mak e Loulou tinham ido almoçar numa cafeteria fabulosa chamada Il Fornaio, perto do hotel. Mak já havia descrito a dança sensual de Charlotte, o espetáculo ridículo do Pavão e o figurino bizarro de Larry Moon.

Tinham pouco tempo para conversar, pois ela ia voltar para Sydney naquela tarde, mesmo que de mãos relativamente vazias. Seu palpite a respeito de Amy não rendera informações valiosas, exceto pela confirmação de que Meaghan Wallace tinha sido dançarina no *Thunderball* por um período breve. Mas Mak não tinha como justificar uma estada mais longa à custa do cliente, e Marian tinha reservado um lugar para ela no voo das três.

E agora? Volto a procurar Noelene Wallace para ver se ela tem mais informações... endereços, agendas, diários? Se é que a polícia ainda não confiscou tudo.

– Você sabe do que eu estou falando – continuou Loulou.

– Do quê? – Mak ainda estava distraída, pensando na investigação.

– Ele pediu você em casamento outra vez?

Andy. Os dedos de Mak brincaram com a faca. Era um assunto complicado.

– Hã... Não. Não temos planos de nos casar.

Houvera um dia, quase três anos antes, em que Mak e Andy tinham cogitado se casar. Mas era cedo demais. Makedde, a cautelosa, ainda não estava pronta para dar aquele passo. Teria errado ao hesitar em assumir um compromisso tão importante?

– Já faz uns dois anos, não é? – disse Loulou.

– Desde que ele tocou no assunto? É, mais ou menos isso. Você tem ótima memória. Eu já tinha me esquecido – mentiu Mak.

– É claro que se esqueceu – Loulou não se deixava enganar.

As perguntas incomodaram Mak, especialmente em vista da ausência de Andy.

– Está tudo bem com você, querida?

– Tudo ótimo, obrigada – Mak pigarreou. – Nem todo mundo tem que se casar hoje em dia.

Loulou ergueu uma sobrancelha, incrédula, e pareceu refletir sobre a resposta por um segundo, depois voltou a comer. Levava uma vida maluca, segundo os padrões normais, mas não era burra. Conhecia bem a amiga. Por mais independente e forte que fosse, ainda acalentava a fantasia boba de encontrar seu príncipe encantado. Mak queria o mesmo que seus pais tinham vivido por 25 anos antes da morte de Jane.

– Você não quer se casar na igreja, de vestido branco e tudo mais? – perguntou Loulou.

– Hummm... Não, obrigada.

– Eu, sim! Quero um vestido que pareça um merengue, dez madrinhas e um bolo com bonequinhos em cima.

Mak sorriu. Pelo que sabia, Loulou não só era uma eterna solteira como nunca tinha namorado ninguém por mais de dez minutos. Embora já estivesse com seu "muso" de Melbourne havia uma semana. Devia ser um recorde.

– Não me diga! – provocou Mak. – Será que eles fazem os bonequinhos com cabelo moicano?

Loulou explodiu em risos, cuspindo migalhas de *croissant* no prato.

– Está ouvindo meu telefone tocar? – perguntou Mak, pegando a bolsa que estava embaixo da mesa. Tinha mesmo várias ligações perdidas e uma mensagem gravada. – Droga! Como é que não escutei antes? Com licença – apertou o botão da caixa postal e cobriu a orelha para escutar melhor.

– Hã. É um recado para Macaylay Vanderwall – disse uma voz feminina. – Acho que você anda atrás de mim. Vou estar na Cantina do Leo hoje, às 15 horas, na sala dos fundos. Se vier, venha sozinha. Por favor – clique.

Meu Deus, é ela!

Com o coração aos pulos, Mak escutou a mensagem de novo: "... Cantina do Leo hoje, às 15 horas..."

Onde ficava esse Leo? Mak nunca tinha ouvido falar dele. Mas, onde quer que fosse, tinha que estar lá em menos de uma hora, e queria ter tempo de sobra para conversar quando chegasse.

Ligou imediatamente para Marian.

– Oi, é a Mak. Decidi ficar mais uma noite em Melbourne.

– E o que eu vou dizer ao Groobelaar? Está tendo resultados?

– Quase. Estou quase lá. Os pais de Meaghan nunca ouviram falar de Simon, mas se essa menina era tão próxima quanto estou pensando, ela vai saber se ele está envolvido.

– O.k.

– Diga ao cliente que ele só vai ter que pagar pelas minhas horas de trabalho. Não precisa se incomodar com acomodação. Vou ficar na casa de uma amiga.

– É mesmo? Ótimo. Os clientes sempre gostam de economizar. Quando vai estar de volta?

– Amanhã, mas ligo hoje mais tarde para confirmar.

– Boa menina.

Quando Mak desligou, Loulou praticamente saltou da cadeira para abraçá-la.

– Você vai ficar! Oba! Vamos nos divertir muito!

Mak sorriu.

– Tenho que ir.

Capítulo 36

Era impossível ignorar a Cantina do Leo, com sua imensa placa de neon vermelho e suas mesas que se espalhavam pela Rua Fitzroy em Saint Kilda. Como Loulou tinha dito, ficava a menos de uma quadra do hotel de Mak, e ela chegou com tempo de sobra. Loulou tinha ajudado a fazer a mala e levado tudo para o apartamento de Drayson.

Agora Mak estava sozinha, como Amy pedira.

Parou perto da porta e observou os clientes nas mesas externas. Havia um casal pálido com sotaque britânico, pochete e tênis, uma mulher magrinha de cabelos oxigenados, curvada sobre uma xícara de café, e dois homens de colete de couro com os braços cobertos de tatuagens. Junto ao meio-fio estavam estacionadas uma Mercedes preta, uma Kombi velha e uma fileira de motos lindas, nenhuma delas ocupada. Esse reconhecimento do local era um hábito automático e quase involuntário de Mak, ensinado por seu pai e seus colegas da polícia.

Ninguém nas mesas de fora olhou para ela, então Mak entrou no bar, rezando para não ser apenas uma perda de tempo. O recado de Amy tinha um tom meio paranoico.

Do que ou de quem ela está com medo? Mak atravessou o salão principal.

O recado mencionara uma sala dos fundos, e ela se dirigiu para lá, estudando discretamente o ambiente no caminho. Menos da metade das mesas estava ocupada, mas eram 15 horas de domingo. Assim como na rua, a clientela era eclética: um homem barbudo com *piercings* no nariz estava sozinho em uma das mesas, e logo adiante uma mulher bonita de vestido curto recebia as atenções de um garçom italiano. Um grupo de homens de macacão fazia uma pausa no trabalho, os capacetes de pedreiro estavam empilhados numa cadeira. Em uma mesa comprida, intelectuais debatiam animadamente algum tópico obscuro, embalados por uma garrafa de vinho.

Mak sentiu que a fitavam e se deteve.

– Posso ajudá-la? – Era um garçom.

– Estou procurando uma pessoa, obrigada.

Ela seguiu em frente. Viu cartazes indicando os banheiros, mas nada de sala dos fundos. Subiu uma escada, sempre com a sensação de estar sendo observada. Olhando de relance por sobre o ombro, viu que a loira de farmácia tinha entrado no bar para pagar a conta. Mak continuou pelo corredor, passou pelos banheiros e só então viu uma porta fechada. Girou o trinco.

Estava trancada. Parada no corredor em frente aos banheiros, Mak sentiu um cheiro leve de desinfetante, que fez o dedão de seu pé comichar.

– Oi.

Ela respirou fundo e se virou. Era a loira magrinha da mesa da rua.

– Está procurando alguém? – Mak perguntou.

A mulher assentiu.

– Macaylay Vanderwall? – perguntou hesitante, errando o nome outra vez.

Mak concluiu que devia ser Amy. Agora que estavam frente a frente, viu que ela se parecia mesmo com a menina da foto que estava com Meaghan, embora os cabelos estivessem mais ralos, e ela tivesse olheiras profundas e escuras.

– Pode me chamar de Mak.

– Amy – tinha uma voz de passarinho assustado.

– Que bom que finalmente nos encontramos, Amy. Obrigada por me ligar.

Mak ergueu os olhos e viu que não estavam a sós. Larry Moon surgiu atrás dela, preenchendo o corredor com seu físico reforçado. Ele cumprimentou-a.

– Oi.

– Oi para você também.

– Não se incomodem comigo – ele disse, tirando os cigarros do bolso. – Vou estar lá fora se precisar de mim, certo? – disse a Amy num tom protetor.

Amy assentiu, estremecendo como um animal nervoso.

O corredor estreito dos banheiros não era o local ideal para um encontro. Elas seguiram até uma mesa nos fundos do bar, onde Amy se sentou com as costas grudadas na parede, posicionada de modo a enxergar o salão inteiro. Era a "cadeira do Clint", a posição que Mak também procurava ocupar em lugares públicos. Tinha convivido tanto com policiais que se sentia ansiosa se não pudesse observar o vaivém das pessoas. Comer de costas para o meio da sala era insuportável. Precisava de um lugar em que pudesse ver o máximo possível: o caixa e todas as entradas e saídas. Era a cadeira que o Dirty Harry de Clint Eastwood escolheria. Será que Amy tinha sentado ali por hábito, como ela, ou estava prevendo uma emergência?

– Achei que fosse você, mas esperei para ter certeza de que estava sozinha – disse a loira. – Não tem ninguém esperando lá fora, não é?

– Não – garantiu Mak.

Amy não parecia totalmente convencida. Assentiu nervosamente e olhou para a porta de vidro, obviamente com medo de algo, ou de alguém. Era miúda, e sua postura a fazia parecer menor ainda, os braços bem cruzados sobre o peito. Não parecia ter mais do que 20 anos, com a pele branquinha e grandes olhos castanhos.

– Eu estava em casa quando você passou lá – disse Amy, sem olhar para Mak. – O Larry está cuidando de mim. Eu pedi que ele não contasse a ninguém onde estou, por isso mentiu para você. Ele fez isso por mim.

Quando encarou Mak outra vez, tinha uma expressão intrigada.

– Ele tem razão. Você tem jeito de modelo. É mesmo detetive particular?

– Tecnicamente, sou psicóloga forense, mas também trabalho como investigadora. Fique com o meu cartão. Se precisar me contatar, pode ligar a qualquer hora do dia ou da noite.

Amy leu o cartão antes de guardá-lo na bolsa e encarou Mak outra vez.

– Você nunca pensou em dançar numa boate?

– Não, nunca – respondeu Mak desconcertada. Era algo estranho de se dizer a uma desconhecida. Mas, sendo ela mesma uma *stripper*, talvez parecesse normal para Amy fazer comentários sobre o corpo de outras mulheres.

Meaghan tinha sido atraída por aquele mesmo universo. Provavelmente, vinham daí os presentes inexplicados para a família. Ela queria mostrar à mãe que estava ganhando bem, mas não podia contar o que estava fazendo por dinheiro. Noelene sabia que sua filha estava lhe escondendo algo, mas não sabia o que era. Será que gostaria de saber? E deveria Mak lhe contar em algum momento, para que ela por fim se inteirasse da carreira da filha? Ou seria melhor deixar a mãe enlutada com suas fotos e lembranças?

– Obrigada por falar comigo – disse Mak. – Quer beber alguma coisa? Mais um café?

Amy arregalou os olhos alarmada.

– Vi você sentada lá fora com uma xícara de café quando cheguei. Mas não sabia quem era.

Amy balançou a cabeça.

– Não, obrigada. Já tomei café demais, está começando a me dar nervoso.

Ela parecia mesmo ansiosa. Amy tinha chegado até ali, mas Mak calculou que o resto da conversa não ia ser tão fácil. Sua jovem interlocutora era muito arisca.

– O que vai querer? – Mak ofereceu de novo.

– Nada.

– Vou pedir uma água.

Mak se levantou e foi até o bar, dando a Amy uma chance para relaxar.

Voltou com dois copos de água, e elas ficaram num silêncio desconfortável por alguns instantes. A cada mínimo ruído, os olhos injetados de Amy esquadrinhavam nervosamente o salão. Mak não sabia como prosseguir sem assustá-la ainda mais.

– Você não tem trabalhado desde que essa história começou?

Uma das unhas postiças de acrílico de Amy estava quebrada. As dançarinas de boate geralmente tinham obsessão por unhas longas, e cuidavam bem das suas. Os cabelos loiros também exibiam as raízes escuras. Ela não só tinha tirado umas férias como muito provavelmente não estava botando o pé fora de casa desde a morte da amiga.

– Não fui ontem. Uma das meninas me contou que você andou por lá me procurando.

– Está tudo bem com você?

– O Larry é um cara legal. Está cuidando muito bem de mim e tudo mais. Eu não queria sair de casa sozinha, então ele veio junto. – Mak podia ver Larry lendo um jornal e tomando um café em uma das mesas externas. – Eu tenho um dinheirinho guardado – disse Amy, com uma ponta de orgulho, e logo baixou os olhos.

– Isso é ótimo – disse Mak.

Como acontecia com as jovens modelos, Mak imaginava que poucas *strippers* conseguiriam economizar um bom dinheiro antes de precisarem se aposentar. A tentação de um estilo de vida luxuoso era forte demais para muitas, e, quando o trabalho começava a escassear, era tarde demais. As que sabiam multiplicar o dinheiro podiam ter casa própria aos 20 anos e investir numa nova carreira mais respeitável. Mas Amy não parecia ser uma delas. Não aparentava muita confiança. Era bonita, mas seus olhos mostravam cansaço e instabilidade: estava na cara que tinha muitas preocupações que a mantinham insone.

– O que sabe sobre a Meaghan?

Amy olhou em torno apreensiva.

– Trabalhou com ela no *Thunderball*?

– Mais ou menos. Ela só dançava lá algumas noites. Morava em Sydney, mas, como muitas meninas, veio passar o fim de semana do Grand Prix aqui em Melbourne, há alguns anos. É uma loucura, o clube chega a receber 60, 70 meninas a mais nos dias de corrida. Rola muito dinheiro.

– E vocês ficaram amigas? – Mak estimulou-a a continuar.

– Sim. Eu me mudei para Sydney um pouco depois, e nós saíamos juntas e trabalhávamos nos mesmos bares, como o Dancers, o Legs e o MG. Mas Meaghan não levava muito jeito para a coisa.

Amy começou a retorcer as mãos no colo, talvez se sentindo desconfortável ao fazer tantas revelações. Não precisava se preocupar. Mak, entre todas as pessoas, não iria julgá-la pela carreira pouco convencional.

– Então vocês trabalharam juntas e fizeram amizade?

Amy assentiu.

Hora de largar a bomba...

– Amy, você conhece um homem chamado Simon Aston? Ele era amigo de Meaghan?

Amy contraiu os lábios, formando uma linha rígida. Não respondeu, mas Mak percebeu que o nome não lhe era estranho.

Vamos lá, diga alguma coisa.

Mak esperou que Amy continuasse, depois tentou outra tática.

– Você deve estar arrasada por causa da Meaghan. Foi horrível o que aconteceu com ela.

Amy concordou com um aceno de cabeça, os olhos arregalados e a boca crispada.

– Se tiver alguma informação que possa ajudar a fazer justiça à sua amiga – Mak disse, com toda cautela –, precisa me contar. É muito importante.

Amy respondeu franzindo a testa e cruzando os braços outra vez.

– Não é fácil estar envolvida numa situação dessas. Sei como você se sente. Pode acreditar em mim – Mak só faltava implorar.

– Como se você já tivesse passado por isso! – Amy retrucou com a voz tensa.

Mak lhe deu um instante para se acalmar e depois falou:

– Vou lhe contar um segredo. Minha melhor amiga foi assassinada cinco anos atrás. Ela era órfã, e eu era a pessoa mais próxima dela. Eu me sentia como sua irmã mais velha. Quando ela morreu, decidi que precisava fazer alguma coisa, e eu mesma fui tentar pegar o assassino.

Amy estava com a boca aberta de espanto e os olhos castanhos fixos em Mak.

– Era uma responsabilidade muito grande, mas eu não podia me omitir. Ela era minha amiga, e eu precisava saber a verdade – por fim,

Amy começava a confiar nela. – Eu sei como a gente se sente quando uma coisa dessas acontece. Ninguém tem o direito de matar. O assassinato da sua amiga é uma injustiça, e o culpado tem que pagar.

O lábio inferior de Amy estremeceu, e seus olhos se umedeceram. Ela começou a revirar a bolsa em busca de alguma coisa, talvez a carteira de cigarros, que estava na mesa a sua frente. As lágrimas começaram a saltar de seus olhos. Mak empurrou os cigarros na direção dela, e quando Amy os viu, abriu a boca, mas não disse nada. Pegou o maço com as mãos trêmulas, mas, antes de conseguir levar o cigarro aos lábios, começou a soluçar. Escondeu o rosto com as mãos, as lágrimas tingidas de rímel escorriam por entre os dedos.

– Pode me contar, Amy.

– Não, não... Simon não era amigo da Megs. Mas eu sei quem ele é. Todo mundo sabe. O amigo dele... é o amigo dele.

– Que amigo? O que você acha que aconteceu? Acha que a polícia...

– Não foi o Toby que a matou. Sei que não foi ele.

A mesma convicção da senhora Wallace quanto à inocência de Tobias.

– Por que diz isso?

Amy não respondeu. A maquiagem manchava seu rosto. Ela deu uma tragada funda no cigarro.

– Fale comigo, Amy.

Mak notou que ela estava se fechando outra vez.

– Você conhece o Tobias?

Amy o chamara de Toby, num tom familiar. Devia ter conhecido o primo da amiga.

– Um pouco – admitiu Amy. – Nós nos encontramos umas duas vezes. Ela queria ajudá-lo, era uma espécie de missão para Megs. Ele jamais faria mal a ela, de jeito nenhum. Não faz sentido.

– Como assim, missão?

Amy inclinou a cabeça para um lado, os cabelos ralos pendiam sobre a mesa.

– Ele estava morando na rua. Sabia disso? A Megs tinha pena dele. Era o ponto fraco dela.

Mak registrava tudo mentalmente. Não queria tomar notas para não deixar Amy ainda mais nervosa. Tinha aprendido que, às vezes, isso fazia as pessoas se calarem, e desenvolvera a memória para evitar esse problema.

– O que ela costumava fazer para ajudá-lo?

– Ela lhe dava dinheiro o tempo todo. A cada 15 dias, quando recebia, passava um pouco para ele.

Mak começou a se animar. Estavam chegando a algum lugar.

– Sabe em que dia da semana ela recebia?

Amy franziu o cenho.

– Acho que na quinta-feira. Não é assim com todo mundo? Não sei. Mas acho que era na quinta.

– Então ele a visitava quinta sim, quinta não – confirmou Mak.

– Isso.

Meaghan tinha sido assassinada numa quinta à noite, e Tobias estivera em seu apartamento. Será que um de seus encontros tinha degringolado por algum motivo? Ou alguém escolhera essa noite de propósito para incriminá-lo, porque sabia que ele passaria lá?

– E em outros dias? Sabe se eles costumavam se encontrar?

– Acho que não. Ela sabia que ele só aparecia para pegar o dinheiro, mas não se importava. Acho que ela acreditava que ele podia mudar.

A possibilidade entristeceu Mak. A jovem morta tentara ajudar o primo que havia sido seu companheiro de infância, a ponto de recebê-lo em casa e lhe dar parte do seu salário. Se Tobias realmente fosse o assassino, isso tornaria o crime ainda mais terrível e cruel.

Se? A própria Mak tinha suas dúvidas.

– Por que acha que o Tobias não a matou?

A postura de Amy mudou. Ela aprumou as costas, e seus olhos se perderam na distância, concentrados. Estava debatendo consigo mesma, tomando uma decisão. Ela parecia tão instável que Mak teve medo de dizer alguma coisa e ela simplesmente desmoronar. Esperou em silêncio até Amy tirar um recorte de jornal amassado da bolsa de couro. Era a primeira página do *Melbourne Herald Sun*.

– Este cara – disse Amy, apontando para um jovem numa foto impressa, posando entre vários homens de terno. – Foi ele.

Ela secou uma lágrima com as costas da mão, borrando ainda mais o rosto de preto.

Mak olhou o pedaço de papel com curiosidade. A manchete dizia: BATIDO O MARTELO PARA A CONSTRUÇÃO DO TREM-BALA.

O grupo de empresários elegantes estava sorrindo. Mak examinou o rosto do homem que Amy indicara. Era jovem, talvez uns 30 e poucos anos. Ela não o reconheceu.

– Quem é ele?

– Ele é o culpado da morte de Megs.

Finalmente vencida pela emoção, Amy baixou a cabeça e olhou para o copo de água, escondendo o rosto. As lágrimas escorriam sem parar por suas bochechas.

Mak tentou decifrar o que ela estava dizendo. Qual podia ser a ligação entre a morte de uma jovem em Sydney e aquele artigo no jornal de Melbourne a respeito de um negócio entre empresários e políticos? Ela leu os nomes na legenda da foto: o governador do estado de Nova Gales do Sul, John Grant, o governador do estado de Vitória, Michael Yep, e os empresários Jack e Damien Cavanagh. Os dois últimos nomes não lhe diziam nada. Ainda não estava muito a par dos noticiários australianos.

– Amy, por que você acha que esse homem teve algo a ver com a morte de Meaghan? O que sabe sobre ele?

Amy levantou a cabeça e afastou os cabelos do rosto. Estava pálida.

– Todas as meninas tinham ouvido falar dele. Nas boates de Sydney, ele era o assunto favorito.

– Damien Cavanagh? – Mak leu a legenda para ter certeza de quem era o homem a que ela estava se referindo.

Amy se encolheu de leve ao ouvir o nome dele.

– Sim – disse num sussurro, olhando em volta. – Não posso mencionar o nome dele por aí. E você também não deve, acredite em mim.

Ela voltou a dobrar o recorte de jornal para esconder a imagem e continuou em voz baixa. Mak não sabia se devia acreditar nela.

– Todo mundo sabe que ele é um dos herdeiros mais ricos da Austrália. Sempre pedia o champanhe mais caro e distribuía gorjetas altíssimas, especialmente para as meninas orientais bem miudinhas. Todos sabiam que elas eram as preferidas dele. Convidava algumas meninas para festas muito doidas na sua casa. Eu sempre quis conhecê-lo pessoalmente para descolar um convite, mas nunca consegui. Acho que eu não faço o tipo dele. Mas todas gostavam quando ele aparecia na boate. Todo mundo ganhava alguma coisa.

Mak imaginou o efeito que um homem rico como aquele causaria em um clube de *strip*. O Pavão, com suas notas de 50 amarrotadas, seria ignorado. Em torno de Damien Cavanagh se formaria uma roda de carnes nuas e elogios murmurados.

Mak esperou que ela continuasse.

– Depois de alguns meses, ele parou de ir ao clube. De repente, do nada. Ouvimos dizer que ele estava fissurado naquelas outras meninas, as orientais que entram no país ilegalmente.

– Ilegalmente? Está falando de tráfico de mulheres?

– Você sabe... Garotas trazidas da Ásia para se prostituir. Há um monte delas em Sydney hoje em dia. O boato era de que ele conhecia os responsáveis e pagava para ser o primeiro.

Para ser o primeiro.

Mak sentiu o estômago revirar. Sabia que o governo tinha aprovado uma legislação contra o tráfico de seres humanos para prostituição em 1999, mas que as primeiras prisões só aconteceram a partir de 2003. Na época, havia lido nos jornais que mais de mil mulheres tinham sido trazidas para a Austrália dessa forma; a maioria, de vilarejos miseráveis da Tailândia ou das Filipinas. Como estavam em situação ilegal, muitas eram detidas e deportadas antes de poder testemunhar contra os responsáveis. Mak não sabia muito a respeito dos casos, nem como as meninas acabavam em bordéis australianos, mas devia ser um fim terrível. Quer fossem escravas sexuais vítimas de tráfico, quer fossem chamadas de "trabalhadoras do sexo imigrantes", como alguns faziam para disfarçar, era cruel e injusto obrigar uma mulher a ir para a cama com mais de 500 homens para pagar suas dívidas com cafetões.

Por que um homem tão rico ia querer ser mais um entre 500 clientes?

– Como sabe disso? – Mak perguntou, sem fôlego.

Amy desviou o olhar.

– Sabe como é... Todo mundo comentava – disse, evitando uma resposta concreta.

Mak se convenceu de que ela estava omitindo alguma informação importante.

Mas o que isso tudo tem a ver com Meaghan?

Amy levou os dedos à testa como se tentasse tampar um buraco na barragem de informações que ameaçava transbordar. Não disse nada por alguns instantes, claramente tentando elaborar uma resposta.

– Eu conheço o Tobias – disse por fim. – Ele é viciado, mas não é assassino. Jamais mataria alguém, muito menos a Megs. Ela era a única que acreditava nele. Ela o sustentava e era provavelmente a única pessoa no mundo que o amava e nunca desistiu dele.

Mak esperou. Sentia que Amy ainda não estava lhe contando tudo.

– Amy, o que este homem – ela apontou para o artigo do jornal – tem a ver com o que aconteceu com a Meaghan?

– Eu vi tudo. Sei como ela foi morta. Deram um fim nela porque viu o que não devia. Mandou para mim e foi assassinada.

– Viu o quê? O que você viu? Por favor, me diga. O Tobias pode passar o resto da vida na cadeia se você não contar o que sabe.

– Não posso. Você não entende... – O choro recomeçou, dessa vez com lágrimas pesadas e soluços desesperados.

– Você precisa falar. Vamos lá, me conte – pressionou Mak. – Posso conseguir proteção para você, conheço muita gente na polícia. Eles vão cuidar de você. Vai ficar tudo bem.

Amy estava balançando a cabeça de um lado para outro, cada vez mais angustiada. De repente, levantou da mesa e foi em direção à porta. Mak agarrou seu braço.

– Você sabe que pode confiar em mim. Isso é muito importante. Tobias pode ser condenado à prisão perpétua.

Mas Amy se desvencilhou dela com um safanão.

– Desculpe. Eu sinto muito. Não posso – murmurou entre lágrimas e saiu do restaurante.

O coração de Mak afundou no peito ao vê-la ir embora. Não sabia o que fazer. Não podia obrigá-la a ficar e, se fosse atrás dela, só pioraria as coisas.

Do lado de fora, Larry Moon se aprumou na cadeira quando Amy pegou sua mão. Ela o arrastou rua afora, apressando o passo para se distanciar de Mak.

Merda!

Confusa e atônita, Mak ainda ficou sentada onde estava por meia hora, olhando para o recorte amassado de jornal que Amy tinha deixado para trás e desejando que ela voltasse.

Mas ela não voltou.

Merda. Eu cheguei tão perto... E estraguei tudo.

Capítulo 37

– Identificamos aquela digital que não batia com nenhuma outra – declarou triunfante a detetive Karen Mahoney para o detetive Cassimatis; seus cachos ruivos pulavam como molas. A jovem policial subira as escadas correndo após ouvir a notícia.

– Muito bem, garota – disse Jimmy com ternura. Ele parecia um pouco abatido e ainda menos saudável do que o normal.

Mahoney sabia que o detetive Jimmy Cassimatis tinha uma simpatia especial por ela, principalmente porque seu vocabulário era recheado de palavrões. Também sabia que, assim como sua amiga Mak, ele já estava sentindo a falta de Andy. Ele tampouco gostava de trabalhar com o chefe dela, o sargento Hunt.

– No caso Wallace? – ele perguntou.

Ela assentiu, entusiasmada. Uma impressão digital encontrada no apartamento de Meaghan Wallace pertencia a um criminoso condenado. Era uma reviravolta.

Sem perder tempo, Mahoney atravessou a sala e foi até a mesa de Hunt anunciar a boa-nova, mas o chefe simplesmente ergueu os olhos da papelada com impaciência.

– Já estou sabendo – ignorou-a outra vez e voltou a ler.

– E agora? – ela disse com expectativa, imaginando que seu superior fosse entrar em ação imediatamente. Mas ele não moveu um músculo.

– E agora é domingo, e eu tenho assuntos mais importantes a tratar. Tudo tem seu tempo.

Ela enrugou a testa. *Mais importantes do que um homicídio*?

Tipo o quê?, ela queria perguntar, mas acabara de ser promovida a detetive. Tinha se esforçado muito para isso e não queria pôr tudo a perder.

– Ele tem antecedentes. Acho que devemos checar. Podemos?

– Podemos o quê?

– Podemos ir atrás dele para fazer umas perguntas? Eu e o Matt?

Hunt franziu o cenho. Karen não conseguia entender por quê.

– Agora? – ele perguntou, como se ela fosse uma criança inconveniente. – Você se lembra de que já prendemos um suspeito?

Ela assentiu outra vez.

– Claro.

– E que as impressões dele estavam na arma do crime?

– Sim, sargento, mas acho que devemos eliminar todas as outras possibilidades.

Hunt arqueou as sobrancelhas e olhou para ela com dureza, evidentemente incomodado com o fato de alguém de sua equipe estar criando mais trabalho para ele.

– Eu não quis dizer... É que talvez assim a gente reforce as provas contra o Tobias – ela gaguejou.

– Está bem, podem ir – ele concedeu, irritado. – Mas não detenham ninguém para interrogatório.

Era melhor do que nada.

– Vai ser só uma conversinha amigável – ela garantiu.

Mahoney estava acostumada a ser tratada com indiferença por seus superiores e aceitava isso como parte da sua iniciação. Mas estava surpresa com o nível de desdém do sargento Hunt. Não sabia o que estava fazendo de tão errado.

– Não preciso que você complique as coisas agora que já prendemos alguém.

Complicar as coisas?

Confusa, foi procurar o detetive Matt Parker.

– Tchau, Jimmy! – despediu-se. – Divirta-se com os tatuadores.

Ele tinha passado uma boa parte do dia visitando estúdios de tatuagem na tentativa de decifrar o desenho nas costas da vítima encontrada entre o lixo.

– Muito obrigado. Boa sorte pra você também! – ele disse com um muxoxo.

Mahoney queria descobrir de onde Warwick O'Connor conhecia Meaghan Wallace e como uma digital dele tinha ido parar no apartamento dela.

* * *

– Cale a boca, mulher! – berrou Warwick. – Estou tentando raciocinar.

Ele estava estressado. Era um momento decisivo: estava prestes a ganhar a maior bolada de sua vida, ou podia voltar para a cadeia; dessa vez, por um bom tempo.

Sua esposa Madeline dava voltas pela cozinha no roupão cor-de-rosa gasto, um cigarro pendia de seus lábios. Ela costumava acender um cigarro no outro, e sobre a mesa havia um cinzeiro de metal em formato de coração escrito Vegas, um suvenir da lua de mel do casal. Estava transbordando de bitucas.

Madeline andava de um lado para outro; o rosto sombrio e tenso, os olhos contraídos. Estava acostumada aos insultos do marido e sabia devolvê-los em boa medida.

– Você, tentando raciocinar, é? Acho que vou esperar sentada – retrucou.

– Vou meter a mão na sua cara, mulher, juro que vou! – ameaçou Warwick, ficando em pé e erguendo a mão.

– Você não tem coragem – ela desafiou, sem se abalar, e deu mais uma tragada.

Warwick e Madeline estavam casados havia sete anos. Ela era uma megera, mas era boa para ele. Tinha esperado enquanto ele cumpria dois anos no Centro Prisional de Long Bay por agressão, e ele não podia se esquecer disso.

– Mads, eu estou lhe dizendo... Estou tentando pensar – disse com mais delicadeza.

– O que ele disse quando você ligou? – ela insistiu, sugando outra vez o cigarro.

Ela estava se referindo a Jack Cavanagh.

Warwick dera 24 horas para Jack se decidir, mas, quando voltou a fazer contato, Jack desligou na sua cara. Bateu o telefone. Desde a tarde de domingo, Warwick estava pensando no que iria fazer. Que outra ameaça podia usar? Será que ainda conseguiria tirar uma grana de Simon Aston e deixar por isso mesmo?

– E aí? – disse ela, com aquele olhar duro que ele detestava.

– Ele desligou na minha cara – admitiu Warwick.

– Ele não está te levando a sério. Você tem que...

– Eu já disse que estou pensando!

– Por que não pega...

– Cale a boca!

Ela o ignorou e insistiu:

– Por que não pega o vídeo e...

– Eu não tenho o vídeo – ele disse em voz baixa, fitando a toalha de mesa xadrez.

– Como assim? Você disse que...

– EU NÃO TENHO O VÍDEO – ele repetiu, exasperado. – Estava blefando.

– Ah – Mads finalmente se calou.

Warwick respirou fundo. Achava que podia enganar Jack Cavanagh, mas as coisas não estavam indo conforme o planejado, e agora ele não sabia o que fazer.

Ouviram um ruído. Um carro estacionando.

Madeline e Warwick perceberam o som ao mesmo tempo. Por um segundo, ficaram paralisados. Depois, Madeline acenou com a cabeça, olhando pela janela. Era a polícia. Warwick ficou em pé de um salto e, sem dizer uma palavra, subiu a escada correndo.

Logo depois, a campainha tocou. Madeline O'Connor atendeu a porta de roupão, absolutamente calma.

– Detetive Mahoney – disse a jovem ruiva mostrando o distintivo. – Este é o detetive Parker. Temos algumas perguntas para fazer ao seu marido, Warwick.

– O que ele fez de errado? – perguntou Madeline, tragando o cigarro com ar inocente.

– Nada de mais. Perguntas de rotina.

– Ele não está em casa.

Do andar de cima, veio um baque surdo.

– O que foi isso? – perguntou a detetive de cachinhos vermelhos.

* * *

Merda, merda, merda!

Foi por pouco.

Eu sabia que estava dando um passo maior que as pernas.

Warwick saiu com dificuldade pela janela do quarto, batendo o joelho no parapeito. Abaixado para não ser visto, saltou para o telhado da casa vizinha. O sol estava se pondo, mas ainda havia luz suficiente para que o localizassem. Ele tinha uma rota de fuga planejada e 30 mil em dinheiro vivo escondidos numa caixa de ferramentas no pátio de um amigo. Podia viver daquilo por algum tempo. Não tinha outra opção. Talvez tivesse que se esconder por mais tempo do que o normal. Agora que a polícia estava atrás dele, teria que redobrar o cuidado. Não queria voltar para o xadrez. Precisaria tomar cuidado ao contatar Madeline.

Merda, merda, merda...

Simon Aston havia mandado os porcos atrás dele. *Filho da puta*! Warwick jamais pensou que ele faria isso. Simon tinha tanto a esconder quanto ele, então por que dera com a língua nos dentes? Jack Cavanagh devia estar botando pressão.

Porra!

Warwick deslizou agarrado na calha do vizinho, como já fizera tantas vezes antes. Acelerou o passo com o coração aos pulos. Seu carro estava estacionado no beco dos fundos, com uma chave de reserva escondida na calota para situações de emergência como aquela.

Aí está você.

O carro estava esperando por ele. Aproximou-se, encontrou a chave, abriu a porta e entrou. Detectou um leve aroma de gasolina. Um vazamento? Pôs a chave na ignição e deu a partida.

Warwick O'Connor já estava a uma quadra de casa quando percebeu que não estava sozinho.

Havia um homem no banco de trás.

Esperando por ele.

Capítulo 38

– Que bom que você voltou!

Drayson abriu a porta com um sorriso sonolento.

– Muito obrigada por me deixar ficar aqui – disse Mak, ainda recuperando o fôlego depois dos cinco lances de escada. – Especialmente assim, sem avisar.

Mak não era a única que estava agradecida: Loulou se pendurou no pescoço do namorado e lhe deu um beijo estalado na bochecha, obviamente satisfeita com a hospitalidade de Drayson. Ele tinha marcado muitos pontos ao oferecer pouso a Mak.

– Vamos entrando – ele conseguiu dizer, com Loulou ainda agarrada nele.

Mak olhou em volta.

– Vejo que a gangue toda está aqui.

Bogey estava no sofá da sala. Educado, levantou-se para cumprimentá-la, e Mak sentiu uma alegria culpada ao vê-lo. Mula passou por ela com um grunhido. Só a pintora de cabelos vermelhos não estava presente.

– A Carmim não está? – perguntou Mak, desviando os olhos de Bogey.

– Não. Algumas pessoas têm vida própria – disse Drayson, sarcástico, alfinetando Bogey e Mula. – Quanto tempo vai ficar em Melbourne?

– Só até amanhã. Tenho que voltar para trabalhar.

– Legal.

– Mak está tentando achar uma tal de Amy Camilleri – disse Loulou.

Mak lançou-lhe um olhar irritado. Não precisava que ninguém anunciasse suas intenções.

– Talvez eles possam ajudar! – explicou Loulou na defensiva. – Esses três conhecem a cidade inteira.

– É verdade – disse Mula. – Eu conheço todo mundo.

Mak riu.

– Está bem. Obrigada, mas já encontrei a moça.

Encontrei, mas não fui competente o bastante para fazê-la falar.

Ela havia repassado cada segundo do encontro com Amy centenas de vezes desde a tarde. Não sabia o que mais poderia ter feito para que ela relaxasse e contasse tudo o que sabia.

Drayson e Loulou foram para a cozinha, e Mak se sentou na ponta do sofá, o mais longe possível de Bogey. Por que pareciam tão constrangidos? Era o que as pessoas faziam quando se davam bem demais ou quando tinham assistido a um *strip* juntos?

– Muito obrigada pela ajuda de ontem à noite – ela disse delicadamente.

– Foi um prazer – por trás dos óculos de armação preta, os olhos dele sorriram. – Você devia estar com saudades da Loulou – ele comentou. – Deve ser bom poderem passar um tempo juntas.

Mak ficou aliviada ao perceber que ele não pretendia rememorar as aventuras da noite passada.

– É – admitiu. – É tão bom ver a Loulou feliz. Mas, para ser sincera, tenho medo de perdê-la para vocês.

– Melbourne não fica tão longe.

– O voo é bem rápido mesmo – ela concordou.

– E logo parece que vamos ter o trem-bala. Vai ficar muito fácil de nos visitar.

Mak provavelmente empalideceu ao ouvir a menção ao trem, pois nesse instante Loulou voltou da cozinha com duas cervejas e correu direto para ela.

– O que houve? – Dramática como sempre, perguntou em tom de acusação: – O que você disse a ela, Bogey?

– Nada! – ele protestou.

– Ele não disse nada. Só estou estressada com o trabalho – explicou Mak.

Bogey olhou para ela preocupado, talvez com medo de ter feito algo errado sem querer.

– Sabia que o Bogey faz uma massagem ótima? – perguntou Loulou. – Muito relaxante. É a melhor coisa para o estresse.

– Uma massagem agora seria perfeito – suspirou Mak. A classe econômica do voo a Melbourne tinha maltratado suas costas, e carregar bagagens de um lado para outro só piorara as coisas.

Loulou aproveitou a deixa.

– Você ouviu o que ela disse... uma massagem seria perfeito, Bogey. Venha, o que está esperando?

Mak mordeu o lábio inferior. Ai, que vergonha.

– Eu não me importo. Se quiser uma massagem, será um prazer. – Como sempre, ele não queria pressioná-la.

– É sério? Achei que Loulou estava só brincando. Não preciso de massagem – ela recuou.

Mas bem que você quer uma.

É claro que seria ótimo. Quem poderia recusar uma massagem bem feita? Mas era o Bogey, e Mak mal o conhecia, exceto como o rapaz tímido que desfrutara da flexibilidade de Charlotte ao seu lado. Uma massagem não significava que ela estivesse traindo Andy, ou qualquer coisa do tipo. Mas...

– Não, não, não falei a sério. Só estou um pouco tensa. Não quero que pense que...

– Que você gostaria muito de receber uma massagem. Foi isso o que disse – insistiu Loulou.

– Pare com isso. Eu só quis dizer que... Bem, todo mundo gosta de massagem, não é? Por que estão me olhando com essa cara?

Drayson e Loulou a estavam fitando. Bogey tinha os olhos fixos na mesa de centro.

– Pronto, agora ela não pode escapar! – Loulou disse a Bogey, que parecia levemente corado, como quando Mak tinha tocado seu joelho no *Thunderball*. Para piorar as coisas, Loulou lhe deu uma cutucada.

Se Bogey tinha ficado constrangido, se recuperou logo.

– Posso lhe fazer uma massagem relaxante depois do jantar, se quiser, Mak. Não é incômodo nenhum.

– Ele tem curso de massagista, e é ótimo.

Ele faz caixões, toca rock, restaura carros antigos e é massagista?

Mak sorriu e desistiu de protestar. Não porque não quisesse dizer sim. Apenas queria poder dizer não.

Resolveu não dizer coisa alguma.

Capítulo 39

– Pare o carro – disse a voz grave e monocórdia.

Warwick O'Connor freou devagar, e o carro parou num estacionamento amplo, absolutamente deserto na noite de domingo. Pelo que conhecia da área, ficava perto de um canteiro de obras. Ele estava sozinho com seu caroneiro misterioso. Warwick ainda não tinha visto o rosto dele; o homem continuava sentado no banco de trás.

– Eu sei quem mandou você aqui – disse, com a voz trêmula.

Pelo menos acho que sei... Warwick tinha muitos clientes e colegas rancorosos. Sabia que algo assim poderia acontecer algum dia. Alguém seria contratado para dar um jeito nele. Ele mesmo já cumprira missões como essa.

– Tenho muita grana – exclamou, tentando aplacar o inimigo invisível. – Dinheiro vivo esperando por você, que tal? Está escondido na casa de um amigo. Posso lhe dar tudo. Posso pagar bem.

Warwick sabia que podia gritar o mais alto que conseguisse, e ninguém o escutaria. Não ali. Ninguém viria salvá-lo. Ele tinha que usar a lábia para sair daquela situação.

O homem no banco traseiro continuou em silêncio.

Warwick girou o pescoço para olhar para trás e sentiu o metal frio do cano de uma pistola contra sua bochecha. Estava equipada com um longo silenciador cilíndrico. O homem não estava brincando. Você não sai de casa com um silenciador se não pretende apertar o gatilho.

Merda, merda, merda!

– Espere aí, cara, fique calmo! Eu posso pagar! Faço o que você quiser!

– Vai fazer, sim.

Warwick se arrepiou. Merda! O sujeito estava falando sério, e tinha uma pistola com silenciador apontada para ele. Merda!

– Qualquer coisa! Tenho dinheiro. Dou tudo para você se me deixar ir embora. Vou sumir, você nunca mais vai me ver! – Warwick suplicava, as lágrimas se formando em seus olhos. Não tinha vergonha de implorar pela própria vida. Se fosse o homem, aceitaria o dinheiro. – Não sei quem está te pagando, cara, mas tenho uma bolada enterrada no jardim. Milhares. Dezenas de milhares em dinheiro vivo!

– Saia do carro. Devagar – foi a única resposta.

Aquela voz. Era tão grave e fria. Tinha a impressão de já tê-la escutado antes.

Warwick obedeceu. Desceu do carro com as mãos para cima, ainda tentando acalmar o homem.

– Faço o que você quiser, cara, qualquer coisa.

O homem também desceu, a arma ainda apontada para ele. Ao ficar em pé, seu torso não parava de subir, até ele parar uma cabeça acima de Warwick. Ele era enorme. Alto e largo.

Meu Jesus Cristo.

Algo mais nele parecia familiar, não apenas a voz. Mesmo com a pouca luz, Warwick pensou ter reconhecido o sujeito.

– Espere aí, é... é você?

Um sorriso se abriu na penumbra, um sorriso estranho de dentes brancos. Havia algo de errado nele. Quando os olhos de Warwick finalmente se ajustaram, ele viu que a pele do homem tinha algo de diferente.

Luther?

– É você, companheiro?

A cabeçorra subiu e desceu lentamente.

– Porra, cara, você me deu um baita susto! Como vão as coisas? – eles não se viam havia o quê? Uns dez anos?

– Não é nada pessoal – disse Luther.

Até então, Warwick estava tão concentrado na arma que não tinha reparado no objeto na outra mão de Luther. Era uma chave de roda. Veio na direção dele como um raio e bateu em cheio na sua testa. Ele gritou.

Agora Warwick achava que ia morrer.

– Não, Luther! Não!

Outro golpe com a chave, dessa vez no maxilar. Ele quase perdeu a consciência.

– Por favor, pare!

Luther Hand lhe deu uma rasteira e começou a chutá-lo. Cada contato das botas com ponteira de aço causava uma dor incrível. Warwick perdeu a noção do tempo enquanto apanhava. Já não suplicava nem se defendia. Mal podia falar, mal podia se mexer.

Por fim, Luther parou.

– Entre no porta-malas.

– O quê? – Warwick tentou falar, mas seu rosto inchado só emitiu um grunhido.

– ENTRE NO PORTA-MALAS.

Warwick tentou erguer o corpo, mas desabou. Pretendia fazer o que Luther mandasse. Ele estava lhe dando uma surra, então talvez não pretendesse matá-lo. Não estava usando a arma. Só queria lhe dar uma lição: Warwick devia deixar a família Cavanagh em paz. Ou quem quer que estivesse furioso com ele. Ele ia obedecer, para se ver livre de Luther Hand. Ia sumir da cidade. Mandaria um postal para Madeline, e talvez ela fosse encontrá-lo um dia. Talvez devesse ir para Darwin. Ou Perth. Ia desaparecer de Sydney sem olhar para trás.

Warwick se arrastou pelo asfalto pedregoso do estacionamento na direção da traseira do carro. Luther observou-o em silêncio.

Tinha deixado o porta-malas aberto.

Warwick não ia conseguir ficar em pé. Tinha certeza de que sua perna estava quebrada. E um dos braços também.

Luther se abaixou e o pegou no colo. A dor rasgava os membros machucados de Warwick. Ele só conseguiu gritar de dor. Sangue, lágrimas e muco esguichavam de seu rosto.

Ao ser jogado no porta-malas, Warwick ainda conseguiu abrir um dos olhos o suficiente para ver Luther debruçado sobre ele; a luz de um poste distante criava um halo em torno da silhueta gigante.

– Eu... – Warwick começou a falar, mas viu que não tinha forças.

Luther bateu a tampa, deixando-o na escuridão. Warwick sentiu alívio.

Acabou. Graças a Deus, acabou.

Quando escapasse, ia sumir de Sydney para não voltar.

Após alguns minutos, parou de tremer e percebeu a real extensão de seus ferimentos: ele fora espancado quase até a morte. Não queria morrer de hemorragia ali trancado. Esperava que alguém o encontrasse antes disso. Ia precisar de um bom cirurgião, alguém que consertasse seu rosto. O nariz estava quebrado, os olhos inchados quase não se abriam.

Então sentiu o mesmo cheiro de gasolina que havia sentido quando entrou no carro. Só que dessa vez estava mais forte. Algo pingou em seu rosto e fez arder sua pele machucada. Ele estava confuso.

Só compreendeu quando sentiu a temperatura subir. O porta-malas começou a se encher de fumaça. Ele chutou a tampa, gritando, tossindo, se debatendo, mas era inútil, ele sabia.

Não era uma lição.

Era uma execução.

Capítulo 40

– Já arrumei o quarto. Entre e fique à vontade.

– Obrigada – disse Mak, entrando no quarto.

Ainda bem que Loulou estava ocupada com o namorado, e Mula vegetava na frente da TV, assim ela não precisava manter a conversa embaraçosa. Mak se perguntou se Loulou fazia ideia do quanto ela estava constrangida.

O quarto de hóspedes modesto tinha sido transformado em um *spa* temporário: duas velas acesas, os móveis afastados para junto das paredes e um tapete de ioga estendido no chão ao lado de algumas toalhas dobradas. Sua bolsa de viagem estava num canto.

Mak respirou fundo.

– Quer dizer que você já foi massagista? – perguntou.

– Sim, é uma das minhas muitas profissões – disse Bogey, com uma risada baixa. – Fiz um curso de dois anos – ele fez um gesto indicando o tapete. – Quer se deitar?

– É claro – ela ficou de joelhos, tentando decidir o que fazer com as roupas. – Você gostava? De ser massagista?

– Sim. É bom ajudar as pessoas a relaxar. Ainda gosto de presentear os amigos com uma sessão de vez em quando.

– Duvido que eu já tenha conhecido alguém que faz caixões, toca numa banda e aprendeu massagem – comentou Mak.

– Acho que ainda não encontrei minha verdadeira vocação.

Fez-se um silêncio desconfortável enquanto Mak tirava o blusão e se esticava de barriga para baixo no tapete. De repente, ela se lembrou de que tinha enviado um único torpedo a Andy, perguntando se ele havia chegado bem à Virginia. Não tinha telefonado, o que era um pouco insensível da parte dela. Mas ele tampouco havia feito contato depois de aterrissar.

Não demore muito, Andy.

– É muita gentileza sua. Não precisa fazer isso só porque Loulou sugeriu.

– Não, o prazer é meu. Desde que você não se importe.

– De jeito nenhum – ela mentiu. Queria a massagem, mas isso não significava que estivesse perfeitamente à vontade.

Bogey perguntou qual intensidade ela preferia.

– Hã, pode apertar bastante. Não tenha pena de mim.

Eu gosto de sentir dor, é isso? Meu Deus, Mak...

A essa altura, suas bochechas estavam pegando fogo, mas por sorte ela podia esconder o rosto no travesseiro.

– Vou tirar a camiseta, está bem?

Era inútil tentar receber uma massagem vestida. Ela se apoiou nos cotovelos e puxou a camiseta sobre a cabeça. Sentiu um frio na espinha. Será que estava agindo certo? É claro que sim. É só uma massagem, afinal de contas. Ela mal conhecia Bogey, mas ele tinha sido tão companheiro durante a aventura no *Thunderball*, e era amigo do namorado de Loulou... Isso o tornava confiável, não?

– Tudo bem se eu abrir o seu...

– Não tem problema – disse Mak, esticando os braços para trás e abrindo o fecho do sutiã. As alças elásticas se soltaram com um estalo e ficaram penduradas ao lado de seu corpo.

Ela respirou fundo outra vez.

Agora suas costas estavam inteiramente expostas e vulneráveis. Ela sentiu o ar frio do quarto na pele. O rubor em seu rosto continuava, e Mak manteve a cabeça no travesseiro.

– Feche os olhos e relaxe – disse Bogey.

Ela escutou-o esfregar as mãos por alguns segundos, e, quando ele finalmente a tocou, elas estavam quentes. Sua pele respondeu com gratidão, e Mak sentiu o coração se acelerar. As mãos dele pareciam transmitir uma corrente elétrica.

– Respire fundo – ele disse.

Ela inspirou pelo nariz, enchendo o peito de oxigênio, e soltou o ar lentamente.

– Ótimo. Mais uma vez.

Ela repetiu a respiração, sentindo a cabeça flutuar. Com o vinho tinto, a sensação ficava ainda mais forte.

Bogey pressionou suas costas com a palma das mãos, fazendo sua espinha balançar de um lado para o outro. Ela escutou-o abrir o frasco de óleo e derramá-lo nas mãos e, então, sentiu que elas escorregavam por suas costas em movimentos circulares rítmicos. Ele acariciava sua pele com uma ternura quase amorosa, e, abandonando-se àquele toque delicioso, Mak se permitiu imaginar a interação dos dois como preliminares lentas e sensuais de um ato de amor.

– Isso é muito bom – ela murmurou, culpada e deliciada.

– Relaxe completamente e aproveite. Esvazie a cabeça.

Ela estava começando a sentir um calor entre as pernas. Ser tocada por outro homem, esse australiano jovem e fascinante, estava provocando um efeito, e ela percebeu o perigo. E se rolasse no tapete e o puxasse para um abraço? O que ele faria?

Sentiu seu corpo reagindo como reagiria ao sexo, como se aquele homem praticamente desconhecido estivesse estimulando cada centímetro de sua pele antes de penetrá-la e levá-la a um clímax que ela já sentia se aproximar.

Pare com isso, Mak! Pense em outra coisa.

Mas era impossível.

Talvez só estivesse se sentindo assim por causa da mudança de ares, ou talvez por causa do jeito como Andy lhe deixara e da proposta de se mudarem para Camberra quando ele voltasse, sem nunca ter tocado no assunto com ela antes, nunca pensado em como ela se encaixaria nos seus planos. Mak se viu tentada a aproveitar o momento.

Estava sozinha com aquele homem, talvez pela última vez.

* * *

Mak ficou aliviada quando Bogey foi embora.

Ele a massageou por quase uma hora e meia, antes de correr as unhas delicadamente por sua pele e perguntar como ela se sentia.

Ela estava em êxtase.

Agora estava se preparando para dormir, culpada pelo prazer que tinha experimentado. A tentação de passar dos limites quase a dominara.

E se tivesse cedido? O que faria agora? Contaria a Andy? Voltaria para o Canadá? Guardaria o segredo?

O que estava acontecendo com ela? Andy tinha viajado ontem, e ela já estava agindo como se eles estivessem separados há anos.

Mak escovou os dentes no banheiro de Drayson e se esgueirou de volta para o quarto de hóspedes vestindo uma camiseta longa e uma cueca samba-canção de Andy. As luzes estavam apagadas no apartamento, e um risco de luz tênue escapava sob a porta do quarto principal. Ela escutou Loulou rir e o colchão ranger. Eles estavam transando.

Ai, meu Deus.

Mak voltou para o quarto com vontade de chorar. Seu corpo estava explodindo de desejo. Ela devia estar relaxada, mas permitira que suas fantasias corressem soltas. Aquela hora e meia tinha sido uma longa preliminar agoniadora. Na verdade, não passara de uma massagem, algo que ele já tinha feito profissionalmente e gostava de proporcionar aos amigos. Ele era um amigo, mais nada, não estava interessado nela. Suas mãos fortes tinham tocado o corpo dela por amizade. Ele não podia saber o quanto ela o desejara.

Sentiu o aguilhão doloroso da solidão. Ela estava longe das pessoas que conhecia, longe de seu amor, vivendo uma vida desenraizada.

Mak estendeu a mão para o celular e começou a digitar um torpedo.

SAUDADES. TE AMO.

Apertou a tecla enviar e se deitou no sofá-cama.

Droga.

Com a testa franzida, meteu-se entre os lençóis que Loulou tinha escolhido, sentindo os calombos do colchão velho pressionarem pontos do seu corpo. Olhou para onde estava o tapete de ioga e sentiu um arrepio ao recordar o toque de Bogey. Cruzou os braços e olhou para o teto, tentando se concentrar nos desenhos formados pelas sombras. Tinha vontade de chorar.

Lutando contra os sentimentos de culpa e o desejo, Mak deixou seus dedos acariciarem as coxas enquanto imaginava ser tocada, abraçada, amada. Viu o rosto de Andy, que então se transformou no de Bogey. Sentiu outra vez o toque fervente de suas mãos fortes nas costas, deslizando para massagear a lateral dos seios, virando-a delicadamente e beijando sua boca com avidez.

Seus dedos encontraram o centro úmido, o ponto de prazer saltando sob a pressão leve. Não demorou a explodir, um suspiro escapando de seus lábios.

Mak ficou de lado e se enrolou em posição fetal, o conflito explodindo em sua cabeça. Queria que Bogey não tivesse ido para casa e, ao mesmo tempo, sentia alívio por isso. Quem era aquele homem de mãos fortes e natureza doce? Ela queria saber mais sobre ele. O que significavam esses sentimentos? Ou não significavam nada?

Capítulo 41

– Temos um problema – disse o Americano.

Ele não queria alarmar seu cliente, mas precisava lhe passar a notícia. Era segunda-feira de manhã, e eles tinham se encontrado no escritório de Jack Cavanagh para uma reunião de emergência a portas fechadas.

Jack estava vestindo seu uniforme habitual de calças cáqui e camisa social. Passou a mão trêmula pela testa.

– O que foi? Fale.

– Confirmei que o vídeo de Damien existe e, embora seja um pouco granulado, permite identificá-lo.

Jack fechou os olhos.

– Não quero ver.

O Americano assentiu. Seu contato bem remunerado na ANS tinha rastreado todas as comunicações eletrônicas de Meaghan Wallace nos dias anteriores a sua morte. A mensagem com vídeo tinha sido enviada do celular de Meaghan para sua amiga Amy Camilleri durante a festa, antes de o telefone ser supostamente "destruído" e perdido por Simon Aston. A senhorita Camilleri tinha o vídeo e, por isso, se tornara um alvo.

Quem podia saber para quantas pessoas ela o teria mostrado? Agora precisavam monitorar todas as comunicações dela e achar um meio de remover essa nova ameaça sem levantar muitas suspeitas.

– Os problemas iniciais foram resolvidos.

Jack tinha um ar solene.

– Ótimo.

– Mas esse é um dado novo. Vou cuidar do assunto.

– Seja discreto – disse Jack. – Como sempre – acrescentou.

– Não se preocupe – retrucou o americano.

Com a luz verde do seu cliente, ele agora ia contatar o senhor Hand para lhe passar novas instruções.

– Vou precisar de acesso ao seu jato particular.

Jack Cavanagh assentiu.

– Estará pronto em uma hora.

O senhor Hand tinha uma missão interestadual.

Capítulo 42

Como está se sentindo?

Mak estava revirando a despensa do apartamento de Drayson às 8h30 da segunda-feira quando o celular emitiu um bip. Ela o aproximou do rosto.

Ao ver o número, seu coração bateu mais rápido: era Bogey. Mak fechou os olhos e sacudiu a cabeça. Queria esquecer os sentimentos da noite anterior. Pelo menos não tinha feito nenhuma besteira.

Makedde se encostou no balcão da cozinha e respondeu ao torpedo, com os dedos ágeis pulando sobre as teclas.

Minhas costas estão muito melhores, obrigada. Volto para Sydney hoje. Agradeço muitíssimo.

Ela voltou a vasculhar a cozinha em busca de algo para comer, mas o telefone apitou outra vez dali a um minuto.

Que tal um café da manhã?

Que coincidência.

Mak estava revirando inutilmente o armário da cozinha havia cinco minutos em busca de algo remotamente comestível.

Tinha encontrado um resto de cereais no fundo de uma caixa amassada, mas não havia leite na geladeira. Tampouco encontrou ovos, frutas ou iogurte, nem mesmo pão. Nada que matasse a sua fome. As únicas opções pareciam ser geleia e vodca. Delícia.

Drayson e Loulou ainda não tinham dado sinal de vida, e Mak não tinha certeza de que Carmim estava em casa.

Combinado foi sua resposta, acompanhada de um aperto no peito. Queria vê-lo, mas sabia que sua motivação não era totalmente pura. *Não tem nada de mais*, pensou consigo mesma. *Você precisa fazer novos amigos*. Era normal. Ele sabia que ela tinha um namorado, afinal de contas, Mak mencionara Andy na primeira noite. O fato de terem assistido a um *strip* juntos, e de ele tocar seu corpo na noite anterior de um modo que a estimulara a buscar seu próprio prazer, não significava nada. Ela se satisfizera sozinha. Ele era apenas um dos novos amigos de Loulou. Nada de mais. Ninguém estava traindo ninguém, longe disso.

Passo aí em meia hora.

Mak leu o torpedo e imediatamente enrubesceu. Pulou no chuveiro, refrescou-se e vestiu calças pretas com uma camisa branca engomada. Depois de se olhar no espelho, mudou de ideia e vestiu seu jeans mais velho e rasgado, uma camiseta e as botas pretas. Sem formalidades.

Seja o que Deus quiser.

* * *

Mak se encostou no batente da porta do edifício, apertando a gola do casaco em torno do pescoço. Estava fazendo um frio fora do normal para a estação. Para não acordar Drayson e Loulou, tinha descido para usar o telefone e esperar Bogey.

Sentia um nó no estômago cada vez que pensava em Andy.

Sua infidelidade psicológica a perturbava. Estava morando com ele e tivera um orgasmo pensando em outro homem. Talvez não tivesse nada de mais, mas agora ela estava prestes a tomar o café da manhã com o mesmo homem. Mesmo se fosse algo inocente e normal, ela estava se sentindo culpada.

– Flynn – ele atendeu.

– Oi! Como vão as coisas?

– Tudo bem.

– Queria ver se conseguia falar com você antes de sair para trabalhar. – O vento forte a fez semicerrar os olhos. – Tentei ligar ontem à noite.

Ela sentiu o peso da culpa, muito embora sua pequena traição só tivesse acontecido na sua cabeça. A não ser que aquela uma hora e meia de prazer sob as mãos de Bogey pudesse ser considerada um ato sexual, com o que algumas pessoas concordariam. Não pretendia contar a Andy sobre a massagem, e por si só isso indicava seus verdadeiros sentimentos.

– É mesmo? Recebi seu torpedo.

– Ah, foi isso... – Mak balançou a cabeça. Idiota. – Como foi a viagem?

– Tudo bem.

Ele não gostava de falar ao telefone.

– Que bom – ela respondeu. – Espero que tudo saia bem. Ontem descobri uma pista importante para a investigação. Várias pessoas acham que ele é inocente.

– O drogado?

– Sim.

Ao se referir desse jeito a Tobias, Andy parecia insinuar que era óbvio que tinham prendido o homem certo.

– Ele é um viciado, Mak. Os viciados cometem crimes horríveis, e as pessoas próximas não acreditam. Ninguém quer admitir que seu filhinho querido possa ser um assassino.

– A mãe dele já morreu.

– Mesmo assim – ele retrucou. – Ouça, Mak... Andei pensando, e acho que precisamos conversar.

Sua voz tinha um tom estranho.

– Sobre o quê?

– Você sabe que eu me sinto mal por deixá-la sozinha por três meses. Quer dizer... Talvez eu demore ainda mais para voltar.

– Sim, e daí?

– Só quero que saiba que está tudo bem se você decidir não esperar por mim.

O quê?

Ela levou alguns segundos para registrar as palavras. Apertou ainda mais a gola do casaco em torno do pescoço. Do que ele está falando? Desejou poder ver o rosto dele, a expressão em seus olhos. A voz pelo telefone era muito impessoal.

Ela sentiu o coração afundar no peito.

– Quer dar um tempo outra vez? – ela perguntou, as palavras deixando um gosto amargo em sua boca.

Ele já tinha feito isso uma vez, quando ela estava no Canadá.

– Não. A menos que você queira – ele rebateu, frustrando-a ainda mais.

Mak queria que ele lutasse por ela, implorasse para ela ficar, para esperar por ele. Não isso...

– Acha que é melhor eu voltar para o Canadá?

Lágrimas se formaram em seus olhos, mas ela manteve a voz firme. Não podia acreditar que ele estivesse fazendo isso pelo telefone. Como era capaz?

– Não, não... – ele se apressou em explicar. – Você é quem sabe, é claro.

Mak crispou o maxilar, as lágrimas rolavam pelo seu rosto.

– Está bem, então, vou pensar no assunto.

– Não! Eu não me expressei direito. Não quero que me entenda mal. Só quis dizer que...

Que não se importa se eu ficar com outro.

– Não se preocupe, eu entendo.

– Eu quero ficar com você.

Tem certeza?

– Mas vou entender se...

– Se o quê? – ela disse, começando a se irritar.

Nesse momento, o Mustang restaurado de Bogey apareceu na esquina. O momento não podia ser pior.

– Desculpe, Andy, mas tenho que ir. Posso te ligar mais tarde?

– É claro. Eu pisei na bola, não foi? Não queria magoar você.

– Eu estou bem. Tenho que ir.

Mak desligou e secou os olhos.

Puta merda. Andy queria terminar com ela, era isso? Ou queria que ela ficasse? Não estava entendendo mais nada.

– Oi.

Humphrey Mortimer parou o carro charmoso na frente dela, com seu cabelo estiloso e o rádio tocando uma música que Mak não conseguiu identificar. Mesmo sem querer, ela sorriu ao vê-lo. O conversível era azul, com interior de couro cor de creme, e combinava perfeitamente com os cabelos negros e os óculos de Bogey. A capota estava abaixada, o motorista obviamente acostumado com o clima maluco de Melbourne, e o carro parecia ainda mais bonito do que quando ela o vira à noite. E, pensando bem, ela podia dizer o mesmo de Bogey.

Ele se inclinou sobre o banco e abriu a porta para ela – sempre um cavalheiro –, e Mak se acomodou no assento de couro macio. Ele estava usando jeans e botas pretas outra vez e uma camiseta desbotada dos Sex Pistols com as mangas enroladas, expondo os bíceps. Não parecia estar sentindo frio.

– Eu estava me desesperando de fome quando recebi sua mensagem – ela disse.

A boca bonita de Bogey se curvou num sorriso.

– Imaginei que não ia encontrar nada para comer naquela casa. Só geleia e vodca, certo? São as únicas coisas que o Drayson tem na geladeira – evidentemente, Bogey conhecia bem o amigo. – A que horas é o seu voo?

– Só à tarde.

Ela escutou o bip familiar do telefone dentro da bolsa. Ignorou o torpedo; não queria saber de Andy no momento. Acabara de se recompor e não precisava ler mais uma mensagem confusa dele.

– Posso lhe dar uma carona até o aeroporto mais tarde – Bogey ofereceu.

– Não se incomode por minha causa – ela disse, sorrindo feito uma idiota para esconder a tristeza. – Aluguei um carro e preciso devolvê-lo. Imagino que dê para devolver no aeroporto.

– Bem, se precisar de alguma coisa, é só falar – ele se pôs à disposição outra vez.

– Você não tem um móvel para pintar?

– Terminei ontem à noite. Ainda vou dar uns retoques hoje à tarde, depois que secar, mas tenho tempo de sobra. Não é incômodo algum.

Mak olhou para a frente. O vento soprava seus cabelos para trás, e ela já começava a se sentir melhor. Era exatamente isso que precisava: boa companhia e um estômago cheio. Ia se sentir muito melhor com um pouco de comida e uma conversa leve.

– Eu gostaria de conhecer a sua marcenaria.

– Tudo bem – ele dobrou uma esquina. – Diga-me uma coisa, você está se sentindo bem? Parece que está pegando um resfriado.

Os olhos dela provavelmente estavam inchados, e o nariz, um pouco entupido. Não tinha chorado todas as suas lágrimas. Ainda bem. Teria sido ridículo se Bogey a encontrasse chorando na calçada.

Uma cena patética.

– Deve ser o excesso de noitadas.

Mak se sentia totalmente à vontade com ele, e isso a espantava. Tinha a sensação de que, mesmo se estivesse chorando, ele não iria se importar. Não iria julgá-la.

– Conheço um lugar ótimo para tomar café da manhã, a algumas quadras daqui.

– Beleza.

Na verdade, era perfeito. Sua barriga estava roncando só de ouvir falar em comida. Não era prudente deixar uma Vanderwall com fome.

– Você não está de dieta, certo? – ele provocou.

Mak se irritou um pouco.

– O fato de eu ser modelo não significa que eu seja anoréxica, nem que passe o dia inteiro pensando nos meus culotes – ela partiu direto para o ataque, acostumada a ser cobrada por pessoas que mal conhecia.

– Pensei que você fosse psicóloga... e investigadora – estranhou Bogey.

Como eu sou idiota, meu Deus.

Mak ficou envergonhada. Ainda estava um pouco frágil.

– E sou. É que é tão comum as pessoas me criticarem pelo meu passado de modelo... O Mula mesmo estava fazendo isso.

– Não dê bola para ele. Você é linda, qualquer um pode ver. Mas também é muito inteligente. Seria um desperdício não usar o cérebro.

– Obrigada – disse ela, lisonjeada, mas ainda mais satisfeita por ele não ter objeções ao seu trabalho como modelo do que pelos elogios. Tantas vezes já tinha escutado perguntas do tipo: Ah, você é modelo? E fez faculdade? O que estudou, Educação Física?

– Só perguntei porque esse lugar aonde vamos serve umas panquecas maravilhosas.

– Panquecas? Oba! Com melado de verdade?

– Sim – disse ele, sorrindo. – O autêntico melado do Canadá.

Ela ficou feliz.

Bogey acelerou de leve, focando a atenção no carro à frente deles, que dobrou à esquerda sem dar sinal. Era o tipo de coisa que deixava Mak louca de raiva quando saía de moto. Mas em vez de gritar e xingar, como Andy teria feito, Bogey permaneceu tranquilo; seu carrão cruzava calmamente as ruas de Melbourne como um navio.

Mak relaxou e se deu ao luxo de desfrutar da companhia dele.

E por que não?

Capítulo 43

A campainha do interfone tocou quando Amy Camilleri estava a caminho da cozinha.

Quem podia ser?

Amy não tinha o hábito de atender a porta na casa de Larry. Não queria que ninguém soubesse onde estava, e, se fosse uma entrega para Larry, teria que esperar até ele voltar do clube. Mas a pequena tela do interfone se iluminou, e ela viu alguém parado do lado de fora segurando uma cesta com um lindo laço de fita. A cesta estava bem na frente da câmera, obscurecendo a visão do entorno, e Amy logo percebeu que ela trazia um presente especial. Havia um cachorrinho sentado dentro dela, um filhote de verdade com uma gravatinha vermelha no pescoço. O cartão na alça de vime dizia "AMY" em letras grandes dentro de um coração.

Não pode ser! Ela derreteu instantaneamente.

– Oh, Larry! – exclamou.

Sem fôlego de tão animada, Amy correu para a porta da frente e acionou o portão eletrônico. Recebeu a cesta do entregador e largou-a no chão, pegando o filhotinho no colo. Era um pequeno *poodle* preto de uns dois meses, com olhos grandes e pelo enroladinho. Ela sentiu o corpinho quente contra o peito e uma lambida úmida no pescoço.

Que surpresa adorável! Larry era muito atencioso e devia ter mandado o presente para ela não se sentir tão só enquanto ele estava no trabalho.

– Ai, meu Deus... Você é a coisa mais fofa desse mundo! – ela disse numa voz infantil ao cachorrinho que se contorcia em seus braços.

A *van* da entrega estava bem na frente do portão. COM AMOR – FLORES E PRESENTES estava escrito na lateral.

– Ele é uma graça – disse o homem com uma voz grave. Estava usando boné e uniforme, encostado na porta da *van* com uma prancheta nas mãos. Tinha um rosto estranho, com a pele repuxada. Ela desviou o olhar.

– É mesmo – ela disse sem jeito. O filhote lambeu seu pulso. – Nunca vi uma coisinha tão linda.

De repente, o entregador estava ao lado dela com a prancheta.

– Precisa assinar aqui. Tem alguma identidade?

Ela viera ao portão de mãos vazias.

– Espere um minutinho, vou buscar.

Amy lembrou que sua bolsa estava na mesa junto à escada. Correu para buscá-la e retornou sem largar seu novo amigo por um segundo.

– O Larry é mesmo um anjo – ela disse, mais para o cachorro do que para o entregador, enquanto procurava a identidade na bolsa. – Nem acredito que ele...

Suas palavras foram interrompidas por uma ferroada dolorosa no traseiro.

– O quê... – ela balbuciou, enquanto seu corpo enfraquecia.

Os joelhos de Amy cederam, e nesse momento Luther Hand a pegou no colo. Carregou-a para a *van* olhando por cima do ombro para ter certeza de que não havia testemunhas.

Capítulo 44

– Aqui estamos – disse Bogey. – Minha humilde marcenaria.

Depois das panquecas com melado, ele e Makedde tinham comprado picolés e caminhado da Rua Acland, em Saint Kilda, até a marcenaria transada de Bogey, a duas quadras de distância.

Mak tinha a sensação de estar de férias. Esqueceu-se momentaneamente da conversa com Andy.

– Adorei – disse ela.

A sala era estreita e comprida, com uma janela de alto a baixo na frente onde ele exibia um conjunto de mesa e cadeiras feitas à mão, em linhas minimalistas, sem ângulos retos. Os cantos eram arredondados e se fundiam com as pernas sem emendas aparentes.

– A mesa é feita de um único pedaço de madeira – comentou Bogey, ao vê-la admirando seu trabalho.

– Uau! Que tipo de madeira?

– Pínus.

Ela riu.

– Estou acostumado a usar esse material – ele brincou.

A parte da marcenaria aberta ao público era pequena, limpa e organizada. Ele conduziu Mak até uma porta nos fundos.

– Está preparada? Aí dentro está uma bagunça.

– Acho que posso aguentar.

Ele puxou a correntinha que pendia do teto, e uma lâmpada solitária se acendeu. Ela viu que era o espaço de trabalho dele. Diversas luminárias de pé tipo industrial apontavam para todos os lados, para que ele tivesse a iluminação ideal para ver cada detalhe da madeira enquanto trabalhava. Em um canto, uma bancada larga transbordava de desenhos e fotos de móveis e casas, para inspiração. Ao lado da mesa abarrotada, havia uma estante cheia de grossos livros de arte.

– Uau, você tem uma biblioteca e tanto – disse Mak correndo os dedos pelas lombadas e lendo os títulos: Arte Moderna, Arquitetura Clássica...

– Obrigada – disse Bogey com orgulho. – Eu coleciono livros de Arte e Arquitetura.

Mak pegou um volume da estante. Artistas da Austrália.

– Jeffrey Smart é o meu favorito. Ele consegue transformar a paisagem urbana mais desolada em algo bonito. Quer ver?

Ele abriu o livro numa página do meio e mostrou a Makedde uma série de ruas desertas pintadas à perfeição. Ele chegou mais perto, e quando ela ergueu os olhos houve uma faísca de eletricidade entre os dois. Ambos recuaram imediatamente, embaraçados.

– Eu também gosto de Arquitetura – disse Mak, para não deixar a conversa morrer. – Meu favorito é Antonio Gaudí. A *Sagrada Família* e o *Parque Güell* em Barcelona.

Mak considerava Gaudí o Salvador Dalí da Arquitetura, com suas formas derretidas e suas cores fortes. A igreja da Sagrada Família, que Gaudi deixara inacabada ao morrer, em 1926, atropelado por um bonde, parecia ser feita de cera derretida.

– Já esteve lá? – ele perguntou. – Que inveja.

– Quanto custa uma peça como esta, se não se importa de me dizer? – ela perguntou, apontando para a cadeira em estilo *sessentista* que Bogey tinha acabado de pintar na noite anterior.

– Bem, ela é feita à mão e sob medida para o cliente, e é um pouco cara pelo tempo que consome. Não se trata de uma peça fabricada em massa.

– Dá para ver que ela é única – disse Mak, admirando a peça. – Você é muito habilidoso.

– Obrigado. Esta vai ter um assento de couro vermelho – ele explicou, com as mãos abertas tocando o ar a centímetros da madeira.

– É linda. E também gostei dos seus caixões – ela acrescentou.

Encostado na parede dos fundos estava um esquife grande, decorado com tiras de carvalho envernizado. Era muito bonito. Ao lado dele havia uma fileira de modelos menores e mais simples. Mak nunca tinha visto coisa igual. Mesmo nas funerárias, geralmente se via apenas um caixão exposto de cada vez.

– Um restaurante chamado Dracula's encomendou estes aí. A decoração é toda inspirada nas histórias de vampiros.

Mak ergueu uma sobrancelha.

– O maior é o único esquife de verdade – ele explicou.

– Um esquife, não um caixão?

– Exatamente. É mais pesado e mais detalhado. Os esquifes custam caro. – Ele ficou em silêncio. – Desculpe. Isso deve ser mórbido demais para você.

Makedde sorriu.

– De jeito nenhum.

Bogey andou até sua obra mais recente e tocou a superfície com delicadeza.

– Mas sei que é estranho. Vou lavar as mãos e volto já. Fique à vontade.

Mak aproveitou para conferir o torpedo em seu telefone, do qual ela tinha praticamente se esquecido, fascinada com a conversa de Bogey. Provavelmente era de Andy, e ela duvidava que quisesse ler.

Mas não era de Andy.

O torpedo vinha de um número desconhecido. Levou algum tempo para carregar. Era um arquivo grande.

Uma foto de um borrão branco e marrom. O que será? Espere um pouco...

Não era uma foto, era um vídeo. Mak estreitou os olhos. Apertou o.k. e começou a assistir.

A mancha marrom e branca se moveu, a gravação de baixa qualidade gradualmente apurou o foco no que parecia ser um quarto. Ela aproximou o telefone do ouvido e escutou estalos de estática e vozes distantes. O branco era de uma lâmpada no centro do teto, e, à medida que a imagem foi se definindo, Mak conseguiu distinguir dois homens conversando, aparentemente sem saber que estavam sendo filmados. Um deles era branco e alto, o outro, oriental e mais baixo. O homem branco estava sem camisa. Com os ruídos do ambiente, Mak não conseguia entender a conversa entre os dois, mas sua linguagem corporal dava a impressão de que havia um desentendimento; um dos homens estava claramente alterado e nervoso, e o outro, tentando acalmá-lo. A câmera se deslocou para o que parecia ser o motivo da briga: uma jovem seminua deitada numa cama.

Mak sentiu o estômago se contrair.

Não era uma mulher, era uma menina de talvez 11 ou 12 anos de idade. Não estava se mexendo. Seus olhos abertos estavam fixos, como se ela estivesse morta. A câmera deu um *zoom* perto o bastante para que seu rosto ficasse nítido antes de abrir outra vez e retornar aos dois homens por alguns segundos. Então, houve um ruído, e a imagem deu um salto, perdeu o foco novamente e depois sumiu. Era o fim da gravação, que devia ter no máximo oito segundos.

– Meu Deus do céu! – disse Mak num sussurro quando Bogey estava voltando.

– O que foi? O que aconteceu?

Ela estava muda de espanto.

O que é isso?

– Mak, o que foi? – ele repetiu. – Está tudo bem?

Ela cobriu a tela do celular.

– Não foi nada. Por favor, me dê licença um minutinho...

Tremendo, ela se levantou e saiu para a rua. Bogey observou-a pela vitrine, obviamente preocupado.

Com o coração saltando do peito, Mak parou na calçada e ligou para o número que lhe enviara aquele vídeo horrível. Fitou o telefone em sua mão tensa enquanto ele chamava e chamava. Por fim, ouviu um bip. Sem caixa postal, sem identificador.

Amy? Foi você?

– Merda.

Aquele era o Damien Cavanagh? Com uma menina morta?

Se Damien Cavanagh estivesse abusando sexualmente de meninas que ele sabia que eram menores de idade, como Amy tinha dado a entender e as imagens pareciam confirmar, seria um fato extremamente sério e constrangedor para vir a público. Sem falar que isso era crime. O nome da família ficaria manchado pelos pecados do filho.

Mak tentou o número outra vez. *Eu sei que foi você... Atenda o telefone.* Mas não houve resposta.

Decepcionada, ela voltou à marcenaria. Sabia que podia entregar o vídeo para a polícia, que poderia identificar as pessoas e localizar o dono do aparelho.

– Você está bem?

– Sim, estou ótima – mentiu Mak.

– É sobre a sua investigação? – perguntou Bogey.

Ela assentiu.

– Vou lhe mostrar uma coisa, e quero que me diga o que você vê e se consegue reconhecer alguém, certo?

– O.k.

Ela hesitou. Devia mostrar a ele?

– Mas você tem que jurar que vai guardar segredo. Preciso confiar em você – acrescentou.

Respirou fundo e tocou o vídeo para ele. Bogey assistiu com a testa franzida. Quando terminou, ele olhou para Mak alarmado.

– Onde conseguiu isso?

– Não importa. O que você viu?

– Bem, hã... – ele começou, confuso. – Vi uma menina bonita quase sem roupa desmaiada numa cama e dois homens conversando. Um deles não me é estranho. Acho que já o vi em algum lugar antes. Fora isso, vi uma cama e um Whiteley.

– Um o quê?

– Uma pintura de Whiteley na parede.

– Um Whiteley? Onde?

Ela reproduziu o vídeo outra vez.

– Ali, atrás deles – apontou Bogey. – É um quadro de Brett Whiteley. Não é um dos melhores, mas com certeza é dele. Lembro-me bem desse retrato porque a mulher está pintando o corpo com batom vermelho. Acho que é dos anos 80.

Mak ergueu uma sobrancelha.

– Consegue ver esse detalhe?

– Acho que sim.

Ela revirou a bolsa e pegou o artigo de jornal amassado que Amy tinha deixado na mesa da Cantina do Leo.

– Acha que esse pode ser o homem sem camisa do vídeo? – ela apontou para Damien, como Amy tinha feito.

– Damien Cavanagh, o herdeiro? Preciso olhar de novo.

Os dois assistiram ao vídeo mais uma vez. Mak estava hipnotizada. Mal conseguia raciocinar. Por que diabos um homem como Damien Cavanagh, que tinha tudo na vida, iria se arriscar assim? Ela se lembrou da história do herdeiro do império Max Factor, o jovem e atraente Andrew Luster, que, apesar da fortuna e do *status* social, tinha escolhido drogar pelo menos três mulheres com GHB, uma substância conhecida como "Boa noite, Cinderela", e filmar a si mesmo estuprando-as enquanto jaziam inconscientes. Ele agora estava cumprindo uma pena de 124 anos nos Estados Unidos por seus crimes.

Damien Cavanagh não ia querer acabar do mesmo jeito, então por que uma pessoa como ele se envolveria naquela sujeira? Por que optaria pelos serviços de prostitutas ilegais quando havia profissionais – orientais, brancas ou de qualquer etnia que ele preferisse – à sua disposição? A experiência com elas seria diferente? Será que permitiam sexo sem proteção, ou com violência?

Qual é a motivação? Por que ele arriscaria tudo só pela sensação de poder?

As imagens congelaram outra vez.

Bogey sacudiu a cabeça.

– Acho que pode ser ele, sim, ou pelo menos alguém muito parecido. Mas o quadro é com toda a certeza um Whiteley.

Uau.

A família Cavanagh sem dúvida tinha poder e, com a posição que ocupava, eles fariam qualquer coisa para evitar passar de VIPs a criminosos comuns.

Se aquele vídeo tinha vindo de Amy, Mak precisava contatá-la urgentemente.

Capítulo 45

Luther Hand se ajoelhou para examinar a jovem deitada na *van*.

Amy Camilleri era bonita.

As mulheres bonitas não costumavam se aproximar dele. Mesmo as profissionais o rejeitavam ao ver seu rosto e seu tamanho imponente. Somente as prostitutas mais desesperadas de Mumbai tinham concordado em atendê-lo sem resistência durante todo o tempo em que ele morara lá, especialmente desde que a cirurgia plástica para corrigir as cicatrizes do rosto tinha dado errado. Elas sentiam medo dele, era visível em seus olhos. Luther sabia que tinha uma aparência ameaçadora. Percebera a repugnância no rosto de Amy assim que ela abrira o portão.

Agora ela não estava com medo.

O alvo, a senhorita Camilleri, estava caído na traseira da *van* alugada, com a boca aberta e os olhos vidrados, balançando-se de um lado para outro numa reação involuntária às drogas que ele administrara. Ao lado dela, o cachorrinho confuso lambia sua mão, querendo um carinho. Ela não respondia, apenas respirava profunda e lentamente. Luther lhe aplicara uma injeção intramuscular do anestésico cetamina, uma dose suficiente para mantê-la desacordada por uns trinta minutos sem maiores efeitos colaterais. Podia deixá-la no carro se quisesse. Ela não iria a lugar nenhum.

Estendeu a mão e fechou as pálpebras do seu alvo com as mãos calosas. Pareciam desproporcionais junto às feições delicadas cobertas com maquiagem leve.

Agora ela estava em paz.

Ele retornou à direção e percorreu várias quadras até uma alameda silenciosa ladeada por muros altos e latões de lixo atrás de uma fileira de casas, um local que escolhera pela privacidade, ao planejar suas ações. Em poucos minutos, tinha tirado o boné e trocado a camisa do uniforme de entregador por uma camiseta preta. Pôs os óculos escuros e foi para a lateral da *van* remover os adesivos, olhando para ambos os lados. A sinalização se desprendeu com facilidade; ele amassou tudo e jogou em um dos latões. Fechou a porta traseira dupla e viu que o alvo ainda parecia dormir, embora os olhos continuassem a se mover sob as pálpebras fechadas com espasmos rápidos. O filhote tinha voltado para a cesta e estava com a cabeça apoiada nas patinhas, fitando a moça.

Luther observou-a por um momento, desacordada sobre a manta de borracha preta estendida na van. Ela estava usando um shortinho jeans e uma regata escrita HUSTLER. Os olhos dele acompanharam as curvas, a forma das pernas nuas esguias, a minúscula cicatriz reta no joelho esquerdo, o sinal no peito, os seios que subiam e desciam com cada respiração pesada. Os cabelos oxigenados se abriam como um leque atrás da cabeça. Um dos joelhos estava dobrado, expondo a calcinha branca sob o short exíguo.

De volta ao trabalho, Luther disse a si mesmo.

Ele tirou os olhos do alvo para examinar sua bolsa. Se o que estava procurando estivesse ali dentro, ele não teria que voltar à casa do senhor Moon e desativar o equipamento de vigilância antes de entrar. Luther estava acostumado com câmeras de segurança, sabia montá-las e desmontá-las, mas com qualquer sistema sempre havia o risco de disparar algum alarme interno. Além disso, o pretexto da ausência da namorada do senhor Moon seria questionado se houvesse indícios da presença de um profissional. Era melhor tirá-la de casa por vontade própria, e por isso Luther permitira que ela voltasse para buscar a bolsa. Seu cliente queria aquele celular, e Luther preferia que o alvo o trouxesse a ter que entrar para pegá-lo.

Tinha aprendido a lição da maneira mais difícil em um de seus primeiros serviços na Costa Dourada, quando foi surpreendido pela esposa do alvo enquanto revirava inutilmente a casa em busca do item que precisava, um item que só depois ele se deu conta de que poderia ter convencido o alvo a lhe entregar voluntariamente. Era melhor evitar riscos desnecessários.

Luther montara guarda cuidadosamente. Sabia muito bem que a senhorita Camilleri estava sozinha na casa do senhor Moon. Se ela não tivesse retornado, ele teria ido atrás dela.

Ótimo.

O celular do alvo estava na bolsa, assim como sua carteira, um estojo de maquiagem e um chaveiro. Ele só precisava do telefone. A missão tinha sido um sucesso. Só havia mais uma instrução a cumprir antes de voltar para Sydney.

Luther conduziu a *van* até o beco que passava atrás da casa térrea de Amy em Richmond e estacionou junto à porta dos fundos. O alvo parecia estar com frio, seus lábios estavam levemente azulados, e a pele estava mais pálida do que antes. A manta de borracha não retinha o calor, e a *van* não tinha ar quente. Ela ainda estava respirando devagar, os olhos saltavam de um lado para o outro sob as pálpebras fechadas.

Luther calçou um par de luvas de borracha com um estalido alto que fez Amy virar a cabeça em sua direção.

O alvo está começando a acordar.

Ela o fitou com os olhos desfocados e semicerrados. Estava recuperando a consciência, mas não conseguiria se mover com agilidade por mais algum tempo. O mais provável era que permanecesse deitada. Ele estava confiante de que não precisaria amordaçá-la nem amarrá-la, mas não queria que ela estivesse lúcida enquanto a carregava, pois alguém poderia suspeitar se ela se debatesse.

– Assim você vai ficar quentinha – disse Luther, evitando olhar para ela. Pegou um cobertor grosso do banco da frente e o estendeu sobre ela, que ficou imóvel, ainda fraca demais para controlar os próprios músculos.

– Quem é você? – ela balbuciou.

Luther não respondeu. Preparou a seringa e pegou uma tira de borracha da maleta, depois se ajoelhou ao lado de Amy. Ela estava tremendo.

– Está tudo bem – ele disse, puxando o cobertor até o queixo da *stripper*. Pegou seu braço esquerdo e examinou as veias sob a carne pálida. Ela não reagiu nem resistiu ao seu toque. Ainda estava muito sonolenta, com o corpo maleável. Devia estar amortecida.

– Relaxe – ele disse em seu ouvido, amarrando a tira de borracha em torno do braço logo acima do cotovelo.

Luther não tinha muito jeito com as palavras. Não era sempre que precisava conversar, mas fez o possível para acalmá-la. A jovem ainda tremia, mesmo com o cobertor.

A veia na dobra do cotovelo estava começando a se destacar, azulada e inchada. Quando ficou visível, ele não perdeu tempo. Pressionou a ponta da agulha na pele, o que fez Amy se encolher quase imperceptivelmente. Luther apertou o êmbolo até esvaziar; a heroína pura fluiu para dentro da veia numa dose letal, irreversível.

– Ahhhhaaaa... – ela gemeu, virando a cabeça. Não estava sentindo dor, apenas uma onda de prazer e adrenalina.

Luther observou seu rosto, cobrindo gentilmente o braço outra vez. Quase imediatamente, a respiração tornou-se rasa e difícil, e a pele irrompeu num suor frio. Ele acariciou a testa delicadamente com a mão enluvada.

– Está tudo bem... – o látex nos dedos empurrava as gotas de suor. – Está tudo bem.

O alvo arquejou, e sua perna deu um salto. As câimbras estavam começando. A respiração diminuiu. O tempo todo, Luther ficou ajoelhado ao lado dela, sussurrando palavras calmas e passando a mão em sua testa, ao mesmo tempo em que acompanhava o ponteiro dos segundos no relógio de pulso.

Trinta segundos... Sessenta... Noventa...

Terminou em menos de três minutos. Quando ela parou de respirar, ele verificou seu pulso com a ponta dos dedos.

Está morta.

O alvo, a senhorita Amy Camilleri, de 21 anos de idade, tinha morrido de *overdose* de heroína. Era uma tragédia quando usuários de drogas, especialmente os que andavam deprimidos e ansiosos após a perda de uma pessoa querida, obtinham heroína em forma pura e, por descuido, subestimavam sua potência. Era ainda mais perigoso misturá-la a outras drogas, como o anestésico cetamina, por exemplo, que podia ser comprado nas ruas por jovens confusas que queriam esquecer a morte de uma amiga assassinada. Ainda mais triste, e potencialmente letal, era consumi-las sozinhas em casa. Podia não haver ninguém para ajudar se surgissem problemas. Mesmo um namorado protetor podia não pensar em derrubar a porta para encontrá-la, e os vizinhos podiam levar vários dias para reclamar do cheiro suspeito.

Na autópsia, não haveria dúvida sobre a causa da morte. Naquelas circunstâncias, era improvável que o inquérito se estendesse muito.

Luther enrolou o corpo inerte do alvo na manta de borracha, ergueu-a sobre o ombro e a carregou para dentro da casa pela porta dos fundos, que ele abriu com as chaves que estavam na bolsa. A casa era pequena, e ele não demorou a encontrar o lugar certo. Deitou o corpo nos azulejos cor de creme da cozinha já com a seringa na mão, tomando o cuidado de imprimir uma digital clara da vítima no êmbolo, conforme as instruções. Ficou com o celular, mas deixou as chaves e a bolsa na mesa da cozinha, o conteúdo espalhado casualmente ao lado do cartão de presente.

Amy, eu te amo mais do que tudo, dizia o cartão.

Luther largou a cesta junto à porta da frente e deixou o cachorrinho farejar o ambiente.

Depois ligou para o Americano para informar sobre as novidades.

– Melbourne foi um sucesso – disse, olhando para o corpo.

O filhote tinha dado uma volta pela cozinha e agora estava ganindo perto do rosto de Amy, com a cabecinha inclinada para o lado.

– Achou o que queríamos? – perguntou o Americano.

– Sim – garantiu Luther. – Está comigo.

– Muito bem.

Luther saiu, trancando a porta dos fundos atrás de si e tirando as luvas antes de entrar na *van*. Chegaria a Sydney antes do anoitecer para entregar o celular do alvo ao seu cliente.

E receber novas instruções.

Capítulo 46

– ... estou seguindo esta dieta há dois anos e...

Makedde Vanderwall passou o voo de Melbourne a Sydney ruminando cada palavra de Amy Camilleri. Ela ainda não estava atendendo ligações, mas Mak tinha certeza de que o torpedo com vídeo viera dela.

Foi assim que ela ficou sabendo do envolvimento de Damien Cavanagh na morte de Meaghan? Ou será que tem mais? Qual é a ligação? Quem é a menina deitada na cama?

Aquela reviravolta tinha varrido a conversa com Andy de seus pensamentos. *Não há nada que eu possa fazer no momento.* Mak queria poder pensar com mais clareza, mas tivera o azar de se sentar ao lado de um tagarela.

– Ela reverte o processo de envelhecimento – continuou o homem animado. Já tinha dado a Mak um cartão da sua clínica de estética. – Reverte o processo – repetiu.

Já chega.

Mak baixou o jornal que ela fingia ler.

– O envelhecimento não pode ser revertido – disse irritada. – É um processo natural. É a passagem do tempo. Portanto, por natureza, não pode ser revertido. Você não pode impedir o tempo de passar, só prevenir sinais físicos prematuros da idade. O que não é o mesmo que revertê-la – ela respirou fundo. – Fico feliz que tenha encontrado um programa de saúde que funciona para o senhor. Boa sorte.

Ela ergueu o jornal na frente do rosto outra vez, sentindo o olhar dele atravessar o papel.

– Quantos anos você tem?

Mak revirou os olhos por trás da página.

– Tenho 48. Por quê? – ela mentiu enquanto o fuzilava com o olhar.

Ele arregalou os olhos.

– É mesmo? Isso é fantástico – ele parecia perplexo.

– É a genética.

O voo não atrasou, e Mak ficou aliviada ao deixar seu novo amigo falador. Ligou o celular assim que desembarcou e guardou-o no bolso da jaqueta. Esperava que houvesse uma mensagem esperando por ela, qualquer coisa que explicasse o vídeo e suas origens.

Mak pretendia pegar um táxi e ir direto à polícia, mostrar o vídeo para o sargento Hunt e, se possível, verificar se o número que o enviara era de Amy Camilleri.

Passou pelos portões da área de desembarque com a cabeça baixa. Saiu do terminal e viu que havia uma fila imensa no ponto de táxi.

Droga. Vou demorar para sair daqui.

Para sua surpresa, levou um empurrão. Perdeu o equilíbrio e quase se esborrachou na calçada.

– Ei! – reclamou chocada.

Levou um segundo para perceber que a bolsa tinha sido levada do seu ombro.

– Ei! Pare aí! Polícia!

Saiu correndo atrás do homem. Ele era jovem, magro, usava bermuda de surfista, camiseta e tênis de corrida. E como corria! Mak partiu atrás dele com a mala na mão, mas ele se meteu entre os carros, atravessou a rua e entrou no estacionamento.

Merda!

– Pega ladrão! – ela gritou.

As pessoas em torno assistiam à cena meio pasmas, enquanto ela passava correndo e gritando. Por mais rápido que suas pernas se movessem, o rapaz parecia ser mais ágil. Estava se distanciando cada vez mais, e ela agora só via sua cabeça despontando aqui e ali entre os carros.

– Droga! Lá vai a minha bolsa! – ela exclamou, sabendo que era inútil. Parou no meio do estacionamento para recuperar o fôlego.

O celular tocou, e ela atendeu.

– Alô?

– Oi, Mak, tudo bem? – era a voz familiar da detetive Karen Mahoney. – Você parece meio cansada.

– E estou mesmo – retrucou Mak. – Karen, quero que venha me encontrar no aeroporto. É muito importante, e você vai me fazer um favorzão. Pode ser?

– É claro.

– Vou estar na delegacia do aeroporto, registrando uma ocorrência.

* * *

– Cabelos castanhos curtos – explicou Mak. – Estava de boné azul--claro e bermuda de surfista. Devia ter 1,75 e uns 20 e poucos anos.

Irritada, Mak sentou-se na salinha do posto policial, um espaço pequeno demais para a equipe que patrulhava o aeroporto. Devia preencher alguns formulários padrão para registrar o roubo da bolsa enquanto esperava Karen chegar. Não tinha esperança de recuperar seus pertences, mas era preciso denunciar o ladrão.

Um policial jovem e simpático, com calvície prematura e lábios carnudos, anotava o que ela ia dizendo.

– Mais alguma coisa? – ele perguntou, impressionado com a descrição detalhada.

– A bermuda tinha uma cor berrante. Acho que era da Mambo – ela acrescentou.

Ele sorriu.

– Já pensou em entrar para a polícia?

Mak devolveu o sorriso.

– Oi, Mak.

Ela se virou. A detetive Mahoney tinha chegado.

– Karen, esse é o guarda Milgrom – Mak o apresentou, ficando em pé.

– Como vai? – cumprimentou Karen. Ela estava com os cachos presos num rabo de cavalo apertado, mas as pontas ainda saltavam quando ela falava.

– Já terminamos? – Mak perguntou ao guarda.

– Ah, sim, claro. Desculpe.

– Obrigada. Espero que peguem o desgraçado.

No caminho de casa, Makedde contou tudo o que tinha acontecido – tudo menos a conversa com Andy, o *strip* de Charlotte e a massagem de Bogey. Isso ficaria para outra noite, quando estivessem de copo na mão.

– Tive um dia horrível, Karen. Nem sei como explicar. E preciso de um pezinho para alcançar a sacada. Minhas chaves estavam na bolsa.

– Não se preocupe – disse Karen.

– Depois vou lhe mandar um vídeo pelo celular, que você precisa mostrar ao Hunt. Está com seu telefone?

Karen confirmou com a cabeça.

Quanto mais rápido as cenas chegarem às mãos da polícia, melhor, ela pensou.

Talvez não tenha sido coincidência alguém roubar minha bolsa. Talvez ele quisesse o meu telefone!

Quantas pessoas sabiam que Mak tinha o vídeo? O remetente misterioso, Bogey, e quem mais?

– Acho que ele vai querer falar comigo depois de assistir.

– É?

– Não tenho a menor dúvida – disse Mak.

Capítulo 47

Não foi fácil entrar em casa pela sacada do primeiro andar, mas Mak deu um jeito. Lembrou a si mesma que precisava trocar as fechaduras agora que alguém estava com sua bolsa. Não podia se descuidar, especialmente levando em conta seu trabalho.

Estava prestes a ligar para Marian e contar o que tinha acontecido quando recebeu uma ligação de Brenda Bale.

Oh, Brenda...

Tomara que ela tenha finalmente resolvido procurar uma psicóloga mais apropriada para seus problemas e esteja ligando para desmarcar o horário de sexta-feira. Mak cogitou ignorar a chamada, mas achou melhor atender.

– Makedde Vanderwall

– Oi, Mak. É a Brenda.

– Como se sentiu depois da nossa última conversa? – perguntou Mak, pronta para sugerir uma mudança de terapeuta.

– Ótima, obrigada. Estou ligando porque acho que você devia falar com uma pessoa.

– Como?

– É a respeito da investigação. Espero que não se importe, mas Loulou comentou comigo.

Loulou, eu vou te matar.

Como ela podia fazer uma coisa dessas? Sabia que os casos de Mak eram sigilosos.

– Acho que essa pessoa pode ter informações úteis para a investigação. Tomei a liberdade de marcar uma reunião entre vocês para hoje à noite.

* * *

– Você é liiiiiiinda. Eu querooooooo...

Mak olhou para o homem grisalho que mal conseguia parar em pé, cheio de uísque e más intenções – seus olhos giravam nas órbitas, e suas roupas fediam. Ela apertou o passo.

– Liiiiiinda, vem cááááá...

– Vá para casa incomodar a sua esposa – ela disse, balançando a cabeça em sinal de reprovação.

O bêbado bamboleou no mesmo lugar, com a boca aberta e um braço estendido, tentando pensar numa resposta inteligente.

Odeio pinguços.

Mak não estava com paciência, não depois de tudo que já tinha acontecido. Tinha estacionado a moto na Rua Victoria e agora estava se aproximando do endereço que procurava. Era um lugar onde os famosos e os infames se encontravam para se divertir, e, embora já fosse tarde, a noite mal estaria começando para os vampiros, as prostitutas e *voyeurs* que animavam Kings Cross. Com a má fama trazida pelas boates de *strip*, sex shops e bordéis, não era de estranhar que algum corretor de imóveis esperto tivesse sugerido aos moradores do fim da rua que adotassem o nome de Potts Point. Mas eles estavam tapando o sol com a peneira.

Ela não teve que andar muito do famoso outdoor da Coca-Cola no coração de Kings Cross até o endereço mais civilizado em Potts Point, onde devia se encontrar com a tal Madame Serena indicada por Brenda. O sobrado era tão discreto que Mak passou por ele sem notar e teve que dar meia-volta. Uma porta vermelha desbotada com uma pequena placa confirmou o endereço.

A TORRE

ATENDIMENTO COM HORA MARCADA

Ela tocou o interfone e se identificou. Logo uma mulher jovem envolta em PVC lustroso veio recepcioná-la e depois voltou a isolar a casa de sadomasoquismo conhecida como A Torre do resto do mundo lá fora com duas trancas pesadas.

Nossa... Alguém por aqui adora a cor vermelha.

Mak se viu numa espécie de saguão com as paredes, o teto e os móveis pintados com tons uterinos. *A Torre* não era exatamente uma torre, mas simplesmente uma casa estreita com diversas "masmorras" nas quais os clientes podiam realizar suas fantasias de dominação e submissão. O piso era de concreto pintado de preto reluzente, e Mak teve medo de tropeçar, caso ele fosse tão escorregadio quanto parecia. Deu passos cuidadosos ao seguir a jovem pelo corredor.

– Meu nome é Electra.

Só podia ser. Electra tinha cabelos negros muito lisos e usava um macacão de PVC vermelho e preto que acentuava seu corpo atlético e a pele clara. Devia ser muito baixinha, porque mesmo de salto plataforma batia apenas no peito de Mak. Dava para imaginá-la como artista de circo, cortando o ar no trapézio antes de optar por uma vida mais teatral atrás da porta da *Torre.*

– Tem hora marcada? – Electra perguntou antes que avançassem.

– Tenho uma reunião com a Madame Serena. Meu nome é Makedde Vanderwall – Mak entregou o cartão da agência de Marian. – Sou investigadora.

– Obrigada. Ela está aguardando você. Se não se importar, por favor, seja discreta enquanto estiver aqui. A presença de uma detetive particular pode ser mal interpretada. E, além disso, raramente recebemos clientes mulheres.

– Não se preocupe...

O que ela acha que eu vou fazer? Pegar um chicote e sair distribuindo castigos?

– Por favor, venha comigo. A Madame já vai atendê-la.

Mak foi conduzida para uma sala de espera também vermelha e convidada a sentar em um sofá de couro preto. Tudo ali dentro parecia ser ou preto ou vermelho: as rosas no vaso, o sofá, as paredes, a mesa lateral, o piso, a jaula. Mak piscou atônita. Sim, era uma jaula.

Sozinha na saleta, Mak inclinou a cabeça para observar o objeto e ponderar seus usos. Levou algum tempo para perceber que não estava realmente sozinha. Outro cliente estava sentado imóvel na ponta de um sofá na parede oposta. Só o que ela podia ver eram suas pernas cruzadas na calça social e uma careca reluzente. Era tão miúdo e silencioso que ela mal o notara. Parecia razoavelmente normal, pelo que ela podia ver, só que estava com a cabeça enfiada no último número da revista *Fetiche*. Nada de arreios ou calças sem fundilho. Por enquanto. Mak teve a sensação desagradável de estar se intrometendo na diversão do homem. Talvez ele só conseguisse ver mulheres de batom vermelho, espartilho e chicote na mão quando ia ali. Por outro lado, seu visual de motoqueira talvez fosse exatamente o que ele estava procurando.

As divagações de Mak foram interrompidas quando alguém começou a descer a escada em caracol que terminava na sala de espera. A figura apareceu lentamente, como uma versão fetichista de Mae West. Seus sapatos de salto plataforma eram de verniz vermelho com pequenos recortes mostrando as unhas pintadas. As pernas estavam envoltas em meias tipo arrastão, porém mais sofisticadas e delicadas do que as que Loulou costumava usar. Uma saia apertada de látex negro lustroso começava no meio das coxas e subia até encontrar um espartilho vermelho sangue, de borracha rígida, que modelava uma cinturinha de vespa. Os seios se derramavam pelo decote, cobertos apenas por uma renda negra que descia pelos braços até dar a volta nos polegares. Madame Serena devia ter uns 50 anos e, surpreendentemente, usava pouca maquiagem além de uma linha grossa de delineador preto e do batom obviamente escarlate. Seus cabelos estavam presos num coque volumoso.

A dominatrix mais temida e reverenciada da Austrália. Uau.

– Venha comigo – disse a mulher com arrogância, e Mak se viu obedecendo como se estivesse diante da diretora da escola. O homem calvo que lia a *Fetiche* se manteve imóvel no sofá, mas o beiço esticado denunciava sua decepção por não ter sido chamado.

– Você é um menino mau, e meninos maus precisam esperar sua vez. Vou cuidar de você mais tarde – advertiu a Madame com voz severa, deixando Mak assustada.

Em vez de fugir correndo, o homem substituiu o beicinho por um olhar extasiado, embora não ousasse sorrir.

Mak subiu a escada atrás de Madame Serena até o primeiro andar da Torre. Escutou o estalar de chicotes e um gemido abafado, que a fez estremecer com uma curiosidade doentia.

Ela engoliu em seco.

Madame Serena conduziu-a a uma sala nos fundos onde havia um pequeno escritório. Fechou a porta e se sentou atrás de uma escrivaninha simples, oferecendo uma cadeira a Mak.

Tinha nas mãos o cartão que ela entregara a Electra. Examinou frente e verso em silêncio.

– Brenda disse que você pode ter informações para mim – disse Mak. – Muito obrigada por me receber.

– Brenda? Está falando da Madame Scarlet?

– É claro, me desculpe. Madame Scarlet.

– Sim, as segundas-feiras são calmas, e Scarlet me pediu para falar com você.

Mak assentiu com a cabeça. O que ela teria a dizer?

– Precisa entender que meu negócio depende fundamentalmente de discrição. Não está gravando esta conversa de nenhuma forma, está?

– Não – garantiu Mak.

– Não quero ter que depor num tribunal ou algo parecido. Seria o fim das minhas atividades.

– Estou trabalhando para um cliente particular, e não para a polícia.

Madame Serena estreitou os olhos por um instante, pensando.

– Eu protejo a privacidade dos meus clientes a qualquer custo. É uma parte importante do que faço. O único motivo por que estou lhe passando estas informações é que... acho que se trata de algo mais importante do que minhas regras habituais.

Mak esperava que Madame Serena realmente tivesse algo útil a lhe contar.

– Eu não estaria falando com você se fosse policial.

– Compreendo. Não sou policial, apenas uma investigadora.

– Mas o seu namorado é da polícia – disse a Madame.

– Hã, sim. Mas ele não se mete no meu trabalho, nem eu no dele. Esta é uma investigação particular, um assunto privado.

Era a primeira vez que alguém usava o nome de Andy contra ela, mas talvez devesse se acostumar com isso. Algumas pessoas desconfiavam da polícia, e Madame Serena parecia ter feito uma boa pesquisa sobre Mak.

– Também preciso que entenda que tudo que vou lhe contar é sigiloso. Madame Scarlet diz que posso confiar em você.

– Ela está certa. Nunca revelo minhas fontes. Isso seria o fim das minhas atividades.

Madame pareceu gostar do comentário.

– Não sei se entende exatamente o que fazemos aqui, mas oferecemos serviços extremamente profissionais para pessoas com necessidades especiais. Algumas meninas chegam aqui procurando trabalho, achando que só precisam desfilar de espartilho com um chicote na mão e que vão ganhar dinheiro sem fazer nada. Mas nosso trabalho é uma arte. Requer não apenas talento, mas também treinamento nas técnicas apropriadas e conhecimentos médicos. Não permitimos relações sexuais completas na Torre, mas prometemos um "final feliz" aos clientes, se assim desejarem. Algumas meninas não sabem lidar com a natureza íntima de certos serviços.

Mak assentiu, esforçando-se para imaginar como devia ser uma sessão. Por que era necessário ter conhecimentos médicos?

– Sua amiga Madame Scarlet era uma ótima colaboradora. Foi um golpe quando ela saiu daqui – continuou Madame Serena. – Eu gostava dela, e por isso concordei em falar com você.

Madame Scarlet não era exatamente amiga de Mak, mas sim uma cliente extraoficial, porém isso não importava. Era preciso obter informações sólidas para Marian, qualquer que fosse a fonte.

– Não somos como as outras casas que talvez você conheça. Não contratamos meninas novas toda semana como as boates da esquina. Temos mulheres experientes com talentos especiais, e gosto de mantê-las comigo. Nossos clientes vêm a nós em busca de um serviço de confiança, e não de dançarinas com peito de silicone.

Mak desconfiou de que estivesse ouvindo uma propaganda enganosa, mas não sabia por quê. Seria uma racionalização de Madame Serena sobre o próprio trabalho? Ela não tinha certeza de que deveria acreditar naquela admiração toda por Brenda/Madame Scarlet depois que esta abandonou o navio. Madame Serena evidentemente era uma mulher astuta. Talvez tivesse outros interesses além do código de honra entre dominadoras profissionais.

– A maioria de nossos clientes é muito fiel.

Mak escutou, perguntando-se quando Madame ia chegar às tais informações importantes e exatamente quais elas seriam.

– Mas esse nosso cliente no qual você está interessada... Posso lhe dizer que ele não é o tipo que preferimos por aqui.

Mak aprumou as orelhas. *Cliente?*

– Simon Aston tentou roubar algumas das minhas meninas. Queria que elas atendessem apenas os amigos dele.

Ah, Simon Aston.

– Como descobriu isso?

E como diabos descobriu que eu estou interessada em Simon? Loulou tinha a língua mais solta do que ela pensava. Não que tivesse agido mal armando aquele encontro esquisito para ela. Mas precisavam ter uma conversinha.

– Eu sei de tudo que acontece na minha casa – disse Madame Serena num tom incisivo, e Mak se aprumou na cadeira, tendo uma provinha de suas habilidades de dominação. – Simon não é um fetichista de verdade. Nem de longe – ela disse com desdém. – Ele é um caçador de emoções, nada mais que isso. Não suportaria nosso trabalho como ele deve ser.

– Recebe muitos clientes como ele? Caçadores de emoções? – perguntou Mak.

– Sim e não. Não recusamos os curiosos, mas tampouco atendemos todo marinheiro bêbado que bate na porta querendo um showzinho. Homens como Simon vêm e vão muito rápido, e tentamos evitá-los. Somos discretas. Nossa propaganda é de boca a boca, e procuramos satisfazer às necessidades da nossa clientela fiel. Por isso só trabalhamos com hora marcada. Alguns de nossos serviços requerem dias de preparação.

Dias de preparação? Mak estava cada vez mais intrigada.

– Simon Aston é o que eu chamo de curioso. Esses tipos aparecem de vez em quando, mas não duram muito. Suas necessidades são puramente superficiais. Depois de umas duas sessões em que ele só ficou babando em cima das meninas, sem solicitar nada de sério, começou a fazer propostas para que elas se apresentassem nas festas dele sem ganhar nada. Queria exibi-las para os amigos.

Mak assentiu. *Curioso...* Ela conhecia algumas pessoas assim.

– Ele tinha um interesse especial na minha menina mais jovem, que tinha 19 anos na época. Isso não é tão raro. Mas depois que ele a convidou para algumas festas e se cansou dela, o boato é que ele a repassou para Lee Lin Tan, que tem um bordel com prostitutas ilegais em Surry Hills. Escravas sexuais, basicamente, embora alguns prefiram pensar que elas são apenas imigrantes que se prostituem. Não ganham dinheiro algum, vivem em péssimas condições e não podem determinar suas próprias regras de trabalho. Parece que Simon e seus amigos conseguiram o que sempre quiseram: meninas menores de idade que não podem reclamar.

Mak sentiu o estômago revirar.

– Entendo – disse, anotando o nome de Lee.

Alguém que tentasse roubar as meninas estaria passando uma rasteira na Madame Serena, mas isso era muito mais sério. Espalhar a notícia anonimamente por intermédio de Mak podia garantir o envolvimento da polícia, e talvez por isso ela estivesse interessada no fato de o seu namorado ser detetive. Mak imaginou que ela gostaria de ver o negócio ilegal desmantelado, pois aquele tipo de concorrência não podia ser bom para ela.

– O que aconteceu com a menina que ele levou daqui?

– Não sei. Eu não a receberia de volta, é uma questão de lealdade.

– Sabe de algum contato? Eu gostaria de falar com ela.

A Madame balançou a cabeça. Fim de papo. Não ia divulgar o nome de uma ex-funcionária. Mak já esperava isso.

Que pena.

– O que você sabe sobre Simon Aston?

– Simon – disse Serena fingindo dar uma cusparada – é da pior raça que existe: uma sanguessuga. Usa os amigos ricos para conseguir o que quer, especialmente o Damien Cavanagh. Foi assim que seduziu minha colaboradora, com falsas promessas. Dizem por aí que agora ele e Damien têm o privilégio da primeira noite com as meninas que chegam da Ásia.

– De que idade nós estamos falando, você sabe?

– Meninas de 16 anos. Às vezes, até de 14.

Mak estremeceu só de pensar.

– Também queria saber se você conhece uma moça chamada Meaghan Wallace.

– Meaghan? Acho que não. O nome não me diz nada. Ela trabalha com fetiche?

– Não, acho que não. Mas tudo é possível. E esse Lee Lin Tan, sabe onde fica o bordel dele? Tem um endereço?

– Não. Mas todo mundo sabe. Se perguntar ao seu amigo policial, ele vai saber.

Certo.

– E tem certeza de que as meninas entram no país ilegalmente?

– Sim. Foi o que eu disse, não foi?

Madame Serena obviamente não gostava de ser questionada. Mas se a polícia sabia da existência de um bordel ilegal, por que simplesmente não o fechava? Particularmente se algumas das meninas eram menores de idade. Não havia repercussões sérias para esse tipo de crime?

– O.k. Muito obrigada pelas informações e pelo seu tempo. Sei que deve ser muito ocupada.

– Sim, sou uma mulher ocupada. Tenho clientes a atender – ela ficou em pé e se dirigiu à escada.

Às costas dela, Mak falou:

– Só uma última pergunta, se não se importar.

Madame Serena se virou com uma das mãos no corrimão. Sua expressão estava séria. Ela voltara ao papel de dominatrix, e sua paciência parecia estar acabando.

– Por que escolheu o nome Madame Serena?

Ela relaxou um pouco.

– É a minha palavra mágica – respondeu calmamente. – Meus clientes a usam quando não aguentam mais a dor. Eles dizem "serena", e eu paro o que estou fazendo.

Com isso, Madame desceu a escada e sumiu, deixando para Electra a tarefa de acompanhar Mak até a porta.

Uma palavra mágica para parar a dor, Mak pensou. Que bom seria se funcionasse na vida real.

Capítulo 48

Na terça-feira, Makedde dormiu até mais tarde. Entre o *Thunderball* e *A Torre*, ela havia passado algumas noites estranha e precisava pôr o sono em dia. Quando acordou e foi preparar seu café, achou a casa vazia sem Andy. Não que não estivesse acostumada às ausências dele, mas era diferente saber que ele não ia voltar logo mais.

Três meses.

Mak passou o resto da manhã pesquisando sobre Damien Cavanagh e sua família no computador. A internet estava cheia de informações sobre eles. O nome de Simon Aston também surgiu algumas vezes, mas sempre em menor frequência e sempre ligado a Damien. O bem apessoado Simon só era fotografado perto do amigo rico, como pano de fundo, nunca sob os holofotes.

Ao meio-dia, ela achou que Loulou já deveria estar acordada.

– Amiga! Tudo bem com você?

– Tudo ótimo, e você? – perguntou Mak. – Como vão as coisas com Drayson?

– Ah, ele é um fofo! Fofíssimo! Quando você vem nos visitar outra vez?

– Vai demorar um pouco, Loulou. Preciso terminar essa investigação e duvido que eu possa justificar outra viagem a Melbourne.

A não ser que a Amy entre em contato. Ela ainda não tinha dado sinal de vida, e Mak não tivera como confirmar que o vídeo viera dela, embora sua intuição não deixasse dúvidas.

– Loulou, tenho que lhe perguntar uma coisa muito séria.

Loulou fez uma pausa.

– É claro, amiga, qualquer coisa.

– Com quem você comentou meu caso? Contou a alguém que estou investigando Simon Aston? – ela perguntou delicadamente.

– Ah, querida, desculpe! Eu pensei que... Você sabe, achei que Brenda podia saber alguma coisa, e não é que ela o conhecia? Eu só estava tentando ajudar. Espero que não esteja zangada comigo!

Era difícil zangar-se com Loulou, especialmente quando sua língua solta possibilitara o encontro tão útil, ainda que bizarro, com Madame Serena. Mesmo assim...

– Loulou, eu preciso de sigilo. Isso é muito importante no trabalho de um detetive. Eu podia ter me dado muito mal.

– Ai, amiga!

Mak revirou os olhos.

– Sei que teve boa intenção, e a conversa com Madame Serena foi proveitosa, mas da próxima vez me consulte antes, o.k.? Alguns casos não podem ser divulgados de jeito nenhum.

– Está bem – disse Loulou com a voz solene. – Eu prometo.

– Ótimo.

– Então não está zangada comigo?

– Não. É só não fazer de novo.

Quando o telefone tocou, às 14 horas, Mak pensou que fosse o sargento Hunt querendo falar sobre o vídeo. Havia passado quase 24 horas desde que ela o enviara para Karen. Por que a demora?

Mas não era Hunt.

– Mak, aconteceu uma coisa. Pode vir ao escritório agora mesmo?

O sangue sumiu do rosto de Mak quando ela escutou o tom de voz de Marian Wendell. Sua chefe não era do tipo alarmista e sempre aparentava calma e tranquilidade.

– O que houve?

A resposta não aliviou a apreensão de Mak.

– Não é assunto para o telefone. Pode vir já para cá?

Mak trocou de roupa e foi para a agência o mais rápido que pôde, estacionou a moto preta em frente à porta e entrou correndo sem tirar o capacete. Encontrou Marian parada na porta da sua sala, um pouco menos composta do que o normal. Seus cabelos não tinham recebido a escova de sempre, e sua postura geralmente tão confiante denunciava certa insegurança.

Ela não estava sozinha.

– Olá, Pete – disse Mak, surpresa ao ver Pete Don ao lado de Marian.

Mak o conhecera quando ele foi convidado a dar uma aula no seu curso de investigação, e Marian tinha mencionado seu nome algumas vezes desde que Mak começara a trabalhar para ela, mas ele parecia fora do contexto no escritório. Dono da sua própria agência de detetives, ele era, afinal de contas, um concorrente direto.

O que está havendo? O que ele está fazendo aqui?

Pete era um quarentão com braços carnudos como um gorila e cabelos negros sempre presos num rabo de cavalo. Tinha bom humor e um sorriso cativante, mas sua aparência certamente lhe dava um ar ameaçador em outras circunstâncias. Conforme a lenda, ele tinha sido um dos melhores agentes infiltrados do Esquadrão Antidrogas da polícia de Nova Gales do Sul. Ainda exibia as tatuagens, mais visíveis que as de Bogey, os cabelos longos e a voz e a aparência de um beberrão fumante. Inteligente e corajoso, Pete Don tinha se infiltrado em todos os níveis da maior quadrilha do crime organizado do estado, ajudando as autoridades a obter provas que acabaram por levar à prisão diversos traficantes de renome.

Mas, após anos de trabalho disfarçado, sua carreira foi interrompida, e ele quase perdeu a vida, quando um exercício de rotina em direção tática foi observado por um curioso. Enquanto os policiais praticavam cavalinhos de pau e perseguições em alta velocidade, um homem perguntou a um funcionário da pista de corrida quem eram os motoristas. A resposta? É o Esquadrão Antidrogas. O homem então tirou fotos dos infiltrados com uma teleobjetiva e repassou-as a seus amigos no mundo do crime. Os agentes foram questionados e revistados ao voltarem ao trabalho nas gangues. Dois foram espancados até a morte quando descobertos, e, apesar de ter sido atacado com um pé de cabra, Pete conseguiu escapar com vida. Mas sua identidade veio a público, e ele não pôde mais retornar ao trabalho. Teve que optar entre um emprego burocrático na polícia e uma nova carreira com outro nome, e escolheu o setor privado.

Um dos lembretes mais óbvios de seu ajuste de contas com o crime organizado era o fato de não ter mais a cartilagem do nariz. Nunca se deu ao trabalho de fazer uma plástica reconstrutiva e, na verdade, parecia se orgulhar das cicatrizes, pelo menos em certos círculos. Tinha feito Mak tocar seu rosto no segundo dia do curso.

– Pode passar a mão – ele insistiu. – Dê uma boa olhada e uma apertadinha, assim não vai mais ser uma distração.

A textura era de massa de modelar.

Pete estava dando voltas pela sala de espera, segurando o que Mak reconheceu ser um dispositivo para varredura de grampos. Estava ligado, e uma sequência de luzinhas vermelhas piscava enquanto ele vasculhava a sala em busca de frequências transmitidas por escutas clandestinas.

– Estamos limpos? – perguntou Marian.

Pete assentiu com a cabeça.

– Alguém esteve no escritório – Marian anunciou solenemente.

Mak não tinha certeza do que ela queria dizer.

– Como assim "esteve no escritório"? O escritório foi arrombado?

– Alguém revirou tudo.

As salas não pareciam reviradas.

– Sumiu alguma coisa?

– Ainda não tenho certeza, estamos fazendo um levantamento. Foi uma ação bem planejada. Eles examinaram todos os arquivos. Por isso chamei você aqui. A pasta do caso Groobelaar desapareceu. Você não a levou para casa?

Mak sentiu o sangue gelar nas veias.

– Não!

Por sorte, todas as informações que tinha reunido até o momento estavam em seu laptop, mas o roubo da pasta podia pôr em risco o sigilo do cliente.

– A sua bolsa também foi roubada – Marian estreitou os olhos. – É muito azar.

– Parece que a bruxa anda solta por aí, não é mesmo? O senhor Groobelaar já sabe disso?

– Ele foi informado, mas não se abalou tanto quanto eu temia. Ele sabe que seus dados estão protegidos.

Marian nunca anexava o nome do cliente nem recibos de pagamento aos arquivos de casos. Todas as informações ficavam bloqueadas no sistema. Quem quer que tivesse roubado a pasta não poderia identificar o cliente, mas ainda assim teria acesso a muitas informações sobre as pessoas investigadas.

E agora eu provavelmente vou perder o emprego. Depois de todo esse esforço.

– Ele cancelou o serviço? – perguntou Mak, temerosa.

– Não. O caso ainda é seu, a menos que queira sair fora.

Mak nunca havia desistido de nada na vida, e muito menos de algo tão interessante.

– De jeito nenhum – disse ela. – As câmeras não filmaram o invasor?

Marian era meticulosa quanto à segurança e tinha instalado um sistema de circuito fechado. Havia uma câmera escondida na porta da frente, uma na sala de espera e outra no escritório principal.

– Não, as câmeras foram desligadas. O sistema avisa a Pete quando uma delas é desarmada, mas quando ele chegou aqui não havia mais ninguém.

Pete era especialista em vigilância eletrônica. Seu trabalho anterior como policial infiltrado lhe rendera muita experiência. Era a primeira vez que Mak se dava conta de que ele tinha instalado as câmeras da agência. Seria uma boa ideia, sendo ele um concorrente?

– Tudo parece normal – comentou Mak. – Por que está fazendo varredura?

– Encontramos um grampo embaixo da mesa – disse Pete.

Merda.

– É sério?

– Foi um serviço profissional, disso eu não tenho dúvida – ele continuou. – Algumas pastas sumiram, incluindo a do seu caso, então recomendo que tome cuidado. Pode ser que alguém não esteja gostando de ser investigado.

Mak pensou na possibilidade. Até agora, seu trabalho se concentrara em quatro pessoas. A primeira era o cliente, que, na opinião dela, não teria motivo para roubar as informações pelas quais já estava pagando. A segunda era a vítima, que estava morta. A terceira, Tobias, que estava na cadeia. A quarta pessoa era Simon Aston.

Simon Aston, o curioso... Ou, quem sabe, o próprio Damien Cavanagh?

– Por favor, me diga uma coisa: as outras pastas roubadas são de casos em andamento? – perguntou.

– Não. Pelo que constatamos até agora, só o seu caso ainda está aberto. O que me leva a pensar que eles podem ter levado as outras pastas para disfarçar.

– Interessante.

– Muito.

– Mak, eu odeio ter que fazer isso, mas preciso saber de uma coisa. Quero que responda com toda a franqueza.

– Está bem.

– Você comentou algum detalhe do caso com seu namorado ou algum colega dele?

Mak fez uma pausa, tentando pensar nas implicações.

– Sim – admitiu. – Repassei aquele vídeo, como lhe contei – ela tinha mandado um torpedo para Marian ao chegar em Sydney. – Achei que a polícia precisava saber. A menina pode estar morta. Mas, como não se trata de Meaghan Wallace, provavelmente não tem a ver com nossa investigação.

Ou será que tem?

– Discuti alguns aspectos do caso com uma policial na qual confio – continuou Mak –, mas não citei detalhes do cliente nem outras informações delicadas, apenas minhas teorias sobre o assassinato e o principal suspeito. Não acredito que ele seja o culpado.

Ela e Karen tinham falado sobre muitas coisas no caminho do aeroporto, mas nada que Mak achasse que podia comprometer a investigação, muito pelo contrário.

– Então não mencionou o nome de Groobelaar para ninguém? – perguntou Marian, pensativa.

– Jamais faria isso.

– Boa menina. Sabia que não, mas tinha que perguntar.

– Não tem problema.

É claro que Marian devia estar se sentindo violada, sabendo que alguém tinha entrado em seu escritório.

– Espere um segundo... Está dizendo que acha que pode ter sido obra da polícia? – perguntou Mak.

– Só o que sei é que foi um serviço profissional – disse Marian. – E, se o motivo foi o seu caso, você precisa ter cuidado. Não faça nada que possa comprometer sua segurança ou custar sua licença.

Mak suspirou. Às vezes, forçava um pouco os limites estritamente legais, mas raramente quebrava as regras. Em vista dos acontecimentos, estava contemplando algumas ações que não estavam previstas na lei que regulamentava as atividades dos detetives particulares.

– E você deve ter lido o artigo do jornal. Achei que ia ficar chateada por relembrar o julgamento.

– Que artigo? Que jornal? – Mak sentiu o dedão do pé comichar, exatamente onde o cirurgião o reimplantara. – Por que publicaram um artigo sobre aquilo? O julgamento terminou faz quase três anos.

– Não sei. Mas sua foto está no jornal de hoje. Tem uma cópia na sala de espera. Diz que você está trabalhando para mim e insinua que foi porque não conseguiu emprego como psicóloga. Tem todo jeito de notícia plantada. Acho que alguém quer prejudicar você, Mak.

Ela sentiu o rosto enrubescer. Correu para a sala de espera e pegou o jornal, seguida de perto por Marian e Pete. Teve que folhear diversas páginas até encontrar a nota.

VÍTIMA DO ASSASSINO DO SALTO ALTO TEM VIDA SECRETA EM SYDNEY

A única vítima sobrevivente do Assassino do Salto Alto, a modelo canadense Makedde Van der Wall, voltou a morar discretamente em Sydney com seu namorado policial, apesar dos horrores que sofreu aqui

há cinco anos. O Maníaco do Salto Alto, o assassino mais violento e prolífico da história do país...

Mak achou que não ia conseguir ler mais, mas logo encontrou o trecho de que Marian falara.

... apesar da formação em Psicologia, Van der Wall não conseguiu achar emprego na área. Está trabalhando secretamente para a Marian Wendell Investigadores Particulares, onde talvez seu passado não levante suspeitas.

Secretamente? O que havia de secreto na vida dela? Mak fitou o jornal incrédula, sentindo a raiva crescer no peito. O artigo a descrevia como uma doida fracassada.

– Como podem publicar uma coisa destas? Até meu nome está escrito errado! Quem foi que escreveu isso?

Como tudo pode desabar em alguns dias?

– É puro veneno, Mak. Não leve a sério – disse Marian com calma.

Por que eu? Por que agora?

– Ninguém acredita nesses tabloides.

– Você comprou uma cópia, não foi? – retrucou Mak. *Assim como centenas de milhares de outras pessoas.*

Marian encolheu os ombros.

– Acho que você tem razão. Alguém está tentando me desacreditar – Mak disse com toda a calma possível. *E acho que sei quem pode ser.* Ela se virou para Pete: – Seu amigo Sergei ainda está aberto?

Pete abriu um sorriso.

– Quer fazer umas comprinhas?

Mak devolveu o sorriso, mas por dentro estava furiosa. E a única coisa a fazer nesse estado era trabalhar.

* * *

Mak chegou em casa e estacionou a moto ao lado do Honda vermelho de Andy. Ia ter que pegá-lo emprestado outra vez; claro que ele não iria se importar. Precisava de um carro para o que pretendia fazer.

Ligou para o contato de Pete, Sergei.

– Oi, desculpe incomodar. Sei que já deve estar fechando.

– Exato.

– É urgente. Só preciso de alguns itens. Como está o seu estoque no momento?

– Bem sortido.

– Posso dar um pulo aí?

A pausa foi mínima. A registradora de Sergei estava sempre disposta a aceitar mais um pagamento.

Quando Mak parou em frente à lojinha modesta na Rua Parmatta, com a placa que anunciava "SPY WORLD" abaixo de um desenho de dois olhos desconfiados, Sergei já estava abrindo a porta para ela.

– Como posso ajudá-la, senhorita Vanderwall?

Sergei nunca chamava as pessoas pelo primeiro nome. Era um imigrante russo alto e magro, de sotaque pronunciado, cabelos à escovinha e um talento notável para transformar qualquer item doméstico – álbuns de fotos, latas de sopa, relógios de mesa, interruptores, termostatos – em equipamentos de vigilância. Provavelmente seria capaz de implantar uma câmera na dentadura de algum velhinho desavisado.

– O de sempre, Sergei, nada muito sofisticado.

Mak o seguiu até o primeiro andar. Dentro da loja havia armários de vidro com todo tipo de equipamento de segurança que Mak já tinha visto.

– O que vai querer?

– Dois grampos de telefone.

Sergei foi buscar os aparelhos na sala dos fundos enquanto ela examinava as câmeras minúsculas com inveja. Um dia, gostaria de ter um serviço em que precisasse usar uma de suas famosas câmeras de botão. Era uma lente posicionada no orifício central de um botão comum. Captava imagens absolutamente nítidas e as enviava para um receptor que Mak podia carregar na bolsa. Era uma obra de arte e vinha até com botões extras para que o casaco não chamasse atenção. Só um olho muito bem treinado, e muito desconfiado, seria capaz de identificar a lente. Um dispositivo semelhante podia ser montado na cabeça de um parafuso, para ser afixado a qualquer parede. Era uma unidade de vigilância de alta qualidade, e custava muito caro. Mak não teria condições de comprá-la a não ser que algum cliente pagasse a conta, e o caso em que estava trabalhando não exigia que ela filmasse as atividades de ninguém. Pelo menos por enquanto. Mesmo assim, ela admirou os objetos expostos como se fossem joias raras e preciosas.

Sergei retornou com as escutas, que eram basicamente pequenos grampos duplos que deviam ser presos na linha telefônica. O gravador só começava a rodar quando a linha era ativada, de modo que só registrava conversas.

Ele também parecia estar escondendo alguma coisa nas costas. Mak se assustou.

– Sergei, o que você está...

– Achei que ia gostar de dar uma olhada – ele disse, triunfante, entregando-lhe um par de óculos escuros.

– Não acredito! – ela exclamou quando viu que se tratava de uma armação enorme ao estilo Jackie O.

Sergei sorriu satisfeito.

Ela experimentou os óculos.

– São lindos. Simplesmente perfeitos! – ela puxou os cabelos para trás e conferiu o alcance. – Uau!

Aplicando tinta refletora com uma pistola de ar, Sergei tinha transformado o acessório de grife em óculos de espião. Por fora, pareciam perfeitamente normais, mas os cantos internos das lentes eram espelhados, de modo que quem os usasse podia enxergar atrás de si. Mak ficou impressionada.

– Não posso acreditar que fez isso.

– Foi você quem deu a ideia de usar um modelo chique.

Sergei já vendia óculos de plástico barato sem nenhum estilo e devia ter prestado atenção na sugestão dela.

– Neste caso, sou obrigada a levar esta belezinha, não é mesmo?

Ela pôs os óculos no balcão ao lado dos grampos.

Sergei estava praticamente explodindo de orgulho.

– E o telefone?

– É perfeito, obrigada. Usei no mês passado, num caso de fraude de seguros.

Ele tinha lhe vendido um celular falso equipado com uma pequena lente onde normalmente ficava o infravermelho. Mak podia deixá-lo sobre qualquer mesa, apontado para o que quisesse filmar, ou então segurá-lo na mão fingindo ler mensagens enquanto gravava tudo que seu alvo estivesse fazendo. A resolução era incrível.

Só tinha usado o telefone uma vez até agora, mas a seguradora gostou do resultado. Filmou o beneficiário de uma indenização por acidente de trabalho jogando boliche, muito embora seu laudo afirmasse que a lesão nas costas o impedia de levantar qualquer objeto pesado. Ele nem suspeitou.

Mak fez uma pausa, pensando em que mais podia precisar. Sergei tinha muitos equipamentos tentadores que estavam fora do seu orçamento.

– Ah, sim, quase me esqueci... Você tem um adaptador duplo?

* * *

Marian costumava dizer que não existiam coincidências, e talvez tivesse razão. A bolsa de Mak fora roubada, a agência, grampeada, e a polícia nem tinha entrado em contato para falar sobre o vídeo. Mas Mak ainda resistia à ideia de que algum policial podia ter levado os arquivos e instalado escutas no escritório de Marian sem mandado de um juiz. As implicações eram sérias.

Ainda assim, as coisas estavam ficando cada vez mais estranhas.

Se não existiam coincidências, então alguém estava a par da investigação, e não devia estar gostando nem um pouco. De agora em diante, ia ser ainda mais discreta, especialmente na próxima fase. Invadir um escritório era exatamente o tipo de coisa que uma pessoa culpada faria para descobrir o que os outros sabiam sobre suas atividades. Mas quem seria? Robert

Groobelaar não tinha motivos para roubar a própria pasta, Tobias estava preso, e isso só incriminava Simon Aston e seu amigo rico. Era neles que Mak pretendia concentrar seus esforços até obter respostas.

Capítulo 49

– A polícia está rondando a casa.

O Americano franziu o cenho. Nenhum policial devia estar incomodando os Cavanagh. Nem agora nem nunca. Era responsabilidade sua garantir isso.

– É um Honda vermelho – disse Stone, seu vigia. – Passou duas vezes bem devagar, com o farol apagado. Agora está parado mais adiante com o motor ligado. Não sei se está planejando entrar.

Podia haver problemas.

– Já tem um nome? – ele perguntou.

– Verifiquei a placa. O carro está em nome de um tal de Andy Flynn. Detetive de Homicídios.

– Certo. E o portão da frente está fechado?

– Sim.

Os muros que protegiam a casa dos Cavanagh eram altos e não podiam ser escalados com facilidade, e o portão da frente era praticamente impenetrável. A polícia não podia entrar sem um mandado de busca, e o Americano ia dar um jeito para que não conseguissem um. Ele aconselhou que não atendessem, se tocassem a campainha.

– Certo. O cliente está em casa – disse o Americano. – Fique de olho no carro. Eu vou...

– Espere – interrompeu Stone. – O carro está se movendo outra vez. Ele está indo embora. Não é ele... É ela. Tem uma loira na direção.

– Então não é o detetive? – ele perguntou, confuso.

– Não, a menos que ele esteja escondido ao lado dela. É uma mulher, e parece estar sozinha.

– O que ela está fazendo agora?

– Está quase no fim da rua. Acho que está indo embora.

– Vá atrás dela.

Capítulo 50

Mak se abaixou no banco do passageiro do Honda vermelho de Andy.

Segundo as informações que obtivera, Damien Cavanagh ainda morava com os pais na luxuosa mansão de Darling Point, embora tivesse quase 30 anos. Provavelmente ficaria lá para sempre, sem nunca ter que trabalhar. Já ela tinha saído de casa aos 15 para trabalhar como modelo em outros países. Será que teria sido o tipo de Damien aos 15 anos? Teria sido ingênua a ponto de ir a uma das festas dele?

Como Mak havia constatado, a mansão dos Cavanagh era cercada de muros altos de pedra. A casa em si não era visível da rua, e ela não teria como escalar aqueles paredões. Será que da água teria uma visão melhor? Não tinha um barco, mas podia alugar um.

Não há nada que você possa fazer hoje. E não se esqueça, ele sequer está na lista do cliente.

Mas Simon Aston estava.

Ela ia observar a casa de Simon e, quando tivesse uma chance, queria entrar e plantar uma escuta. Poderia ter uma longa espera pela frente. Nesse meio-tempo, ia ficar sentada no banco do passageiro com as luzes e o motor desligados, como se estivesse esperando o motorista voltar. Poucas pessoas iam reparar numa mulher aguardando dentro de um carro, e ela se abaixou para que algum passante que a visse tivesse a impressão de que o carro estava vazio.

Observou e esperou. Pete Don tinha avisado que era comum os investigadores caírem no sono em situações como essa. E agora ela entendia por quê: era mesmo um tédio.

Por fim, a luz da sala de estar se apagou, e alguns minutos depois outra lâmpada se acendeu, iluminando a entrada da garagem. Um homem estava saindo da casa.

Era Simon.

Mak se aprumou. *Então é você.*

Com certeza era ele, embora os cabelos estivessem um pouco mais longos do que nas fotos que ela tinha visto. Ele era atraente, com feições bonitas e o corpo em forma, embora houvesse algo em seu queixo: pontos e um corte.

Estava sozinho. A casa estava às escuras, devia estar vazia. Ela observou Simon trancar a porta da frente, olhar para os dois lados e andar até a *van*. Só pessoas com medo ou culpadas olham para os dois lados ao sair de casa.

Simon deu a partida na *van* e se afastou.

Onde você está indo às 20 horas desta noite tão agradável?

Depois que ele dobrou a esquina, Mak pulou para o banco do passageiro do Honda e o seguiu, mantendo uma distância cautelosa. Ele foi até Campbell Parade, a rua dos restaurantes em Bondi. Será que ia se encontrar com alguém? Isso era relevante para o caso?

Simon estacionou.

Mak passou da rotatória e observou-o pedir uma pizza sozinho.

Vai levar para comer em casa.

Era a oportunidade que ela esperava. Voltou à casa de Tamarama o mais rápido que pôde, sabendo que tinha talvez quinze minutos para entrar e instalar o grampo com segurança.

Tomara que dê certo.

Mak parou na mesma vaga que havia parado antes, calçou as luvas de couro e atravessou a rua. Não queria acabar como Ferris Hetherington, com a carteira de motorista presa na porta, e por isso tinha trazido seu conjunto de ferramentas capazes de manipular o miolo do tipo de fechadura que se encontrava na maioria das residências. Tinha pesquisado a técnica, mas ainda não possuía muita experiência prática.

Era o momento de testar sua habilidade.

Esperava que Simon não tivesse instalado nenhuma tranca extra, ou seu plano estaria liquidado, e também que a fechadura não tivesse mais do que cinco pinos, pois esse era o máximo que ela já havia enfrentado com sucesso. Quanto mais pinos a alinhar, maior o desafio.

Você consegue.

Lá dentro, o grampo de radiofrequência disfarçado de adaptador duplo funcionaria bem no escritório ou mesmo no quarto. Se ele já estivesse usando um adaptador em uma das peças, como muitas pessoas faziam, ela simplesmente o substituiria, e ele jamais iria notar. A única diferença era que o adaptador grampeado era ligeiramente mais pesado. Em tudo mais, era absolutamente idêntico aos dispositivos encontrados na maioria das casas. Não precisava voltar para buscá-lo ao terminar o serviço, já que, na remota eventualidade de ser descoberto, não havia como rastrear sua origem. Um ou dois dias sentada no carro a uma quadra de distância, sintonizada na frequência correta, e ela saberia de tudo que Simon estava tramando. Talvez até pudesse confirmar se ele tinha encomendado o roubo de sua bolsa ou a invasão da agência de Marian. Não que pudesse provar isso num tribunal, é claro, porque tudo que ela estava prestes a fazer era totalmente ilegal.

Quatro minutos depois, ela ainda estava lutando contra a fechadura da porta dos fundos.

Porcaria!

A fechadura tinha sete pinos, e não cinco. Seu tempo estava acabando. Com sorte, ainda teria cinco minutos para entrar e instalar a escuta antes de Simon voltar com a pizza. Poderia grampear o telefone mais tarde, se fosse seguro, mas aquela era uma tarefa ainda mais complicada.

Droga!

Todas as portas e janelas estavam trancadas, ela havia verificado antes. A porta dos fundos parecia ser a melhor opção. Ficava protegida da rua e das janelas dos vizinhos. E lá estava ela, com uma lanterna na boca, manipulando lentamente os pinos da fechadura com suas ferramentas. Seus dedos estavam começando a perder a sensibilidade. Alguém bem treinado teria aberto um miolo como aquele em sessenta segundos.

A prática é amiga da perfeição.

Para sua surpresa, escutou uma buzina muito alta soar na rua. Assustou-se e deixou cair as ferramentas.

Não acredito! Vou ter que começar tudo de novo.

A buzina soou outra vez.

Mas o quê...?

Abaixada, Mak se esgueirou até o canto da parede e espiou a rua.

– Ai, meu Deus – sussurrou para si mesma.

A polícia.

Uma viatura estava parada atrás do Honda vermelho. Um guarda uniformizado aguardava lá dentro, e o outro estava encostado na porta do carro de Andy. Ela havia deixado a janela aberta, e o guarda obviamente enfiara a mão lá dentro para acionar a buzina. Começou a entrar em pânico. Ela não tinha licença para trabalhar como chaveira, e, nesse caso, simplesmente andar por aí com ferramentas como as suas podia ser considerado um crime. Isso para não falar das escutas.

– Senhorita Vanderwall? – chamou uma voz.

Merda. Eles sabem que eu estou aqui. Será que estavam me vigiando esse tempo todo?

Mak escondeu as ferramentas sob um arbusto nos fundos da casa, limpou a sujeira das mãos, alisou as roupas e voltou à rua.

– Boa-noite, seu guarda, como vai?

– Posso ver sua habilitação, por favor?

– Hã, claro.

Ela abriu a porta do carro, encontrou a carteira e lhe entregou o documento.

O guarda examinou-o enquanto seu parceiro observava de dentro da viatura.

– Não saiu de moto esta noite, senhorita Vanderwall?

– Não. Só queria me sentar na praia e olhar as ondas. A vista daqui é linda, não acha? – ela comentou com um sorriso. Apoiou o quadril na lateral do carro e jogou os cabelos por cima do ombro.

O guarda não devolveu o sorriso.

– E a sua licença de investigadora?

Ah, fala sério!

– É claro – respondeu.

Vasculhou outra vez a carteira e apresentou a licença. Jamais teria feito isso se não tivesse sido solicitada, mas aqueles dois, pelo jeito, já sabiam tudo sobre ela. Alguém tinha alertado a polícia. O guarda olhou para a licença com desdém.

– Algum problema?

– O que estava fazendo nesta propriedade?

– Qual delas?

– Como? – ele disse.

– Achei que tinha visto um vombate e fui atrás dele. Não tenho certeza de qual é o terreno em que ele entrou. Foi para aqueles lados... – ela apontou para o outro lado da rua.

– O que a senhorita estava fazendo?

– Pensei ter visto um vombate na cerca viva e fui conferir.

– E por que a senhorita iria atrás de um vombate? – ele perguntou incrédulo.

– É que eu sou do Canadá, e não temos vombates por lá. São uns bichinhos interessantes, não acha? Ainda não é crime desfrutar dos milagres da natureza nesta cidade, certo?

– Não – ele murmurou. – Bem, senhorita Vanderwall, eu sugiro que encontre outro lugar para admirar a fauna local.

– Sem problema algum – ele abriu a porta, e ela entrou no carro. – Boa-noite e bom trabalho para vocês dois.

– Vamos mandar lembranças suas ao seu namorado em Quantico.

– Que ótima ideia. Obrigada.

Merda!

Ela voltou para casa com o rabo entre as pernas.

Capítulo 51

Na quarta-feira, Mak sentou-se junto à janela do quarto, perdida em pensamentos. Era cedo demais para fazer outra visita à casa de Simon, e Karen jurava ter passado o vídeo para o sargento Hunt, mas ele não tinha ligado. Amy tampouco dera sinal de vida.

Odeio esperar...

Mak ainda não sabia como proceder, mas não pretendia desistir. Alguma coisa estava acontecendo, e ela estava determinada a descobrir o que era.

Um pote pela metade de manteiga de amendoim estava entre seus pés; a tampa, jogada no chão. Seu ombro estava apoiado no vidro frio da janela, sua pele absorvia os últimos raios dourados do sol poente. Distraída, ela lambeu a colher de sobremesa, com seus olhos azuis esverdeados vagando pela rua, a cabeça preocupada. O incidente embaraçoso da noite anterior a fizera sentir-se tola. O que teria acontecido se a pegassem dentro da casa? Eles sabiam onde encontrá-la. Estaria sendo vigiada?

É claro que sim.

Mas por quem?

Além da preocupação com o caso, ela estava repensando a própria vida. Sentia-se cada vez mais deslocada na casa de Andy. A última conversa dos dois fora tão decepcionante que ela não tinha mais tentado ligar. Devia deixá-lo e aceitar aquele emprego no Departamento de Justiça no Canadá? Era isso o que ela queria? E se ela esperasse por ele, e os dois se mudassem para Camberra quando ele voltasse? Abriria mão do emprego com Marian e não voltaria a trabalhar como investigadora? Essa possibilidade a entristecia.

E os meus amigos? E o Bogey?

Um movimento chamou a atenção de Makedde para a janela do sobrado do outro lado da rua. Era o gato do vizinho se aninhando ao sol, assim como Mak.

O que você acha, bichano?

Impaciente, ela ligou para Marian outra vez.

– Marian, hã... Eu queria saber se você já perguntou ao cliente a respeito da despesa com o barco...

Ela não tinha como alugar um barco para espionar os Cavanagh do seu próprio bolso. Precisava de permissão.

– Ele disse que não. Disse que não está interessado nos Cavanagh. Continue na cola do Simon Aston.

– Eu já imaginava.

Assim que desligou, decepcionada, mas não surpresa, o celular tocou em sua mão.

Eu poderia alugar um caiaque e usar uma teleobjetiva...

– Makedde Vanderwall – ela atendeu.

– Mak? É o Larry Moon.

– Oi, Larry, como vai? – ela disse, aprumando as costas.

– A Amy sumiu.

– Como assim, sumiu? – Mak levantou-se num salto e saiu atrás de uma folha de papel. Desconfiara mesmo que algo tivesse acontecido com Amy. – Quando a viu pela última vez?

– Faz uns dois dias.

– Ela não foi para a casa dela?

– Não. Não está atendendo à porta. Eu sei que ela não iria embora daqui sem me dizer alguma coisa. Nunca saiu da minha casa sozinha. E agora ela se foi. Encontrei o portão da frente escancarado, e nem sinal dela. Alguma coisa está errada.

– Já comunicou a polícia?

– Tenho alguns clientes que são tiras. Eles sabiam que ela estava comigo. Eu contei o que aconteceu, e eles disseram que iam fazer o possível, mas vai demorar para ela ser considerada desaparecida.

– Sei.

Ele não era seu cônjuge, e ela sequer estava morando com ele oficialmente. A polícia não podia fazer muita coisa nesses casos. Será que talvez Amy o teria trocado por alguém? Era uma possibilidade. Eles certamente não pareciam um casal compatível. Mas, ainda assim, lembrando-se do vídeo, Mak pensou no pior.

– Ela deixou tudo aqui – Larry continuou. – Todas as roupas dela.

Isso era estranho. Mesmo se o tivesse abandonado, não iria sem fazer as malas, a não ser que estivesse com muita pressa. Será que Larry não estava sendo totalmente honesto quanto às circunstâncias do sumiço? Será que eles haviam discutido, e ela havia decidido ir embora? Ou seria algo mais sinistro? Amy estava um pouco paranoica quando conversaram na Cantina do Leo. Talvez ela tivesse razão de se preocupar.

– O casaco favorito dela ficou aqui, ao lado da porta. Por que ela o deixaria para trás? – Mak percebeu, pelo leve tremor na voz, que ele estava genuinamente preocupado. Era uma reação mais emotiva do que ela esperava dele. Era quase comovente. – Ela não iria embora sem o casaco – ele repetiu, angustiado.

– Não deixou um bilhete nem nada? Nenhum recado?

– Não, mas recebeu uma entrega, um cachorrinho, antes de sair.

– Como? Um cachorrinho?

– Está nas imagens do circuito interno.

As câmeras, é claro.

– Já mostrou as imagens à polícia?

– Sim, mas não adiantou. Não dá para ver nada, nem o rosto nem a placa do carro, nada que ajude a identificar de onde veio a entrega. Ela recebeu a cesta e saiu. Só isso.

Parecia estranho, a menos que Amy estivesse esperando algo de outro amante. Será que alguém estava tentando reconquistá-la?

– Obrigada por me avisar, Larry. Duvido que eu possa ajudar muito aqui em Sydney, mas vou ficar atenta e aviso você se souber de qualquer coisa, está bem? Tenho certeza de que ela está bem e de que vai aparecer logo.

Mas Mak não estava tão convencida disso. Talvez a ameaça da qual Amy vinha se escondendo finalmente a tivesse encontrado.

– Só mais uma coisa, Larry. Recebi uma mensagem que eu acho que veio de Amy.

– É mesmo? Quando?

– Um dia depois de nos encontrarmos na Cantina do Leo. Preciso saber uma coisa, espere um pouco... – ela abriu a lista de contatos do celular. – O número dela é 0401... – Mak leu o número misterioso do qual tinha recebido o vídeo.

Larry fez uma pausa.

– Sim – disse por fim. – É o número dela.

Oh, meu Deus. Era ela!

* * *

Depois de um dia inteiro de pesquisas sobre a família Cavanagh e seu cliente, Robert Groobelaar – que, por coincidência, tinha negócios imobiliários em parceria com Jack Cavanagh – estava na hora do jantar.

Amy me mandou o vídeo e agora está desaparecida. Alguém roubou minha bolsa, possivelmente para pegar meu telefone...

Ela queria poder contar com a ajuda de Andy, mas estava realmente sozinha.

Mak abriu o armário do hall, desabotoou o jeans e ficou só de calcinha e camiseta, sentindo o ar frio do condicionador na pele. Pendurou a calça com cuidado num cabide dentro do armário.

A polícia está agindo devagar... Ou, no mínimo, não estão me informando de nada.

No armário, guardadas com bem menos cuidado, estavam suas roupas de motoqueira, uma pilha de couro preto jogada numa caixa de papelão ao lado do capacete e das botas. Ela havia descoberto que as roupas de couro pesadas deformavam os cabides e desde então não se dava mais ao trabalho de levar tudo para o roupeiro do quarto. Puxou a caixa para o corredor e vestiu as calças grossas. Fazia um ano que comprara o traje, e a rigidez do couro estava começando a ceder. Na primeira semana, mal conseguia bolear a perna sobre a moto. Subiu o zíper e prendeu o gancho que ficava acima do umbigo, num corte planejado para proteger sua pele em caso de acidente. A segurança era importante, e o traje tinha placas de titânio nos joelhos e cotovelos, mas a cintura alta também tornava desconfortável abaixar-se. Mak calçou as botas e terminou de se vestir distraída.

Já tinha deixado duas mensagens para o detetive Hunt, e Karen lhe passara o vídeo. Ele ainda não tinha retornado suas ligações.

O que será que ele está esperando?

Mak fechou o zíper da jaqueta justa e sentiu o couro envolver seu corpo como uma armadura confortável, o protetor das costas lhe deu uma ligeira aparência corcunda.

Nada faz sentido.

Ela prendeu os grossos cabelos loiros com um elástico para protegê-los do vento, fechou a gola reforçada e pegou o capacete.

* * *

– Entrega – anunciou Mak em voz melodiosa, as palavras abafadas pelo capacete.

Estava parada em frente à porta da detetive Karen Mahoney com sacolas de comida indiana.

Karen abriu a porta e a recebeu com um abraço rápido.

– Nossa mãe... Você parece feita de aço com essa roupa. É como se a Lara Croft estivesse batendo na minha porta.

Mak lhe entregou a comida e entrou. Tirou o capacete e o deixou no chão.

– Tive uma semana péssima. Nem sei por onde começar – queixou-se.

– É mesmo? O que houve?

– É sério, não sei por onde começar.

– Ah, pare com as gracinhas! – disse Karen, num tom que sugeria o contrário.

O apartamento dela era pequeno, mas aconchegante. A jovem detetive tinha decorado as paredes com alguns cartazes de cinema, uma estante de livros antiga, mesa e cadeiras. A cama era da Ikea, e fez Mak pensar no comentário de Bogey.

Elas arrumaram os pratos na mesa de centro em frente à televisão, que mostrava o menu do DVD do filme *Cidade dos Sonhos*.

– Estava esperando você chegar para começar – disse Karen.

– Obrigada.

– Talvez desta vez eu consiga entender o filme.

– Fique de olho na luz vermelha – disse Mak.

– Como assim?

– É uma pista.

– Uma luz vermelha?

– Exatamente – confirmou Mak. – Vou servir a comida.

Quando o filme terminou, elas caíram no debate inevitável sobre o enredo do filme.

– Eu vi a luz vermelha. Fiquei confusa, mas e a caixa azul? O que significa?

Mak inclinou a cabeça para o lado.

– Acho que tem a ver com a cor... Pense na chave. Porém o que importa não é a caixa, mas o que ela contém, certo? É a caixa da verdade, e, quando a câmera foca lá dentro, vemos as coisas como realmente são.

– Estou mais confusa do que da primeira vez – admitiu Karen.

Mak se reclinou no sofá com um sorriso. Estava impressionada com a semelhança entre o personagem Adam Kesher, um diretor de cinema, e Bogey. Talvez fosse o cabelo. Ou talvez Mak estivesse pensando demais nele. Tinha coisas mais importantes para se preocupar no momento.

– A minha vida real também está um pouco confusa – declarou Mak. – Você viu o vídeo? Sabe que o Hunt não me ligou?

Karen encarou-a preocupada.

– É mesmo?

– Sim.

– Passei para ele na segunda-feira.

– Então, já faz dois dias, e ele não retornou minhas ligações.

Karen franziu a testa.

– Que estranho.

– O que você achou do vídeo? Parece um assassinato, não?

Ela suspirou e enrolou um cacho dos cabelos ruivos nos dedos enquanto Mak a fitava tensa.

– Acho que a menina do vídeo pode ser a vítima de outro caso.

Mak assentiu com a cabeça.

– A Menina da Caçamba.

– A própria.

Andy tinha se referido à vítima daquele jeito. Era por conveniência, e não desrespeito, que criavam apelidos para os casos.

– E quanto às outras pessoas no vídeo?

– Bem, o homem branco lembra o Damien Cavanagh.

Mak se inclinou na direção dela.

– Lembra? Você não tem certeza de que seja ele?

– Com toda a franqueza, não – Karen parecia dividida. – Pode ser que seja. Não me surpreenderia.

– E qual é a opinião de Hunt?

– Hunt é um idiota.

Makedde riu, aliviando a tensão.

– Ele se tornou um idiota no dia em que foi promovido a sargento – zombou Karen. – Escute só o que ele fez outro dia: encontramos as digitais de um sujeito no apartamento de Meaghan Wallace e descobrimos que ele tinha antecedentes. É uma pista interessante, pensei. Qual é a relação dele com a vítima? O que foi fazer na casa dela? Pois bem, o Hunt ignorou como se não fosse nada.

Isso era mesmo interessante. Hunt parecia estar ignorando muitas coisas.

– Você devia estar me contando tudo isso? – perguntou Makedde.

Karen encarou a amiga.

– Isso o quê? Não sei do que a senhorita está falando.

Mak riu outra vez.

– Certo, certo.

– Esta conversa é toda em *off*, é claro, mas, se pensarmos bem, nós estamos trabalhando pelo mesmo objetivo. Não vejo um conflito de interesses.

Era verdade.

– Mas se o Hunt descobrir que eu ando falando dele, vai querer minha cabeça.

– Minha boca é um túmulo.

– Você acha que aquele rapaz é inocente, não é? – perguntou Karen.

– Tobias? Não tenho certeza. Ele era um viciado na fissura por mais uma dose. – *Talvez.* – Mas eu nem o conheço pessoalmente, então não tenho como saber. Só estou chateada porque nunca tive tanto azar em um caso antes: só dou de cara com ladrões de bolsa e policiais de má vontade, excluindo você, é claro. E aquele artigo no jornal... Pode ser tudo uma grande coincidência, mas eu duvido muito. Alguém não quer que eu meta o nariz nessa história. Talvez Tobias não tenha agido sozinho, ou talvez tenham armado para ele. Se ele ia ao apartamento a cada quinze dias para receber dinheiro de Meaghan, alguém pode ter aproveitado para incriminá-lo.

– Ela lhe dava dinheiro? – perguntou Karen, surpresa.

– Sim. Tirava um pouco do seu salário na imobiliária para ajudar o primo. Quinta sim, quinta não.

Karen franziu o cenho. Mak percebeu que a nova informação a intrigara.

– Bem, alguém assassinou aquela pobre mulher. Fiquei enjoada só de ver a Meaghan caída no chão, coberta de sangue.

– Sim, foi um crime horrível.

E será muito pior se prenderem a pessoa errada.

Capítulo 52

Mak estava enrolando para voltar para casa. Talvez fossem os nervos, talvez a perspectiva de passar mais uma noite solitária, mas o fato era que ela tinha se demorado o máximo possível na visita a Karen, e agora estava voltando pelo caminho mais longo. Seguia por ruas secundárias, desfrutando da sensação de liberdade que a K1200R lhe proporcionava.

Diminuiu em frente à casa e subiu na calçada, parando a moto ao lado do carro de Andy. Pôs a moto em ponto morto; a luzinha verde iluminava brevemente a escuridão antes de ela desligar o motor. Boleou a perna e desceu, tirando o capacete e libertando os cabelos do rabo de cavalo.

A rua estava escura, e o ar úmido trazia o aroma de churrasco. Ela escutou os sons de uma festa, que vinha de umas duas quadras dali, com pessoas conversando nas janelas e sacadas, as vozes carregadas pela brisa morna. Alguém estava aproveitando ao máximo a noite de verão. A cidade ainda estava experimentando os dias e as noites quentes do verão australiano. Vinte e oito, 30 graus. Quente demais para uma canadense, especialmente vestida de couro da cabeça aos pés.

Makedde estreitou os olhos para achar o buraco da fechadura e girou a chave. Deu dois passos dentro da casa e logo percebeu que havia algo errado.

A porta da frente estava trancada. As luzes, apagadas. Até aí, tudo bem.

Mas não estava tudo bem, e ela sabia.

Mak acendeu a luz e inspecionou o hall de entrada com os sentidos aguçados.

Nada parecia fora do lugar. O capacho estava ligeiramente torto, mas ela mesma podia tê-lo empurrado ao sair.

Este caso maluco está me deixando paranoica.

Makedde tirou a pesada mochila dos ombros e a largou no chão, depois tirou o celular do bolso externo e o deixou na mesa do hall.

Espere um pouco.

Que ruído foi esse? Uma tábua rangendo?

É só a casa estalando.

Agora que estava parada, começou a sentir calor. Queria tirar a jaqueta de couro, mas não queria fazer barulho. Ficou imóvel no corredorzinho, escutando o silêncio.

Você está imaginando coisas.

* * *

Da janela do quarto, Luther Hand tinha visto Makedde chegar. Estava esperando e observou-a desmontar da moto e sacudir os cabelos loiros como uma leoa se livrando do excesso de água.

Era o seu novo alvo.

Makedde Vanderwall.

Lá estava ela, tantos anos depois. É engraçado como a vida dá voltas. Cinco anos antes, ele tinha perdido a ponta da orelha no jardim daquela mulher. Seu agressor, um homem miúdo e ágil, provavelmente destacado para protegê-la, tinha lhe ensinado o valor da habilidade com facas. Por linhas tortas, a tal Makedde não apenas lhe custara um pedaço da orelha, mas também o ajudara a mudar de vida, qualificar-se e iniciar sua carreira internacional. Se ele não tivesse sido ferido, talvez não tivesse fugido para Queensland, e então jamais teria sido notado por Madame Q.

É isso. O mundo dá voltas.

Sua velha amiga estava voltando para casa, e ele estava esperando por ela.

Luther tinha que dar a impressão de que a senhorita Vanderwall fora surpreendida por um ladrão ao chegar. Ele iria esfaqueá-la, preparar o cenário na casa, levar as poucas joias que tinha encontrado, e talvez a TV e o laptop, e dar o fora. Da última vez em que a vira, ele se sentira tentado a agir de modo pouco profissional. Os mesmos pensamentos lhe ocorreram quando a viu outra vez, mas ele espantou-os assim que surgiram. Tinha aprendido muitas lições desde que enfrentara aquela mulher pela primeira vez. Agora, Luther era um profissional.

Siga as instruções.

Ele estava grudado na parede da cozinha, no andar térreo; Makedde, no corredor. Ela havia largado alguma coisa no chão, e ele escutou o tilintar de chaves. Depois, silêncio.

Ele podia ouvir sua respiração.

* * *

Makedde ficou absolutamente imóvel no corredor, com o capacete na mão; seus ouvidos buscavam algum som, um suspiro, um ranger de tábuas, qualquer coisa.

Algo...

Ela estreitou os olhos para esquadrinhar os espaços escuros para além do corredor iluminado. Hesitou.

Um reflexo chamou sua atenção. Ela se virou a tempo de enxergar um movimento, uma figura escura volumosa cujo peso a atingiu na cabeça e no ombro, empurrando-a para baixo e quase a derrubando.

Meu Deus!

Havia alguém dentro da casa! Ela sabia. Tinha percebido.

O capacete era sua única arma, e ela reagiu rápido. Dobrando os joelhos, jogou o braço para cima, as tiras que passavam embaixo de seu queixo estavam presas firmemente no punho. O capacete fez contato com alguma coisa. Ela queria acertar a cabeça do intruso, mas ele se moveu, e ela o golpeou no ombro.

Era um homem grandalhão. Devia ser pelo menos 30 centímetros mais alto do que ela.

Ele é enorme...

Mak não podia ver seu rosto porque ele estava usando uma touca ninja. Estava todo vestido de preto: luvas, camisa de manga comprida e calças. Um ladrão. Parado no escuro, talvez ela nem o tivesse visto. Mas ele estava ali o tempo todo, observando-a. Outro lampejo de luz refletida em metal – dessa vez era uma lâmina, afiada como a de seus pesadelos...

O homem tentou golpeá-la, e Makedde gritou. Para seu alívio, a faca não penetrou a pele. Ainda estava com a jaqueta de couro fechada até o pescoço. Por um segundo, o homem pareceu ficar confuso, mas logo se recompôs. Isso deu a Mak tempo para reagir, e ela chutou seu joelho com as botas pesadas o mais forte que pôde. Ele se desequilibrou, mas não caiu, e ela atacou com o capacete outra vez com todas as forças, enquanto berrava:

– *Saia da minha casa, seu filho da puta!*

Dessa vez, o capacete acertou a cabeça do homem, produzindo um baque alto, e ela escutou um gemido que veio de debaixo da máscara. Tinha quebrado o nariz dele.

Isso não vai segurá-lo por muito tempo...

Mak deu meia-volta e saiu na direção da porta, abriu-a e correu para a moto, vestindo o capacete enquanto cruzava o gramado, fios de cabelo caíam em seus olhos, e as roupas dificultavam seus movimentos. Jogou-se sobre a moto e olhou de relance para a porta aberta, que até então estava vazia.

O motor ainda tem que estar quente. Por favor! Por favor!

Mak girou a chave na ignição. A moto pegou, o motor fez o som de sempre. Ela chutou o pezinho e pressionou o acelerador. Quando soltou a embreagem, a moto derrapou na calçada e desceu o meio-fio, quase a derrubando.

Ai, merda! Calma!

O ladrão estava vindo atrás dela e por pouco não a alcançou quando ela acelerou rua afora. Ela iria direto para a delegacia, onde estaria segura. Era sua melhor opção.

Com a adrenalina correndo nas veias, Mak levou algumas quadras para se dar conta de que o homem continuava atrás dela.

De carro.

Mak escutou-o antes de vê-lo. Pelo retrovisor, viu um carro dobrar a esquina, um sedã preto descendo a rua como um raio, ganhando terreno atrás dela. Mak sentiu náuseas.

Ele não vai desistir.

Mak pisou fundo e viu o velocímetro saltar para 100 km/h, rápido demais para as ruas residenciais escuras e tortuosas. Rezou para que nenhum morador estivesse saindo da garagem ou abrisse a porta de um carro estacionado enquanto ela passava.

Calma... Calma...

O carro estava se aproximando. Podia ver o homem atrás da direção, o rosto ainda coberto.

Quem é você?

Ela sabia que não se tratava de um simples roubo. Um ladrão não perseguiria suas vítimas desse jeito.

Makedde conhecia bem as ruas e vencia as esquinas em curvas fechadas, quase tocando o joelho no chão, os pneus agarrados ao asfalto. Esperava despistá-lo, mas ele contava com suas quatro rodas e não cedia espaço, os pneus cantando, o capô do carro perigosamente próximo da traseira da moto.

Se conseguisse bater na sua roda, seria o fim.

Preciso de movimento. Posso despistá-lo se houver outros carros.

Mak foi na direção da avenida principal de Bondi Junction, onde havia terminais de trem e ônibus, e hordas de pessoas estariam chegando e saindo da cidade.

Vamos... Vamos...

Ela deixou as casas para trás e chegou à avenida, acelerando ainda mais. Mudou para a terceira, depois quarta e quinta marcha. Estava a 140 km/h, o vento castigando seu rosto. A vibração da moto e o calor do motor eram assustadores àquela velocidade. Se passasse por cima de qualquer coisa, uma pedra ou um buraco no asfalto, perderia o controle e morreria na hora. Mas ainda conseguiu acelerar mais. Era preciso. Pelos espelhos laterais, podia ver que ele estava bem atrás dela. Aumentou para 150. Nunca tinha andado tão rápido em sua moto. Sempre evitara multas por excesso de velocidade, mas agora queria ouvir sirenes, queria ser parada. Queria ajuda. Qualquer um, qualquer coisa. *Por favor.*

As luzes de Bondi Junction estavam se aproximando rapidamente, os edifícios altos e o shopping center eram cada vez mais nítidos. Estava quase lá. O trânsito era ruim naquela zona a qualquer hora do dia, e eles ficariam presos no engarrafamento. Ou melhor, ele iria ficar preso enquanto ela costuraria entre os carros e sumiria de vista. O homem não tentaria nada de muito sério. Tinha que atraí-lo para onde havia pessoas, assim ele teria que deixá-la em paz.

Ele estava de máscara. Ia ter que recuar. Alguém o veria e chamaria a polícia.

Por favor, alguém chame a polícia!

Mak passou pelo cruzamento e entrou em Bondi Junction, deixando para trás o complexo gigante de lojas de departamento. Diminuiu a velocidade.

Foi então que viu o caminhão.

Um gosto metálico lhe subiu à boca ao ver a carreta de 18 rodas entrar na rua à frente dela. Ela pisou fundo no freio, os pneus derraparam, e a moto perdeu velocidade, mas não o suficiente. Sentiu a roda de trás dançar e perdeu o controle. A moto deslizou rápido demais, ainda rápido demais, e ela viu que se dirigia para a morte em câmera lenta. Era o fim.

Deus me ajude...

A moto deitou de lado e Mak sentiu seu corpo bater no asfalto. Vibração, calor e ruído...

E depois mais nada.

CAPÍTULO 53

Makedde Vanderwall não sentia nada.

Podia ouvir os sons, as vozes, mas não podia falar. Queria se levantar e sair do meio da rua, ir para longe dos carros, mas seu corpo não respondia. Seus olhos se abriram, e ela viu as lâmpadas nos postes. Estava caída de costas, com as pernas estendidas e os braços cruzados sobre o peito. Incrivelmente, não sentia dor. Não sentia nada além do calor do atrito com o solo e a resistência de seu corpo a se levantar.

Levante-se!

Mak se sentou e sentiu a cabeça girar. Quanto tempo havia passado? Onde estava o homem que tinha invadido sua casa? O homem da faca?

Ela olhou em torno, com a visão turva.

Levante-se!

Com grande esforço, ficou em pé e deu um passo para a frente. Suas pernas cederam, e ela caiu de joelhos.

– Ei! Não se mexa! A ambulância está chegando!

Mak não tinha ideia de onde vinha a voz. Viu pessoas em volta dela com expressões assustadas. Mantinham distância, com medo de tocá-la. Podia ver o caminhão embaixo do qual se enfiara. Estava atravessado na rua, com a porta da cabine aberta. O trânsito estava parado atrás dele. O motorista devia estar achando que a matara.

Chamem a polícia, ela queria dizer, mas sua boca não funcionava.

– Fique calma, relaxe, não se mexa.

Mak ignorou as ordens e se pôs em pé outra vez. Cambaleou, mas conseguiu manter o equilíbrio, e procurou freneticamente o carro preto que a perseguira desde sua casa. Onde ele está? Sua visão ainda estava desfocada.

Precisava ir para um lugar seguro.

Mak deu alguns passos, e seus sentidos retornaram lentamente à medida que a adrenalina se dissipava. Ela estava bem. Ia sair dessa. Já tinha passado por situações piores. Era forte. Nada de sirene ainda. Então não devia ter se passado muito tempo. Ele ainda podia estar por perto. Ela precisava se esconder.

Mak andou na direção da porta de um banco, todos ainda a observavam, mas mantendo distância, com medo de se aproximar. Ela apoiou as costas na porta e olhou ao redor procurando o carro.

Oh.

Mak localizou a moto, e seu coração afundou no peito. Estava destruída, praticamente enrolada num poste telefônico na outra extremidade do cruzamento, as rodas ainda giravam, o motor ainda roncava. A fumaça subia do cano de descarga. Ela devia estar a pelo menos 90 km/h quando caiu, e sua amada BMW continuou a deslizar até se encontrar com o poste.

Apesar de obviamente ter coisas mais importantes com que se preocupar, ela não conseguia deixar de sofrer pelo monte de metal retorcido. Queria pedir a alguém que desligasse o motor, mas agora era inútil. Sua voz continuava presa na garganta. As sensações em seu corpo eram distantes demais para ser reais. Mas ela estava bem. Estava viva.

Bang.

A moto engasgou e morreu. Silêncio.

Atônita, Mak olhou para si mesma e percebeu que o couro de suas roupas estava rasgado. Examinou o que restava dele com admiração. Tinha literalmente salvado a sua pele. O material estava fino como papel nos pontos de contato com o chão, como se alguém tivesse atacado o couro com um ralador de queijo. Podia ter sido a carne dela.

Makedde ouviu uma sirene. Não sabia bem de que direção vinha, o som parecia vir de lugar nenhum e encheu seus ouvidos como um grito estridente, porém bem-vindo. Ela estava segura outra vez. Seu corpo deslizou para o chão ainda amortecido. Mak se deitou na calçada.

Fechou os olhos.

Capítulo 54

O detetive Jimmy Cassimatis vinha pelo corredor com o coração na mão.

O Andy vai ter um troço...

Quando chegou ao quarto, Makedde estava sentada na cama de hospital com papel e caneta na mão, anotando alguma coisa. Ela ergueu os olhos e o cumprimentou.

– Oi, Jimmy – disse despreocupada enquanto ele a fitava de boca aberta.

Jimmy sentiu uma onda de alívio. Ela parecia estar bem. Pelo menos não faltava nenhum pedaço.

– *Skata!* Obrigado, Jesus! – ele exclamou. – Você está bem?

– Estou ótima, Jimmy – ela garantiu.

Seu rosto estava pálido, seus olhos azuis estavam injetados, e a testa, coberta de um suor frio, mas ela não parecia ferida. Ele esperava coisa muito pior.

– Quebrou alguma coisa? Esfolou a pele?

– Nada. Ainda estou um pouco abalada, mas, fora isso...

Jimmy pensava que já tinha visto tudo, mas mal podia acreditar.

– Você passou por baixo de um Mac de 18 rodas. É engraçado... – ele acrescentou. – A Mak acabou embaixo de um Mac.

– Você não faz ideia da minha sorte, Jimmy. Tinha alguém dentro de casa quando cheguei. Ele tentou me esfaquear e depois me perseguiu. Minhas roupas de couro me salvaram duas vezes esta noite.

– Já vi pessoas que aparentavam estar bem, mas tinham hemorragia interna – ele comentou.

Mak ergueu uma sobrancelha.

Você não sabe quando calar a boca, ele repreendeu a si mesmo.

Para seu alívio, ela sorriu.

– Não é o meu caso, eu acho.

– Você está ótima, você está ótima – ele tentou remendar a gafe.

A cabeça do Andy vai explodir com essa.

Ela largou o bloco no colo.

– Jimmy, você assistiu ao vídeo que eu mandei para o Hunt?

– Que vídeo?

O rosto de Mak ficou ainda mais pálido.

– Como assim, que vídeo? O da menina assassinada! Enviei para Karen e ela passou para o Hunt.

– Tem certeza?

– Sim, tenho certeza – ela protestou. – Por que ela mentiria para mim?

Ninguém tinha mencionado um vídeo para Jimmy.

– Você estava com o Andy na autópsia, não estava? A da Menina da Caçamba? Eu acho que o vídeo mostra a morte dela.

Ah.

Desde que Hunt assumira o caso e Andy tinha viajado, Jimmy estava se sentindo meio por fora. Era como se o sargento nem o quisesse por perto.

– Jimmy, eu posso estar ficando doida, mas acho que isso tudo está relacionado. Alguém roubou minha bolsa. Alguém invadiu a agência onde eu trabalho, e agora encontro alguém dentro da minha casa. Tem a ver com esse caso. Não pode ser só coincidência. Talvez o sujeito que veio atrás de mim seja o mesmo que matou Meaghan.

Pelo que Jimmy sabia, havia provas sólidas contra Tobias Murphy. Andy tinha lhe contado sobre a teoria de Mak, mas ele duvidava de que ela tivesse razão a respeito da inocência do rapaz. Não queria lhe dar ainda mais corda, mas talvez não fosse o melhor momento para falar daquilo, nem de como todos sabiam que ela fora pega em flagrante bisbilhotando uma casa de Tamarama.

Ele decidiu segurar a língua.

– Eles mandaram uma unidade para procurar sinais de arrombamento.

– Ele estava de luvas – ela disse, com o olhar distante. – Droga! Eles provavelmente não vão encontrar digitais.

– Não se preocupe, vão conseguir pegá-lo. Conte-me o que aconteceu.

– Eu estava tentando fazer uma descrição do carro, do homem e de tudo mais que eu conseguisse me lembrar, para não me esquecer de nada. Não peguei a placa inteira, mas ele estava num sedã preto e a placa começava com FST.

– Certo – ele disse, anotando as informações em seu caderninho. Estava orgulhoso dela. Poucas pessoas se lembrariam de detalhes importantes como aquele depois de um acidente. Ela até que não era má, para uma mulher.

– Voltei do jantar com Karen...

– Mahoney?

– Sim. E quando cheguei em casa senti que alguma coisa estava errada – ela explicou. – Ele estava lá dentro e pulou em cima de mim. Era enorme. Bem mais alto do que eu, talvez tenha 1,95 m.

– Então você o viu?

– Vi, sim. Mas ele estava de máscara, então não vi seu rosto. Mas acho que quebrei seu nariz.

Ela é incrível. O Andy não sabe a mulher que tem.

– Ele veio para cima de mim com uma faca e não conseguiu furar a jaqueta de couro. Como eu disse, ela me salvou duas vezes esta noite. Saí correndo, subi na moto e disparei, achando que ele ia ficar na casa para roubar o que conseguisse e que iria embora quando a polícia chegasse. Mas o filho da puta me seguiu! E não foi só isso, também tentou me derrubar. Tenho certeza que ele queria me matar.

Jimmy estava perplexo. Por que um ladrão seguiria sua vítima? Por que ele faria isso, se tudo o que ele queria roubar estava na casa?

– Eu estava voando baixo. Ele ia me derrubar da moto. Não me lembro de mais nada, só lembro que o caminhão apareceu e que eu não consegui parar a tempo. Pisei no freio e saí deslizando. Foi isso.

– Já foi examinada pelos médicos?

– Acho que eles estão revelando as radiografias.

Ela estendeu a mão, e ele se aproximou, meio sem jeito. Os dois nunca tinham se dado muito bem.

Mak apertou a mão dele, fitando-o com os olhos vermelhos.

– Jimmy, eu preciso de sua ajuda.

Capítulo 55

– Meu Jesus Cristo! Ainda bem que você está viva! – exclamou a detetive Karen Mahoney.

Karen tinha pensado no pior quando lhe contaram o que havia acontecido. Ao se despedir de Mak na porta de seu edifício, não fazia ideia de que iria vê-la tão cedo e em circunstâncias tão terríveis.

– Até que ela não está mal se considerarmos que se enfiou embaixo de um caminhão – brincou Jimmy, com sua inigualável sensibilidade masculina.

– Vai estar se sentindo melhor amanhã.

Eles deixaram Mak descansando e tomaram o elevador até a cafeteria, no térreo do hospital. Era um salão estéril e sem atrativos, com a maior parte das mesas vazia. Pediram dois cafés, e Karen observou fascinada Jimmy quase esvaziar o açucareiro dentro da xícara.

Sentaram num canto, de costas para a parede.

Jimmy também parecia um pouco abalado pelos acontecimentos.

– Qual é a história do tal vídeo? – ele perguntou. – Ninguém me falou nada.

Karen ficou chocada.

– É mesmo?

– É. O que tem nele?

Ele realmente não sabe.

Karen descreveu o conteúdo do filme, disse quem aparecia nele e explicou como Mak lhe passara as imagens. Tinham feito uma verificação CCR e confirmado que a origem da imagem era o celular de Amy Camilleri, como Mak suspeitara. Isso tinha acontecido dois dias antes, e agora ninguém sabia do paradeiro da *stripper*.

– Ela desapareceu?

Karen assentiu solenemente.

– O Hunt não chamou a Mak para fazer perguntas?

Karen balançou a cabeça.

– *Skata* – ele xingou em grego, sua língua-mãe.

– Exatamente.

– Eu não me meto nessas palhaçadas políticas. Nem presto atenção, mas tenho que dizer que, desde que o Andy foi para os Estados Unidos, as coisas andam meio estranhas, você não acha?

Estranho era pouco.

– O que quer dizer exatamente, Jimmy?

– Acho que alguém está tentando desacreditar a namorada dele, você sabe, divulgando o trabalho dela com Marian, os desfiles e as fotos, a história dela...

– O quê? Como assim, a história dela? – Karen perguntou, ofendida.

Ele estava se referindo ao artigo de jornal ou a alguma outra coisa?

– Você sabe... – Jimmy se remexeu na cadeira, desconfortável com o que queria dizer. – A tendência dela de estar sempre sendo perseguida por algum maníaco.

Karen sentiu o sangue ferver.

– Não vou me rebaixar para defender minha amiga, que não fez nada de errado. Ela nos passou o vídeo porque era a coisa certa a fazer. O Hunt que se foda se ele acha que não vale a pena investigar. Não sei qual é o problema dele. E ser vítima de um maluco não é crime. Ela precisou de muita coragem para depor no tribunal e mandar o Ed Brown para a cadeia. O testemunho dela foi o mais importante.

Sem ela, o Assassino do Salto Alto talvez nunca tivesse ido a julgamento.

– Eu sei, eu sei. Não brigue comigo – Jimmy encolheu os ombros. – Não estou dizendo que concordo, só estou repetindo o que ouvi por aí. Eu não disse que desde que o Andy se foi as coisas não são mais as mesmas?

Ele estava embaraçado, sua expressão era de pena. Karen se perguntou que diabos estaria acontecendo.

– Sabe que ela foi pega tentando entrar na casa de um tal de Simon Aston?

– O quê? – Karen não conseguia acreditar.

– Eu sei. Parece que ela estava tentando arrombar a porta. Eles bateram um papinho e a liberaram.

– Quem a liberou?

– Dois guardinhas da ronda.

Não me diga...

Capítulo 56

– O item vazou – disse o Americano.

Do outro lado da linha, Luther cerrou os dentes.

Não era a notícia que ele queria ouvir. O vídeo que seu cliente pedira que ele recuperasse estava com a polícia. Sentiu uma onda de raiva, raiva de si mesmo.

Ele tinha falhado.

– Ela escapou? – ele tinha que saber.

– Sim.

Então Makedde Vanderwall tinha sobrevivido ao acidente de moto. A morte dela naquelas circunstâncias teria sido perfeita para seu cliente, mas Luther se sentia estranhamente aliviado com o desfecho da perseguição. Talvez porque assim teria a chance de se aproximar dela mais uma vez. Uma chance de acertar.

– Temos que ser cautelosos – disse o Americano. – Estou fazendo o que posso com a polícia, mas o foco agora está em nós.

Luther entendeu que agora estavam sob suspeita. Os riscos tinham aumentado.

– Ela é namorada de um tira, entendeu? Precisamos tomar muito cuidado.

Luther escutou.

– A prioridade é silenciá-la, mas com cuidado. Não pode parecer intencional. E é nossa última chance. Não podemos falhar outra vez.

– O.K. – disse Luther.

O novo plano entraria em prática imediatamente.

Capítulo 57

Mak dormiu muito nos dias que se seguiram ao acidente. Precisava descansar, mais até do que esperava. As enfermeiras tinham avisado que seria assim. Não tinha perdido nenhum pedaço, mas seu corpo precisava se recuperar. Ela sonhou com a horrível criatura das sombras voltando a atormentar, só que agora era ainda pior, pois ela usava uma máscara negra, e o sangue que cobria tudo vinha do seu nariz.

No sábado à tarde, a campainha tocou.

Mak rolou na cama, sentindo a cabeça pesada. Um fio de baba esfriava no travesseiro. Ela tinha a sensação de ter sido amarrada em um chapéu mexicano durante horas, mas obrigou-se a levantar. Escovou os dentes, vestiu o roupão e foi atender a porta.

Chega de dormir... tenho coisas a fazer... problemas a resolver...

A casa cheirava a flores. Ao lado da cama havia buquês de rosas brancas e vermelhas – só um dos quais ela se lembrava de ter recebido. Andy ligava todos os dias para saber notícias e lhe mandava flores diariamente. Por quanto tempo ainda faria isso? Ele ainda não tinha mencionado a conversa esquisita de segunda-feira. Mas muitas outras coisas esquisitas tinham acontecido desde então.

Mak deu alguns passos rígidos. Seu corpo estava dolorido, mas funcionando. Já estava na base da escada quando se lembrou de que não estava sozinha.

– Como se sente?

Era a guarda Sykes.

– Oh, Anne, me desculpe. Por um momento esqueci que você estava aqui – disse Mak. – Devo estar parecendo a noiva de Frankenstein.

Depois da invasão suspeita à casa, Andy insistira em destacar Sykes para lhe fazer companhia. Dessa vez, Mak não tinha reclamado das medidas de segurança.

– Chegaram mais flores – Mak viu outro buquê vermelho e branco esperando no hall. – Não queria acordar você. Ah, e estas vieram ontem à tarde.

– Ontem?

Ela tinha dormido quase o dia inteiro. Um buquê enorme estava sobre a mesa de centro da sala. Não eram rosas.

– Espero que não se importe de eu ter colocado num vaso. Você parecia exausta, eu não queria incomodar.

– De quem são? Vieram com cartão? – perguntou Makedde, se dirigindo à mesa.

– Sim, está aí.

Mak viu o envelope grampeado no celofane.

– Obrigada – guardou-o no bolso do roupão com uma leve sensação de culpa, desejando que fossem de Bogey.

– Sua amiga Loulou está aí fora outra vez. Quer que eu a deixe entrar?

– Ela já esteve aqui antes?

– Mais ou menos há uma hora. Você estava dormindo.

– Não sei se estou com energia para encarar Loulou – Mak brincou. Ela tinha o hábito de fazer piadas quando sentia dor.

Sykes apenas sorriu.

A policial abriu para Loulou, olhou para os dois lados da rua e trancou a porta outra vez. Mak percebeu que as cortinas estavam fechadas, mas lá fora o sol da tarde ainda brilhava.

– Amiga! – Loulou abriu os braços para ela, e Mak se encolheu.

– Não me aperte muito, por favor!

Loulou estava de cabelos roxos e pretos e usava um vestido listrado em estilo marinheiro, com meias arrastão e botas de plataforma. Parecia preocupada.

– Como está se sentindo, querida?

– Eu tive muita sorte. Ainda estou exausta. Tenho a sensação de que mal consigo manter a cabeça erguida. Hoje é sábado, não é?

– Sim, é sábado! Ai, meu Deus, eu tinha que ver como você estava. Quase morri de preocupação!

– Entre – disse Mak.

Sykes estava na sala, e Mak levou Loulou para o quarto para poderem conversar em paz. Era só um lance de escada, mas ela sentiu os músculos arderem com cada passo. Quando chegaram ao quarto, Loulou se admirou com as flores.

– O Andy está mandando um buquê por dia. Tem outro lá embaixo.

– Uau! São enormes! Ele deve estar se chicoteando por não estar aqui com você.

Disso, eu não sei.

– Vou me refrescar – disse Mak, entrando no banheiro da suíte.

Ela escovou os dentes e jogou água no rosto. Seus cabelos estavam oleosos e cheios de nós. Sua aparência estava horrível. Os olhos pareciam mais verdes do que o normal, cercados de veias estouradas. O rosto estava pálido. Com todo cuidado, ela abriu um lado do roupão. Um enorme hematoma coloria seu quadril e o lado de fora da coxa de roxo e azul. O centro já estava amarelando. Tinha batido com muita força ao cair da moto.

Ugh.

Mak sentiu o cartão em seu bolso. Abriu o envelope. A mensagem dizia: "Pensando em você. Tudo de bom! Bogey."

Fechou o cartão sorrindo para si mesma. Bogey. Só depois viu a foto na capa: era a Sagrada Família, em Barcelona.

Ele não é bobo.

Tinha levado o cartão para o quarto porque não queria que Sykes visse de quem era. Tudo que ela visse, Andy ficaria sabendo. A mensagem de Bogey era breve e afetuosa e respeitava a situação atual de Mak.

Quando ela saiu do banheiro, Loulou estava sentada na cama. Tinha aberto as cortinas, e o quarto estava cheio de luz. Bem melhor do que a penumbra deprimente de antes.

– Essa história toda é muito louca.

– Nem me fale! Quando chegou em Sydney?

– Nós saímos de Melbourne na quinta, assim que recebi a notícia.

Nós?

– Vocês vieram de carro? Uau!

– São só 10 horas. Oito, do jeito que o Bogey dirige.

– Bogey veio junto? – Mak tentou disfarçar o interesse.

– Sim, ele disse que precisava visitar uns clientes. Marcou reuniões para o fim de semana.

Mak decidiu não fazer mais perguntas sobre ele, sobretudo que envolvessem saber onde ele estava e se tinha dito algo a respeito dela.

– Amiga, preciso te contar – disse Loulou, interrompendo seus pensamentos. – Eu conheço um fotógrafo que trabalha com fetiches, o Rico... Na verdade, ele é amigo do Júlio, o escravo da Madame Scarlet. Da Brenda... Você sabe... Ela não o apresentou a você?

– Não – disse Mak. – Brenda não me apresentou ao seu escravo, por mais estranho que pareça.

– Bem, o fato é que Rico viu a sua foto e está louco para fazer um ensaio com você. Ele fotografa eventos para pagar as contas e disse algo interessante. Veio para Sydney, para o evento social do ano, a festa de aniversário de 30 anos de Damien Cavanagh.

Mak arregalou os olhos.

É claro.

Tinha ouvido falar da festa, mas, com tudo que vinha acontecendo, esquecera completamente.

– Espero que não se importe. Sei que o tal Simon Aston vai estar lá. Achei que devia lhe contar.

A festa dos Cavanagh a interessava muito. Não apenas pela presença de Simon, mas também pela oportunidade de saber mais sobre Damien Cavanagh. Amy, que desaparecera sem deixar rastros, estava convencida de que ele era um dos homens no vídeo. Mak precisava saber.

– Vai ser uma festa muito grande?

– O que você acha? – respondeu Loulou, dramática como sempre. – Amiga, vai ser a maior festa do ano, talvez da década. Está brincando comigo? – ela parecia não compreender a ignorância social de Mak. – Faz meses que as colunas de fofoca só falam disso. Vai ser uma festança. E é hoje!

* * *

Luther estava sentado no carro do outro lado da rua.

Observou Mak e a garota de cabelo moicano pela janela do primeiro andar. Podia acabar com aquilo em segundos com um único tiro certeiro. Mas não estava autorizado a fazer isso, nem queria.

Precisava tirá-la da casa e afastá-la da escolta policial.

E, quando a matasse, tinha que fazer parecer um acidente.

Não cometerei mais erros.

CAPÍTULO 58

Uma explosão rasgou o céu.

E mais outra.

A massa de convidados olhou para cima ao mesmo tempo, atraída pelas luzes coloridas que riscavam a noite. De boca aberta e olhos arregalados, admiraram o show de fogos de artifício que enchia o ar úmido de fumaça. Copos se ergueram num brinde barulhento ao anfitrião tão generoso.

Era meia-noite na mansão dos Cavanagh, na Baía de Sydney, e a festa estava começando a esquentar. Embora o ano-novo chinês tivesse sido comemorado várias semanas antes, 350 VIPs e *socialites* glamurosos tinham se reunido em frente ao mar vestidos conforme o tema da noite.

As mulheres usavam versões modernas do tradicional vestido chinês *cheongsam*, muitos transformados em minissaia ou com fendas até a cintura para valorizar as formas bronzeadas. Uma famosa "modelo" de revistas masculinas chegou com o vestido pintado nas curvas generosas. Os homens usavam brocado de seda ou ternos em estilo *kung fu*, e alguns até estavam sem camisa, como Bruce Lee, para revelar o trabalho de seus dedicados *personal trainers*. Os garçons circulavam em conjuntos pretos de gola alta, completando as taças dos convidados com garrafas de *Moët*. Canapés orientais em abundância tentavam os convidados, mas poucas das mulheres elegantes se atreviam a tocá-los, por medo de manchar seus trajes de seda de molho de soja.

A residência de Darling Point, onde os estimados convivas estavam reunidos, era impressionante, mesmo para os padrões mais exigentes. Tinha quinze quartos, salões luxuosos – o maior deles, transformado em pista de dança, no momento abrigava o DJ e o equipamento de som –, uma cozinha de mármore e aço escovado, *home theater*, sala de ginástica, quartos de empregada e quadra de tênis. Naquela noite, tochas e lanternas vermelhas iluminavam os caminhos de pedra por entre o jardim impecável, guiando os convidados até a área da piscina, onde bebericavam coquetéis e admiravam o espetáculo interminável de fogos. Com uma vista panorâmica da Baía de Sydney, praia particular e um pequeno píer, a propriedade dos Cavanagh ficava em um dos pedaços de terra mais valorizados do país e pertencia a uma das famílias mais ricas da Austrália.

E os convidados sabiam muito bem disso.

Os salões de beleza mais concorridos do chique subúrbio de Double Bay funcionaram sem parar nos dias anteriores à festa, preparando *socialites* quarentonas e garotas na flor da idade para o evento exclusivo. Havia uma procissão de Maserattis, Limusines, Rolls-Royce, Ferraris e Porsches que paravam em frente à porta e que tinham sido encerados e polidos; alguns, alugados discretamente pelos convidados para causar uma boa impressão nos manobristas. Barrados pela segurança, os *paparazzi* se aglomeravam na calçada para fotografar os ricos e famosos que chegavam. Havia semanas que os colunistas sociais vinham preenchendo suas páginas com especulações sobre quem estaria na lista e quem ficaria de fora. Os eleitos não decepcionaram: estrelas de cinema, herdeiras, atletas olímpicos e até membros da realeza europeia se misturavam a empresários e políticos. Todo mundo que importava estava lá, e os que não haviam sido convidados sabiam que as portas da sociedade de Sydney tinham se fechado para eles pelo resto do ano.

Makedde Vanderwall não estava preocupada com as listas de convites ou com o circuito social.

Tampouco disputava uma chance de cumprimentar os Vips ou de flertar com um dos solteiros mais cobiçados da Austrália.

A detetive particular novata tinha outras intenções.

Escolhera o momento da chegada com cuidado. Passava das 23 horas, e a maioria dos convidados já tinha entrado. Os seguranças estavam começando a se entediar. Ao se aproximar da casa, viu os *paparazzi* ainda esperançosos encostados no muro de pedra, fumando e conversando como soldados em trégua da batalha. Era uma turma inteiramente diferente da que a cercara nos degraus da Suprema Corte durante o julgamento do Assassino do Salto Alto. Eram fotógrafos de celebridades e estavam ali para captar imagens das estrelas, dos herdeiros e dos nobres. Mesmo que alguns também cobrissem as páginas policiais, era improvável que um deles reconhecesse a testemunha assustada de dois anos atrás naquelas circunstâncias.

Mak respirou fundo.

Você consegue. Vai ser fácil.

O motorista parou no meio-fio, atraindo a atenção dos fotógrafos, interessadíssimos no Lamborghini Murcielago reluzente que quase tocava o chão de tão baixo. Alguns flashes estouraram, assustando Mak no banco de trás. A atmosfera mudou subitamente. Vários homens jogaram seus cigarros no chão e correram para a entrada, erguendo as câmeras acima da cabeça. Os seguranças se aproximaram e formaram um corredor para Mak descer do carro sem ser derrubada pelos fotógrafos cansados.

É agora.

Mak tinha concluído que se passar por convidada era a melhor maneira de entrar na festa. Se fosse descoberta, teria poucas chances de escalar os muros de pedra.

Vamos lá.

Júlio, o escravo assustadoramente magro de Brenda Bale - um vendedor de carros de luxo que levava uma vida dupla como fetichista -, estava vestindo um elegante uniforme negro de motorista, com direito a quepe. Ele deu a volta no carro para abrir a porta para Mak. Com o coração aos pulos, ela pôs um pé na calçada, depois o outro. Os fotógrafos cercaram o carro, se acotovelando para conseguir o melhor ângulo e empurrando a fila de seguranças que os detinha com firmeza.

– Ei! Para trás, para trás! – ordenou um dos armários de terno escuro.

Mak desceu do carro e parou na calçada. Como uma chuva de meteoros, a noite se iluminou com flashes. As explosões eram tantas e tão rápidas que ela tonteou. Manchas amarelas passaram flutuando em frente aos seus olhos fechados. Ela deu um passo e jogou os cabelos para o lado, para parecer glamurosa e também para esconder seu rosto.

Desfilou lentamente até a porta, mantendo a cabeça erguida com um ar de importância.

Ai!

Seus hematomas latejavam. Por sorte, a festa era *black tie*, e ela estava usando um vestido longo com uma fenda do lado direito. Tinha que se concentrar em caminhar com elegância. Seu corpo protestava contra o movimento e os saltos altos. Ia tirar os sapatos assim que pudesse.

Mak encarou os dois seguranças que guardavam a porta.

Por favor, não me barrem. Por favor, não me barrem...

Eles a viram se aproximar impassíveis. Um deles tinha uma prancheta com a lista de convidados em que o nome dela certamente não constava. Mak não queria ter que dar um nome. Isso seria um suicídio social. Ela precisava conseguir passar direto, como se fosse importante demais para ter a identidade conferida. Era o único jeito. Os fotógrafos desavisados continuavam a disparar as câmeras numa algazarra suarenta, e Mak decidiu usá-los a seu favor. Virou-se e acenou para eles, fazendo uma breve pausa para dar um sorriso por sobre o ombro, uma pose que as estrelas gostavam de fazer no tapete vermelho do Oscar. Os *paparazzi* enlouqueceram, e antes que os *flashes* morressem ela entrou, deslizando entre os seguranças com seu porte de modelo.

Seguiu em frente sem olhar para trás.

Ainda escutou o amigo de Brenda, Júlio, perguntar a um dos manobristas:

– Onde posso deixar o carro da senhorita Schiffer?

Mak engasgou. Schiffer? Ainda bem que já não podiam mais ver seu rosto, assim talvez até acreditassem que Claudia Schiffer acabava de chegar à festa. Quando checassem as imagens na tela das câmeras digitais, porém, os fotógrafos não se deixariam enganar. Mas o disfarce de Júlio era suficiente para manter os seguranças ocupados enquanto ela se perdia em meio aos convidados.

Tinha conseguido entrar.

Capítulo 59

Simon olhou para o relógio. Estava na hora.

O último dos convidados principais tinha chegado havia quase duas horas, e era o momento da entrada triunfal do aniversariante.

Simon mandou que o DJ tocasse o tema do filme de James Bond *Viva e deixe morrer*, num volume que todos pudessem escutar. Os convidados, encantados pelos fogos, pararam o que estavam fazendo e se viraram para a baía com expectativa. Quando as explosões coloridas cessaram, um holofote instalado na praia focou num antigo junco chinês que se aproximava do píer. Damien Cavanagh, sorridente e banhado em luz, vinha em pé na proa. Vestia um *smoking* de seda azul bordado com dragões dourados e trazia um charuto entre os dentes. Evocando Hugh Hefner ou um aspirante a James Bond, ele estava cercado de lindas chinesas parcamente vestidas, que o ajudaram a descer a escada na lateral do pequeno barco e subir no *jet ski* que viera buscá-lo. Um brinde ruidoso se ergueu de um grupo de amigos mais íntimos, enquanto o resto da plateia aplaudia educadamente.

Simon sabia o quanto Damien estava adorando a cena toda. Embora muitos pudessem considerar cafona essa chegada extravagante, a verdade é que jamais diriam isso em voz alta. Um dos que não iria comentar era o pai de Damien, Jack Cavanagh. Ele e Bev tinham recepcionado alguns convidados e saído à francesa um pouco antes das 23 horas, indo para a casa de praia de Palm Beach para que o filho pudesse aproveitar a festa e o resto do fim de semana com a turma jovem. A noiva chata de Damien tampouco estava por perto para estragar tudo. Carolyn e ele tinham saído para jantar na sexta-feira num restaurante chique, e depois ela havia tomado um voo para Paris, pois queria fazer umas comprinhas, e teve o incentivo de Damien. "Vai ser uma festa sem graça, só empresários puxando o saco de Jack..." A última coisa que Simon queria era Carolyn ou Jack complicando a situação depois de tudo que havia se passado.

Com a chegada de Damien, a festa ia começar de verdade. Embalados pela abundância de *Moët* e por coquetéis de vodca e Red Bull, os convidados celebravam o aniversário do anfitrião como se fosse a noite mais importante de suas vidas.

E, para alguns, seria mesmo.

Capítulo 60

Uau.

Raras vezes Mak tinha estado em uma casa daquele tamanho.

Cruzando o salão com uma taça de champanhe na mão, passando pela multidão de gente reunida, Mak achou o tamanho da mansão quase obsceno. Quantas pessoas moravam naqueles 15 quartos? Talvez três, incluindo o filho? Cada ambiente era impecavelmente decorado com móveis caros e objetos de arte. Se o sucesso podia ser medido puramente em termos de riqueza material, tinha a impressão de que o dono daquela casa devia ser profundamente infeliz, uma vez que não lhe restava muito a adquirir.

Passou para uma sala onde copos vazios cobriam a mesa de centro elegante. Uma bolsa estava largada no sofá e havia um *blazer* pendurado em uma cadeira. O casal a que pertenciam estava encostado na sacada, de costas para ela, indiferentes a sua presença. Mak viu uma porta no fundo da sala que parecia deliberadamente fechada para os convidados. Girou o trinco: não estava trancada. Aproveitou a distração do show de fogos para passar discretamente para o corredor, fechando a porta atrás de si com cuidado, apesar do barulho da rua.

Pôs a taça no chão e tirou os sapatos. Dolorida, inclinou-se para pegar os capins nas tiras finas e recolheu o copo de champanhe outra vez. Ajudaria a disfarçar, caso alguém a visse.

Mak tomou um golinho e alongou as pernas machucadas, fazendo círculos com os tornozelos.

Ahhh. Bem melhor.

O.k., onde ficam os quartos?

Aquela ala da casa estava silenciosa e escura. Parecia que todos, incluindo a família Cavanagh, estavam no jardim, observando os fogos. Mas sempre havia a possibilidade de os seguranças estarem patrulhando as outras áreas da casa, especialmente se suas suspeitas estivessem corretas, e os Cavanagh estivessem preocupados com indiscrições prévias.

O longo corredor escuro estava iluminado apenas por dois grandes candelabros. Ela admirou as estátuas e pinturas em molduras douradas enquanto avançava descalça. A coleção era notável: originais de Jeffrey Smart e Arthur Boyd, mas nenhum Brett Whiteley à vista por enquanto. Ela chegou a uma escadaria e decidiu começar pelo alto, onde provavelmente ficavam os quartos.

Começou a subir.

No terceiro degrau, Mak escutou um ruído e estacou. Parecia uma porta se fechando e passos. Um convidado usando o banheiro? Um membro da família? O próprio Jack Cavanagh? Ou um de seus seguranças?

Droga.

Quem quer que fosse, Mak não podia deixar que a vissem. Recuou na escada, ponderou as alternativas e decidiu descer ao térreo para esperar. Por sorte, o carpete nos degraus abafava seus passos. Desceu a escada aos pulinhos, as pernas queimando outra vez, até chegar à base. Agarrou-se no corrimão e escutou...

Para se orientar, Makedde tinha tentado encontrar alguma revista de decoração nos arquivos da biblioteca que trouxesse uma matéria sobre a mansão dos Cavanagh, ou, melhor ainda, uma foto que mostrasse a família com o quadro de Whiteley no fundo. Mas não tivera sorte. Apesar da beleza e do tamanho da residência e de toda a atenção que seus negócios despertavam, a família parecia ser muito discreta. A imprensa não costumava ser convidada para visitar nenhuma de suas várias propriedades. Mak teria que circular pela casa com poucas informações para se orientar além das imagens perturbadoras do vídeo misterioso.

Passos.

Uma porta batendo.

Mak se agarrou ao corrimão no escuro e rezou para não ser flagrada.

Capítulo 61

– Tem certeza? – perguntou Simon Aston. – Mas como?

– Estou lhe dizendo, eu vi. Ela passou do meu lado.

– Vanderwall, a investigadora? – ele insistiu, incrédulo.

Primeiro ela tentara bisbilhotar a casa dele e agora estava ali? O Americano tinha alertado Simon, caso ela o abordasse.

– Sim. Só que ela lembra mais a Elle Macpherson do que uma detetive, e está com um vestido de parar o trânsito. Tem pernas de gazela, eu já vi fotos nos jornais...

– Tem certeza absoluta? – Simon estava no gramado, longe dos ouvidos de Damien, escutando horrorizado o que seu amigo Jason contava por telefone. Ele balançou a cabeça. – O que diabos ela está fazendo aqui? Isso é exatamente de que eu não preciso: uma vagabunda metendo o nariz onde não deve.

– O vestido tem uma fenda até a cintura. Eu não expulsaria essa gata da minha cama.

– Obrigado, Jason. Vou me lembrar de passar a mão na bunda dela antes de perguntar por que ela está tentando foder com a minha vida – ele disparou. – Fique de olho e, se a vir de novo, não a perca de vista e me ligue imediatamente. Também vou procurá-la.

Simon desligou e ficou segurando o celular na mão tensa. *Que merda!* Como uma investigadora tinha entrado na festa? Podia acabar em desastre. Jason tinha que estar errado. Devia ter visto outra loira gostosa e se confundido.

Simon olhou para Damien, que não havia se dado conta da conversa. Depois de desembarcar, o aniversariante estava a poucos metros de distância, parado nos degraus do píer. Uma das meninas orientais enviadas pela agência de modelos batia a cinza de seu charuto. Simon tinha que admitir que ela era linda, embora não fizesse seu tipo.

Você não tem ideia das coisas que eu faço por você, meu amigo.

Damien olhou na direção dele e ergueu os polegares. Simon sorriu e devolveu o gesto. Fingiu atender outra chamada, depois riu e fez um sinal para Damien indicando que ia procurar um lugar mais silencioso para conversar. Damien não notou que seu amigo estava indo para dentro da casa. Apenas deu outra tragada no charuto cubano e contou piadas sem graça para as mulheres contratadas para escutá-lo, enquanto Simon ia procurar a investigadora loira chamada Makedde Vanderwall entre os convidados.

Se ela estivesse na festa, ele iria dar um jeito nela.

Capítulo 62

Mak abriu uma porta no andar térreo e sentiu uma lufada de ar frio.

Não vou encontrar nenhum Whiteley aqui.

Não era um quarto, mas sim uma garagem. E que garagem! Havia não um ou dois, mas meia dúzia de magníficos carros de luxo. Mak identificou um Jaguar, uma BMW 4x4 e até uma Ferrari rebaixada entre os veículos. Pelo jeito, era ali que terminavam modelos como o Enzo Ferrari, um carro de 2 milhões de dólares que sequer podia andar pelas ruas. Eram brinquedos para meninos ricos, muito ricos. Mak recolheu o queixo caído e fechou a porta outra vez, temendo ser identificada, caso houvesse uma câmera ou um sistema de alarme protegendo a frota valiosa.

O restante do térreo era composto de quartos e saletas, todos desocupados e às escuras. Mak investigou as salas uma por uma, primeiro encostando o ouvido na porta, depois girando o trinco delicadamente e acendendo as luzes. Sabia que não tinha muito tempo. Já estava xeretando fazia vinte minutos. Seu plano para entrar na festa tinha funcionado, e ninguém parecia estar caçando uma jovem manca de cabelos compridos e vestido preto que se fizera passar por Claudia Schiffer. Mas Mak também calculava que os seguranças fizessem uma ronda pela casa de vez em quando.

Assim como em muitas casas de famílias ricas, os quartos da residência dos Cavanagh tinham muito estilo, mas pouca personalidade ou individualidade. Eram todos decorados à perfeição, como uma loja de móveis finos. Tudo estava no lugar, um pouco perfeito demais, e cada item sem dúvida custava mais do que a renda anual de Mak. Peça após peça, era a mesma coisa, fosse uma sala de televisão ou um quarto de hóspedes: nada fora do lugar e nem um objeto sequer de mau gosto, ou mesmo de uso pessoal. A impressão era de que a decoração não dava pistas relevantes sobre os proprietários, exceto talvez que eles tinham um orçamento ilimitado e um bom decorador.

Depois de examinar meia dúzia de salas, Mak pousou a mão no trinco da última porta do corredor e se deteve para escutar. Não ouviu som nem vibração. Confiante de que o quarto estaria vazio, ela empurrou a porta e acendeu a luz.

Seu coração deu um pulo no peito.

Na parede à sua frente estava o quadro em cores claras, mostrando uma mulher de curvas generosas e exageradas pintando o púbis com um batom vermelho.

O Whiteley. Bogey tinha razão!

Esquecendo-se de si mesma por um instante, Mak correu para o quadro e leu a assinatura no canto inferior esquerdo. Whiteley. Sim. Mais ou menos 90 cm x 70 cm. Um original. Não havia dúvida de que era a mesma pintura que Bogey lhe mostrara no livro. A menos que houvesse uma cópia ou uma gravura no vídeo, era o mesmo quadro que observara a cena da morte daquela menina.

Foi aqui, na casa dos Cavanagh. Eu estava certa.

Mak ficou parada, olhando confusa para o quadro. O estranho era que aquela peça não era um quarto.

Olhando em torno, ela viu que estava numa saleta com dois sofás de cor creme, uma mesa de centro e uma estante. Uma enorme TV de tela plana ocupava metade de uma parede, e as cortinas fechadas cobriam a outra. Era diferente das outras salas, menos arrumadinha. Embora os móveis fossem bonitos, não pareciam formar um conjunto perfeito.

Mak não podia se dar ao luxo de ser descoberta agora. Retornou à porta, esquecendo-se das dores pelo corpo, e olhou para os dois lados do corredor. Parecia vazio. Com o coração acelerado, ela fechou a porta, largou os sapatos e a taça de champanhe e tirou a câmera digital da bolsa. Era esta a cena da morte no vídeo? Tinha que ser, não tinha? Com a reputação de pessoas como os Cavanagh em jogo, se ela estivesse errada, sua carreira terminaria antes mesmo de começar.

Ela precisava ter certeza.

Respirou fundo e deu uma volta pela sala, cuidando para não tirar nada do lugar. *Pense, Mak, pense.* Ativou a legenda de data e hora na câmera para gravar as fotos na sequência correta e começou a fotografar todos os ângulos possíveis, examinando cada detalhe minúsculo da sala. Sim, aquela era a pintura que Bogey tinha lhe mostrado. Mas estava na mesma sala? Havia uma janela na parede oposta. Mak puxou as cortinas milimetricamente e viu um canto do jardim onde o sol devia brilhar durante o dia. Voltou ao Whiteley e ergueu delicadamente uma ponta da moldura. Protegida dos raios do sol, a parede sob o quadro tinha um tom ligeiramente mais claro.

Sim.

O quadro estava naquela posição havia um bom tempo. Então, a menos que existisse uma cópia dele em algum lugar, a saleta tinha sido um quarto até pouco tempo. Talvez por isso parecesse diferente do resto da casa. Faltava o toque de um decorador.

Era um serviço feito às pressas, para ocultar um crime.

Capítulo 63

Irritado, Simon Aston acendeu a luz da garagem.

É melhor aquela investigadora não estar por aqui.

Foi até a caminhonete 4x4 que costumava pegar emprestada e abriu o porta-luvas.

Seus olhos pousaram numa pistola calibre 22, nova em folha.

Olhe só para isso.

Seu coração se acelerou no peito ao ver a arma, uma mistura de euforia e medo potencializada pelo álcool que lhe corria nas veias. Simon pegou a pistola, e o metal frio em suas mãos o fez parar por um segundo. Ele não tinha experiência com armas.

Aquela desgraçada vai se arrepender de ter entrado na festa.

Simon nunca tinha disparado uma arma de fogo antes, mas certamente não tinha medo delas, especialmente no estado em que se encontrava. Se a tal detetive particular não sabia o que era bom para ela, ia levar um susto. O maior susto da sua vida.

Atrás da arma havia uma caixa de munição. Jason tinha lhe mostrado como carregar o pente, e Simon começou a encaixar as balas com impaciência.

Uma... duas... três... quatro.

Já chega.

Armado e com a pistola semiengatilhada, Simon saiu da garagem e foi em busca da penetra inconveniente.

Capítulo 64

Mak estava de joelhos no quarto de hóspedes recém-redecorado da mansão, com o rosto colado no carpete fofo, os olhos esquadrinhando as fibras macias, quando pensou ter ouvido um barulho.

Merda.

Ficou em pé e apagou a luz. Seu corpo latejava. Permaneceu imóvel no escuro.

Já tinha encontrado duas áreas levemente achatadas no carpete, ambas menores do que um punho e separadas por quase dois metros. Os pés da cama. Alguém tinha removido a cama do quarto e usado os sofás para fazer uma sala de estar, mas as marcas do móvel no tapete permaneciam. Devia haver mais duas sob um dos sofás, junto à parede.

Meu Deus, eu estou na cena de um crime.

Com o quadro e as marcas dos pés da cama, Mak estava convencida de que poderia provar que aquele era o quarto do vídeo. Só precisava chamar a polícia antes de ser descoberta, e a casa cair.

Grudou o ouvido na porta. O corredor parecia vazio, e lentamente seu coração voltou a se acalmar. O ruído deveria ter vindo de outro andar, ela pensou, ou tinha sido apenas sua imaginação. Estava tão tensa que podia ouvir coisas. Satisfeita, pegou o celular. Estava na hora de chamar a perícia para que coletassem quaisquer indícios que ainda não tivessem sido eliminados. Só esperava que acreditassem nela e que agissem rápido.

– Cassimatis – Jimmy respondeu, na segunda chamada.

– Jimmy, é a Mak – ela disse em voz baixa, cobrindo o telefone com a mão.

– Mak? É você? *Skata!* Mal consigo escutar.

– Desculpe. Não posso falar muito alto – ela sussurrou. – Estou na casa dos Cavanagh.

– O quê? – ele soltou uma sequência de palavrões em grego que a fez afastar o telefone do rosto. – O Hunt vai ficar puto da vida!

Quando ele parou de berrar, ela voltou ao telefone.

– Acalme-se. Investigando um caso, acabei encontrando o local do assassinato da sua vítima desconhecida do vídeo, a Menina da Caçamba. Você tem que chamar a perícia imediatamente, antes que terminem de limpar os resquícios. O homem no vídeo com certeza é Damien Cavanagh. Eu estou no quarto neste instante, por isso tenho que falar baixo.

– O quê? Espere aí, o que está dizendo? – Jimmy estava confuso, sem saber por onde começar. – Você acabou encontrando o local de um crime na mansão da família Cavanagh? Minha Nossa Senhora!

Ela não queria explicar a coisa toda pelo telefone, até porque não teria tempo. Podia ser flagrada a qualquer instante.

– Jimmy, eu sei que todo mundo acha que foi o Tobias Murphy, mas tem mais detalhes nessa história. E agora eu tenho provas. Meaghan Wallace filmou a Menina da Caçamba e mandou o vídeo para uma amiga, e depois foi assassinada. A amiga dela agora está desaparecida. Acredite em mim, eu sei do que estou falando. Mande uma equipe para cá agora mesmo. O Hunt parece estar fazendo corpo mole, mas isso não importa. Você pode passar por cima dele. O filho dos Cavanagh está envolvido na morte da menina, que aconteceu dentro desta casa. Mande a polícia isolar o lugar, por favor. Confie em mim, Jimmy.

Os protestos dele se enfraqueceram.

– *Skata*, Mak. Isso pode me custar o emprego. Você tem certeza?

– Absoluta.

Ele fez uma pausa longa.

– O.k. Qual é o endereço e onde fica o quarto?

Mak explicou a localização.

– Mande as viaturas mais próximas. E precisamos de uma equipe da perícia. Alguém já limpou o quarto e mexeu nos móveis, mas se o pessoal for bom ainda vai encontrar muitas evidências.

– Mak...

– Vou ficar esperando – ela disse com firmeza e desligou.

Mak fechou os olhos e se encostou na parede. Jimmy era um cara legal, apesar de todos os seus defeitos. Ela podia contar com ele para fazer o que tinha pedido. Assim esperava.

O que foi isso?

Um som.

Droga. Alguém deve ter me ouvido.

Mak ficou parada no escuro, apurando os ouvidos em busca de algum movimento. Alguém estava se aproximando pelo corredor. Ela mergulhou atrás do sofá mais próximo, calculou mal a distância e bateu com a perna na lateral, exatamente no ponto onde estava o hematoma. Abafou um gemido com a mão.

Puta que o pariu, como dói.

A porta se abriu.

A luz se acendeu.

Espremida entre o sofá e a parede, Mak viu um homem por entre as almofadas. Ele era alto e bonito e estava usando uma combinação moderna de terno e camiseta.

Parecia familiar.

Meu Deus...

Simon Aston.

O rosto de galã de cinema estava cortado por uma sequência de pontos que desciam do queixo ao pescoço. Pareciam recentes. Ela o vira de relance enquanto ele saía da casa em Tamarama, mas de perto o corte parecia pior, as bordas avermelhadas ainda estavam úmidas.

Talvez a menina tivesse feito aquilo antes de morrer.

Mak se deu conta de que o celular estava ligado e rezou para que Jimmy não telefonasse. Se ela tentasse desencaixar a bateria, o barulho poderia acabar alertando Simon para sua presença. Não ia se mover nem um milímetro. Abafando a respiração com uma das mãos, ela ficou imóvel, sentada desconfortavelmente em cima de uma das pernas, que já começava a ficar dormente.

Mak manteve os olhos fixos nele pela fresta entre as almofadas. Viu Simon se aproximar da mesa de centro e pegar a taça de champanhe que ela havia trazido.

Droga.

A borda exibia uma marca de batom. E perto dos pés dele estavam os capins deixados por ela.

Ah, não...

Ele ainda não tinha visto os sapatos, mas era só uma questão de tempo.

E então Mak viu algo terrível. Sentiu um frio no estômago ao reconhecer o objeto nas mãos de Simon.

Ele recuou até a porta brandindo uma arma que havia tirado do bolso do paletó.

As coisas estavam saindo de controle. Ela não devia ter se arriscado tanto. Era apenas uma investigação, não valia sua vida, certo?

– Onde você está? Sei que está aqui dentro! – A voz lhe causou um arrepio.

Mak não estava armada. Sabia usar uma pistola, provavelmente até melhor do que Simon, a julgar pelo modo como estava segurando a .22. Mas não gostava de armas. Já fora obrigada a usá-las, e sabia o que podiam fazer.

Mak estava desarmada, mas ainda tinha o celular na mão. Seguiu o exemplo de Meaghan Wallace e apertou o botão de gravar na modesta câmera de vídeo do telefone.

As imagens provavelmente sairiam pouco nítidas, mas ela podia tentar.

Capítulo 65

– Ei, você.

Luther Hand se virou.

Eram 11h45, e Luther estava em frente à casa dos Cavanagh, onde, conforme fora informado, seu alvo, Makedde Vanderwall, tinha conseguido entrar. Ela não havia saído pela porta da frente de sua casa, onde ele estivera montando guarda todas as noites. Nem lhe ocorreu que ela poderia usar outra saída. Seu plano era neutralizar a escolta policial para chegar a Mak, mas ele não esperava perder o alvo de vista.

Todos nós a subestimamos.

– Ei, você! – o segurança repetiu. – Seu nome, por favor? – disse, olhando para a prancheta.

Luther não tinha tempo para conversas. Tentou passar direto, mas o homem cometeu o erro de detê-lo.

– Estou falando com você, amigo. Só entra quem estiver na lista. – Ele pôs a mão no peito largo de Luther. Havia um bom tempo que ninguém se atrevia a fazer isso.

Num piscar de olhos, Luther se aproximou do homem, pôs um braço em torno de seu ombro e agarrou seu pescoço. Moveu-se tão rápido que, por um segundo, os olhos do segurança se arregalaram como antenas parabólicas. Luther apertou, e o homem – que não era pequeno – simplesmente perdeu os sentidos e deslizou para o chão. Luther arrastou-o para trás de uma das esculturas de pedra junto à porta e colocou-o sentado com as costas apoiadas na parede, dando a impressão de que o segurança estava tirando uma soneca. Seu colega – Luther fora informado de que haveria dois guardas – provavelmente estava no banheiro.

Luther cruzou a porta sem ser incomodado.

A casa estava cheia de gente bem vestida. Seguindo as instruções do Americano, ele encontrou a porta que levava à escadaria. Desceu os degraus com agilidade, pronto para qualquer coisa. Quando chegou ao corredor do térreo, viu Simon Aston sair de um dos quartos com uma arma na mão.

Esse idiota vai estragar tudo.

Luther pulou em cima dele, agarrando-o por trás e tirando a arma de sua mão. Em segundos, estava pressionando o pescoço de Simon contra a parede – o rosto dele começava a arroxear.

– Posso acabar com você rapidinho – Luther sussurrou em seu ouvido. – E tenho permissão para fazer isso. Então não se meta comigo.

As veias saltavam no branco dos olhos de Simon. Sua boca estava aberta e trêmula. Luther viu que ele estava prestando atenção.

– Desta vez, vou levar uma recordação. Talvez o seu apêndice favorito – ele enfiou o punho na virilha de Simon com força suficiente para mostrar que estava falando sério. – Sua vida não significa nada.

Simon gritou de dor. O som saía num gorgolejo animalesco, e Luther apertou ainda mais sua garganta. Logo ele ficou quieto e imóvel. Luther deixou-o cair no chão com um baque discreto. Não queria matá-lo na casa e, além disso, dificilmente receberia extra pelo incômodo, já que Simon não estava na lista. Não valia a pena.

– Ela está aí. É ela. O copo dela... – Simon murmurou, massageando o pescoço com uma das mãos e apontando com a outra.

Havia uma taça de champanhe no quarto, com uma mancha de batom.

Blam.

Os dois se viraram na direção do som. Havia alguém no quarto.

A janela.

Luther ainda viu de relance um pé delicado sumindo por trás da cortina.

Merda.

Foi até a janela, abriu as cortinas e pôs o dedo no gatilho. Era uma mulher jovem, a mesma que tinha lhe escapado, a mesma que o golpeara inesperadamente com um capacete e quebrara seu nariz, a mesma que caíra da moto. A que estava na sua lista.

Ele apontou a arma.

CAPÍTULO 66

Meu Deus! Tenho que correr...

Makedde se viu no jardim em frente à casa dos Cavanagh, os joelhos arranhados e sujos de terra, a entrada da garagem a apenas alguns metros. Viu que o portão ainda estava aberto para os convidados.

Graças a Deus.

Jamais conseguiria escalar aquele muro. Tinha que sair pelo portão ou achar o carro de Júlio.

Descalça e coberta de folhas, Mak emergiu entre os arbustos e correu o mais rápido que pôde, mal registrando a dor nas pernas ou o fato de que os poucos fotógrafos remanescentes que fumavam na frente da casa a tinham visto, e os *flashes* já começavam a espocar. Tinha que alcançar a rua.

A polícia ia chegar logo.

Foi ali que a pobre menina do vídeo morreu. Eu estava certa. Mal posso acreditar, mas estava certa...

Capítulo 67

Makedde Vanderwall sentou-se na sala de interrogatórios da Central de Polícia com os braços cruzados. Parecia cansada, mas ainda muito gostosa, pensou Jimmy. Andy era um homem de sorte. Os cabelos dela estavam mais armados do que o normal, dando-lhe o ar de uma leoa brava.

Ela devia saber que ele a estava observando pelo espelho falso, pois abriu um sorriso cansado na direção dele e acenou.

– Responda à minha pergunta, senhorita Vanderwall – pressionou o detetive Matthew Parker.

– Ah, dá um tempo – ela retrucou, revirando os olhos.

– Sinto muito, Mak, você sabe que eu...

– Sei, sei, você tem que fazer isso. É o seu trabalho, Matt.

Mak estava sentada na mesma sala em que Andy a entrevistara pela primeira vez, quando ela era apenas uma testemunha, e tudo que havia entre eles era a indignação de Mak com o assassinato de sua amiga Catherine Gerber e o que ela considerava a incompetência da polícia em resolvê-lo. Na época, tanto Jimmy quanto Andy só queriam que ela fosse cuidar da própria vida, mas agora sabiam que era inútil. Se tinham aprendido alguma coisa nos últimos cinco anos, era que era inútil tentar deixá-la de fora, e talvez isso fosse uma coisa boa. Mak tinha se metido no caso meio sem querer e acabara obtendo as provas que ninguém mais tivera a habilidade ou a coragem de procurar.

Jimmy continuou observando-a pelo largo espelho falso enquanto o detetive Parker tentava entender exatamente o que havia se passado na mansão dos Cavanagh e como Mak descobrira o local da morte da Menina da Caçamba.

Parker perdera as esperanças de identificá-la.

A porta se abriu. A detetive Karen Mahoney entrou na salinha escura por trás do espelho e parou ao lado de Jimmy.

– Como ele está se saindo?

– Quer saber como Mak está se saindo? – perguntou Jimmy.

– Não, ele. Matt ainda não desistiu?

Jimmy deu uma risadinha.

– Tome – disse Karen, passando-lhe uma xícara de café. – Ela é ótima, não é?

Ele assentiu com a cabeça.

– É, sim. Será que nunca quis entrar para a polícia?

– Não sei – respondeu Karen. – Duvido que ela aguentasse receber ordens de homens como Hunt.

O detetive Parker ainda estava insistindo na sala de interrogatório.

– Explique mais uma vez o que você estava fazendo na casa dos Cavanagh.

Pelo vidro, eles observaram Mak suspirar e perceberam que ela estava obviamente entediada com aquele teatro.

– Fui convidada para um encontro social na residência – ela disse no microfone sobre a mesa, como se lesse um roteiro. – Somente quando passei pela saleta onde estava o quadro de Brett Whiteley foi que percebi que poderia ser a mesma pintura e o mesmo local mostrados no vídeo que me foi enviado anonimamente. Comuniquei minhas suspeitas à polícia imediatamente e repassei todas as informações que julguei importantes.

Parker correu os dedos pelos cabelos, obviamente desconfiado, mas não disse nada.

Mak piscou para ele com uma expressão impassível. Essa era a sua versão, e ela não ia mudar uma vírgula. *Garota esperta*, pensou Jimmy.

– Hunt vai entrar aqui e me fazer as mesmas perguntas, não vai? – perguntou Mak.

– Provavelmente.

O sargento Hunt, segundo constava, estava interrogando Simon Aston.

* * *

– Você admite que o GHB encontrado na caminhonete BMW era seu? – pressionou o sargento Hunt.

Estava interrogando Simon Aston havia quase uma hora. Quis falar com ele a sós, sem a ajuda nem a curiosidade dos detetives Mahoney e Parker.

Simon era um covarde. Confessara tudo após alguns minutos.

A versão dele era de que seu amigo Damien Cavanagh tinha desenvolvido uma preferência por meninas orientais delicadas e muito jovens, e havia mais ou menos um ano que Simon vinha se encarregando de satisfazer seus desejos. Desde a Operação Tigre de Papel, nos anos 90, Hunt sabia da existência de quadrilhas que traziam meninas como a da caçamba para a Austrália. A demanda era tal que havia um fluxo constante vindo de países pobres como a Tailândia e as Filipinas, onde as jovens eram coagidas a se prostituir ou optavam por essa vida para sustentar suas famílias. Algumas eram vendidas pelos próprios pais, tamanha era a pobreza em seus vilarejos natais.

Conforme Simon disse, aquela menina, em particular, tinha tomado champanhe e cheirado cocaína na festa. Simon achava que, depois do sexo, quando Damien estava no chuveiro, ela havia tomado um gole da garrafa que parecia ser de água, mas que na verdade continha a substância psicoativa inodora e incolor GHB, ou ácido gama-hidroxibutírico, conhecida como Boa noite, Cinderela. Damien conhecera a droga por intermédio de Simon.

Quando Damien retornou e encontrou a menina inconsciente e sem pulso perceptível, ligou para Simon.

– O GHB no veículo era seu? – Hunt repetiu, impaciente.

– Hã, sim, mas era para o Damien. Ele tinha experimentado e gostado – disse Simon. – Estava usando havia uns dois meses, mas eu avisei que não podia misturar com outras coisas, principalmente álcool. Ele era cuidadoso, mas a menina deve ter tomado quase a garrafa inteira. Quando cheguei lá embaixo, ela já estava fora do ar – Simon coçou a cabeça agitado. – Dei uma injeção de *speed* nela, que deveria ter revertido o efeito.

– Mas não funcionou?

– Não – admitiu Simon.

Ele parecia envergonhado.

– Isso é homicídio culposo, sabia?

Hunt estava enojado. Muitos traficantes acreditavam que anfetaminas eram capazes de reverter os efeitos do GHB, mas, na verdade, só aceleravam o processo da morte. A menina só teria tido chance de sobreviver se a tivessem levado para um hospital. Se tivesse sido atendida a tempo, poderiam ter salvado sua vida, e ela estaria bem no dia seguinte, quase como se nada tivesse acontecido.

Aquele sujeito era um imbecil. Tinha colocado muitas pessoas em perigo e constrangido alguns membros importantes da sociedade.

– Ela não respirava, e o Damien ficou preocupado. Chamei o Lee... que era quem fornecia as meninas.

Lee Lin Tan. Ele e a esposa recentemente tinham sido vítimas de uma disputa entre gangues vietnamitas. Morreram a machadadas, a marca registrada desses grupos.

– Saí do quarto por dois minutos, e, quando voltei, aquela loirinha estava no corredor espiando os dois com a menina morta. Ela estava com o celular na mão, e eu achei que pudesse estar filmando, então tirei o telefone dela e a levei para casa.

– Só isso? Você simplesmente pegou o telefone e lhe deu uma carona para casa?

– Foi – disse Simon. Mas Hunt sabia que ele estava mentindo. – Eu dei uma coisinha para ela relaxar – admitiu Simon.

– Você lhe deu o GHB.

– Foi. Só um pouquinho, para ela dormir.

– E depois? – perguntou Hunt.

– Devia ter terminado por aí. Mas ela não quis esquecer a história. Começou a falar demais.

– E foi então que você contratou Warwick O'Connor para matá-la.

Simon assentiu envergonhado.

– Não foi tudo ideia minha.

– Entendo – mentiu Hunt. – Muito obrigado pela colaboração, senhor Aston – Hunt ficou em pé. – Vamos precisar conversar com o senhor outra vez, mas nesse meio-tempo está liberado. Só não viaje para fora do estado.

– Sério? Posso ir? – ele parecia surpreso.

Simon não percebeu que a luz vermelha da filmadora estava desligada. Seu depoimento não existia oficialmente, e o sargento Hunt dera um jeito para que ninguém mais escutasse o que ele tinha a dizer a respeito do envolvimento de Damien Cavanagh.

No que lhe dizia respeito, Simon tinha matado a menina e acobertado o crime. E tinha agido sozinho.

Capítulo 68

Simon Aston voltou para a casa de Tamarama em estado de choque. Seus sentidos estavam amortecidos, sua vida estava de cabeça para baixo.

Ele tinha cooperado com a polícia. Contara tudo que sabia, e mal pôde acreditar na própria sorte quando foi liberado. Ia colaborar até o fim, e eles iam ver que a culpa não era dele. Fora obrigado a fazer aquelas coisas. Ele não era o responsável.

Qualquer um teria feito o mesmo.

Simon não esperava um contato de Damien tão cedo. Damien lhe dissera que estava indo a Paris encontrar a noiva e não sabia quando ia voltar. O pai tinha cortado sua mesada e impedido de acessar as contas bancárias da família. Nada de dinheiro para festas. Nada de dinheiro para vícios. Jack Cavanagh ia passar a controlar os gastos e as atividades do filho e ameaçara obrigá-lo a trabalhar, pelo menos por algum tempo. Simon esperava que o castigo de Damien não durasse muito. Talvez recebesse um telefonema – dali a duas semanas ou, quem sabe, dois meses – e então as coisas voltariam ao normal. Simon não sabia por quanto tempo podia sobreviver sem Damien em sua vida. Sem as amizades importantes e o dinheiro dele, não tinha nada.

Quando a barra limpar, Damien vai me ligar. Vamos ser amigos de novo.

Simon esfregou os olhos. Estava cansado. Não tinha dormido nada desde a festa, e poucas horas desde que contratara Warwick, e tudo dera errado. Tinham sido dias estressantes. Ele subiu a escada, entrou na cozinha e examinou a despensa. Kahlua. Abriu a garrafa e tomou um gole, puro e sem gelo. Isso iria acalmá-lo.

Preciso dormir.

Tomou outro gole ainda maior. Sentiu o álcool se espalhar pelo cérebro. Precisava desesperadamente relaxar.

O que foi isso?

Escutou um ruído vindo da sala. Um baque e o tilintar de cristal. Confuso, Simon largou a garrafa de Kahlua e saiu da cozinha.

* * *

Luther Hand foi rápido e silencioso.

Tinha passado a corda pelo lustre de cristal e, então, num piscar de olhos, passou o laço em torno do pescoço de Simon Aston e apertou.

– O que foi isso? – Simon exclamou, atônito, antes de ser erguido do chão pela força estupenda de Luther.

Seu corpo foi puxado violentamente para a frente e, quando a corda afrouxou por um instante, caiu de joelhos no alto da escada, tossindo e arquejando. Luther se aproximou e enrolou a outra ponta da corda no corrimão para ganhar tração. O puxão seguinte levantou Simon do carpete e deixou-o pendurado acima da escada. Ele lutava para respirar, chutando o ar, as mãos subindo inutilmente em direção ao pescoço para tentar afrouxar o nó. Luther amarrou a corda no corrimão, deixando apenas o comprimento necessário, e esperou.

Blam.

Blam.

As pernas de Simon chutavam a parede, buscando desesperadamente um apoio.

Ele não durou muito.

Logo sua cabeça caiu para a frente, sua língua despontou entre os lábios.

Luther sentiu certa satisfação. Tinha matado um grande número de pessoas durante sua carreira, muitas das quais lhe eram absolutamente indiferentes, e havia algumas de quem ele até gostava. Mas esse homem era um parasita. Um incômodo. Luther tinha ficado muito feliz ao receber a chamada de seu cliente americano dizendo que Simon Aston agora estava na lista. Estava esperando por isso.

Inclinou a cabeça para o lado e observou Simon pendendo do lustre.

Ótimo.

Luther gostava mais dele morto.

Isso dava cabo das testemunhas. Simon não ia mais fazer fofocas a respeito do filho dos Cavanagh, agora que tinha se suicidado em razão da consciência pesada. O vídeo estava nas mãos da polícia, mas não seria apresentado a nenhum júri. Simon Aston ia levar a culpa, e os mortos não falam.

Makedde Vanderwall não estava mais na lista. Era considerada muito próxima da polícia e muito famosa para virar um alvo. Pelo menos por enquanto. Os jornais de domingo estavam cheios de fotos da sua fuga espetacular da casa dos Cavanagh, correndo descalça de vestido longo. Simon Aston, o criminoso descontrolado que enganara a família inocente e agora tinha dado fim à própria vida, ameaçara a detetive na festa com uma arma comprada ilegalmente.

Todos os detalhes se encaixavam.

Missão cumprida.

Epílogo

– Fala sério, Andy! Isso é piada!

– Mak...

– Por que Damien Cavanagh não foi preso? Por que teve permissão para sair do país? Ele foi filmado junto à menina morta, e fios de cabelo dela foram encontrados em um quarto da casa dele. Eu vi com meus próprios olhos! Qualquer outra pessoa nessa situação já teria sido presa.

– Calma, Mak – disse Andy, a voz soando distante no telefone. – Às vezes, as coisas não são tão simples. Levam tempo.

Isso não está certo. Não está certo.

Aparentemente, tudo indicava que Simon Aston tinha sido responsável pela morte acidental da Menina da Caçamba na residência dos Cavanagh e depois contratara um pistoleiro para matar Meaghan Wallace por ter testemunhado o crime. Ele estava levando a culpa por tudo, e agora, que tinha cometido suicídio, ninguém chegaria a ouvir sua versão dos fatos.

Amy, tão convencida do envolvimento de Damien, também tinha aparecido morta. Outro suicídio. Fora encontrada com uma *overdose* de drogas no sangue, caída no chão da cozinha, com um cachorrinho ganindo ao seu lado, presente de algum amante. E Simon tinha tomado um porre e se enforcado no lustre.

Ninguém mais estava vivo para apontar o dedo para os Cavanagh. Era tudo muito cômodo, e os altos escalões da polícia não pareciam muito interessados em investigar uma possível ligação entre Damien Cavanagh, a *overdose* da menina tailandesa e a morte de Meaghan Wallace. Os fios de cabelo encontrados na mansão eram iguais aos da Menina da Caçamba. Como isso não era suficiente para garantir um inquérito mais aprofundado?

Por intermédio de seus advogados muito bem pagos, a família Cavanagh tinha expressado "grande preocupação e pesar em relação aos fatos deploráveis acontecidos em sua residência" sem o conhecimento de nenhum deles. O falecido Simon Aston era um conhecido, mas não um amigo próximo da família. Todos ignoravam a natureza de suas atividades até ser tarde demais. O filho dos Cavanagh, Damien, não conhecia as atividades ilegais do amigo, afirmou o advogado. Interrogar os convidados da festa sem dúvida seria um processo longo e provavelmente infrutífero. O caso estava encerrado.

Isso não está certo.

Não era de estranhar que o cliente de Mak, Robert Groobelaar, tivesse se mostrado tão paranoico. Se os Cavanagh descobrissem que ele tinha solicitado uma investigação própria, quem sabe o que poderiam ter feito com ele ou com sua empresa?

Makedde balançou a cabeça de desgosto e frustração.

O único lado bom era que o jovem Tobias Murphy tinha sido inocentado do assassinato da prima, graças à aparente confissão de Simon Aston ao sargento Hunt de que ele tinha contratado um capanga chamado Warwick O'Connor para matar Meaghan. O'Connor ainda não havia sido encontrado. Tobias estava no lugar errado na hora errada, indo pegar seu dinheiro com a prima naquela noite de quinta-feira, como fazia a cada duas semanas. Embora tivesse sofrido uma perda insubstituível, a prisão provavelmente salvara sua vida. Ele agora estava num programa de desintoxicação, finalmente recebendo a ajuda de que precisava, e, o mais importante, tinha recuperado o contato com o pai biológico, Kevin, e ia morar com ele e sua nova família.

– Pense no que poderia ter acontecido – disse Mak, fitando a rua vazia em frente à casa, o fone preso entre o ouvido e o ombro. – O coitado ia apodrecer na cadeia por um crime que não cometeu.

Por algum motivo que ela não conseguia desvendar, o sargento Hunt e a polícia não estavam indo atrás de Damien Cavanagh, mesmo com todos os indícios de seu envolvimento. Limitaram-se a adverti-lo a distância.

– Não se precipite culpando a polícia, Mak – disse Andy, defendendo os colegas. – Não é tão simples assim. Ninguém foi capaz de provar que era Damien naquele vídeo.

Mak balançou a cabeça. *Conversa fiada.*

– Tem certeza de que não quer que eu volte para Sydney? Só por alguns dias? – ele perguntou.

– Não, eu insisto. Tenho muito que fazer por aqui. Na verdade, nunca estive tão ocupada na vida.

Robert Groobelaar tinha ficado mais do que satisfeito com as informações que ela levantara, em particular o fato de que Meaghan Wallace não estava tendo um caso com Simon Aston. Isso tinha tranquilizado Robert. Mais um cliente feliz. E não só isso: vários novos casos tinham surgido desde que a matéria sobre ela saíra nos jornais. O telefone tocava sem parar na agência de Marian.

Que ironia.

Mak tinha certeza de que os Cavanagh, ou quem quer que tivesse plantado a notícia, haviam feito isso para desacreditar seu trabalho investigativo e talvez fazê-la perder o emprego. Mas o efeito tinha sido o oposto. Pelo jeito, aquele tipo de experiência e fama podia ser uma vantagem na sua profissão.

Mak aprumou as costas quando viu o conversível azul de Bogey parar em frente à casa. A capota estava abaixada. Ela assistiu a Loulou saltar do banco do passageiro com seu penteado explosivo e correr para a porta. Bogey desceu do carro devagar. Estava usando um jeans preto justo e uma camiseta azul desbotada. O coração de Mak acelerou de leve ao vê-lo em pé na calçada.

– Parece que vou demorar mais uns quatro meses – disse Andy.

– Quer dizer que prolongaram sua estada? Isso é um bom sinal, não é? Mak suspeitava de que Andy estava percebendo que havia novas possibilidades em sua carreira, agora que estava em Quantico. Provavelmente, ficaria bem mais tempo do que planejara no início, e talvez estivesse tentando lhe dar a notícia aos poucos.

– Sim – ele admitiu. – Espero não me estender muito.

– Não se preocupe, isso é ótimo – insistiu Mak. – Estou orgulhosa de você, Andy. Precisava disso. Vai ser muito bom para a sua carreira.

– Não está zangada comigo pelo que eu disse naquele outro telefonema?

– Faz tanto tempo que eu tinha até me esquecido. Não esquente a cabeça. Não estou zangada com você. O que tiver de ser, será.

Houve uma longa pausa na conversa.

Não fazia duas semanas que ele tinha viajado, mas para Mak parecia muito mais tempo.

– Eu ligo outra vez mais tarde. Loulou e Bogey estão batendo na porta. Não se preocupe comigo, Andy. Concentre-se no seu trabalho. Estou orgulhosa de você.

Era verdade: tinha mesmo orgulho dele. E talvez de si mesma também. Mak não sabia bem para onde as coisas estavam se encaminhando, mas estava disposta a viver o momento e aproveitar as oportunidades que surgissem. As coisas se ajeitariam naturalmente.

Desligou o telefone e desceu. Ao abrir a porta, foi sufocada por um abraço de urso.

– Trouxemos Gatorade, compressas frias, canja de galinha e uma maratona de DVDs! Karen disse que vai vir para cá quando sair do trabalho. Não vamos sair de casa durante uma semana!

Mak riu. *Lá se vai minha tranquilidade.*

Mas estava feliz.

Humphrey Mortimer fechou o porta-malas e andou até a casa, sorrindo e carregando as sacolas de compras.

– Loulou, você é a melhor amiga que alguém pode desejar – disse Mak, dando passagem para os dois.

* * *

Cathy Davis saiu do apartamento de Redfern. Levava a bolsa em uma das mãos e uma sacola de pano vazia na outra, pronta para ir ao mercado. Um bolo de cupons de desconto estufava o bolso do seu cardigã laranja, cujos cotovelos ela remendara recentemente. Trancou a porta com cuidado e desceu os degraus da varanda.

Preciso de leite, caldo de carne, três ovos, uma batata, uma cenoura e uma cebola, pensou, contando os itens que podia comprar com seus cupons e que a sustentariam por mais alguns dias.

Ela estacou.

Havia um pacote na soleira da porta.

Que estranho.

Não se lembrava da última vez em que recebera qualquer espécie de encomenda. Só o que o correio entregava eram contas e o modesto cheque mensal da previdência. Abaixou-se devagar para pegar o pacote, pensando que devia ser para uma de suas vizinhas. Mas não era. Um cartão colado na caixa dizia PARA CATHY DAVIS.

Cathy se sentou no banco da varanda, movendo alguns jornais velhos que tinham se alojado nas tábuas, tocados pelo vento.

Com algum esforço, enfiou uma unha sob a fita adesiva que fechava a caixa. Levantou a tampa e espiou lá dentro.

A caixa estava cheia de dinheiro.

Muito dinheiro.

Pareciam notas de brinquedo para Cathy Davis, que estava com 59 anos e desempregada desde os 40. Mesmo quando os cheques do governo eram mais generosos do que agora, ela jamais tinha visto uma quantia daquelas. Os maços estavam presos com atilhos.

Devia haver centenas de dólares na caixa. Não, milhares.

Confusa, a senhora Davis olhou em volta. Quem faria uma coisa dessas?

* * *

A muitos quilômetros de altura, um 747 cortava o céu a caminho de Mumbai, e o filho de Cathy, Luther, se acomodava na poltrona. Queria voltar para a Austrália um dia, quando fosse a hora certa. Tinha contas a acertar em Sydney. Com sua mãe e com uma mulher chamada Makedde Vanderwall.

AGRADECIMENTOS

Cada livro é uma nova aventura e um novo desafio, e tive a sorte de fazer "turismo forense" entre especialistas e profissionais maravilhosos, que doaram generosamente seu tempo e me deram assistência. Um agradecimento especial deve ser feito ao ex-policial e grande amigo Steve Van Aperen, do Australian Polygraph Services International; ao especialista em venenos, autor premiado e farmacêutico John Fregon; ao especialista em psicopatia doutor Robert Hare; aos advogados Jason Pennell e Sarah Fregon; aos psicólogos forenses Tim Watson-Munro e Carla Lechner; ao especialista em segurança e detetive particular Carl Donadio, da Once Blue; a Tony Zalewski, do Australian Institute of Public Safety; à Academia do FBI em Quantico; ao sargento Glenn "Sempre Alerta" Hayward; à Spy Quip World; à Madame Serena, do The Castle; à incrível Maxine Fensom; a Alison Arnot-Bradshaw; à Abracadabra Films, por Trafficked; e a Ray e às meninas da Goldfinger – com uma menção especial a Charlotte por minha primeira dança privê. Também agradeço a John Austin pelos caixões; a Drayson do O'Connell's pelo nome; as minhas amigas anônimas pela espiadinha no mundo do fetiche; e às amigas em duas rodas do Women's International Motorcycling Association de Victoria e da Netrider.

Muito obrigada a minha agente literária e fada madrinha, Selwa Anthony, pela força e pelo apoio. Você tornou realidade o meu sonho de infância, de publicar um livro. Sou grata a toda a equipe da HarperCollins da Austrália por acreditar em mim quando eu era apenas uma aposta. Um agradecimento especial para Shona Martyn, Linda Funnell, Mel Cain, Louisa Dear e Angelo Loukakis. Obrigada também ao National Geographic Channel; a Craig Schneider, da Pinnacle PR; a fofa Di Rolle; a Martin Walsh, da Chadwick; a Saxtons; a Bolinda Audio; e a todo o pessoal da Sisters in Crime.

Muito amor para as famílias Moss, Carlson, Bosch, Hooft, Fregon e Pennell, particularmente à minha querida irmã Jackie, a meu pai, Bob, à querida Lou, aos tios Ellie e Herman, à Oma e a nosso querido Opa (saudades), à Heather John, a Nell (a alma da festa), a Louise, a Sarah, ao Jason e à pequena Ella, e a todos os meus amigos, principalmente o Capitão Millimum. A gangue: Irving, Hugh, Deb, Ava e Oscar; Gloria, Mark, Jac e Mitchell; a amiga e artista brilhante Nafisa Naomi, Russell, Mindy, John e Flynn; a fabulosa Amelia, Desi e Robert, Linda (Miss J para sempre!), Bob e Margot Atkins, Xanthe, Laidley; e a família McLaughlin; a família Myman (quando sai a mudança?), Misty, Pete e Anne, Tracey e Charles Millard e Charlie (obrigada pelo lançamento do *Obsessão* em Brisbane!).

Muito amor aos meus queridos Bo, Gomez, Coisa e aos habitantes do aquário pela companhia peluda e escamosa em tantas noites de trabalho.

Mamãe, eu nunca me esqueço de você.

Conheça também outros livros da FUNDAMENTO

Obsessão

Tara Moss

Ela é linda, modelo internacional, estudante de Psicologia Forense. E tem um passado que prefere deixar para trás.

Makedde Vanderwall sobreviveu ao ataque de um diabólico *serial killer* na Austrália e está de volta ao Canadá, sua terra natal.

Os únicos desejos de Mak são voltar à sua rotina e esquecer para sempre o que houve. No entanto, as lembranças surgem a todo instante. Além de sonhos terríveis e frequentes com o incidente na Austrália, algo mais perturbador acontece: Andy Flynn, o charmoso e complicado detetive australiano que salvou a vida dela vai ao Canadá participar de um evento sobre criminologia.

E não é apenas a presença irresistível do policial que traz recordações a Makedde. O desaparecimento de três alunas faz com que a universidade onde ela estuda seja tomada por um clima de preocupação, que se transforma em pânico quando se descobre que as jovens foram assassinadas por um psicopata. Pior – a linda modelo nem imagina que um fato surpreendente a liga ao maníaco, o que a põe em perigo novamente. Mak vai ser obrigada a enfrentar seus medos da maneira mais cruel possível: revivendo seu maior trauma e lutando para sobreviver. Será que ela vai escapar da morte pela segunda vez?

*Descubra **Obsessão**, uma história cheia de ação, suspense e adrenalina que vai seduzir você.*

EDITORA FUNDAMENTO

www.editorafundamento.com.br

Cartão-
-Resposta

9912208203/2008 – DR/PR

EDITORA FUNDAMENTO

CORREIOS

CARTA-RESPOSTA

NÃO É NECESSÁRIO SELAR

O SELO SERÁ PAGO PELA:

EDITORA FUNDAMENTO EDUCACIONAL LTDA.

AC HAUER
81611-970 – Curitiba – PR